怪奇骨董翻訳箱

怪奇骨董翻訳箱

ドイツ・オーストリア幻想短篇集

垂野創一郎◉編訳

Seltsames Altmodisches Übersetzungskabinett

国書刊行会

装丁　柳川貴代
装画　17世紀の木版画より

怪奇骨董翻訳箱

目次

怪奇骨董翻訳箱

I 人形

クワエウィース?

フェルディナンド・ボルデヴェイク

Ferdenand Bordewijk : Quaevis?（一九五五）

フェルディナンド・ボルデヴェイク（一八八四―一九六五）はアムステルダム生まれのオランダの作家です。種村季弘編『現代ドイツ幻想小説』（白水社）にヴァン・ロッゲムの作品が、前川道介編『独逸怪奇小説集成』（国書刊行会）にクークークの作品が収録された顰《ひそみ》に倣い、本書にもオランダの作品をひとつ入れることにしました。ご寛恕願えればと思います。

作者は詩集を一冊出したのち、『幻想小説集』（一九一九）『第二幻想小説集』（一九二三）『第三幻想小説集』（一九二四）を皮切りに多数の著作を刊行し、オランダ・マジックリアリズムの旗手のひとりとみなされるようになりました。なかでも三八年に発表した長篇『キャラクター』は、マイケ・ファン・ディム監督により九七年に映画化され、第七十回アカデミー賞の外国語映画部門を受賞しています（邦題は『キャラクター／孤独な人の肖像』）。しかしボルデヴェイク自身は小説執筆を弁護士業の傍らの余技とみなしており、私生活を表に出すことは好まず、インタビューなどはたいてい謝絶したそうです。

この作品をはじめて読んだときには、レーモン・ルーセルとの類似にうれしくなったことを覚えています。メカニズム愛好癖、舞台の人工性、異化される言葉（「汝は何を望むか」という意味のラテン語 Quae vis? がここでは地名になっています）、歴史的人物の唐突な参照、神経質なほど几帳面な描写、機械のように進行するプロットなど、両者は多くの点で共通しているのではないでしょうか。

クワエウィース？　その名

二十世紀を迎えた人類はすさまじい残虐行為――人種絶滅《ジェノサイド》と水素爆弾――を地に放った。それに比べればクワエウィース？の恐ろしさなど人畜無害とさえ見えるかもしれない。人類の頭脳が探求しつつある新たなる惨禍にわれわれが直面したあかつきには、それは必ずそうなることであろう。

それでもなお、伝聞で知る災厄と自ら関わった災厄とでは、歴《れっき》とした相違がある。前者に比べると取るに足らないことも、後者は体験という単純な要素のおかげで常に最悪のものとなる。

かくて、ある女性が幼児・少女・娘という三段階を踏んで見いだしたものは、活字で読み耳で聞いた知識よりも深い刻印をあとに残した。とはいえその女性は髪の毛一本たりとも危害を加えられることはなかったし、それはこれから語る話に出てくる他の人物とて同じだった。周囲の環境が一体となってその印象に貢献したのは間違いない。とくに、その女性があらかじめ二度その環境に触れていたおかげで、最後の体験を受け入れる素地ができていて、それが〈悪しきもの〉への洞察を可能にしたのだった。それでもなお、はたして意味のあることが起こったのかと問わずにはいられない。ともかくも刻印があとに残された。もっともあらためて思いかえすと、単なる見せかけだったのではないか、それどころかそもそも本当に起こったことなのかと疑われるにしても。

事件そのものにしても舞台にしてもはじめから常識はずれだった。疑問符で終わる地名など何処《どこ》にあるというのか。しかしクワエウィース？は事実そうなのであり、意味はおろか命名の由来さえ明らかではないものの、問題の邸宅にふさわしい名だったし、隣家とのあいだの隙間道にも、あるいは道を抜けたところにある区画全体にもふさわしい名だった。

奇妙なところはほかにもあった。どんな時代にも尋常ならざる機械仕掛を考案し世間の耳目を集める者がいる。レギオモンタヌスは一匹の昆虫をもっていた。鋼《はがね》でできた甲虫で、掌から離れるや唸りをあげて部屋を一巡りして、ふたたびもとのところに戻ってくるという——これには数百年前の人々はおろか、今のわれわれさえも驚かざるをえない。数かぎりない時計仕掛や人造人間やその他もろもろからなる芸術的あるいは玩具的な応用工学の長い歴史のなかでも傑作のひとつといえるだろう。しかし学者先生《マギステル》という呼び名でしか知られていないクワエウィース？の主《あるじ》の所有する自動人形《オートマタ》は、あらゆる点で甲虫にひけをとらなかった。とりわけ両者とも謎がついに解かれず終わった点、および機械と単純生命との境界線上に在《あ》る点において——もしかしたらきわどいところでその境界線は越えられてしまったのかもしれない。動作がそれを仄めかしている。両者とも機械に不可避な属性である、あらかじめ定められた通りの動作はしない。むしろいくぶん気まぐれなところがある。

いずれにせよその女性の思考はそうした筋道をたどった——大人になって、それを正面から見た驚きのあとで——死の本質について生の本質と同じくらいに自分が無知であることを悟ったがために、思考はそうした道筋をたどった。そして後年彼女が教養ある娘となったあと——彼女が見いだしたものに導かれて——機械の歴史に詳しくなると、おのずからレギオモンタヌスの金属の光沢をもつ甲虫に出くわし、その甲虫だけが精巧さの点でオートマタのトラーナに匹敵すると思った。そこから一歩進んで、彼女はクワエウィース？という名に何か特定の意味があるのではないかと推測するまでになった。ラテン語の quae vis? を一語にしたものではなかろうか——「汝は何を望むか？」——生か、もしくは死か、望むがままに選ぶがよい。その問いをもたらしたのはトラーナだと気づいてからは、彼女はトラーナを霊感の源《みなもと》として、すなわちあの邸宅の間接的な命名者と考えるようになった。

だが推測の裏付けはどこにもない。邸宅の名が隙間道の名に伝わり、隙間道の名が街区の名に伝わったのだけは確かだが、それは単に安直さの故とも説明できる。有名な外国の例は言うまでもないが、デン・ハーグのメールデルフォールト通りを考えてみるがいい。あの道は地のかなたに消えるほど延長されたが、どれほど元の道と異質でも、いっそ見事ともいえる投げやりさによって、やはりメールデルフォールト通りと命名されたではないか。

クワエウィース？　通路と街区

ヨーロッパの北海に臨む地にある大規模なリゾート——問題の街区はその一部をなしている。こういうところの海沿いの大通り《ブールヴァール》には、ふつう高級ホテルや簡易旅館が並ぶ。湾の側には魚屋や漁師の住居、通りを隔てた反対側には町がある。この街区でも、ひとむかし前に二つ目の遊興街を海辺につくる案があった。だが競争相手があらわれるとすぐにその案は捨てられた。街区を抜けるみじかい大通りの一方は砂丘にむかい、もう一方はわずかに内陸に曲がっている。この街区にホテルが建てられたことはない。小人国の大通りにあるのは何軒かの細長い邸宅だけだ。ベルヴェデール、ミラマー、ギュイエンヌ、グロリエッテと邸宅の名が煉瓦のモザイクでかたどられている。邸宅の表玄関《ファザード》は一体となって本来の町のほうに曲がり込み、無骨さが目だつ無趣味な様式が急角度で海辺から遠ざかる。一番端の邸宅の壁石には「クワエウィース?」とおぼろに刻まれていた。この邸宅の隣には隙間道をはさんで、様式がより穏当で建造時期も新しい別区画の家並みが続いている。この隙間道の名も「クワエウィース?」と伝えられているが表示はない。隙間道は人がすれ違えないほど狭い。壁土は肩の高さのところで汚く擦《こす》られ滑らかになっている。

　隙間道はある小街区へと抜け、その小街区は大通りがヘアピンカーブになっている部分の内側のほとんどを占めている。その敷地は砂丘を開削し均してつくられたものだ。正確に直交する小路にはアメリカのブロック街のおもむきがあった。ただここのブロックは正方形や長方形が無秩序に入りみだれている。大邸宅の敷地裏とちまちました家並みのあいだに、かなり長い帯状の砂丘地帯が残っていて小街区を囲んでいる。砂留めがなされていなければ四大の戯れはこの小街区をおびやかし、邸宅の土台をも揺るがしかねなかっただろう。この小さな町のどこか、気まぐれで選ばれたとしか思えない場所の道端に、当局の手で正式の街区表示が打ちつけられている。やはり「クワエウィース?」と疑問符入りで。

西ヨーロッパの社会で今なお通用するものは二十年前あるいは二十五年前にはなおいっそうの規模で通用した。北海沿岸のリゾート地の一部をなす「クワエウィース?」はほんの小さな街区で、そこに住民がいるのを知っている人でも、住民が何で生計を立てているかまでは知らなかった。悪い噂はなかったし、騒がしくなるのはいつも日没前のおおよそ三十分という短時間だけで、しかも夏の海水浴シーズンのあいだに限られていたから、近隣の関心をひくこともなかった。邸宅の住人がたまに裏窓から見下ろして、一瞬いぶかしく思うことはあったが、奇妙なものはそれだけ飽きられるのも早いのだった。

小街区の住人は皆小柄で、誰もが互いに縁戚だった。男たちはおしなべてよく日に焼けているように見えたが、女は少女にいたるまで青白かった。男の子は思春期に入ると肌が褐色になった。

ヘアピンカーブが町の中心部に向けてわずかながらも眺望を切り開いていなければ、この小街区は大通り沿いに立ち並ぶ邸宅のためにまったく見晴らしがきかなかったことだろう。眺望といっても斑《まだら》な濃灰色の工場が集まってできた不定形のかたまりにすぎず、その上に――萎びた枯れ草の茎が花瓶から伸びるように――三本のひょろ長い煙突が寄り添ってそびえているばかりだ。煙突は灰色に煤け、癩患者のように斑点だらけで、内部の熱のために思い思いの方向にすこしばかり傾いでいた。

クワエウィース?　邸宅と住人

ひとりの少年が立入禁止の扉に背をもたせかけた。あやうく後ろに倒れそうになったくらい、あっけなく扉が開いた。好奇心から爪先立ちで中に入っていくと、ちらりと人影が見えた。だが少年に気づいたふうではない。いざとなれば逃げ足の速さには自信がある。いまいるところは隙間風よけのガラス扉のついた正方形の玄関の間だが、その扉のすぐ下の床を誰かが拭いている。女ではなく男――むしろ紳士といっていい。仕事がつらいらしく息が荒い。黒い上着に折目のついた灰色縞のズボン。顔は大理石のタイルに伏していて見えない。しかし手の動きははっきりと分かる。片手を床に突っ張り、別の手はその傍らで床を拭っている。紳士にはあまり似つかわしくない仕事だ。ものめずらしく眺めているうちに気味が悪くなってきた。床を拭う手に布がない。雑巾もなにももっていない。怖気が走った。見つからないように逃げ出すとしどろもどろに人に告げたが、はじめのうちは誰にも信じてもらえなかった。

他にそれを見たものはなかった。表玄関からクワエウィース?の邸宅に入るべからずとの掟を誰もが守っていたからだ。扉に鍵がかかっていなかったという話からして、何かの間違いとしか思えなかった。招待を受けたときには、人々は隙間道を抜けて裏から入る。邸宅は大通りの他の建物と高さではひけをとらなかったが、きわだって細長く、外観が異彩を放っていた。壁は黄土色をしていた。正面玄関は正確に北を向いていて、海からの冷たい風が前をかすめる。一階は塀で目隠しがされていた。狭くくねる石段が岩壁に彫られた碑のように直接塀に刻まれ、二階の玄関扉に通じていた。階段の足元には「立入禁止」と書かれ、同じ文句が扉にもある。

近隣の者は時の流れに無頓着だったから、マギステル親爺と呼ばれる男がその家にいつから住んでいるのか、家がいつ建てられたのか誰も知らなかった。実をいうとこの家は一九〇〇年ころ、隙間道をもふくめた他の邸宅とほぼ時を同じくして建てられたのだった。マギステル親爺は百歳とささやかれていた。いまだ矍鑠《かくしゃく》として病気ひとつしないとはいえ、ひどく高齢にちがいない彼の若い頃を誰も知らなかったからだ。マギステル親爺が邸宅の奥を好んでいるのは誰の目にも明らかだったが、日に二度だけ、わずかのあいだ表玄関側の部屋に立ち入るのを知っているのは、シンガポールから来たマレー人の召使ケチャルだけだった。主人も召使も人気者だった。主人はその威厳にもかかわらず、召使はその人なつこさのゆえに。ケチャルは土地のことばを解さないらしい。いかなる問いにも「ケチャル」あるいは「シンガポール」と答え、あとは身振り手まねで用を足した。年はいくつともわかりかねたが、それには理由があった。老け込んでいないことは主人と同様だったが、若くもなく老いてもおらず、いわば時間のそとに存在していた。とくに小街区の子供らが彼に懐《なつ》いた。体こそ小柄で骨と皮しかなかったが、腕力はそうとうなものだった。壁に手を押しつけると、鉛筆のように細い腕が鉄棒代わりになった。ぶらんこもできたし、懸垂も宙返りも思いのままだった。

いっぽうマギステル親爺の人気は別のところにあった。まず彼は丈高の邸宅の裏手に住む人々の注目を少しばかり集めた。とくに海水浴の季節になると、週に三度、日没の半時間前にセメント製の小さな裏バルコニーに現れ、どこの国ともしれぬ訛りのまじる土地のことばでクワエウィース?街区の住民が見守る前で演説をした。話は簡潔なくせに晦渋で、理解しづらかったが傾聴され、熱狂した歓呼に迎えられた。大衆は理解のおよばぬものを敬《うやま》うものだから、おめでたくも、自分たちには高尚すぎて理解できないと考えたのだった。実はまったくの見当はずれだったのだが。

上流階級の住人も耳を傾けたが、時がたつにつれ、空の鳥が地の建物に持つほどの興味しかもたなくなった。なにしろあまりにわけがわからなかったから。しかしこの階級にもひとりだけ、マギステル親爺の話にひとかたならぬ興味を持つ者がいて、それは品のいい、かなりの年の老人だった。その興味には特別なわけがあった。老人は若い頃放蕩をさんざん尽くしたのだが、マギステル親爺の顔に、ある垢抜けた年増女の私生児のおもかげを見いだしたのだ。往時老人がしばしば交渉をもったその女は、新聞の片隅にしばしば顕微鏡で見なくてはならぬほど小さな広告をだしたものだ。文面はいつも同じで「朝から新鮮な肉」。そして住所がそえられていた。町ではじめて私設電話を引いたのもその女だ。老人がおおよそ六十歳と踏んだマギステル親爺を女の血縁と考えたのは、おもかげの類似のせいばかりではない。より肝心なことには、バルコニーの脇窓の奥に、まさに女のものと同じ型の古ぼけた電話器があった。

しばしばマギステル親爺は自分の演説を「福音」と称した。この命名はただ至高の存在にのみその権利があたえられるものであるから、彼はみずからその権利ありと認めたのであろう。

第一の福音

少女パンジー。一時《いっとき》は広大な屋敷に住んでいたものの、しだいに零落してきた英国上流階級の夫妻の一人娘。この少女と両親の三人は、連れ立ってある夏に北海沿岸のリゾートに滞在した。そろって長身で青白い顔をした両親にすでにあらわれていた血縁結婚の影響で、少女は貧血症で病気がちだった。だが虚弱な体質にかかわらず、両親をうわまわる生命力、それに冒険心と不屈の意志をもっていた。今日の女性がいたるところで示すものを当時から身につけていたといえよう。彼女は男性という大木に引きずられるか弱い女ではなく、自らの道を自らの流儀で、たとえ闇のなかであろうとも手探りで歩んだ。

少女は醜くはなかったが美しいともいえなかった。ただ瞳だけは例外だった。あらゆる宝石は薄くらがりのなかでふしぎな生命を宿す。いわば凝固した生を生きる。女性の目もまたしかり。濃くなっていく闇のなかのパンジーの目には——光の反射と放射の点で——常ならぬものがあった。

ある夕刻にマギステル親爺は少女を見た。宿からずいぶん離れてはいたが、少女は好奇心にかられむりやり隙間道を抜けたのだった。両親は性格のしからしむるところから、喧騒に取りのこされたまま聴衆に混ざっていた。少女にあったのは勇気というよりむしろ危険への不感症だった。まったく落ち着きはらって立っていた少女に、マギステル親爺はたちまち特異なもの、あるいはそれ以上のものを認めた。

パンジーは福音の序曲を聞きのがした。それは「ライオンの目覚め」という曲で、マギステル親爺の背後の蓄音機から、ケチャルに操られるままに割れた音でとどろく——とうに忘れられた曲だが、その昔は作曲者および指揮者とともに世界中を旅し、ほかの曲は一切演奏せずとも、指揮者とオーケストラと聴衆とを法悦にも似た狂熱にいざなったものだ。しかし今は、戦意高揚用の通俗音楽の典型として穏やかな苦笑をさそうだけのものとなっていたし、そもそも演奏する者などもういない。それでもマギステル親爺にはかけがえのない意味をもつ曲であった。そうした事情を知らぬ聴衆の素朴な感性にも音楽は訴えかけた。聴衆はこの芸術音楽がいまだに鳴りひびくおそらくは世界で唯一の場所で、身動きもせずうやうやしく耳を傾けている。

今日の福音の主題は地上の人々の価値決定に関する思索だった。その価値はどこにあるのか。それはすべての地上の生と同じく、種として決定されなくてはならない。人だけが例外的な現象である証拠はない。数の多寡にも関係はない。個への傾向は堕落あるいは倒錯のはじまりと捉えなければならない。種は人においては国や言語、町や村などの共同体としてあらわれる。個は家に隠れていて、そこに危険がある。ぜひともわれわれは――預言者の目で下の街区のブロックを睥睨し、マギステル親爺は言った――われわれはブロック街をめざさねばならぬ。ブロック街は種へ戻る道であり人にとっては救済である。わたしがこれを主張するのは、個の意見として主張しているのではない。そうではなく、いつかは誰かが言わねばならぬことだからだ。

この立論にはある種の贖罪と自己懲罰と、それからマギステル親爺が個、しかも途方もない個であった過去を暴露しているのではないかと、後になってパンジーは思いあたることになる。当時の彼女はそこまでは悟っていなかったが、ともかくこの福音は異常なほど記憶に刻まれた。

最前列に陣どると、浜麦がいちめんに生えた帯状砂丘の向こう、いくぶん高い半円状のバルコニーに説教者が見える。アクセントは妙な外国風だったが、いったん癖を飲みこめば、意味の分からぬ語はあるがついてはいける。演説しているのは、どちらかといえば痩せて、姿勢もよく、蠟燭のようにまっすぐに立つ小男だ。黒い縁なし帽からはみ出す蓬髪の房は、上から押さえつけられて顔を出した尻尾を思わせた。その下には猛禽めいたとがった顔、薄く広い唇、際立った頬骨、火花の散る眼があり、ときたま葡萄酒の色のもやもやしたものが瞳からあふれ虹彩にひろがっていくように見えた。老いた手は神経質に始終手すりをもてあそんでいた。

マギステル親爺はマギステル親爺で、暮れゆく日のなかでこの少女の目だって敏捷にうごく瞳の輝きを飽きることなく見つめ、ほとんど目をそらすことがなかった。

親密性

マギステル親爺の手。目のあるものなら、そのしなやかな繊細さから、医師ではないかと思いもしよう。その大胆さでもってどんな困難な手術も成功させる外科医ではないかと。あるいは複雑な機械仕掛を鮮やかに組みたてる手を連想するものもいよう。

この聖職にあらざる説教者のプライバシーに足を踏み入れようとするものは誰もいなかった。玄関になぜ立入禁止の札を、それも二重に掲げているのか疑問を抱くものもいなかった。この札を、かえって破りたいという欲望を生じさせる封印のようなものと考えてはならない。そのたぐいのものは好奇心を刺激し秘密を暴きたいという気持ちをおこすが、ここではそのようなことはなかった。この狭い一角はあまりに親爺に親しみをもち敬意を払っていた。この一角を縁どる狭く高い邸宅の住人は、あまりに礼儀ただしい人々であった。それになにより、ほとんど口をきかない東洋人の召使をつれたあからさまな変人に、実はたいして関心をもっていなかった。

しかしそれら礼儀正しい隣人のなかから例の老紳士だけは除かねばならない。若いうちは穀潰しで今もあいかわらず剽軽なこの男は日に数度はかならず親爺の邸宅に目を向け、ときにはオペラグラスを使うことさえあった。そのくせ男の関心はもっぱら遥かな過去の喚起にあった。マギステル親爺の手には目もくれず、一心に求めるのはその表情に浮かぶはずのいにしえの女のおもかげだった。事情に通じたものだけがぴんとくるあの豆広告の主。たいていは空手形に終わるが、常連はそれも甘受する。なんでも信じるのは素人の証拠。しかし話がそれたようだ。老紳士はそのうち、第三者に自分の関心のほんとうの理由を打ち明けるのはあまり賢明でないと気づいた。そこで彼のふるまいを不審がったものには、説教者に興味があるのだと弁解した。なぜならあの親爺、噂によると――実のところ噂などどこにもなかったが――ひそかに骨董品を蒐集してるそうじゃありませんか。なかにはとんでもない値打ちがあるものもあって、未知の弟子にあてられたソクラテスの自筆草稿さえあるそうですよ。この草稿が公になれば、とりわけ古典文献学者のあいだで大騒動がおきましょう。しかしもう長く待つだけの時間はありませんわい。なにしろあの蒐集家ときたら宝を龍のように護っておって、そのうえ——不運はめったに単独で来ないといいますが、龍はせいぜい六十にしかならないのですからな。

このように俗な興味を高尚な趣味と、肉体の問題を精神の問題と言いつくろいながらも、この老紳士は知らぬうちに事の真相に迫っていたのだった。マギステル親爺はオートマタのトラーナのほかに、さまざまな珍品とともにいくつもの精妙な機械仕掛をもっていたが、それらはすべて一世一代の傑作のための習作と見なすべきものだった。邸宅の表玄関側はオートマタが占領していた。オートマタたちは彼らの棲家が北向きでも意に介さなかった。日に二度創造主は少しのあいだ道具を持って仕事をした。年に二度は自らの精神と技術の申し子を徹底的に点検した。検査日はオペレーション・グラチュリタスの日と名付けられた。雲をつかむようなこの言葉が後になって軍事作戦や軍事演習の意味で使われるのを見越していたかのように。

ひとつの町でひとつの秘密が長きにわたって完璧に保たれることなど普通はありえない。マギステル親爺は怪物か悪魔を邸内に匿《かくま》っていて、そいつらが歩き回ると壁が揺れると人々が語りあうようになった点だけをとれば、秘密保持は失敗したといえよう。噂は街区じゅうに広がった。あやうく邸内によろめき入るところだった少年がおそらくは噂の出所であろうが、それはマギステル親爺の評判をいささかも傷つけなかった。評判はむしろかえって高くなったのである。

第二の福音

何年かのち、パンジーはまたもやマギステル親爺の聴衆のなかにいた。両親も同じホテルに泊まっていたが、すでに娘の心配をすることはなかった。パンジーも成長し、最前列に陣どった彼女をほかの娘や夫人から際立たせるのは顔の青白さではすでになく、はしこく動き、いまは遠くを見とれている聡明な目だった。今回は皮切りに俗受けのするデ・コンツキーのヒット曲がフルオーケストラでとどろいた。これは彼女の気にいった――セメント製のバルコニーに以前のままの姿で現れた親爺の背景音楽にふさわしいと思った。景色はあいかわらずだ。かたまりあった工場の建物と、干からびた植物の茎のように高くゆらめく三本の煙突。変わったのはパンジー当人だけだったが、自分では気づいていなかった。

マギステル親爺は人と時間について話した。動物や植物は時間を知らない。彼らにとって意味のあるのは、地を這いあるいは地に生える万物に必要な光と闇の交代だけである。人間においてもこの交代は最も重要な意味を持つ。時間の効用は副次的なものである。生そのものに時間は必ずしも要らず、生を秩序化するときはじめて必要となる。時間はわれわれによって恣意的に分割される。それはわれわれが結びつく基準をつくる手段にすぎない。それは客体化されたもので、文化の所産である。われわれの内部にはまったく異なる事態が進行している。われわれは時間を持続として主観的に体験する。それはいかなる瞬間も同一ではない。持続の形で体験されるもので、時間ほど融通がきき個人的なものはない。なぜならその持続は移り変わる気分とともに変化するからだ。かくて人は生涯を通し、どの一瞬とて同一のものではない自らの時間を持つ。大人になってはじめて使うことをおぼえる忍耐という武器で抑制しないかぎり、われわれの願望のなかで時間は永遠のものとなる。女の時間は男より長い。東洋人の時間は西洋人より長い。眠りのあいだ時間は客観的に死んでいる。享楽は、それが幻滅するまでの間、時間を縮小させる。時間は若さの敵、没我《エクスタシー》の敵だ。それは数限りない側面をもつ。しかしすべての個人は時間を意のままにしようとする。望みのままに持続させようとする。

こうした見解が理解されぬままに熱狂的な歓呼と拍手で報われているあいだ、マギステル親爺はバルコニーからパンジーに向かって目配せをした。それとともにケチャルが裏口から招くと、臆する風もなく娘は屋内に足を踏み入れた。体つきはまだ成長しきらず、華奢で骨ばっていたが、まなざしには注目すべき早熟さがあって、よく動く目に特別な輝きを与えていた。

夕闇がせまっており、奥の部屋は薄暗かった。玄関側の部屋に通ずる扉は、わざと開け放しにされているのかどうか判然としなかったが、どうもそうらしかった。というのもパンジーが黒く開いた扉口を背にマギステル親爺と向かい合わせに座ると、彼は前置きもなしに道具について話しだしたからだ。口調は福音を伝えるときそのままだった。人は悪しき力を無から呼びおこすことはない。道具から悪しき力を呼びおこす。しかし道具にはまた、無害かつ有用で、それどころか善でさえある力が備わっている。祭壇のように、その上で精神が永遠のうちに自らを犠牲に捧げるたぐいの道具がある。

人体の全身、あるいはその一部の表現力には瞠目すべきものがあるが、（肩で表現できないものなどあろうか）なかでも目は他を圧している。なぜなら目は、たえまなく往来する車の流れに囲まれた巡査のような、あるいは電子の雲に囲まれた原子核のような、動き巡《めぐ》りつつ一塊となる物体の中心であるから。外観からだけでも目の驚異には汲めども尽きぬものがある。多様な光を放つばかりか、多様な視線《まなざし》をも放つではないか。だが内なる驚異はこれを上回る。ことさら訓練せずとも目は内心の通りに光とまなざしとを決定する。その証拠に、教育をまるで受けない者でも、目の会話すなわち言葉によらぬ会話を理解する。先史時代から万国に共通であり、変わることがなく、変えられもしない言語。

黒く開く扉に無防備な背を向け、パンジーは色彩を失いつつある窓の前でだんだんと暗くなるマギステル親爺を前に、生命をもたぬ物体のようになって講義に耳を傾けた。そこから彼女はなにごとかを理解した。ちょうど先ほどの演説を今日はいくぶん理解したように。そのうち彼の目に注意をひかれるようになった。背筋をのばし座る姿は猛禽を思わせるが怖くはない。目は葡萄酒色で熾火のように燃えている。それも瞳孔がではなく虹彩の奥から燃えているようだ。暮れゆく日のなかでそれは異様にはっきりと見えた。

この瞬間にパンジーが気づいたことは誰もが一度は経験していよう。それは何かというと、話し相手が自分から目をそらし、その視線が自分の背後のものへと動くとき、そのまなざしによって目から視線の対象までの距離が見積もれるし、そればかりか、見つめ方で対象の分析もできるということだ。話し相手が自分の背後にある何かの物体を見ているのか、それとも背後に人がいて、その目を見ているのかは、まなざしの加減によって判断できる。しかしいまの場合、そこに奇妙なところがあった——もっともそれを理解するのは何年もあとになるのだが。首をまったく巡らすことなく、いきなりパンジーの背後のなにものかに向けられた親爺のまなざしは、物体の知覚と人の知覚のあいだで逡巡しているように見えたのだった。それとともに、彼女の意識に、さきほどから聞くともなく聞いていた鼻息を思わせる音が迫ってきた。えたいの知れぬ者から発せられるその息は、足を引きずるような奇妙な音をともなって黒い扉口へにじりよってきた。

パンジーは振りかえり、ますます濃さを増す暗がりのなかにぼんやりとした人影を見た。黒の上着にアイロンのあたった灰縞のズボンを着て、顔をそむけ、手足を床につき、二人のいる部屋を這っている。

手探りで壁伝いに動きながら、一心に床を拭いている。パンジーはおもわず椅子から跳びあがり、魅入られたように凝視した。這う人は部屋の角まで来るとおもむろに九十度向きをかえたので、脇を見ることができた。鼻息は大きくなり、よりはっきりと聞こえる。よく見ると頭がなかった。首から先、頭のあるべきところには何もなく、黒い繻子を巻いた円筒の首は触覚器官の一種でもあるのだろうか、視覚をもたぬ芋虫めいた注意深さでしなやかに上下に揺れ、壁と床のあいだの隙間にそって何かを探っているようであった。

少女が去るとマギステル親爺はすぐさまオートマタの胴をかかえて持ち上げた。上着の中で胴は鋸屑のような音をたてわずかに凹み、機械仕掛の感触を手に感じさせた。自らの創造物を腕に抱え家の北側へ運びながら、マギステル親爺は優しい小声の祈りの響きをあとに残した。イワン、イワン、わたしの息子。かわいい坊主。

黒い芋虫の首はまだ何かを探っているようだったが、あらがうこともなくマギステル親爺の手で箱のなかにおさめられた。明日にはまた出してやれよう。マギステル親爺はもとの部屋に戻りながら通路のすべての扉に鍵をかけた。

いささかの種明かし

　それから何年か過ぎたある夏の日、例のオペラグラスの老人はかつて交誼《よしみ》を通じた新聞広告の女にあいかわらず拘泥していて、すこしも姿を見せないマギステル親爺に腹を立てていた。彼には知る由もなかったことだが、その日はマギステルがオペレーション・グラチュリタスと名づけたものを実行する日で、そのために召使をも遠ざけ閉じこもっていたのだった。妙な形の電話器ばかりが部屋に残され、いつもは甘い追憶に誘うはずのそれも、老人をいたずらにいらだたせるばかりだった。

　おりしもその日は華奢で青白いまま大人になったパンジーが三たび北岸のリゾートを訪《おとな》った日でもあった。夕方になると両親の泊まるホテルを抜けだし、パンジーはおなじみの街区へと足を向けた。以前の冒険をかえりみてわかったのだが、彼女はつねに抗しがたい力、言葉では表わしがたい傾斜あるいは引力のもとにあったのだった。二度目にそれはおぞましいものとして身に迫ってきたが、あとで思いかえしても不思議なことに、恐怖らしい恐怖は少しも感じなかった。それはすべて彼女の物事にとらわれない生き方のしからしむるものだった。

　どうしたわけか今回はマギステル邸の裏広場には人っ子ひとりいなかった。なにもかも変わっていて、ここまで来たのは無駄足だったかと不安になりかけたところに、例の召使が年老いた気配もなく以前のままの黄褐色の顔で丈の低い裏口から手招きをした。召使は声を出さぬよう身振りで合図すると、先に立って階上に向かった。扉がひとつ開け放してある——家の北側に通ずる扉が。それから階段、そして踊り場、ふたたび階段、それから踊り場。ようやくたどりついた部屋には、壁一面にひろがる大きな絵のほか何もなかった。

　一目でパンジーにはそれが子供のころ賛嘆と嫌悪の入り混じった気持ちで眺めた複製画と同じものであると分かった。これはその元絵に違いない。でもどうしてここにあるのだろう。外国の、それも今いることとは別の国の美術館が所蔵しているはずなのに。だが絵はここにある。しかも個人の邸宅に。

　それは雷帝イワン四世の肖像だった。思いもかけずこの絵に遭遇したのはパンジーにとってひとつの啓示だった。

というのも去年はこの皇帝の伝記にかかりきりだったからだ。中断したまま何年もたったあと、理由はわからぬながら、ふたたび強い興味を感じるようになったのだった。その一生は疑いもなく魅力的でありながら、とくに女性には残酷なものに感じられる。だからといって高貴さはいささかも損なわれていない。それまで東ローマ帝国にのみ許されていた皇帝《ツァー》の称号を、イワンはロシアの君主としてはじめて僭称した。齢十七にして皇帝となったイワンはある種の早熟の典型だった。この早熟は生まれつき選良たるべく運命付けられた者に特有のものであり、天才にのみ発現するものでもある。無政府状態を一掃した皇帝は国民会議を召集し法律制度や手工業や商業の興隆をもたらした。後年には信じがたい残虐行為をおこない、おもに猜疑心からノヴゴロドを荒廃させ、自ら任命した地主貴族《ボヤール》の顧問官を処刑し、何人もの妃を殺し、長子イワンの頭蓋を棍棒で砕いた。その小男が皇子殺しの直後に壮麗な玉座に座している場面が絵には描かれている。雷帝は息絶えたわが子を犠牲に供するがごとくに掲げ、恐怖のあまりに白目を剝いた目を向けている。

この絵は見るものの心をあまりに動かすので、鑑賞者をして描かれた場面に現実に居合わせたと信じさせるにいたり、激昂するものさえ珍しくなかった。しかし若い娘のパンジーにこの絵はまったく異なった個人的な印象をあたえた。それはいわば、十世代も十二世代もの遠方に通ずる電話回線が、いきなり血のなかでベルを鳴らしたようなものだった。その響きは弱弱しくはあったものの明瞭で、ロシアの妃たちが数百年前に受けた専制君主の鞭のいくぶんかを自らの皮膚に感じたほどだった。

そこではじめてパンジーは逃げ出した。クワエウィース？の街区、隙間道、邸宅を見ることは二度とあるまい。ちょうどそのとき点検が終わったオートマタに「イワン、わが息子、かわいい坊主」と召使にさえ知らせぬ名を愛しげにささやき慎重に箱にしまっていた男に見《まみ》えることも。

マギステルはおそらくこうしたやり方で贖罪をせねばならなかった。贖罪は生命《いのち》が宿ったと見まごう機械をつくりあげた。素朴ではあるもののそれはひとつの復活だった。忘れられることのない戒めとしてそれはつくられねばならない。卑屈な姿勢、皇帝にふさわしい野蛮なまでに豪奢なユーラシアの極彩色の衣装に代えて、憐笑を誘う半ば雇人風の灰色と黒の服。それからもうひとつ、永遠に守られるべきことがある。砕いた頭蓋を修復することは許されない。あらゆる世紀にわたりそのままにしておく。許されるのはただひとつ、床をある種のやり方、たとえば黒い染みを絨毯から拭き取るような仕草で拭く力を右手に与えることだけだ。

伯林《べるりん》白昼夢

フリードリヒ・フレクサ

Friedrich Freksa : Berliner Reiseerlebnis（一九一九）

フリードリヒ・フレクサ（一八八二―一九五五）は裕福な商人の息子としてベルリンに生まれ、一九〇七年、戯曲「ニノン・ド・ランクロ」がミュンヘンの劇場で大当たりをとりました。一九一〇年前後には演劇界の寵児であったらしく、〇九年から一四年にかけて雑誌連載された森鷗外の海外消息コラム『椋鳥通信』にその名がたびたび（都合七回）現われています。それによるとマックス・ラインハルトはフレクサのパントマイムを興行するにあたり日本風の花道を採用したそうです。

小説作品は多岐にわたりますが、今読んでも面白いのは、この「伯林白昼夢」のような科学とエロティシズムとグロテスクの混交した幻想小説でしょう。日本でいえば海野十三を思わせるところがあります。三一年に発表された長篇『ドルーゾーあるいは盗まれた人間世界』は宇宙から来た昆虫型生物に地球が支配される話で、ヒューゴー・ガーンズバックの創刊したアメリカのＳＦ雑誌「ワンダー・ストーリーズ」に訳載されました（三四年五―七月号）。

また、この「伯林白昼夢」を長篇化した『プラシュナの秘密』（二〇）は、江戸川乱歩・小酒井不木往復書簡集『子不語の夢』（浜田雄介編、皓星社）で、乱歩の短篇「白日夢」に関連して小酒井不木が言及しています。今ではまったく忘れられた作家ですが、こんなところからも当時はある程度の人気があったことがうかがえます。

寝台車を朝早く降りた旅客を襲う、あの心細さと虚脱感の入り交じる憂鬱には、貴方もきっと経験がおありでしょう。ろくな夢は見ず、夜どおし揺られた体は節々がこわばり、はては腹具合までおかしくなっています。なにしろ乗務員が急ごしらえに煮立てて出すひどい珈琲は、心身を回復させるどころか逆に悪化させますから。夜眠ったと思ったのは気のせいかもと感じられ、肌は変にほてり、そして見るものはことごとく、うたた寝の夢のようにイメージが溶けて流れ、揺れて動き、一向にちゃんとした形をとろうとしません。

こんな体調と気分のまま、わたしは夜行の長旅を終えて、ベルリンのポツダム広場までやってきました。足元の地面は微かに動いて感じられ、なんだか回転木馬の舞台のまんなかに立っているようです。予約したホテルの部屋は正午まで空かないと言われると、故郷を追われた亡命者のような気がしてきました。

あてもなく通りにさまよい出ました。あまりに惑乱し消耗していたので、入浴する気も朝食を取る気も起きません。神経がおかしくなっていて、たいていの旅行者が気分転換に用いるこの二つの手段さえ思い浮かばなかったのです。

通りを速足に進むうち、ようやく意識が目覚めてきました。目はものを見始め、耳は音を聞き始めました。ところが今度は、神経が鋭くなり過ぎて、どんな小さな刺激にも総身が反応するのです。道行く人がこちらに向ける視線のひとつひとつが、レンズの焦点が皮膚に当たったようなむず痒さを起こさせ、わたしを悶えさせました。町のざわめきが、馬車の車輪と馬の蹄が、自動車のエンジンが、路面電車のパンタグラフと送電線が立てる火花の音が、地獄のオーケストラのように荒々しく耳の中で轟きました。マイクロフォンの振動膜を蝿が這うと象の足踏みと化しますが、そんなふうにすべてが千倍にも増幅されて聞こえたのです。

自分が実体のない薄い影のように感じられました。訳もなく恥ずかしくなり、俯《うつむ》きかげんに建物にへばりついて進み、自分の姿を隠すために、あらゆる物陰、あらゆる片隅を利用しました。人の蝟集《いしゅう》する大都会で、一糸まとわず、いやそれどころか骨まで、あるいは魂まで晒した素裸でさまよっている気がしました。

百貨店の前を歩くわたしに向かって、雑踏が津波のように押し寄せてきます。わたしはあわてて大通りから自分を守ってくれる支柱の陰に逃れました。

そして海草の繁みに足を取られて水面になかなか出られなかった潜水夫のように大きく息を吸ったのです。

とつぜん自分のうなじに視線が当たるのを感じ、ふたたび焦燥がよみがえってきました。あたりを見回すと、斜め後ろに伸びる百貨店の通路に、女がひとり立っていました。その貫くような視線はひたとわたしに据えられています。

気を落ち着かせ、身じまいを正すと視線の持ち主を窺《うかが》いました。すらりとした美しい娘でした。黄色のまばゆい絹のマントに包《くる》まっています。顔を縁どる黒い帽子のてっぺんには、青鷺の白い羽飾りが誇らしげに揺れています。

そして身動きひとつせず、冷ややかなまなざしを逸らそうともせずに、無遠慮にわたしを眺めているのです。ある種の職業にたずさわる女だけが持つ大胆さでした。

この臆面のなさがわたしを不快にさせました。わたしは物陰から出るとその女に足を向けました。わたしの視線は彼女の視線に吸い込まれるようでした。玉虫色の眼に呑み込まれるような気がしました。その目はいままで見たこともない色でわたしを圧倒したのです。夢の中でのように足もとおぼつかなく、彼女のもとへ歩み寄りましたが、突然びっくりして後ずさりました。ガラスの壁が床からまっすぐに立ちはだかって、わたしとその美しい娘を隔てていたのです。

お笑いください！　わたしの神経を苛立たせたのは、宣伝用の蠟人形なのでした。

この状況の滑稽《こっけい》さをわたしは強いて意識しようと努めました。理性によって神経を落ち着かせようとしました。恐ろしさをこらえてショーウィンドウの前に立ち、蠟人形をまじまじと検分しました。

自分の錯覚を恥じることもなかったのです。ワニスの微かな艶にさえ気付かなければ、このしなやかで柔らかそうな肌は生きているとしか受けとれません。玉虫色の瞳にしても、とても人の手によるものとは見えませんでした。

その身体《フィギュア》をなおも眺めているうち、建物の狭間の街路に垂れ込めていた仄《ほの》暗い朝霧を透かして日光が射し込んで来ました。そのおかげで分かったのですが、人形細工師は何もかも等閑《なおざり》にしていません。自然に見られる些細な疵さえ忘れておらず、耳の下や頬の上には小さな雀斑《そばかす》や柔毛《にこげ》がちゃんとありました。

顔にしても世の常の人形のようではありません。一日中踊り明かしたような眼の下の薄い隈、鼻の下の窪み、口のまわりの小皺、少しめくれた紅い唇。何もかもがこの蠟の生き物に、大都会では千もの変種が見られるあの不道徳な性格を少しばかり与えています。

身体を長く観察すればするほど、わたしはふたたび自信がなくなりました。なんだか生きているように見えるのです。いまにも目瞬《まばた》きをしそうな感じなのです。

そのとき、ショーウィンドウの背景を形づくる濃緑色の壁が割れ、黒髪をポマードで固めた、輝くばかりに白いワイシャツにエナメル靴の男が現れました。

まるで生命を吹き込まれた蠟細工の男性モデルのように見えました。時計仕掛けじみた歩き方で、甘く丁重な笑みを浮かべながら、玉虫色の瞳の娘に近づいて行きます。

そして両手を娘のすらりとした腰に回し、身体《フィギュア》を運び去りました。すべてがまるで逆《さか》さまに感じられました。まるで蠟人形の男が生身の女を攫《さら》っていったように見えたのです。

そして、この驚くべき現象が起きた舞台の裏の暗がりから、今度は昨晩食堂車で同席した不快な男が浮かびあがったのです。そこに立つ男は流行のマントを着ていました。彼もまたわたしを認めたようで、きれいに剃った顔が慇懃ながらもいやらしい笑みに歪みました。そして唐突な身振りとともに大きな頭から黒の山高帽を取って薄ブロンドの短髪を見せ、水色の小さな目で馴れ馴れしくウィンクをよこしてきました。それはまるでこう言っているようでした。「いかがでございますか。別品でございましょう」

食堂車でまずい夕食を共にした一時間半のあいだ、彼は二言目には「別品」と言っていたのです。傍若無人な快活さでわたしを前にして喋り散らしたこの男の他の言葉が、ふたたび頭の中で蜂のように唸りはじめました。いわく「技術の大発展」、いわく「広告の重要性」、いわく「驚くべき時代」――

この男を前にしていると胸がむかついてきました。ふたたび通りの雑踏に紛れ込み、あてもなく、苛《さいな》まれるように足を急がせました。

くたくたになって立ち止まり、ふと見ると、一軒の店ですらりとしたブロンドの女が三人、服を脱ぎかけているところでした。彼女たちはわたしに見ると媚びて笑いかけました。

蠟の娘たち――！

見渡すかぎり、彼女たちはあそこでもここでも、あるいは座り、あるいは立ち、あるいはガラスの檻のなかを闊歩しながら、生身の人間を嘲弄しています。とても耐えられない眺めでした。もちろんわたしの理性は、わたしに語りかけました。おまえの神経は疲れている。寝不足だ。おまえが見ているものは現実じゃない、おまえ自身のたわけた妄想だと。

しかしそれが何の役に立ったでしょう！　わたしの妄想はわたしの現実でした。彼女たちから自分を救う必要にかられ、わたしは静かなワインレストランに避難しました。そこで強い、血のように赤いブルゴーニュを飲み続けているうちに、外はだんだんと暮れてきました。

酒場の窓を通し青菫色の光が迫ってきました。灰色に暮れていく薄明に、電燈の眩《まばゆ》い輝きがもたらす効果でした。それを見てやっと外に出る気力が湧いてきました。

しかし、ショーウィンドウの、アーク灯の、ヘッドライトの光の氾濫は、金属でできた落葉のように街路に舞い散り、それにつられて厚化粧の蠟の娼婦たちも、ショーウィンドウのけばけばしい電飾の中で、日中よりずっと禍々しく蘇っていたのです。

わたしは劇場の中に逃れ、安堵の溜息をつきました。ここでおまえの周りにいるのは暖かい人間の臭いだ。蠟人形なんか一人もいやしない。魂を吸いとるような眼でおれを見る蠟人形なんか。

しかし舞台の台詞を数語も聞かないうちに、いま喋っている役者さえ、不思議な力に操られた蠟人形のような気がしてきました。眼下の平土間にいる観客たちにしても、もしかすると遣《や》り手の興行主が劇場を満員にしようと呼び集めたまぼろしではないのでしょうか。

あわてて街路に戻りました。店はもうどこも閉まっていました。

派手な衣装の女と出くわしました。唇は紅く塗られ、きらめく両眼はアイシャドウで隈取《くまど》られています。女の臆面もない視線がぴたりとわたしに吸いつきました。昼間わたしを苛んだあらゆる蠟の身体が、日中大人しくしていた鬱憤を晴らそうと、華麗なポーズのままガラスの檻から外へ歩み出していたのです。

汗が額を流れ、背中を伝いました。そこで近くの酒場に逃げ込み、片隅に腰を下ろすと、強い酒を続けざまに呷《あお》りました。

これ以上抵抗するには、あまりにも神経が参っていました。目は眼窩の中で石ころのように冷たく強張ったままでした。今晩はとても眠るわけにはいかない、とぼんやりした頭で考えました。いったん眠りに落ちたら最後、これまでの十二時間に見たあれこれの顔がきっと夢に出てきて、二重にわたしを怖れさせ苦しめることでしょう。

あてもなくそうやって時間をつぶしていると、誰かがわたしの肩を叩き、話しかけてきました。「こんばんは！ベルリンはお気に召しましたか？　素晴らしいところでございましょう」

振り返ると食堂車で相席だったあのいやらしい男がいました。午前中ショーウィンドウの背後からまぼろしのように現れたときと同じように、きれいに剃った顔に慇懃な笑みを浮かべています。そしていきなり頭から黒い山高帽を取りました。薄ブロンドの短髪が明るく輝きました。

わたしは声をのどにつまらせながら二言三言挨拶しました。そうです。この馴れ馴れしい赤の他人を撥ねつけるかわりに、狼狽して立ちあがりさえしたのです。

そのときすらりとした娘が彼の背後から現れました。彼女は頭をめぐらし、わたしはそこに、午前中に人形に見た、背徳的な紅い唇と玉虫色の瞳を認めました。

彼女は地味な格好《なり》をしていました。慎ましい黒のスーツ姿でした。その目つきにもまた、この十二時間のあいだに、あらゆる蠟の女性、あるいは生身の女性で出くわした、あの厚かましさはありません。

わたしはとてもおびえていたので、二人が自分のテーブルにつくことを許しました。目は彼女だけを見ていました。この謎めいた存在は今日一日のあいだずっとわたしを捉えて放さなかったのです。彼女はわたしの右に座り、わたしは彼女の近くに寄りました。彼女の体温がすぐ近くで感じられました。日中の呪縛は遠ざかりつつありました。隣にいるのは蠟人形ではない。血と肉をそなえ細やかな感情を持つ人間なのだと考え、やっとわたしは緊張を解き寛《くつろ》ぐことができました。

男が何か話しかけて来ましたが、彼とは厚い壁で隔てられているように感じました。ただ傍らの娘の玉虫色の瞳だけを見ていたのです。

いきなりわたしは、何か気持ち悪い感触を手の上に受けました。手の甲に冷たくぶよぶよした蝦蟇《がま》を置かれたような感じでした。ぞっとして見ると、隣の男の太い手がわたしの手のそばに置かれているではありませんか。二本の指がわたしに触れていました。染みのある、赤毛が生えたぶよぶよの手は、つややかな薄みどり色をしていました。

わたしは思わず男の眼を見ました。ブリキから型抜きしたような明るい瞳の、厚ぼったい目でした。

彼は喋りながら頭を振り、そのたびに弛んだ顎が、まばゆく白い、きつく締めたカラーを擦《こす》るのです。この動作とともに彼の目は輝きを失い、だんだんと仮面に穿《うが》たれた暗く深い孔そっくりになってきました。この怖ろしい面貌はわたしを麻痺させ、わたしの手を嫌らしい指の動きから逃がす勇気を失わせました。

締りのないぬらぬらした唇のあいだから頑丈な黄色の歯を剝き出し、嫌らしく笑うと、彼はわたしに言いました。「さて、あなたさまは蠟人形宣伝のありのままをご自身の目で見ていただけましたね？　どうです、別品でございましょう」

その猫撫で声は溶けた脂のようにわたしの耳にこびりつきました。わたしは憤り、震えながら答えました。「率直に言わせてもらうが、この宣伝はおぞましい。恥知らずで下品だ！　まるで生身の女が自分の魅力を見せびらかしているみたいだ。生きた人間そっくりということにこだわりすぎてるんじゃないかね？」

わたしがこう口を切ると、彼は顔をわたしの方に向けました。そしてゆっくりと顔を近づけてきました。その両目は再び穴のようになり、そのため彼の頭部全体が獲物を狙うときの海獣そっくりになりました。

粘つく声で彼は言いました。「ただ斬新な効果だけが大衆に、日々発売される商品への興味を持たせることができるのでございます。なにごとにおいても、人目を惹く外見がすべてでございますから」

一瞬わたしは意識を失い、暖かく黄色い練粉の中に沈んでいくような気持ちがしました。ふたたびわれに帰ったとき、ちょうど娘が給仕に注文をするため身を起こしたところでした。

隣の男は黒い土塊《つちくれ》のように椅子にうずくまっていました。今はごくあたりまえの人間に見えました。少々変ではあるものの、身なりのいいビジネスマン以外の何者でもありませんでした。彼は愛想よく笑いかけてきました。「お気に召しましたか。別品でございましょう？」それから自分の言に重みをつけ加えるように、かすかな動きとともに左の上腕を下に伸ばしました。固そうな拳の長い親指が見えました。人を扼殺《やくさつ》しそうな親指でした。

この男の相手をすること自体が自分の品位を落とす気がしてきました。彼の頭はふたたびカラーから伸び上がり、吸盤のある海棲動物へと変貌していたのです。ちゅっちゅっと鳴くような声で彼は言いました。「午前中からずっとあなたさまは驚いておられますね。これはわたくしどもが最近売り出したものでございます。よろしければ格安でお譲りいたしましょう。と申しますのも、いまわたくしどもは別の型《タイプ》を開発したばかりでございまして。薄ブロンドの、内気に悩む乙女の路線でございます。コケットで情熱的なモデルはもはや流行遅れになりかけております。しかしながら、わたくしの信ずるところでは、地方ではこれに勝るものはございません。なにしろベルリンの流行は、地方へはいつも一シーズン遅れて入ってまいりますから」

わたしはこの奇妙な男をまじまじと見つめました。途方にくれわたしは美しい娘の様子をもういちど観察しようと、眼を逸らしました。ところが彼はまたもや変身していました。わたしの視線は玉虫色の瞳に釘付けになりました。

わたしの胸は張り裂けそうでした。息詰まる思いでわたしは尋ねました。「これはしかし同じ身体《フィギュア》じゃないのかね？」

彼は口を歪めにやりと笑って頷き、誇らしげに言いました。「違いがお分かりになりますか？　わたくしどもがどのようにこれを製造するか、申し上げてもとうてい信じてはいただけますまい」

「違う」わたしは叫びました。「この人は蠟人形なんかじゃない。蠟人形であってたまるか！」

「それでは、わたくしがこう保証いたしましたらいかがでしょう。今晩一夜彼女をあなたに引き渡すことにいたします。二週間以内ならば、他のものと交換することもできます。一年予約をさしあげましょう！」わたしの裡で怒りが燃え上がりました。「この二十四時間というもの、君はわたしの後をつけているようだが、今の汚らわしい申し出の狙いはなんだね。後生だからこれ以上つきまとうのは止めてもらえないか！」テーブルを拳で叩きながらそう言い、椅子に乱暴に身を投げメリメリといわせました。そうやってことさらに物音を立てることにより、自分が絡み取られた惑乱を追い払おうとしたのです。

すると娘がわたしの側に歩み寄り、美しい目ですがるようにわたしを見、わたしの手を愛撫しながらこう言いました。「なにをそんなにおこっていらっしゃるの？　これがこのひとのやりかたなのよ。いまだってじぶんのしごとをしようとしてるだけなの」

わたしの手に重ねられた柔らかく暖かな手、その温もりがわたしの手に伝っていき、わたしをわれに帰らせました。彼女は血肉を持った女でした。蠟人形などではありません。わたしは自分の惑乱を恥じました。きっと飲みすぎたか、あるいは神経が参っていたのでしょう。この迷宮のような惑乱から脱出しようと、わたしは気をひきしめました。

やっとのことでわたしは口ごもりながら話しかけました。「失礼しました、お嬢さん、あるいは奥さん。申し訳ありません。お連れの方にも短気をお詫びします。しかし率直に言って、わたしには何がなんだかわからない。するとあなたのお仕事が関係しているというのですか」

「そうね」と娘が言いました。「あなたはこうじょうそのものをみるべきよ。かならずきょうみをもつにちがいないわ。どっちみちあたしは、いちにちをゆうこうにつかうために、五じにらぼらとりーへはいらなきゃならないの。だからいっしょにいきましょうよ」

そう言って娘はわたしを見つめました。その目つきは懇願と献身、それに優しさで溢れていましたので、覚悟を決め同行することにしました。なんだか彼女は、隣の男から逃れるために、わたしの助けを求めているような気がしたからです。それ以外の理由ではありません。

しかし本能のおぼろな声、人の言動に警告を発するあの声が、わたしの中で異議を唱えはじめました。心の奥底の存在が、この提案に「否」と言っているのを感じました。

しかし本能の上に立つわたしの理性は、今日のわたしの不甲斐なさを嘲り非難し、こう決断を下しました「その工場へ行け、そこで起こることすべてを見ろ。そうすれば馬鹿げた考えや、今日お前の頭に焼きついた一連のまぼろしからお前は自由になるだろう」

わたしたちの車は通りをしばらく走りました。わたしは後部座席で美しい娘の隣に座っていました。彼女はそれと分からぬほどわたしに寄り添い、両手をわたしに委ねています。わたしの全身は震え、至福の幻影が頭を過《よ》ぎりました。わたしは彼女とともにすらりとした馬に乗り、銀色に輝く白樺の林を抜け、青く流れる河に沿って緑の草原を駆けていくのです。菫色に翼が輝く不思議な鳥が歌を響かせながら、鮮やかな夏の青空を横切っていくのです。

そのとき突然、わたしと案内者は、殺風景な白塗りの壁に囲まれたアメリカ風の事務調度が整えられた部屋にいました。

「あの娘はどこに消えた?」われに帰るとすぐさまわたしは尋ねました。

「あの娘はすでにあなたのものでございます。しかしながら、あの見本《サンプル》以外の娘たちからお選びいただくこともまた可能でございます」

「しかしどうやって」

「おお、わたくしどもはトゥルマンドルフ教授のメソッドに従って営業しております。もちろんこのメソッドは生体を一方《ひとかた》ならず消耗させます。しかしわたくしどもは、娘たちを大切に扱い、一か月のうちたった二度だけ工程に関与させます。モデルをできうる限り新鮮に保つことは、わたくしどものお得意様の関心でもございますから。なにしろわたくしどもは最高級品だけを提供しておりますもので」

「よく理解できないのだが――」

「わたくしどもは娘たちに最高の報酬を支払います。天然の美こそが彼女たちの唯一の資本でございまして、わたくしどもは、その美を非難の余地のない方法で利用しつくす方法《すべ》を心得ている唯一の企業でございます。よろしいですか、わたくしどもの事業のおかげで、何百人もの娘たちが悲惨な境遇に身を落とさずにすんでいるのでございます。わたくしどもの宣伝方法はかなりの程度、風紀上の目的にもかなっているのでございます」

道徳で取り繕われた彼の言葉を聞くうちに、これから恐ろしいことを経験するのだという予感がしてきました。この大卑劣漢は風紀上の意義がどうのこうのと喋っています。それは世界秩序のために実現させるべき目標なのだそうです。

「どうぞこちらへ」と彼は言いました。わたしたちは白いタイルを敷き詰めた広々とした廊下を進みました。室内の暖かさは蒸し風呂の控室を思わせました。前方からバスローブ姿の娘たちが行進してきました。お揃いのバスキャップで覆われた頭を垂れ、小幅な足取りで滑るようにわたしたちとすれ違いました、一人が視線をわたしたちに向け、わたしはあの玉虫色の瞳をそこに認めました。

「娘たちは眠りに入る前に」と案内人が説明をはじめました。「熱いお風呂に入るのでございます。そうすると皮膚が柔らかく、なよやかになりますから」

「そのままこちらへどうぞ。この部屋が就眠室でございます」その狭い部屋の中央には寝台が据え付けてありました。それは病院で患者を運ぶ手術台のように、ゴムの車輪で動くようになっていました。

驚くほど美しい黒髪の婦人がバスローブに包《くる》まり寝台の上で四肢を伸ばしていました。その周りを、顔中が髭で覆われた禿頭の小柄な紳士が敏捷に動き回っていました。医者が着るような手術用の白衣を身にまとい、肘を胴体にぴたりと貼り付けたまま上腕を振り、なだめるように患者に声をかけていました。まるで人語を喋る蟇蛙《ひきがえる》さながらに、外人めいたアクセントでこう言っているのです。「お嬢さん、怖がることはありません、怖がることはありませんせん、お嬢さん、ほら、マスクが来ましたよ！」

天井からエーテルマスクが降りてきました。看護婦の一人が手を伸ばしそれを摑み、患者の顔に被せました。そこに小男が飛びかかり、マスクを鼻と口に密着させながら、娘の腕を強く握りました。

娘の身体はなおも痙攣していましたが、それもすぐに収まりました。教授はマスクを剝がし、素早く顔と首、それに手足に五本注射を打ちました。

「完了！」猫が喉を鳴らすような声で彼は言いました。「次！」寝台は二人の白衣姿の屈強な助手によって室外に運ばれ、新しい寝台が別の娘を載せ転がされてきました。

「どうです、すばらしいではございませんか」わたしのすぐそばで声が響き、そしてこう付け加えました。「次に控えております処置室はもっとお気に召すと存じます」

隣の部屋は緑の厚ガラスの天窓によって採光がされていました。黄色い溶液で満たされた陶製の大浴槽が部屋一杯に並んでいました。ちょうど先ほど注射をされた娘が、白衣を着た逞しい骨格の女によって最後の一枚まで着衣を脱がされ、溶液の中に漬けられているところでした。

「ワニス浴でございます」わたしの案内者が言いました。「皮膚呼吸を遮断するために必要不可欠なのでございます。いったん生命機能が最小限にまで減退いたしますと、作業が効率的に進むのでございます。お次は乾燥室でございます。どうぞお入り下さいませ！」

寝台の上に、十体のとても美しい裸の女が並べてありました。薄いワニスがその身体に蠟のような輝きを与えていました。

「こうやって二時間ほど寝かせておく必要がございます」連れの男がいいました。「それだけの時間が経過してやっと、手足に思いのままのポーズをとらせることができるのです。すばらしい技術でございましょう。あなたもすぐにご納得いただけましょう。この娘が第一号です。彼女はもう完成間近でございます」

彼は娘に歩み寄ると、その腕を引っぱりました。腕は蠟の腕のように空中にそそり立ちました。腋の下の薄毛が見えました。彼はわたしの手を娘の鳩尾《みぞおち》に置きました。心臓の鼓動が止まっているのがはっきり分かりました。皮膚は冷ややかで革のような手触りでした。

新たに三体のモデルが運び込まれ、すでに完成した最初の三体が運び出されました。最後の体が台上に横たえられたとき、黄金色をした肌の色あいから、それが先ほど一緒にいた娘なのが分かりました。

「あのときの連れでございます」傍らで声がしました。「お確かめくだされば分かりましょうが、心臓の鼓動はすでに停止しております。もっとも体温はあと二時間はそのままですが、その後はぎりぎりまで低下いたします。ですから日中は照明にも気を配り仕事は早々に切り上げねばならぬのでございます」

手を彼女の小さく固い乳房の下に当てると、とつぜん眩暈を感じました。しかしまだ男の声は耳に届いていました。「申し遅れましたが、室内は相当暑くなっております。あなたはお慣れになっていらっしゃらないでしょうから」そう言われて部屋を連れ去られ、椅子に座らされました。

周囲で人々が動いているのが、そして誰かが自分の上にかがみ込み、胸を聴診しているのが感じられました。不思議なことにそれをはっきり知覚できるのです。注射が打たれました。意識がふたたび濁ってきました。銀灰色でざらついた感触の垂幕がさわさわ音を立ててわたしを包み、わたしは迫ってくる布地から身を守ろうとしましたが、垂幕は叩《はた》こうとすると、石のように硬くなるのでした。やがて魂に闇が降りてきました。わたしの身体はどこかに運ばれて、魂はそれを遠くから見ています。わたしは自分がショーウィンドウの中で緑のカーテンを背に立っているのを見ました。シルクハット、エナメル革の礼装用長靴、灰色のストライプの入ったスラックスといういでたちで、左手を脇腹に当て、右足はタンゴのステップをいまにも踏もうとするポーズでした。そして大きな黒い目で往来の人通りを睥睨《へいげい》しつつ、黄色の手袋と完璧な正装一式を宣伝しているのです。わたしの魂はなんとかしてわたしの身体にふたたび入り込み、この鈍感な蠟人形、つまりわたし自身を生き返らせようとしました。あらゆる努力は無駄でした。胸に息を吹き込み自分を蘇生させようとしましたが、どうにもなりません。人々が窓ガラスに殺到し、わたしがじたばたするのを嘲笑っているような気がします。わたしの身体は依然として生きた人間ではなく、蠟人形でしかありませんでした。

しかし、溜息を一つ吐《つ》くと共にすべてがもとに戻りました。気がつくとわたしはふたたび、理髪店を思わせる心地いい椅子に凭れていました。

鏡の前で五人の少女たちが座っていて、髪を梳かさせています。五人の理髪師たちが巧みに櫛をあやつっています。

「ご気分はいかがですか」とわたしの案内人が聞きました。わたしはよそよそしく彼を見つめました。彼は言いました。「室温が高すぎたのです。お客さまがご回復になりませんでしたので、はなはだ残念ですがモデルたちへの特別誂えの形成処理はご覧にいれられませんでした。お具合がたいそう悪そうでしたから。しかしご気分がよくなられたようでしたら、ついていらっしゃいませ。完成したモデルたちをお目にかけましょう。あの蠟人形館を見ればご気分も晴れやかになることでございましょう」

そしてわたしたちは幾つもの広間を通り抜けましたが、わたしの消耗した頭はその様々な光景をもはや受け入れることができませんでした。いくつもの身体《フィギュア》が縺《もつ》れ合ってわたしの前を通り過ぎていきました。靴下と胴衣と上着を支度されたばかりの身体たちが、まるで田舎の温泉場のようにベンチに並んで座っていました。

あの娘に会わねば。わたしの頭にはそのひとつの考えしかありませんでした。その思いにかられ広間をさまよっている最中に言葉が投げかけられました。「他のご希望は本当にございませんか？　二体目を借りるおつもりはないでしょうか？　あるいはひょっとして他の見本をお望みでしょうか？　いかようにもご相談に応じさせていただきますが」

わたしは自分の口がこう言うのを感じました。「結構だ。玉虫色の眼の娘だけを頼もう」

「かしこまりました」と声が応じました。「お客様はよいご趣味をお持ちでございます。わたくし自身も他のものは選ばないでしょう」

そしてわたしはアメリカ式に調度を整えた事務室で、契約書に署名を済ませて待ちました。

やがて長方形の木箱が二人の白衣姿の屈強な男の手によって運び込まれました。

わたしは自分のホテルの名を教えました。二人の男は箱を持ったままわたしに従いました。わたしたちは車に乗り街路を走りました。街路はまばゆい朝の光であふれていました。ショーウィンドウのある店はまだすべて閉まっていましたが、あわただしく男たちが仕事にいそしんでいます。

やっとホテルの部屋で一人きりになりました。さっそく木箱を開けようとしましたが、わたしの興奮した手はなかなか小さな鍵を開けることができないのです。焦《あ》せるあまり汗まみれになっていました。

ついに軋み音をたてて木箱が開きました。綿を詰められた板に挟まれ、ちょうど朝最初に見たそのままの姿で、黄色の絹のマントを着た玉虫色の眼の娘が横たわっていました。

彼女はわたしに微笑みかけていました。わたしは彼女の両手に接吻しました。手はまだ生きているようでした。わたしは喜びで一杯になりました。すると工程はまだ完了していないのでしょうか。彼女は硬直も蠟化もしておらず、生きているのではないでしょうか。彼女を檻の外に出し、その胸に頭を乗せてみました。鼓動がはっきりと聞こえました。血がわたしの頭を昇りました。安楽椅子に凭れ、彼女をまじまじと眺めると、彼女も玉虫色の瞳を謎のように見開きわたしを見つめています。手足がかすかに動いているようにも思われます。わたしは悟りました。彼女は生きています。ちょうどわたしが、自分自身の蠟人形に生命を吹き込もうとしたとき生きていたように。

彼女を救わなければ！　わたしは飛び上がり、彼女を蘇生させようと、服を脱がせ始めました。

しかし手足の仰々しいポーズ、その不自然な姿勢のため、一枚たりとも脱がせられませんでした。わたしは自分を笑いました。揶揄《からか》われるままにさせておくのか？　わたしはナイフを取り出し服を切り裂きはじめました。生き生きと暖かい肉体が感じられました。しかしいかにもまどろっこしいので、布地を摑み引き裂きました。マントの下には上着とブラウスがありました。わたしは下着の薄いリネンを摘《つま》みました。しかしそれは根を張っているように彼女の美しい肌に貼り付いているのです。そこでわたしは邪魔ものを切り裂きました。

するとどうでしょう。葡萄酒色の血の奔流が切り裂かれた布地から溢れ出すではありませんか。わたしは後ずさりました。血を止めようとタオルを探しました。それでも血は滔々と流れ続けます。身体《フィギュア》は目の前で凝固したように動かずにいます。玉虫色の眼に怖ろしい驚愕が見られました。わたしは見ました。血は右腕の下から迸《ほとばし》り出ているることを。わたしは眺めに耐えきれず、そのまま失神しました。

ホルネクの自動人形

カール・ハンス・シュトローブル

Karl Hans Strobl : Der Automat von Horneck（一九〇四）

カール・ハンス・シュトローブル（一八七七―一九四六）は、当時のボヘミアでドイツ語話者の飛び地であったイフラヴァに生まれました。二十世紀初頭にはマイリンク、エーヴェルスとともに怪奇作家御三家と称せられ、また一九一九年から二一年にかけ、世界初の怪奇小説専門雑誌と称せられる「蘭の苑」の編集に携わりました。

しかし第一次大戦後に今まで見下していたチェコが、凋落したオーストリアを尻目に、マサリク大統領のもとで力をつけてくると、ビスマルク伝三巻（一五―一九）に表われたようなゲルマン至上主義・嫌チェコ感情はにわかに高まり、ついにはナチス信奉者となってしまいました（どこの国にもこういう人はいるものですね）。それにつれて作品も変なものになっていきます。三八年にはナチス帝国著述院のウィーン部局長に就任。終戦後まもなくオーストリアの小さな町で窮死しました。

この芳しからぬ後半生にもかかわらず、鷗外の翻訳した「刺絡」やこの「ホルネクの自動人形」など初期短篇のいくつかは、そのイマジネーション、あるいはユーモアと怪奇の混淆において不滅の価値を有しています。とくにこの短篇は、黒死館のテレーズ人形を作ったとされる名匠コペッキーや「ロボット」の命名者チャペックを産み、あるいは世界的に有名なマリオネット劇場を擁するチェコという地に深く親しんだものでなければ生みだしようのなかった名品だと思います。

――今の時代を、（戦争前のある日、友が言った。）倦怠だの神経症だのと馬鹿にするのはすこし間違ってやしないでしょうか。力強く楽天的なものがやたらにあるからこそ、バランスを取るためにデカダンスが必要になってくるんです。あの人たちのとっぴょうしもない行為を嘲《わら》っちゃだめです。理解しようとしなければいけません。なにしろあの人たちはファンタスティックな夢で、見てくれと金勘定ばかりのわれわれの生のけばけばしい現実を溶かそうというんですからね。デカダンスというのは周期的に繰り返される現象です。十八世紀末のロマン派をごらんなさい。デカダンス以外の何物でもないでしょう。

今ではまるまる百年の靄の向こうにしか、あの恐ろしいほどの魂の昂揚はうかがえませんが、ロマン派は堅苦しい啓蒙主義への反動としていっとき時代を覆いつくしたのです。それは盗賊物語と騎士劇の時代でした。啓蒙家のヨーゼフ二世が存命でいらしたころから、人は中世の闇を求めていたのです。時代を逃れて過去の古い城に籠ったのです。

わたしが「城」と言うのは比喩ではなく事実としてです。何人もの貴族が昔の塒《ねぐら》を新たに建てさせ、そのなかで思う存分先祖還《がえ》りをしました。このすぐ近くにもその頃の返り咲きをしのばせる城があります。でも復活したその命は長くは続きませんでした。今ホルネクはふたたび廃墟と化しています。でも一年のあいだは、モラヴィアの騎士の時代を蘇らせていたんですよ。

わたしはこの不思議な物語の一部始終を、古文書と、ある一族の記録と、それから司祭の年代記をつきあわせて読むことで知りました。あなたは綺譚がたいそうお好きと聞いてますから、ひとつ話してさしあげましょう。

ホルネクで一年のあいだ過去の夢に浸れた男はヨハン・フォン・ロイタースハーンといって、ウィーンの社交界で人気者の伯爵でした。しなやかで美しく颯爽とした体つきと輝くばかりの鋭い知性でさまざまな勝利を収め、その勝利は狩猟、フェンシング、そして恋愛にさえ及びました。何事も当たり前のように受け入れる態度は、伯爵の人間性に美しく貴族的な落ち着きを与えていましたが、その同じ態度で伯爵は勝利を受け入れました。あたかも時代は混乱し正気を失っていて、蛇さながらに毒を吐きながらフランスから諸国へ這い出した革命への恐怖は、ウィーンで酩酊のうちにその臨終の日々を迎えているように見えました。あらゆる感覚は磨耗してくたくたになるまで鞭打たれ、人びとは常軌を逸した快楽を求める舞踏へ殺到したのです。

伯爵もこの輪舞の熱狂に巻きこまれました。しかしいかなるときも節度を保ち、われを忘れはしませんでした。そのためますます引っ張りだこになったのです。ところがある日いきなりウィーンから姿を消し、仕着せ服の従僕らは、美しい女主人たちに、どこを捜してもいらっしゃらないのです、とあわてふためいて報告するほかありませんでした。ロイタースハーンはこの騒々しい享楽の世界に別れを告げて、より大きな魂の快楽を期待できる世界に入ったのでした。

伯爵は落魄《らくはく》したホルネク家の末裔と長く交渉を重ねて、閑静な谷間の森にある美しい廃墟を買い取りました。そしてまだウィーンのあらゆる馬鹿騒ぎの渦中にいたころから、誰に知られることもなく古城の改築にとりかかっていたのです。ざわめく樹々の梢を圧して城壁がふたたび聳え、敵に瀝青を浴びせるための出櫓《でやぐら》が大胆に空に突き出るようになりました。準備万端が整ったところで、密使が伯爵を城に呼び寄せました。

夜に到着すると、車は車道に残し、伯爵は城に通ずる短く険しい小道をたどりました。二人の従者が炬火《たいまつ》をかかげて先導します。大ぶりの鍵で塀の小門が開けられ、秘密の廊下と幅の狭い回り階段が伯爵をまっすぐ寝室へ導きました。串刺しにして炙《あぶ》った鹿の腿肉で食事を済ませると、中庭を見下ろしました。そこでは家来たちがあるじの命によって忙がしげに駆け回っていました。かれらが持つ炬火の赤々とした光が、中庭の隅や暗い狭間や隅に揺らめき落ち、燃える鳥のように塀を下から上へ羽ばたき、張り出しや屋根から闇に飛び、高く黒々とした樹々の梢に止まるのです。

翌日の朝、城主は城を囲む塀の内に巡らした舗道に沿って城の周りを散歩しました。身には野牛皮の胴着をつけ、脇に宝石を嵌めた剣帯を佩《は》き、そのなかで短刀が微かに音をたてています。絹の長靴下や金糸刺繍の入った膝丈の上着や礼装用の剣は行李の奥深く仕舞われました。老ネポムークが主人の蔑《さげす》み憤るまなざしからそれらの衣装を救ったのでした。この辺《あた》りには半世紀前から一匹の熊もいないというのに、城主がわざわざ取り寄せたトランシルヴァニアの野生の熊犬が一群となって吠えています。伯爵が城の周りを巡っていくとすぐ目に入るのは、支えなしに大胆に宙に投げかけられた渡り廊下と何基かの塔とが奇妙に入り組んだ部分でした。そこから城主は樹々の梢のかなたの森へ目を移しました。谷には農夫らの小屋が恐れ入ったように森の襞の狭間に押し固まっています。

しかしひとつだけ、この眺めのなかで気に食わないところがありました。それを意に従わせようと城主はあらたに熱意を起こしたのです。つまり城は見るからに出来たてで、人が永く住んでいるようではなく、厳《いかめ》しさに欠けていたのでした。あちこちの隅や壁には改修の跡も残っています。屋根には焼きたての煉瓦が赤褐色に明るく輝いています。壁の漆喰は真新しく、窓は嘘臭いばかりに無傷で曇りひとつありません。このままではいけません。伯爵は生死も支配せんばかりの怒りの形相で城代を呼びつけると、自分の考えを伝えました。城代は幾度も頭を下げて、なんとかすると請合いました。早くもその翌日、あるじが図書室を掻き回し今どきの本はみんな投げ捨て、十五世紀と十六世紀の古書だけを残しているあいだに、職人らがふたたび城にやってきました。

新しさの痕跡は何もかも大急ぎで取りのけられました。盛った藁に火がつけられると、煙が壁を伝って塗りたての漆喰を黒ずませ、その熱は窓枠を焦がしてガラスに罅《ひび》を入れました。灰と瀝青によって人の手で古びた汚れがつけられました。いっぽう他の職人は、屋根の継ぎ目や隙間に土を詰めて、そこに草の種を撒きました。早くも数日後には緑のヴェールが明るい煉瓦の上に広がって場違いな派手派手しさを和らげました。

しかしそれでも伯爵は満足しません。寝室の床下には、厚い土台壁の底に深く沈んで、夜の孤独と湿気に満ちた忌まわしい地下牢がありました。伯爵の何よりの望みは昔の城主の快楽精神を呼びさますことだったのですが、往時の主たちはこの牢で敵を死なせたのでした。囚われの敵は城主に刃向かって蜂起した農民たちでした。牢の深い闇を満たした悲鳴や溜息や呪詛は、湿気とともに壁に吸われ、その死者の絶望の音《ね》は今も籠っているようです。今は使われず床に垂れている錆びた太い鎖も、かつてはその擦《こす》れる音が拷問者の夢を心地よい幻で満たしたのでした。音をほとんど伝えない粗い床石でくぐもった、ほんの微かな耳をくすぐるような響きが、城主の眠りのなかに忍び込み、己の権力と復讐の妙味を尽きることなく味わわせるのでした。

ヨハン・フォン・ロイタースハーン伯爵は自分でもこの残忍な快楽を味わいたいと思いました。しかしこの恐ろしい地下牢に望みどおり入ってくれる者はなかなか手配できません。昔と違って領主に逆らう農民を鎖に繋《つな》ぐわけにはいきません。粗末で汚ないシャツを着た者らも、農奴制の廃止によって今は人権があります。非常に困ったことですが、おいそれと無視するわけにもいきませんでした。

伯爵はひとりの浮浪者を見つけ、少なからぬ金を積んで三日間牢に入ることを承知させました。しかし早くも六時間後には、あまりに真剣で恐ろしい叫び声で助けを求めるものですから、釈放してやるしかありませんでした。浮浪者は褒美が払われるのも待たずに逃げていきました。

伯爵の怒りと不機嫌はおかげで周囲をおびやかすほど危険に昂まり、とうとう老ネポムークに奇策を思いつかせるまでになりました。

おりしも当時は機械術があらたな飛躍を見せていました。驚くような古代のからくりや中世の珍奇な機械が息を吹き返しました。そうです、過去のいかなる時代に現われたものをもしのぐ、まったく新しい発明が命を得ていたのです。ことに優れた名匠のひとりがブリュンに住み、現在ではふたたび忘れられた技術をわがものとしていました。その人形は精確に働き、しかも動作が自然でぎごちなさがなく、生きているかと見まごうばかりの外観を持っていました。このプリミティヴス・ホルツベッヒャー親方がある日、馬に乗った使者により伯爵の城に呼ばれました。少し驚きながらも親方は従い、橇でホルネクまで行くことを承知しました。

香《かぐわ》しい樅が暖炉に燃える心地よい広間で城主は親方を迎えました。伯爵から銀のジョッキで歓迎された親方は少なからず面くらいましたが、ともあれ伯爵の望みを聞きました。人形を一体作ってもらいたいというのです。ひとりでに動き、地下牢に幽閉されて鎖で縛められると生きた人間のようにもぞもぞするのを作ってくれというのです。

伯爵は気を昂ぶらせ熱弁をふるいました。親方はずいぶん長いあいだ黙したまま、あらぬかたを見ていましたが、やがて窓の外に目をやりました。雪におおわれて眩しく波うつ丘が遠くまで延びています。そして城主に向かっておもむろに言うには、「伯爵さま、何とかして貴方さまの命に従いたいのは山々なのでございますが、遺憾ながらこの件に関しましては御意に沿いかねます」

「なぜだ」

「伯爵さまが仰せになった企てには、たいそうな危険がともないます」

「馬鹿げた言い訳だ。どうせお前には難しすぎるのだろう」

「伯爵さま、このプリミティヴス・ホルツベッヒャーは機械のことになら隅々まで通じております。なにごとも難しすぎはいたしません」

「ではなぜやらない」

「人形の命が恐ろしいのでございます」

「どういうことだ」

「わたしどもがこの機械人形に与えるのは生きる力、人目を欺く外見、そしておそらくは命そのものの欠片《かけら》です。ですが人の心とその優しさは与えられません。元の材料である鉄や木がそうであるように、心はあくまで硬く冷やかなままです。かれらの生には死物の残酷さが残っています。この残酷さが目を覚ますと、恐ろしいことも起きかねません」

「何とたわけたことを。もっと道理をわきまえた男とばかり思っていたが」

「死物の世界とわたしどものあいだに存するこの奇妙なものは、下手に扱わぬほうがよろしゅうございます。いつなんどき目を覚まし仇《あだ》をなすやも知れませんから」

「ばかばかしい。そんなことであきらめてたまるか」

親方が拒めば拒むほど、伯爵はますます依怙地《いこじ》になり意志を曲げませんでした。そしてホルツベッヒャー親方を城にとどめたまま、その道具一式をブリュンから持ってこさせました。工房がまるごとはるばるやってきて、しかも、伯爵の使者がその命に忠実に従いすぎたあまり、人形までもが、出来あがりのものも作りかけのものもいっしょくたに運ばれてきました。自動人形たちは中庭に散らばる職工道具のあいだで、まるで新しい住処にしぶしぶ引っ越してきたように、冷ややかな顔つきをしてじっと動かず立っていました。

伯爵の寝室の隣にある明るく大きな部屋でホルツベッヒャーは仕事をはじめました。城主はほとんど一日じゅう親方につききりでした。その関心は材木の一片一片、螺子《ねじ》の一本一本、布の一切れ一切れにまで及びました。作品ができあがっていくのを見ていくうち、かれの空想は完成へと先走り、生きて感覚のある人間が、寝室の地下にある恐ろしい牢にいるさまを思い描くのでした。親方は創造の衝動に捉えられ、自分の警告のことはもはや頭にありません。そして幾週もの疲れを知らぬ労働のあげくに、自動人形ができあがりました。神品ともいえる機械仕掛けで、本物の人間に生き写しの姿かたちをしています。蠟の顔には生気がみなぎり、二つの目は表情豊かで、手負いの獣が助けを乞うような目つきをして人の心を動かします。天然の髪があっさりと分けられ垂れ下がっています。隠された機械仕掛けが作動をはじめました。人形は部屋を歩き回り、憐れみを乞う絶望の身振りで組んだ腕を掲げることもできました。苦悶の表情は名匠の手で恐ろしいくらいに生き生きとした仕上がりを見せていました。

褒美をたっぷりもらってプリミティヴス・ホルツベッヒャーは城をあとにしました。しかしその顔は晴れず、口数は少なく、作品の完成を喜ぶ言葉は一言も漏れませんでした。

自動人形は囚人服を着せられ地下牢に繋がれました。城の地下管理係は毎晩人形のぜんまいを巻く任務を課せられました。夜になると鎖の音がはるかな地獄から来るように伯爵の眠りに入りこみます。錯覚はあまりに真に迫り、伯爵は長くあとを引く溜息と苦悶の叫びさえも聞いたかと思いました。そんな錯乱した印象が、命のない人形の虐待者を恍惚で悶えさせるのです。ある日の朝、空想はことさらに猛って生気を帯び、一心に聞き耳を立てて過ごした夜のほとぼりが冷めないまま、伯爵はこの奇妙な囚人を牢から出して、中庭で鞭打たせました。しかし最初の一打をくれると、家来は驚いて打ちやめました。囚人服の裂け目から赤い条痕がのぞき、本物そっくりに痙攣する裂けた背中の肌から、血が流れたように鞭が赤く染まったのです。伯爵は笑いとばして言いました。こいつは親方が人形の木材が牢の湿気で朽ちないよう、あらかじめ塗っておいた鉛丹に決まっている。しかし家来たちは手にした鞭に目をやったままためらっていました。生身の肉ならためらわず打ちすえる荒くれ者どもも、血を流すこの人形を前にすると怯えてあとずさるのでした。

この鞭打ちがあった日の夜、鎖の音は伯爵の歓びにいっそうの薬味を利かせました。伯爵は昔の城主の権利を思い出しました。農夫の娘の肉体への例の無慈悲な権利です。今は命令の力は役に立ちませんので、説得の力と高貴で堂々とした風采の力にものを言わせました。そしてさほど骨を折ることもなく、頑丈で健康な娘たちの心を燃やすことができました。ウィーンの貴婦人らの魅力を受け入れるときは冷たく優位の態度を崩さなかったこの男が、今では農夫の娘の腕のなかに飛び込み荒々しい喜びに耽るのです。娘のうっとりとした声の合間合間に、鎖の鳴る冷ややかな音と絶望の呻きがおどろおどろしく地下牢から響くのです。

午前中は鞭打ち。そしてまたもや愛と恐怖の夜。農家の娘は誰もあえて伯爵に逆らおうとはしませんでした。地下の苦悶が寝室に響いてくればくるほど、伯爵の喜びは歪んだものになりました。そしてとうとう小さな村のなかで、伯爵の選択の種は尽きてしまいました。残ったのは毎朝牛乳を城まで運ぶ娘だけでしたが、この娘は城の管理人ヨハンの婚約者でした。伯爵の欲望はこの娘にも向けられました。しかし伯爵の攻撃は空しく潰えました。娘は彼の望みをかなえようとしなかったのです。ある日ヨハンが伯爵の前に現われました。そして手を掲げ目に涙を浮かべて、婚約者に危害を加えないでくださいと懇願しました。伯爵は怪訝そうにたずねました。「何が言いたい」

「ご主人さま、どうぞ御慈悲を。あれはわたしの婚約者なのです」

すると伯爵は今ではけして身から離さない鞭を振りあげて管理人を部屋から追い出しました。

二日ののち、娘は伯爵のものになりました。

その翌日、管理人が部屋に入ると、伯爵が古書を拡げて座っていました。おりしも夜毎の宴を間近に控えて城じゅうが静まっていたときです。ランプの乏しい光が赤い炎を影のさした若者の顔に心もとなく伸ばしました。彼は手に小型のランタンと鍵束を持っていました。

「どうした」

「ご主人さま、いま地下牢に行ってきたところです。なんと申しますか……たいそう妙なことが人形に起こりました。顔つきがすっかり変わっています」

「なぜそんなことが」

「ともかくすっかり変わって見えるのです。ご覧いただけませんでしょうか、ご主人さま」

伯爵は立ちあがり、音をたてて本を閉じました。そして不審の念と微かな恐怖を感じながら管理人のあとに従《つ》いていきました。ランタンの頼りない光が、岩壁の狭間を抜けて地下牢へ向かう廊下を照らします。鉄扉が音をたてて開くと伯爵は中に入りました。背後で管理人が灯りを掲げました。壁がわずかに前に突き出たところに自動人形が座っていて、両手と両足が惨たらしくも鎖で固く縛められています。

「ご覧ください、ご主人さま！」

まさしく、はなはだしい変化が人形の蠟の顔を歪めてしまったかに見えました。生き生きとしていた頰の色は鉛色の陰に沈み、すべすべだった蠟面には荒《すさ》んだ皮膚のような皺や襞が寄っています。荒々しく光る眼の下に涙嚢が重く垂れ、そのために同情をそそる辺なさと哀れみを乞う表情は顔から失せていました。いま表情の奥からうかがえるのは冷たい悪意、容赦なくじりじり人を追い詰める、殺しをもいとわぬ残忍さです。それが見るものを恐怖の深みへ突き落とすのでした。

伯爵はためらいつつも、よく眺めようと近寄りました。そのとき、人形と地下牢にとつぜん、暗闇が音をたてて襲いかかりました。重い鉄扉が軋んで閉まり……鍵がくるりと回り、そしてぞっとするような歓びの喚声があがり、その声は地下牢の前の狭い廊下を遠ざかっていきました——

伯爵の失踪に城は大騒ぎになりました。もう昼を過ぎているのに、あるじはまだ姿を見せません。老ネポムークはもう二十回も寝室の鍵のかかった扉の前に立って耳を澄ましました。しかし何の気配もありません。そこでただ不安げに城をうろつくしかありませんでした。晩になって中庭にいたとき、地の底からくぐもった咆哮を聞いたような気がしました。家老は震えながら声のする方へ急ぎました。鉄扉の前まで来ると、中から聞こえる悲鳴や喚《わめ》き声に髪が逆立ちました。主人の声らしきものを認めたように思ったからです。管理人はどこにいる？　今日はまだ誰もヨハンを見ていません。前夜から姿を隠しているのです。そこで村から錠前屋を連れて来ねばなりませんでした。長い作業のあげくに地下牢の扉が大きく開きました。見ると伯爵は壁の突き出しに座り、手足は惨たらしくも鎖で固く縛められ、眼は膨れて飛び出し、口から泡を吹いています。家来たちはいったん伯爵の縛めを解きましたが、またすぐ縛らねばなりませんでした。伯爵は自動人形はどこだと叫んで暴れました。しかしどこにも見当たりません。

家来たちは荒れ狂う伯爵を寝室の前まで連れていきました。ところが扉は中から鍵がかかっています。錠前屋はまたもありたけの技を奮わねばなりませんでした。家来たちは伯爵の体を抱えて敷居を踏みこえるや、たちまち荷を落とし悲鳴をあげて逃げていきました。伯爵の寝台に、絹の布団を首までかけて、無邪気に満足しきった表情を浮かべて寝ていたのは――自動人形だったのです。

Ⅱ 分身

三本羽根

アレクサンダー・レルネット＝ホレーニア

Alexander Lernet-Holenia : Die drei Federn（一九四六）

アレクサンダー・レルネット＝ホレーニア（一八九七―一九七六）の真の父親が戸籍上の父かどうかは定かでなく、一説にはハプスブルク家の落とし胤《だね》ともいわれています、というか、本人はそう信じていたようです。リルケ風の抒情詩やオーストリア演劇の伝統に掉さす軽喜劇で名をあげた彼はのち小説に転じ、夢と現《うつつ》を往還する多くの作品を残しました。その「天然」と称するしかない愛すべきキャラクターについては、拙訳『両シチリア連隊』（東京創元社）の解説で色々エピソードを挙げておきましたので、よろしければご参照ください。

彼岸と此岸の間《あわい》、予言とその成就、夢のお告げ、亡き帝国への哀悼といったものが彼の好んでとりあげるテーマですが、それらに劣らず自己同一性の問題が頻繁に出てきます。それが推理小説では一人二役や二人一役などのトリックに、また幻想小説ではドッペルゲンガー譚に結実するといえましょう。このテーマへの偏愛は先に触れた出生にまつわる問題と無関係ではないと思います。

「三本羽根」はその自家薬籠中のテーマに、能天気ともいえる生来の軽演劇趣味を巧みに溶け合わせた逸品です。坂田靖子の漫画のようなコメディ・タッチで軽快に進行する英国上流階級奇譚を堪能いただければと思います。

十九世紀の中ごろ、ロッテルダムの毛織工ピーター・アルンヘムの次男でヤン・アルンヘムという者がオランダからイギリスに渡り、ロンドンに腰を落ち着けて海外製品を扱いはじめた。商いは当初はささやかだったが、ほどなく大いに繁盛するようになった。六十年代になるとヤンはアン・ピーコックという名のコクニー娘と結婚した。資産はないがそれだけいっそう美しく、ただほんのわずか大きすぎ幅広すぎるかもしれない娘だった。だがオランダ人であるヤンの好みには適っていた。本人の言によれば、金はもう十分に儲けたので、妻からは快楽さえ得られればいいのだそうだ。このヤンあるいはジョン・アルンヘムが亡くなると、当時のウェールズの王子にちなんで名づけられた息子エドワードは、そのときまでに相当な額に上っていた父の資産ばかりか、商才までも受け継いだ。その後も機に乗じてさらに財を増やし、クオーターメイン卿の娘オノラブル・ダイアナ・ウィンダムと結婚したときは大富豪とみなされるようになっていた。二人の妹もエドワードの感化を受け、貴族の次男坊のもとに嫁いだ。たいそうな持参金がかかったが、エドワードにいわせるとそれで家名に箔がつくのだった。エドワードはイギリスの流儀にあまりに馴染んだあげく、習俗の枠にすっぽり嵌まったスノッブと化してしまった。だが最後まで消えなかったオランダ市民階級《ブルジョワジー》の矜持が、四万ポンドをはたいて騎士の位を買うことだけはかろうじて思いとどまらせた。ともあれ最後にはとうとう息子のジョージを、ポンテクラフトの侯爵令嬢で真正のレイディであるドゥブルー嬢となんとか娶《めあ》わせた。そのあと彼は床につき、一九一五年に天に召された。

　このマーガレット・ドゥブルーはジョージ・アルンヘムと結婚したときはもう娘の盛りを過ぎていた。のっぽで痩せぎすで、黄ばんだ前歯を少しのぞかせる彼女には、なんだかノルマンの錆びた長剣をいまにもどこからか抜き出し、緊張か憤激かで上唇をめくりあげて、話し相手の頭蓋に打ち下ろしそうな感じがあった。だが実際はその性格は温和そのものだった。だがその徳だけではジョージを惹きつけるには十分でなく、裕福な家の三代目の例に漏れず極めつけの享楽家《ボン・ヴィヴァン》だった彼は、より心地いい若い娘の美点に慣れ親しんでいた。ところが戦争が始まって、スコットランドとの国境《くにざかい》にあるバノックブライドのような寂れて退屈な地で、昼は野鳩を相手にささやかな猟、夜は炉辺で無口な男たちにまじって炎に唾を吐く以外に何もすることなく長く日を送るうち、とうとう孤独感が二人を近づけ、あげくマーガレットは一九一六年に女の子を産み、産後まもなく亡くなった。その死は生きていたときと同じく穏やかなものだった。

先立たれた夫の思い出のなかで、亡妻は光輝を纏《まと》って生き続けた。光のなかで彼女は日一日と輝きを増し、愛人と喧嘩するとき、ことにそれが痛切に感じられた。そのほかにすることといえば必要最小限の仕事だけで、収入を穏当に使って、あとは心から愛する娘の養育にかかりきりになった。名前はジェーンとつけた。素朴で愛らしい娘を思わせるこの名が、ジョージは前からたいそう気に入っていた。幸いジェーン・アルンヘムは痩身も黄ばんだ大きな歯も母から受け継がず、むしろ魅力的といっていい娘に育ち、故レイディ・マーガレットにあっては単なる穏やかさだったものが、ジェーンにおいてはさしあたり一種の好ましい夢想癖となって発現していた。

十八の年に彼女はハーバート・モンクリフと婚約した。その両親のチャールズ・モンクリフとキャスリーン・モンクリフは、一族がかなり前から居を構えるレドベリーのアッパー・ロッジに暮らし、イギリスの気候にもとづくリューマチとイギリスの料理にもとづく消化不良に絶えず悩まされていた。婚約の二か月後ジェーンは宮殿に拝謁に伺い、女王に紹介されることになっていた。

その拝謁の日の前夜、少々変わったことが起きた。ジェーンは父と婚約者と三人で劇場に行き、それからリッツで晩餐をとったのだが、その別れ際、ハーバート・モンクリフは人目を忍んでジェーンに紙切れを押しつけた。それまで一度もなかった行為だった。帰宅するとすぐさま自室に引っ込み、鍵をかけてから紙片を開いてみた。なるべく早くドミンゴのナイトクラブに来てくれと書いてあった。

ジェーンはナイトクラブとはどんなものかも知らなかったし、夜分だしぬけに自分を連れ出そうとする婚約者をどう考えていいのかもわからなかった。あれこれ考えながら寝台に座って夜着に着替えたあとも、ずっと眠りにつけないまま、ロンドンの夜の生活についてのさまざまな不思議な夢を見た。それらは起床したあとはもう思い出せなかったが、宮殿に向かう馬車に乗る前に、共に紹介を受けることになっていた従姉妹のオノラブル・エリザベス・ウィンダムにハーバートの紙片をそっと見せた。

このエリザベス・ウィンダムは常ならぬ美しさをもった娘で、男に対しては慎重で計算高く、おかげでほどなくしてギエンリヨン侯爵と婚約したのだが、そのエリザベスはモンクリフの行いを男に典型的な無作法と断言し、紙片を散り散りに引き裂いた。だがそのすぐ後にいっそう奇妙な、そしてたいへん気まずい事態が起こった。

ジョージ・アルンヘムは多額の経費のかかる田舎の領地キャリントン・ホールからイザベラ色の馬を二頭持ってこさせ、この日のために磨きをかけた馬車に繋いだ。宮殿には自動車ではなく馬車で伺候するのが作法とみなされていたからだ。とはいえバッキンガム宮殿の前で待機する長蛇の車の列のなかには自動車もけっこう見かけられた。イザベラ色の馬が列についたとき、宮殿の車寄せの前にはすでに何百台もの車が並んでいた。アルンヘム家より早く起きて娘をお目通りさせようとする人がそれだけいたのである。だがジョージ・アルンヘムは早起きを好まなかった。

これでは車寄せに着くまで何時間もかかりかねない。ちなみにお目通りの列が年毎に長くなるのは誰もが知っていて、あちこちの車で待ち時間の対策が立てられていた。男はブリッジやピケの勝負をし、婦人は肩掛けを毛糸で編み、長い停止の合間合間に車の列は少しずつ前に進んでいく。

ジョージ・アルンヘムは娘二人の向かいに座り、両手を杖に乗せ、シルクハットをうなじのほうにずらして、車の列を眺める群集を眺め、あちこちの車から聞こえるラジオに耳を傾けたり、一見考え深げだが実は何も考えていない表情で娘と姪の髪を飾る三本羽根に春空の風が戯れるのに目をやったりしていた。

この三本羽根こそ宮殿にお目見えする若い婦人の徴《しるし》だった。

おおよそ十五分ほど待つと列はさらに三、四十歩ほど前に進んだが、そのとき、パレード用の派手な制服を着た宮殿庭園番の将校に付き添われて、民間服の紳士がバッキンガム宮殿から現われ、列に沿って歩きながら車の一台一台に目をやりだした。そしてアルンヘムの馬車の脇で足を止めた。

紳士は女王の個人秘書オノラブル・S・R・カートライトだった。そして近衛将校はハミルトンという者だった。将校のほうが儀杖親衛兵《ジェントルマン・アット・アームス》であろうが衛士《ヨウマン・オヴ・ザ・ガード》であろうがジョージ・アルンヘムは気にしなかったし、たとえ気にしたとしても確認しようもなかっただろう。というのも予想もつかないことが続いて起こったからだ。

すなわちカートライトはアルンヘムに、お伝えしなければならないことがあると言い、アルンヘムは構わない、言ってみたまえと答えた。

彼は屈みこんでアルンヘムの耳に口を寄せ、アルンヘムはよく聞こえるよう、もともと後ろにずらしていたシルクハットをさらにずらし、しかも別の耳を覆うようにした。そこにカートライトが囁いた。わたしはジェーンさんを女王にお目見えさせず家に帰るようあなたに要求するという不快な義務を遂行しに来ました。

アルンヘムは驚いてシルクハットをますますあさってのほうにずらし、それはどういう意味かねと訊ねた。

カートライトは答えた。出発をお止めするために朝電報が届くよう計らいましたが手遅れでした。だから今、王室におられる厩舎長の意を受けて、すぐ列を離れて帰宅するようお願いせねばなりません。

頭がおかしくなったのかと問われてカートライトはそんなことはありませんと断言した。アルンヘムからわけのわからない措置の理由を言えと迫られると、その権限は与えられていないのです、女王様のいわゆる女官長《ミストレス・オヴ・ザ・ローブス》のひとりから直々に、くれぐれも理由は言うなと釘をさされていますから、とカートライトは答えた。

ここまでの会話は抑えた声でなされ、後部座席にいる二人の娘や他の車の人たちは何を話しているか聞き取れなかった。ところが今やジョージ・アルンヘムは女官長ばかりか侍従長シャフツベリー伯爵、副侍従長兼女王付き女官デバラ、アムトヒル、ダービー、そして勢いにまかせて大使館長、鷹匠、桂冠詩人まで罵りだし、その声があまりに大きかったものだから、すぐ近くでオノラブル・アンド・レヴェレンド・ヘロン＝マクスウェルとブリッジをしていたカニンガム一家や、リューマチがひどくて首を回せず体全体で振り向くボスワース伯も驚いて車に目を向けた。キャンベル一家や、やんごとないクリフォードと奥方と座りイギリス料理でもたらされる消化不良に思いをいたすサー・アンソニー・ゴーントレットも飛び上がり、驚きを顔に浮かべた。あちこちの車に座る若い娘たちは、もちろんジェーンとエリザベスは除いて、くすくす笑い出した。

これは必ずスキャンダルになる、もしまだそうなっていないとしたらの話だが、と見てとったジョージ・アルンヘムは叫ぶのをやめ、その代わり低い声でオノラブル・カートライトを威したものだから、ほどなくカートライトはジェーンが自堕落な生活を送っているという報告が今朝がた王室に舞い込んだと白状する羽目になった。

これを口に出したとき、潔癖なカートライトは少し赤面さえした。逆にアルンヘムは青くなった。エリザベスも青くなった。というのも、悪い噂が立ったアルンヘム家と親戚付き合いをしているとギエンリヨン侯爵との結婚がふいになると思ったからだ。

ところがジェーンは赤くも青くもならず、なんだかよくわからないというふうにカートライトの顔を見ているばかりだった。

アルンヘムもカートライトを睨んだあとで今度は娘を睨んだが、その目をちらと見ただけで娘に罪のないこと、どこかに誤解があることを確信した。男というものは女が嘘をついているときはめったに気づかないが、嘘をついていないときはすぐ気づくものだ。そもそもジェーンはいつも父の監視のもとにあって、悪評を招く暇や機会などあろうはずもない。概して女の考えはあまりにも現実的なため、どうしてもそうせねばならぬというとき以外は自分の評判を危険にさらしたりはしない。その女自身に原因がないとき、よい評判をあきらめさせて、悪評を持ち込むのはそれほどたやすいことではない。心からではないにしても実利的な理由から貞節を保つ女性は、少なくとも人が想像するよりはるかに多い。アルンヘムは過去の一連の失策を思い返してその思いを新たにし、思わず溜息をつきそうになった。だがそれはことのついでに頭をよぎったにすぎなかった。何にもまして自分に言い聞かせたのは、いま列を離れて、娘と自分に降りかかった火の粉を払うためにこれから家に引き返すなど絶対にできないということだ。――いま列を離れるとは、とりもなおさず永遠に列を離れることを意味する。いったん起きた醜聞は、正当なものでも不当なものでも揉み消せやしない。良俗は良俗であることにあまりに退屈しているので、誰かが憤慨すべきお楽しみをやったときには、それに参加できなかった恨みを晴らすのをいつまでもやめはしない。ジョージ・アルンヘムは父親のようなスノッブではなく、それどころかスノッブになるべきではないとさえ思っていた。すなわちまったく裕福で善良な人たちに見られるのと同じ心の余裕があった。だが不意に、自分はよい家庭とまずまずの、いや結構な資産には恵まれているけれども、けしてロスチャイルドでもランカスター伯でもないのだと気づいた。彼らが社交界にとどまったまま多かれ少なかれ行えたことを自分がしようとすれば、社交界を去るしかない。そしてアルンヘムには十分に健全な良識、直截に言えば純粋な商人としての理性がそなわっていて、それが彼に「社交界にいるよりも不快なことはひとつしかない」と洞察させていた。「それは社交界にいないことである」

アルンヘムはシルクハットを後頭部から前方にぐいと、オノラブル・カートライトの胃袋に一撃を与えようとするようにかぶり直した。そして「貴方、」と食ってかかった。「どうか言っていただきたい。わたしの娘にそんな卑劣な中傷をしたのはどこのどなたですかな。あなたがそれを口に出さず、しかもカートライト家の一員と言い張るなら、わたしはアルンヘムであることを止めましょう」

その威しの口調よりむしろアルンヘムの発した不気味で不明瞭な呪詛にカートライトは気圧《けお》された。言を左右にしても無駄と悟ると、ジェーン・アルンヘムの告発者はギネス＝カー将軍であると白状した。

このギネス＝カーなるものは王室の主馬頭《マスター・オブ・ザ・ホース》だった。アルンヘムもジェーンもこの人物は通りいっぺんしか知らなかった。しかしだからといってアルンヘムは将軍を呪い、中傷の理由について思いをめぐらすことに容赦はしなかった。自分らを成り上がり者と思っているのか。それとも他に何か理由があるのか。ジョージは車の列に目を走らせ、車寄せまでたどりつくまであと二時間か三時間は優にかかると見込んだ。つまり自分の、そしてジェーンの問題を片付けるのにそれだけの時間の余裕がある。馬車が車寄せに着くまでに疑惑を払えなかったら、自分とジェーンはおしまいだ。

ジョージは腰をあげ、穏やかならざる力でオノラブル・カートライトを側扉から押しやった。同行した宮殿庭園番の将校のほうは唇の下に兜の紐を回したまま、それまでずっと不動の姿勢で立っていたが、まるで何もかも自分にはかかわりないというように後ろに下がった。どうやらカートライトがアルンヘムにずたずたに裂かれるのを防ぐだけのために連れてこられたもののようだった。エリザベス・ウィンダムはギエンリヨン侯爵をあきらめねばならない虞《おそ》れに茫然として座席に座ったままだったが、その彼女に言葉もかけずジョージは御者に向かって、「そのまま走らせろ」と命じた。「他の車に従いてゆっくり走らせろ!」――「どこに行くのですか」カートライトがたずねた。だがアルンヘムは取りあわず、ジェーンの手を取って馬車を降りた。二人は車の列に沿って数歩歩いた。「どうも」通り過ぎざまにキャンベルに声をかけた。「のんびりすぎますな。わたしはうんざりしてきました。朝食に行ってきます。正面玄関に着く頃には戻ってきます。ではまた」

そんな怪しげな約束をすると彼はジェーンを引き連れて群衆のなかに姿を消した。

ギネス゠カー将軍は若い淑女らのお披露目の場に居合わせずともよかった。ジョージ・アルンヘムが歯軋りしながら言うには「あの将軍は娘らに何の関心もない、道端の埃ほどの関心もない」のだ。――将軍は主馬頭執務室のゆったりした安楽椅子に身を沈め、足をもう一つの安楽椅子に乗せ、腹のうえで手を組み、葉巻を燻らせて考えていた。新しい四頭曳きと六頭曳きの馬車用の牝馬の名はローラ、キキ、カルメンとしようか、それとも別のお気に入りの娘の名をつけようか。こうした心地よい思案に突然の闖入で邪魔が入った。将軍はすばやく足を椅子から降ろし、葉巻を口から離して立ち上がり、むにゃむにゃと呪いの言葉を吐いた。

ジョージ・アルンヘムは帽子を脱ぐどころかしっかりかぶり直し、将軍の前に立ちはだかり、娘への弾劾を即刻取り下げるよう要求した。

将軍はアルンヘムの闖入に一瞬うろたえ、カートライトが何か喋ったのかと問いそうになったが、アルンヘムの威圧的な態度を見ると反抗の気持ちが起き、自分も目に見えない帽子をきちんとかぶり直し、いかなる言の撤回もするつもりはないと言い放った。そして言うには、カートライトが口を滑らせたのならむしろ好都合です。すくなくともあなたに面と向かって、ジェーンをあのいかがわしい酒場、ドミンゴのナイトクラブで見かけたことを、そしていかなる事実が自分をして侍従長に報告せねばならぬと感じさせたかを語れますからな。

「ドミンゴのナイトクラブ」の名を聞いてジェーンも青ざめ、白昼夢めいた眩暈に襲われた。虚脱感が頭から体を下って足先まで走り抜けたようだ。自分はまだ夢のなかにいるのだろうか。すくなくともどこにいるのかわからない。ハーバート・モンクリフから来るように促されはした。でも行きはしなかった。なのになぜ将軍は自分を見たのだろう。知らないうちに夢遊病者になったのか。実は外出したいと思っていて、夢とばかり思っていたことは、自分では意識しなかった現実の反映なのだろうか。

だが二人の紳士は、娘を尻目に、その思いに少しも感づくことなく、互いに怒鳴りあうのに忙しかった。まずアルンヘムが声をあげ、娘をそのナイトクラブで見たというのはいつのことだと問い詰めた。――将軍は、あの同じ夜だと叫び返した。――ほお、とアルンヘムが叫んだ。どんな連れといっしょのところを見たのかね――何人かの紳士といっしょだった、と将軍が叫んだ、ブルガリアの豚飼いやルーマニアの羊泥棒を紳士と呼べたらの話だがな――そいつらの膝に座ることも、ジェーンはあえて辞さなかった。しまいにはハーバート・モンクリフまで来たものだから、わたしは店を出ることにした。婚約中のお二方のやり取りを目の当たりにするのは御免こうむりますからな。

モンクリフもそこにいたと聞いて、ジェーンは何ともいえぬ気持ちになった。だがアルンヘムは将軍に向かって、あなたはへべれけに酔って正体をなくしてたに決まってる、何もかも嘘だ、なんならドミンゴとやらに探しに行ってやろうじゃないか、と金切り声をあげた。――貴殿の知ったことではない、と将軍は叫んだが――自分がナイトクラブにいたことが妻の耳に入ったら、自分自身が困った立場になるかもしれないと思い当たった。妻には将校専用のクラブに行くと言ってあったから。いずれにせよアルンヘムは将軍の主張はみんな嘘だと言い張ってきかなかったので、将軍はなんなら誓ってもいいと言い出した。そんなふうに二人であれこれ言い争っているあいだじゅう、アルンヘムは緩慢ながら着実にバッキンガム宮殿へ進む車列の幻で落ち着かなかった。導火線の火がじりじりと爆薬に向かうのを見る思いだ。もしわが馬車が車寄せに着くまでにこの件が解決しなかったら、ジェーンは社交界から追放される。もはや誰もわが娘を受け入れないだろう。市民階級ではそれは死に等しい。「どこに」彼は叫んだ。「その忌まわしいナイトクラブはあるのかね」将軍は住所を覚えていないふりをしようとしたが、結局はその紳士たちのお楽しみの場所に関する価値ある情報を吐き出させられ、アルンヘムはただちにシルクハットをかぶり直し、挨拶もせずに主馬頭のもとを去った。将軍は頬を膨らませて二人を見送り、何もかもが自分にとっても芳しからぬ結果になったと感じた。ギネス＝カーの奥方はうかつに冗談もいえない女だった。そもそも彼女と結婚したというのも、騎兵中隊さえ震撼させる彼が、自分でも何かに震撼せねばならないと考えてのことだった。

ドミンゴのナイトクラブはロンドンのたいていのナイトクラブと同じく、特に夏はとても早いイギリスの薄明時にその生命をようやく宿し、午前遅くまで続く。その意味でナイトクラブの名はふさわしくはない。アルンヘムが辻自動車で乗りつけたとき店はまだ開いていた。もちろん客はすでに一人もいなかったが、化粧室に一群の妖婆らがまだ居残っていた。おそらく二十年前は若い美女で、ことそっくりのナイトクラブでスターであったであろう女たちが、今は箒で床を掃き、後片付けをしている。しかもパトロン直々の監督下で。そのパトロン、ドミンゴ・カブレラは、自称南アメリカ生まれの、四十から五十のあいだの、髪に油をつけたややむくんだ体つきの男だった。実際はいくぶんジプシーか近東人のように見えた。ダブルのディナージャケットと皺のよった黄色の絹シャツを着ていた。この夜明かしした幽霊男が、女たちにてきぱき仕事を進めさせるため、からかいの声をかけて励ましている。彼は店の若い女とは打ち解けず、引退した年増女たちと冗談を言い合うほうを好んでいた。

その様子を見てジェーンはいくぶん気が軽くなったが、一方この店には彼女をいっそう混乱させるところもあった。夢に出てきた店の構えとここは似ても似つかないのだ。

アルンヘムとジェーンが店に入ると、カブレラは青白い顔に貼りつけたような褐色の眉を上げた。「忘れ物ですか。それとも何かお失くしでしょうか」とたずねた彼の目は、ジェーンが髪にとめた三本羽根に釘付けになった。彼がその意味を知っているのは疑いなかった。

アルンヘムはジェーンの手を取って前に立ち、この酒場の主人と話をしたいと言った。

カブレラはハンガリー風に響く英語で、自分がそうだと答えた。

「この若い婦人が店にいたことがあるかね」アルンヘムは訊ねた。「この婦人を覚えているかね」

「もちろんですとも。覚えているどころじゃありません。でもあなたはこの女を宮殿にお連れになるのですか。それはちょっと……」

「何だと」アルンヘムが叫んだ。「それでは名前も知っているのかね」

「名前ですって」不審げにカブレラは答えた。「ジェーンでしょう。ジェーン・アルンヘムですよ、もちろん」

この返答にアルンヘムは一撃を食らったように感じた。

「ジェーン！」彼は甲高い声で言った。「するとお前、ここにいたのか。やはりここに来たのか。いつ。どうやって。そもそもどうしてそんなことができた」

給仕女たちは箒を動かすのをやめ、驚きの目を彼らに向けた。ジェーンは壁のように白くなり唇を震わせ口ごもりながら、何がなんだかわからない、昨晩も来なかったし、いつだって来たことはないと言った。アルンヘムはハンカチで額に吹き出る汗を拭い、その拍子にシルクハットを床に落とした。カブレラが拾いあげて埃をはらい、アルンヘムに渡した。

「旦那さま」と頭を振ってカブレラが言った。「何をこの女が」――と言ってジェーンを指し――「言ったか知りませんが、わたくしが思いますには、すべてを真に受けないほうがよろしいようで。少なくとも女王様にお目通りさせることはお考え直しになったほうがよろしいかと存じます。おかげで面白からぬことがいくつか起こるかもしれません。旦那さまにとってだけではなく、わたくしにとってもです。もちろんここの女の子をお気に召していただいたのは嬉しいのですが――またたびたびいらしてくださいまし――それにしてもなぜそんなにいらだってらっしゃるのですか。そもそもどこでこの女と知り合って、こいつがいつもここにいることを信じようとされないのでしょう。何でしたら立派な方々に証言していただくこともできます。この店にお出でになる一流の紳士の方々です。

たとえば、ちょうど昨晩、旦那さまもおそらくご存知のギネス＝カー将軍がいらっしゃいました。それからモンクリフさんという方もお見えになって、しきりにジェーンと談笑していらっしゃいました……」

アルンヘムの目の前で何もかもが形を失い、日光に晒されて醜くなったドミンゴ・カブレラのナイトクラブの華やかさがぐるぐると回りだした。それはジェーンも同じだった。奈落の底に沈むかと思えた一瞬が過ぎるとアルンヘムは気力を奮い起こし、ふたたびジェーンの手をつかみ、申し立てによればひどく出来の悪い娘を、彼女の夜の活動の舞台から、ちょうどこの一時間ばかりずっとやっていたように、ひきずって行った。彼がジェーンをがみがみと叱った様子、そして彼女がそれに応えて自らの無実を誓って断言した様子を描写することは控えておこう。モンクリフ家に乗りつける車のなかで、ジェーンの不品行の責任はあの男にあると考えていたジョージの眼前に、青虫のようにバッキンガム宮殿の車寄せ目がけて這う車列の幻がまたも浮かんだ。だが今となっては、自分の馬車があと一時間で宮殿に着こうが二時間で着こうが、何の意味があるというのか。たとえ千時間の猶予があろうとジェーンの名誉は二度と回復できまい。

ジョージは声に出して己自身の、そしてどうやら遺伝したらしい娘の道楽者気質を責めだした。それにしても何もかもなんと不器用にやらかしたことか。不器用にもほどがある。まったく、自分の娘でさえなければ、もっと巧みにしおおせるやり方を教えてやりたいくらいだ。やがて彼は不意に沈黙した。新たな考えが浮かんできたからだ。そのままずっと沈黙を保ち目を宙に据えていた。聞こえるのはジェーンの何がなんだかちっともわからないと断言する声だけだ。だがジョージは耳を貸さなかった。いきなり「やかましい！」と一喝するとステッキでいらだたしそうに床を叩いた。

そして運転手にも、もっと飛ばすように命じた。「急いでいるのがわからんのか！」運転手は最大限の速度を約束し、おかげで二度罰金をくらった。モンクリフの家の前まで着くと、車から転びでて突進し、ジェーンはこのときもまた例に漏れず引きずられながら階段を上った。

まだベッドのなかで寝ていたハーバート・モンクリフは悪夢のような重圧を感じて目を覚ました。見るとジョージ・アルンヘムが自分のうえに屈みこみ、両の拳を彼の胃に押し当て、シルクハットを不気味に威圧的に頭に乗せて睨みおろしていた。

「君、」アルンヘムは大声をあげて彼を揺さぶった。「君は昨日ジェーンといっしょにドミンゴのナイトクラブにいたな。答えたまえ。すぐ答えたまえ。ドミンゴのナイトクラブにいたかどうか。わたしは知りたい」

「——ええ」ひどく混乱したモンクリフは口ごもった。「ええ、正直に言いますと、いっしょに……」

「それで、それからどうした」

「それからですって」

「そうだ、それからだ」甲高い声でアルンヘムが言った。「白状したまえ。それからどこに行った」

「一種の下宿に……」

「どこの下宿だ」アルンヘムが吼えた。

「マクレスフィールド通り十七番です」彼は口ごもりながら言った。「もし僕の見間違いでなければ」そして起き上がって声をあげた。「おや、ジェーンじゃないか！　お父さんに喋ってしまったのかい。ともかくも君は僕の妻になった……愛してるよ！」

「出ろ！」アルンヘムが命じた。「ベッドから出ろ。さっさと着替えろ！」

「ああ、ジェーン……」モンクリフがまたも言い出した。

「聞こえなかったか」アルンヘムが叫んだ。「着替えろ！」

「何のためにですか」情けない声でそう言ったモンクリフはガウンに手をのばし、浴室に行こうとした。だがアルンヘムは容赦しなかった。すなわちシャワーも浴びず髭も剃らないまま服を着替えさせ、ジェーンとともに追い立てて階段を降りた。下に着くと三人は辻自動車に乗った。

「マクレスフィールド通り十七番」アルンヘムが命じた。「急げ。最速で行け」——「行ってどうしようというんです」モンクリフが聞いた。アルンヘムは答えない。着くまでに二十分が経過した。モンクリフは絶えずジェーンになぜ宮殿に行かないのかと問い続け、愛してると繰り返し誓った。

「お黙りなさい」ジェーンが叫んだ。「ばか！　恥知らずの嘘つき！」モンクリフは理解できず、いつ結婚しようか、今日にでもできれば一番いいんだけど、と訊ねた。「するわけないでしょ」ジェーンが大声をあげた。「あなたとなんか絶対御免」辻自動車が止まったマクレスフィールド通りの家は掃除がろくになされていないように見えた。下宿は二階にあった。玄関扉は開いたままだった。一同は中に入り、居並ぶ部屋部屋に沿って廊下を急いだ。アルンヘムは扉に貼った名刺を見ていった。そして扉のひとつで立ち止まると、そこに貼ってあった名刺を手で隠し、呼び鈴を鳴らした。「そうだ」モンクリフがつぶやいた。「ここだった」すこし間を置いて扉が開いた。

敷居に若い娘が立っていた。ガウンを着て留め金つきの革靴を履いていた。ジェーンだ。この娘もやはりジェーンだ。もし服を着ていて髪に三本羽根があったら、戸口は鏡に、ジェーンは鏡像に見えたことだろう。アルンヘムは一歩あとずさった。シルクハットを脱いで決まり悪げにその中をのぞいた。「ジェーン。もっと前に言っておくべきだった。だがわたしも知らなかった。夢にも思わなかった……この娘はお前の姉だ」すこしのあいだ二人の娘は呆然と立っていた。それから互いの腕に倒れこんだ。

若いころジョージ・アルンヘムは、祖父のヤンがアン・ピーコックと結婚したときと似た嗜好を露わにしていた。というよりむしろ、許されるかぎりしばしばその嗜好を満足させてきた。そしてとうとう一九一二年、スノッブ化した父親の目を盗んでジェーン・ケアリーというソーホー地区出身の女と結婚した。一族のオランダ風の理想に適った、常ならぬ豊満な美しさを持った娘だった。だがほどなくしてジョージはその行為を悔いたのか、あるいは祖父とは違って、そのような結婚は高くなった己の社会的地位とはもはや相容れないと考えたのか、父に一切を打ち明けた。父エドワードは、そのジェーン・ケアリーと手を切らないかぎり一ペンスたりとも遺してやらん、結婚に同意するくらいならいっそのこと己の店すべてに放火してやると言い放った。そこでジェーン・アルンヘム、旧姓ケアリーは相当な額の支払を約束されて離婚に応じ、アメリカへ姿を消した。彼女は聞き分けよく従ったもののジョージと別れるのはつらかった。彼との関係が長く続かないだろうことは見越していた。すでにお腹に子供がいた。もし女の子だったらジェーンと名づけてくれ、そうジョージ・アルンヘムは別れ際に言い残した。

ジェーンはアルンヘムと別れたあと約束を忠実に守った。ジョージは彼女の消息を二度と聞くことはなかった。だがその後いくたびも、とりわけレイディ・マーガレットと結婚する羽目になったときに、彼女のことを思い返し、敬虔にも二番目の娘もまたジェーンと名づけた。アメリカ中西部のどこかの町で一番目のジェーンが生まれていたことは知る由もなかった。一九二四年にジェーン・ケアリーが亡くなったことも知らなかった。母が死ぬと後見人は子の遺産を濫費するようになった。最後の一ドルは一九三〇年と三一年の銀行危機のあいだになくなった。アメリカのジェーン・アルンヘムは当時十七か十八だった。職に就く必要に迫られて踊り子になり、ほどなくイギリスに渡った。そこでつつがなく労働許可を得て、ドミンゴ・カブレラのクラブと称する店に雇われたのだった。

ある日彼女は街で若い男に声をかけられた。自分のことをよく知っているらしい口振りだった。この青年こそがハーバート・モンクリフだ。他の誰かと間違えられているとジェーンは察した。ハーバートは彼女が気に入った。ジェーンは彼と関係ができたことが嬉しく、後になっても人違いを打ち明けなかった。最後には彼を愛するようにもなった。ドミンゴの店に来させたことも何度かあり、そのときは自分は雇い人ではなく彼のためにわざわざ家を抜け出てきたと見せかけた。夜に羽目をはずすことに理解を示すくらい花嫁が自分の感化を受けたと考えて、ハーバート・モンクリフはたいそうな満足を覚えた。こちらのジェーンも正真正銘ジェーン・アルンヘムという名だったので、取り違えはますます完璧になった。モンクリフが自分の妹と――すくなくとも義理の妹と――婚約するとは、もちろんジェーンは予想もしなかった。彼女の母は負い目を感じていて出自については何も娘に教えなかった。この旧姓ケアリーは評判よりずっと善良で――おそらくは一家全員のうち一番の善人だった。もちろんアメリカのジェーンはイギリスのジェーンの噂をあれこれと聞いたが、自分と関係ないジェーン・アルンヘムとばかり思っていたし、ハーバートはハーバートで日中の婚約者が見せる慎ましさはイギリス人全般に見られる猫かぶりと考えていた。これほどまで表裏のある娘と結婚できるのを彼はたいそう喜んだ。さぞ刺激的な結婚生活が期待できようではないか。特に彼に刺激的な結婚を約束したのは、ナイトクラブから出たジェーンが、ハーバートに夢中のあまり、宮殿へのお目見えの前夜に彼を下宿に連れていったことだった。臨時に借りた部屋とジェーンは言いつくろったが、実はそこが自分の棲家だった。

ハーバートは何もかもジェーンの持ち前の大胆さか、さもなくばイギリス娘なら誰も心中ひそかに持ちあわせている大胆さとばかり思っていた。そしてジェーンが眠っているうちに立ち去った。だが数時間後、アルンヘムに引きずられてふたたび現場まで来ると、ゆっくりとではあるが、ようやくすべてが飲み込めた。今まで一人と思っていた娘の矛盾する二つの性格の謎も一挙に腑に落ちた。「おお神よ、どうすればいいんだ」彼はうめいた。ジョージ・アルンヘムにしても、アメリカの娘に「ハロー、ジェーン」と声をかけたあとは後ろめたそうにシルクハットに目を落とすばかりだった。

この葛藤を救ったのは娘たち自身だった。どちらも相手の目をくりぬいてやろうかしらとちらと思いはしたが、すぐに涙にくれて抱き合った。トラブル解決の実務的側面の描写は控えておこう。事はおのずからうまくいった。まずは主馬頭のところに車を走らせると、将軍は卵のように瓜二つの娘を目の当たりにして、椅子から転げ落ちそうになったあとふたたび座り直した。それから女官長やダービー伯爵夫人や同様に女官として執務に就いているオノラブル・モード・ハーディングのもとに飛び込んで事情を説明した。われわれの興味を引くのはただ、一件が落着したあと二人の娘が去り際に交わした対話のみである。

「お姉さん」イギリス娘が言った。「あなたという人がいたなんて、少しも知りませんでした。ほんの半時間前に知ったんです。またお別れしなくてはならないけれど、前からあなたとはずっと知り合っていて、愛していた気がします。もうこれきり会えないことになっても、いつまでもお姉さんのことは愛し続けて、いつもあなたのもとにいます。わたしがあなたのもとにいたように。というのも今気づいたのだけれど、わたしが夢を見ていたとき、お姉さんの夢を見ていたのですわ。わたしの夢があなたの生であるみたいに。もしかしたらお姉さんの生を羨んでさえいたかもしれない。だってお姉さんは自分の好きなことができるけど、わたしにはできないし、そもそもわたしには自分自身の生なんてないんですもの。頭に三本羽根をつけるのを許されてはいるけれど、それが生を失うに値することなのかしら」

「おやおや」すこしばかり異国風のアクセントでアメリカ娘が答えた。「そんなこと言っちゃだめ。もしあたしに夢見る暇があったら、あなたの生活の夢を見るでしょうよ。あなた、ほんとうにあたしみたいに生きたいの。あたしも結婚してあなたみたいになってみたい。あなたは人生ってものをほんとうは知らないんだもの。でも夢はお互いを行き来して、どれがあなたの夢で、どれがあたしの夢なのか、あたしがあたしで、あなたがもう一人なのかなんてわかりゃしない。ねえ妹さん、もう二度と会うことはないでしょうけれど、たとえあたしたちがお互いに相手のことを全然知らなくて、一目見たことさえなかったとしても、それでもあたしの心はあなたの心で、あなたの心はあたしの心のままでいるのよ。でもすこしだけ勘定が合わないところがある。ほんのつまらないことだけど、あなたの髪の三本羽根の分だけ違うの。でもそれでも違いには変わりないし、違いのすべてなの」

ジョージ・アルンヘムとハーバート・モンクリフが赤面しつつも認めざるをえなかったことに、この会話のあいだじゅう、どちらの娘も、アルンヘムが二人の父であることもモンクリフがほんとうは二人の花婿であることも口に出さなかった。そこには非難も嫉妬もなかった。そうしたことが一言も口にだされなかったのは、たいそう恥じいったアルンヘムにこれからも面倒を見ると約束されたのち、アメリカのジェーンがモンクリフの手で馬車に乗せられ、家路をたどりふたたび闇に消えたことや、もう一人のジェーンが若いモンクリフと後に結婚したことと同じくしごく当然のことであった。ともかくアルンヘムとイギリスの娘が、やきもきしているエリザベス・ウィンダムを乗せた馬車に戻ってきたのはちょうどいい頃おい、門から二十歩手前のところであった。なにもかもきっぱり片がついたと聞き、エリザベスは胸を撫で下ろした。ジョージはキャンベル一家に向かって、朝食はすばらしかった、待っているあいだとても退屈したろうと呼びかけた。馬車が到着すると王宮庭園に彫像のように不動の姿勢で立つ従僕の手で側扉が開けられた。階段を上り、勲章や制服がちらちら見える部屋をいくつも抜け、奥に高貴な方々がおわしますであろう広間の扉の前まで来ると、こう告げる声が響いた。「カリントン・ホールよりオノラブル・エリザベス・ウィンダムならびにミス・ジェーン・アルンヘム」

ある肖像画の話

ヘルマン・ヴォルフガング・ツァーン

Herman Wolfgang Zahn : Die Geschichte eines Bildes（一九五四）

ヘルマン・ヴォルフガング・ツァーン（一八七九―一九六五）の本職は神経科医でした。ミュンヘンその他で医学を修めたのち、一九〇七年から精神障害研究の泰斗エミール・クレペリン（統合失調症と躁鬱症の二大分類を提唱した人です）の助手を務め、その後は電気診断法・電気療法・催眠療法といった最先端の研究に従事しました。第一次大戦中は傷病兵病院で神経症の治療に携わっています。彼が診るとたちまち患者が回復するので「またツァーン先生が魔法を使った」と軍隊では噂されたそうです。二三年にはバーデン・バーデンに私立サナトリウムを建て、その院長に収まりました。

とはいえその作品に医学臭はほとんどありません。むしろ心霊主義《スピリチュアリスム》や隠秘学《オカルティスム》の影響が濃厚です。それも絵空事あるいは趣味として描いているのではありません。あたかも作者は、科学で得られる知見の背後に、それを呑み込むほど茫漠とした薄明が広がっていることを確信しているようであります。

生前に出た小説作品は全部で七冊ありますが、長篇『ヴァルミュラーの館』を除いてはどれも百ページ内外の薄い本ばかりです。第一短篇集『背後の姿』は友人シェーアバルト（『小遊星物語』の作者）から「その恐ろしさはポーを上回る」と評され、また他の二冊にはこれも友人だったクビーンが挿絵を描いています。

「ある肖像画の話」を書いてみよう。だが作品に仕立てたりはするまい。わたしにそんな欲はない。これから試みるのはまったく別のことだ。わたしはよく弁《わきま》えているが、人は体験したことを忘れがちで、すくなくともその新鮮な印象は、ほとんど跡形《あとかた》も残らないくらいに色あせてしまう。日々はたえまなく新しい見聞や新しい課題を運んでくる。過ぎたものの記憶は望もうが望むまいが損なわれる。これから書くような奇妙な体験をしたとき、危険はさらに大きくなる。あげくのはてにすべてを思い違いによる幻とみなすようにもなる。

わたしは知っているが、不思議な体験をする人は多いのに、たいていはすぐ忘れてしまう。そうでなければ今書いたように、錯覚だったとあとから信じこむ。

わたしはそれを避けたい。なんとかしてできるかぎりありのままを描写したい。物覚えはいいほうだから、会話の多くはほぼ言葉どおりに再現できると思う。それにゴールシュタインの地所を訪問して間もなく、覚え書を少し記しておいたから、勘所《かんどころ》をはずすようなこともないだろう。

この「ある肖像画の話」は、あるいははるかな過去にまで、幼いころの思い出にまで遡るのかもしれない。

祖父の膝に乗った自分が浮かぶ。わたしは祖父のお気に入りの孫だった。人の善い祖父のまなざしがわたしのうえで憩っていたものだ。長い間黙ってわたしを見つめたあと、そのまなざしは不意に書き物机の上、異国の服を着た若者の肖像画に移るのだが、そのわけはあとになってわかった。肖像画は驚くほどにわたしと似ていたらしい。ほんの小さなころから相似は目だっていたらしい。

ある日の夕方、そろそろあたりが暗くなりかけたころ、わたしは祖父の部屋にひとりで座っていた。半分開いた窓から子供たちの遊ぶけたたましい声が聞こえた。廊下にある大時計が鳴った。ふとわたしは目をあげて若者の肖像画を見た。なぜわたしたちが似ているというのか、わたしにはわからなかった。そのときいきなり若者の目が動いたように見えた。わたしはとてつもなく驚いた。震えが全身を走った。ふたたび目をあげるなどできようはずもなく、両手で顔をおおったまま、かろうじて部屋から逃れた。

わたしは居間に通じる控室によたよたと歩いていった。祖母がいてくれればいいと思った。だが部屋は空だった。厨房にも誰もいなかった。庭への扉が大きく開いていたので、わたしは戸外に逃れ、息を吸おうとした。言いようのない恐れが喉を締めつけた。見えない何かが追いかけてくる気がした。不思議なことにいちいの生垣の陰に這いこむとたちまち落ち着きが戻ってきた。命を宿した壁が背後でわたしを護ってくれている感じがして、ようやく楽に呼吸ができるようになった。庭を飾る花のうっとりする香を吸い込み、わたしは夢も見ない深い眠りに落ちた。

そうこうするうち夜になった。祖父母はわたしを家じゅう捜し、隣近所や街路をたずねたあげく、とうとうカンテラの灯りがわたしをとらえ、心配する善良な祖父母はわたしを隠れ家から連れ出した。わたしは寝台に寝かされた。熱を出していたそうだ。数日後にまた元気になると、祖父に自分の体験を語らずにはいられなかった。祖父は微笑みながらわたしの頰を撫でて言った。「絵に描いた目が動くはずもない。そうだろう、坊や。見間違えにきまっている。もういちど落ち着いて、起こったことを思い返してごらん。もう日が暮れて、部屋は暗かった。お前自身もすこし疲れていたにちがいない。蒸し暑い夏だったからな。きっと眠りかけたのだろう。そんなときはいろいろ幻を見ても不思議じゃない。

つまりお前は起きながら夢を見たのだ。夢のなかではどんな馬鹿げたことを体験しても疑わないだろう。そうじゃないかい、坊や。どういうわけであの絵の目が動いたのか、これでわかったろう。ああそうだ、いいことを思いついた。ついこないだいっしょに市の美術館に行ったね。あそこで奇跡を起こす聖母さまの絵を見ただろう。二百人の見ている前で目が動いたというあの絵だ。あのときお前は、そんなことあるのって聞いたね。覚えているかい。わたしは何と言った。信心深い人たちの言い伝えだと言わなかったかい。それでもプライスヴァイレ礼拝堂の奇跡を起こす聖母の話はお前に強い印象を与えたようだ。さて、これでもう話すことは全部話したと思う。これで十分だといいのだが。

お前をあれだけうろたえさせた肖像画そのものについては、いつかまた色々話さねばならない。でも面白い話ばかりで、怖いところはどこにもない。だから今日のところは話はこれきりにしよう。お前もすっかり分別がついたら、自分の目は必ずしも信用できないことを学ぶだろう」

続く何年かは特に変わったことは起きなかった。ただ祖父母を訪問したとき、これまでのように好んで祖父の書斎に入ることはなくなった。おかしなことに肖像画の一件はすっかり忘れてしまっていた。記憶からまるごと抜け落ちていた。続く何年かのうちにあの出来事が話にのぼったことは一度もなかった。肖像画そのものが話題になることもなかった。もしかしたらその話題は意識して避けられたのかもしれない。

ところがある日、それはギムナジウムの最上級生になった年の休暇中のことだったが、わたしたちが居間の丸いテーブルについていたとき、祖父が何の前置きもせずにこう言った。「お前も大きくなったから、あの絵の話をしてやろう。むかしお前を怖がらせたあの肖像画だ。

あの絵を描いた画家も、肖像画に描かれた男も、かつてわたしたちと同じ名だった。かれらはわれわれ一族のもので、そのうえ双子だった。二人が生きていたのは、今から何百年も前のことだ。ひとりは――先に言ったように芸術家、つまり画家だった。もうひとりは軍人だった。こんなふうに何百年ものあいだ一族の似たところが保たれるというのは不思議なことだ。お前があの画家のモデルだったと言っても人は信じるだろう。お前があの件で衝撃を受けてから、わたしの部屋に入り、肖像を見るのを避けているのは知っている――」

「あのことは」わたしは祖父の話をさえぎって言った。「すっかり忘れていました。お祖父さんのおかげで思い出せました」

「そうもあろう。お前はそれを、専門用語で言えば抑圧したのだ。これからそれをもういちど明るみに出して、無害なものにしよう。というのも今はお前もあの若者の目を恐れることはなかろうから。

わたしの手元に古い手稿がある。互いに兄弟のような愛を抱いていた二人の人生について、これでいくぶんかを知ることができる。

　二人は共に住み、共に遠征旅行を企て、離れ離れになるのは片方が出征するときだけだった。だが戦いが始まってまもなくその片方は負傷し、傷を治療するようにとすぐ家に返された。それが癒えたころ、兄弟はライン地方を旅することにした。放浪の途中で豪雨にみまわれ、ある城で雨宿りを乞うと、城主の高貴な男と奥方から心からのもてなしを受けた。この城の令嬢には遠くまで知られた美しさがあり、兄弟は二人とも、この娘への熱い思いに、どちらももう片方の思いを知らぬまま、焦がれざるをえなかった。しかし画家はある日、兄もこの美しい娘に求愛しているのを知り、別れの挨拶もせずひそかに城をあとにした。兄の邪魔になりたくなかったからだ。だが令嬢が自分のほうをたいそう気に入り、兄を避けようとしているのははっきりと気づいていた。

　しばらくして後に残ったほうも故郷に帰った。だが兄に再会した画家はとても驚いた。落ち窪んだ頰は生気のなさが目立ち、目ははかりしれぬ悲しみをたたえていた。あの美しい娘に求婚して拒絶されたのだった。画家はあらゆる手段を尽くして、打ちひしがれた兄の気を紛らわせようとした。そこからあの肖像画も生まれた。兄の深い憂愁を表現することを画家はみずからに禁じ、幸せだった時代に知っていた姿を描いた。だがお前をむかしたいそう恐がらせた目は、不幸な若者の心を暴露していた。それほどの傑作だった。

　残念なことにどんな美術史もこの偉大な画家の名を記していない。あの絵がかれが残したただ一枚のものだったからだ。ある日兄が姿をくらまして、そのまま帰ってこなかったとき、弟は死ぬ前に自分の作品をすべて破り捨てて、修道院に引き籠った。

　これがあの肖像画の話だ。この絵はそれ以来われわれ一族のもとにあって、たまたま客が来たときにしか他人の目には触れない。理解ある目で仔細に眺めるなら、この作品の偉大さを認められるはずだ。この話を聞いて、肖像画の青年も画家と同じくわれわれ一族のものと知ったあとだと、お前はまたあの青年を仰ぎ見るようになるかもしれない」

　その翌日わたしはようやく絵のある祖父の部屋に入った。朝の光が部屋を明るくしていた。いっぱいに開いた窓から穏やかな風が吹き込み、カーテンを揺らしていた。わたしは長いあいだ義務を怠っていたかのような罪の意識を感じた。それから絵の前に立った。何年も前、わたしをひどく悩ませた絵の前に。

しかし今見ると、恐ろしいものは何もなかった。なるほどわたしたちは目立つほど似ている。ただ絵のほうの顔つきは固くて険しく、いかにも軍人らしい。この男の心が不幸な愛で張り裂けたなんて何か変な気がした。それにしてもすばらしい絵だ。この青年は命を宿し、わたしに語りかけている。時間が飛ぶように過ぎ、どれほどの間自分の分身を見上げていたかもわからなくなったころ、祖父の声がわたしを夢想から呼び戻した。

絵を見ることに没頭するうち、不思議な反応が心に呼びさまされた。絵の表情から魂を読みとろうとしているうちに、わたしは自分自身の深みをのぞくことになった。すでに敷かれた道が目の前に見え、天意を全うするためにそこを歩まねばならないという気になった。この道は謎に満ちた未来へと深みからわたしを導くもののようであった。

「わたしは天職を見出しました」わたしは祖父に言った。「美術史家になります」

次の日わたしは帰宅した。休暇は終わった。そのまた翌日には学校の椅子に座っていた。その日に少し変なことが起きた。クラスの主担当教師でもあった校長が、若い男をひとり連れて現れたのだ。

なんということだ。わたしの心臓は動悸で裂けそうになった。その男は祖父の家の肖像画に瓜二つだった。

「かれは」校長が言った。「事後的に大学受験資格を得るために、今日からこのクラスに入ることになった。すでに資格なしで大学の講義を聴講してはいるが、正規にギムナジウムを卒業したほうがいいと思い直したのだ。君もたぶんすぐここになじむだろう」と校長はその新入りのほうを向いて言った。そしてわたしの右隣の空席を示した。

その青年は席につく前に、わたしにお辞儀して手を差し出した。

「よい友になろう」かれが言った。握手は手が痛むくらい力強かった。誠実な握手だった。ふにゃふにゃした偽りの握手ほど嫌なものはない。

校長がわたしたちのところまで来て言った。

「君たちは双子みたいに似ているな。わたしがよりによってこの席を指定したとは、不思議な偶然もあればあるものだ。ここは前に座っていた生徒の父親が転勤になったため、空席になっていたのだ」

この新しい生徒はすばらしい男だった。その影響は同級生皆におよんだ、なかでもわたしは一番感謝すべきだった。かれはなにくれとなく気を配ってくれた。われわれは実によい友となった。おかげでわたしは人並み以上の熱意をもって試験勉強をするようになった。

ある日、一人の生徒が教室に掛けておいたマントから財布を盗まれた。嫌疑は不幸なことにわたしにかかった。財布がわたしの机の中から見つかったからだ。この恐ろしい状況から救い出してくれたのがわたしの友だった。一人の生徒が休憩時間に教室に入ってマントを探り、背後で足音が聞こえたので財布をわたしの机に押し込んだのを、かれは見ていたのだった。この事件はわたしたちの友情をいっそう深めた。

ある晩宿題でわからないところが出てきた。わたしは友を訪ねに行った。かれはつましい人々の家に住んでいた。それまでかれはわたしを自宅に招待したことはなかった。この質素な下宿がその理由だったのかもしれないとわたしは思った。出てきた友の奇妙な服装にわたしはすくなからず驚いた。あの肖像の若者と同じ中世風の衣装を着ていたからだ。

友はわたしの訪問をあまり喜んでいないようだった。「こんな服を見て不思議に思うだろう。わざわざ高い金を払ってこれをあつらえたのは、ミュンヘンの芸術祭のためだ。仮装がその参加条件だったんだ。そのときの衣装を今は普段着として着ている」わたしが自分の願い事を言いだす前に、友はそう言った。

「祖父の絵のことを何度か話したことがあったろう、君に似ている絵のことだ。君もあの若者の服を着ているとは、なんとも不思議なことだ。ともかく大学入学資格試験のあと、いっしょに祖父母を訪ねないか。君も自分の目で見れば、僕の言うことがおおげさでないとわかるだろう」

試験の日が来た。わたしたちは揃って合格した。だが絵を見ることはかなわなかった。祖父によれば、あの絵はわたしが家に向かって出発したまさにその日、色と艶《つや》を失い、しまいには何が描いてあるかわからないくらい黒ずんでしまったという。そこで修復師のところに送って直してもらおうとした。だが修復師は、絵をもとの通りにするのは無理だと断言した。今まで経験したことがない状態で、原因はまったくわからないという。祖父はたいそう悲しんだ。絵をとても愛していたからだ。

わたしの友は大学入学資格試験のあと間もなく町を去った。われわれは互いに、これからもよい友でいようと誓いあった。

気持ちがひどく塞いだ。体の一部がなくなって、手足のない胴体だけが残っているようだった。学校から解放された喜びもわたしには縁のないものだった。

わたしは大学に入り、あの問題の日に肖像画を見て決心した研究をはじめた。

友からの便りは来なかった。心当たりのあるところはすべて当たってみたが、行方は依然わからなかった。ちょうど祖父のあの肖像画のように謎めいた暗がりに消え去ってしまった。消息が知れないということが納得できず、さまざまな馬鹿げた想念がわが身を苛み、気分をだいなしにした。

忘れるためにわたしは研究に邁進した。研究はわたしの興味をたいそうひき、また頭を暗い考えからそらすのにも役立った。

そんなふうにいく年かが過ぎた。わたしはふたたび試験を乗り切った。たいそう幸運だったことに、切望していた職をベルリンで得られ、多くの人にうらやましがられた。頭から離れないあの謎めいた肖像も、今は別の目で見るようになった。記憶のなかのそれを並外れた芸術作品として、その力量に卓越した芸術的個性がうかがえる絵としてわたしは眺めていた。いまはそれを美術批評家の目で見るようになった。もちろんそこに絵にまつわる話の奇妙さが共鳴していたのは事実で、それが全体の印象を強めたかもしれない。

たぶんそれはある種の一回性のもの、ひとりの画家が持てる力を発揮し、それが後世に伝わったただ一枚の絵なのだろう。

美術館の広間を巡っていると、くりかえし昔の巨匠の肖像画に混じってあの若者の絵が浮かびあがった。

さらに時は経ち、だんだんと肖像は色あせてきた。やがて戦争がはじまった。あの謎めいた友は今どこにいるのだろう。出征して戦場にいるのだろうか。わたしは自分の職にとどまった。外部に影響力のある上司がわたしをなくてはならぬ者と主張したからだ。わたしが取り組まねばならぬ課題はたいそう難しいものだった。だがここでそれについて語る必要はない。あの肖像画の話には関係がないからだ。

ある日上司がわたしを部屋に呼んでこんなことを言った。奇妙な報告がかれのもとに来て、そこには東部戦線でわたしが失踪したと書いてあるという。「あえて誤解を正すのはよそう。そうすれば兵士が不足しても君が召集されるおそれはなくなる」

その頃わたしは自分が望む以上にあちこちに出張していた。

そんな旅のある夕べ、ひとりの男と知り合いになった。才気煥発《かんぱつ》な人で、薄暗いコンパートメントのなか、ときどき鉄道路盤からの光信号に照らされながら、わたしは楽しくその話に耳を傾けた。話題がわたしの職業に及ぶと、自分の屋敷に来てくれないかと乞われた。実は相当な価値のありそうな絵を一枚購入したのです、と男は言った。わたしは専門家の鑑定をたいそう尊重しています。もうすぐわたしの降りる駅です。何日か滞在していただければありがたいのですが、もしそれを望まれないのなら、夜行でお発ちになることもできます。

わたしは了承した。自己紹介をされてわたしは男爵の響きのよい名を知った。一九四二年のことだった。夜が明けてきた。ようやくわたしは相手の顔を見た。髪の白くなりかかった年輩の紳士だった。鬚のない顔は日に焼け、たくさんの皺が寄っていた。表情は緊張していた。まなざしは驚いたようにわたしに注がれていた。

「わたしたちが出会えて嬉しく思います」彼の声は震えていた。次の駅でわれわれは列車を降りた。四人乗り馬車に乗って近くの地所に向かうと、男爵は言った。

「あらかじめご承知おき願いたいのですが、あなたはわたしの妻《さい》の性格を変わっているとお思いになるかもしれません。しかし妻に何を言われてもお気になさらないようお願いします。妻は善良このうえない女なのですが、自分の世界に籠っていて、初対面の方には不可解に思えることでしょう。でもその世界には妻なりの真実があって、それからむろん虚偽もあります。わたしたちの世界と同じように」

この言葉に身構えていたので、気品があってたいそう愛想のいい女性を前にして、わたしはすくなからず驚いた。はじめて顔をあわせたときは、あらかじめ注意されていたような変わったところは見あたらなかった。だがひとつだけおやと思ったことがある。彼女はわたしを、朝の男爵と同様に観察するような目で見た。驚愕というより驚嘆のまなざしだった。召使に命じて朝食の準備をさせたが、長いあいだ食事をしていなかったおかげで、わたしには妖精の国の食卓のように見えた。

地所は簡素だったが趣味よくしつらえられていた。住居は広い庭園のなかに置かれ、庭にはおもに針葉樹が植えられていた。

朝食のあと、絵を検分していただきましょうということになった。男爵はわたしを案内して長い廊下を歩いていった。男爵夫人は後に残った。わたしたちはひろびろとした部屋に足を踏み入れた。

「これは娘の部屋です。今は親戚の家に出かけています。そしてこれが問題の絵です」

指された方を見たとたん、わたしは驚いてあとずさった。

「驚かせるつもりはありませんでした。あらかじめ言っておくべきでした。あなたにそっくりだと」

何ということだ。これは祖父の絵だ。あの青年が輝くような目でわたしを見おろしている。

「これは巨匠の作です。千五百年ころの作と見積もられますが、他の絵にはない個性を持っています。これほどの絵を描ける画家をわたしは知りません」わたしは勢いこんで言った。「どこでこの絵を手に入れられたのですか」

もちろん用心して、自分の知っていることは漏らさないようにした。

「ヴュルツブルクで購入したのです。ウルスリーネ小路を噴水のほうから入ると右手に骨董品屋がありました。店の名は残念ながら覚えていません。ヴュルツブルクには娘といっしょに行きました。町をぶらついていたとき、この絵がショーウィンドウに飾ってあるのが目にとまりました。娘はわたしを説き伏せて絵を買わせました。娘は夢中になりました。それまではずっと塞ぎがちだったのに、新しい生に目覚めたようになったのです。憂鬱性気質から娘を解放するという、どんな医者にもなしえなかったことを、この絵はなしとげました。娘は別人になりました。生活能力のある、生を謳歌できる人間になったのです」

「ヴュルツブルクのウルスリーネ小路ですか」わたしは自分がこう言うのを聞いた。自分の声でありながら遠くで聞こえる他人の声のような気がした。

「ヴュルツブルクのウルスリーネ小路です」男爵が繰り返した。夫人が扉口に立っていた。その声を聞いてはじめて、わたしは彼女がそこにいるのに気がついた。

「これはあなたのお顔であり、しかもあなたのお顔ではありません。二つのものは一つのものですの。いつかあなたがお見えになることを、わたくしは存じておりました。秘密はまだ解き明かされておりません。でもそのうち何もかもわかる日が来ますでしょう」

男爵は気遣わしげな顔をしてわたしに目を走らせた。「確かに秘密めいた雰囲気がありますね」わたしは言った。男爵夫人の言葉はわたしには奇妙でも何でもなかった。わたしはさらに多くのことを知っていたから。

「この絵は千五百年ころに描かれたのだ」男爵が夫人のほうを向いて言った。「未知の巨匠の作品だ」

「でもこの絵だけを描いたということは、あるはずがありませんわ」

「おっしゃるとおりです」わたしは言った。「でももしかすると、今はこれ一枚しか残っていないのかもしれません。たとえばわたしはあるロマン派の画家を知っています。その画家の絵のほとんどが令嬢の手で破棄されました。宗教的な題材のものだけがかろうじて難を免れました。そんなこともありえなくはありません」

これは本当に祖父の持っていた絵なのか。わたしは一心に考えた。画家は二枚同じ絵を描いたのかもしれない。しかし画布まで同じということはありえまい。それにあのときはなぜ色彩がすっかり失せてしまったのだろう。

とつぜんわたしはふたたび、この絵が放つ謎にとり囲まれるのを感じた。日々の仕事に紛れて忘れかけていたというのに……

食事の席でも絵が話題になった。わたしはうわの空で聞いていた。思いはヴュルツブルクに飛んでいた。わたしの心は何より愛しているあの古都を歩き回り、ウルスリーネ小路の骨董品屋を探していた。

「何故か絵はわたしに謎めいた影響をおよぼします。見るだけで自分が変わったように感じられます。別の世界にいるようになるのです」男爵がそう言った。

「芸術家の方々は神の霊媒です。あの方たちを通して神はわたくしたちに語りかけるのです。芸術家はわたくしたちよりも、こう言ってよろしければ、ものごとがありのままに見えます。神に近くとも言えますかしら。偉大な芸術家であればあるほど、作品の力でわたしたちを変え、もう一つの世界に連れていってくれます。仮象《みかけ》の世界の背後にある本当の世界へです。

その本当の世界をわたくしたちは自分ひとりでは見られません。ですから、芸術家という霊媒が必要になります。もちろんその霊媒を通してさえ本当の世界が見えない人もたくさんいます。そういう人の目と心は鈍っているのですわ。わたくしたちにできるのは力のかぎり神に願うことだけです。あなたの世界が見えるようにわたくしたちの目を開いてくださいと」男爵夫人は恥ずかしそうに小声でそう言った。

男爵はわたしを駅まで送ってくれた。別れ際に彼はこう言った。

「今朝、妻の言葉に気を悪くしないでくださいと申しましたが、その意味がおわかりにならなかったでしょう、今日はきっかけがありませんでしたから。妻には予知の力があって、後に実現するさまざまのことを前もって経験します。ときにはたいへんなヒステリーをおこしますので、たまたまお客さんがその発作の場に居合わせると唖然とされるのです」

ふたたび夜行列車の席に座ると、今さっきあの絵を見たのはいかなる体験であったのかが、ようやくはっきりしてきた。男爵との出会い、ふたたび昔見た絵に導かれたこと、これらが偶然であろうはずはない。そんなことは信じられない。男爵夫人の言葉が思い出された。あの人はもう一つの、本当の世界への扉をわたしに開けてくれたのだろうか。われわれの日常が演ぜられる仮象《みかけ》の背後にあるというあの世界への。

それから何か月かが過ぎたのち、旅すがらヴュルツブルクへ寄り道して、男爵があの肖像を買った店を訪ねる機会があった。早春の肌寒いころで、霙《みぞれ》が霰がかって街に降っていた。ウルスリーネ小路に入るとすぐ、店の看板が目にとまった。店の隅であるじがマントと帽子の姿で座っていた。目があうと不機嫌そうな顔で何が欲しいのかと聞いてきた。わたしが自分の名と用件を明かすと、愛想がよくなって、あの絵とそれを買った男爵のことはまだよく覚えていると言った。

「もしよろしければうかがいたいのですが、誰からあの絵を買ったのでしょう」わたしは聞いた。

「妙なことがありましてね」あるじは答えた。「本当のとこ、あのいまいましい絵を売り払えてせいせいしてるんですよ。戦争がはじまるすぐ前でしたか、昼と夕方の境目くらいのころに若い男がやってきて、黒い絵の具で塗りつぶした画布を張った額縁を差し出したんです。その男には何ペニヒかやりました。せいぜいそれくらいにしか踏めませんでしたから。

その額縁は店の隅に置いたまま、何か月もそのままになっていたんですが、ある日ふと取り出してみました。まあびっくりしたのなんの。もとは真っ黒だった画布に、輝くようなすばらしい絵が浮かびあがっているじゃありませんか。それが絵を持ち込んできた若者の肖像なんです。嘘いつわりのない事実です。だから男爵が娘さんと買いにいらしたとき、二束三文で売りました。気持ち悪いものを厄介払いしたかったもんで」

「それでその若い人はそれきり店に来なかったんですか」わたしは尋ねた。

「一度も来ませんよ」あるじが答えた。「ここらへんの人じゃなかったですね。軍人じゃないかと思うんですが。風変わりな上着を着てました。わたしみたいなものには近頃の軍隊のマスカレードはもうぜんぜんわかりません。わたしも砲兵隊にいたことがあります。ルイトポルド摂政連隊でした。あの軍服だってひとかどのものでした。ズボンに赤くて広い筋が入っていて、羽根飾りも赤くて、きらびやかなんですよ。

ああいう軍人が今どこにいるかなんて、どうしてわかりましょう。なにしろあちこちの前線に投入されますからね。なのに給金といえばせいぜいビールが買えるくらいなんですから」人のいいあるじは自分を安心させるようにそう付け加えた。安値で売り払ったと言ったが、きっとひと儲けしたにちがいない。

骨董品屋のあるじの話はわたしをいたたまれないほどの不安におとしいれた。あるじに絵を売ったのはわが友に違いない。その友は今外国のどこかで戦っている。黒いカンバスがその証拠だ。それにしても何だって、あの若者の肖像はまた無から出てきたのだろう。

肖像画の物語はいよいよ謎めき、ますます不気味になってきた。あの不思議なできごとにわたしの思いはともすればとどまりがちで、本来の仕事に集中するのも難しくなってきた。

時はいたずらに過ぎた。ベルリンにはのべつ幕なしに爆弾が落ち、雰囲気は殺伐としてきた。ある日帰宅の途中で警報が鳴ったので、最寄りの防空壕に避難した。気を昂ぶらせがやがや騒ぐ人たちといっしょにすし詰めになっていると、とつぜん誰かがわたしの肩に触れた。振り返ると薄暗がりに友がいた。友はわたしに微笑みかけ、声をひそめて、自分についてきてほしい、くわしいことは後になればわかるからと言った。幽霊を見ているのだろうか。幻覚ではないのか。何か言おうとしたが、気があせって一言も口から出なかった。友はわたしの手を取り、わたしは子供のように嬉々として従《つ》いていった。いくつもの瓦礫を跨ぎ越しながら、一部はぼんやりと灯がつき、一部は真っ暗な防空壕のなかをわたしたちは進んでいった。驚くほど迷いなく、友はまったく初めてのはずの穴ぐらを通り抜けた。

心臓が高鳴った。彷徨はいつまでも続くと思えた。外では爆弾が霰《あられ》のように降り、高射砲が轟き、サイレンが唸りをあげていた。夜のなかからときどき絶望と恐怖の叫びが聞こえた。そこここで閃光を浴びせられ、わたしの肝をつぶした。

おしまいには意識がぼんやりとしてきた。「ついに友と巡りあった」わたしは雀躍《こおど》りしたい気持ちだったが、どんなに嬉しいか口に出して言おうとすると喉が詰まった。額に汗が流れた。

今は階段を昇っている。それからまた深みに降りていった。物の焼ける臭いが鼻をついた。友は歩を速め、穏やかな力でわたしを引っぱっていった。

いきなり戸外に出た。周りには夜があった。高射砲は沈黙していた。空襲は終わったのだ。背後で町並みが燃えていた。

友が手を放した。見るとわたしは人気《ひとけ》のない通りの縁石に、ひとり立っていた。不意にまた声が出るようになり、わたしは友の名を呼んだ。だが答えはなかった。何度も何度も友の名を、不気味な夜に向けて叫んだ。しかし応える者はなく、友は消えたままだ。夢を見ていたのだろうか。今も夢を見ているのか。頭をつかんでみた。頬をつねって痛いのをたしかめた。消防車がサイレンを鳴らしかたわらを通り過ぎた。叫び声が耳に響いた。わたしは家への道をたどった。先ほど避難した地下壕のあった家の前を通り過ぎたが、今は煙の燻る瓦礫になっていた。

すると夢でなかった。何日かあとになって男爵から手紙が届き、あの絵のおかげで近ごろ夫人と令嬢がたいへんな恐慌をきたしたと知らせてきた。ある晩二人は令嬢の部屋で手芸をしていたが、青年の肖像が変なふうに変わったのに気づいた。その姿がどんどん奥に籠っていき、ついには一面が黒くなったように見えたそうだ。

二人は恐怖で真っ青になって部屋を飛び出し、狩猟に出かけた男爵が戻るのを震えながら待ったという。男爵は夜遅く帰ってきたが、絵には何も変わったところはないのを納得させたにもかかわらず、女たちを落ち着かせるのには一苦労をしたという。

今のような騒々しい時勢ではこんな妄想はたやすく起こります、と手紙にはあった。家内と娘は薄明の暗がりのなかで、ごく単純な錯覚のとりこになったのですと。

このできごとはわたしが爆撃を避けて防空壕に逃げ込んだまさにその晩に起こった。今ではそこに気づいているが、当時男爵の手紙を受け取ったときには、まだそこまでは思いいたらなかった。

のちに起きた事態がこの謎の奇縁に光をあてた。ついでながら、何週間もベルリン中を走り回ってあらゆるホテルや下宿を訪ね、友を探し出そうとしたことも書いておこう。あらゆる努力は空しかった。誰も友を知らなかった。友はどこにもみつからなかった。

時はあらゆる困苦とともに、慰めのない昼と恐ろしい夜とともに、飛ぶように過ぎた。一九四五年のことだ。ある晩上司が色を失ってわたしの家を訪ねてきた。「君、すぐベルリンを発ちたまえ」これが上司のあいさつだった。

「たったいま将校がひとり、わたしの所に来た。君に対する厳命を懐に忍ばせてだ。将校が主張するには、君は逃亡兵なんだそうだ。君は少尉として彼の大隊に属していたのに、ある日突然姿を消したと言うのだ。君は失踪宣告を受けた。ところが匿名で、君は故郷に帰っていて研究所のわたしのもとに匿われているとの知らせが入った。もちろんわたしは馬鹿げたことだと将校に言い聞かせた。君は前線にいたことはなく、入隊したこともなく、研究所に不可欠という陳情書を出してずっとここにいたと。だが将校は耳を貸さず、ポケットから写真を出して、軍服姿の君を見せた。わたしの驚きを見てとったに違いなく、すぐにこう言った。『この期《ご》におよんで、この者があなたの助手であることをよもや否定はしまいね』わたしは改めて、これは何かの間違いとしか思えないと断言した。そして付け加えて、君は旅行に出ていると言った。将校は君の消失は痛手だと言った。君は失踪する直前、一個大隊をロシア軍に包囲された地域から救出したらしい。だからといって君が助かるとは思えない。かれらは事をあっさり片付ける。かれらにもう理屈が通じないのではないか。誰も多かれ少なかれ責任能力が欠如しているから」

「それならもちろんすぐに出頭します」わたしは言った。

「馬鹿を言いたまえ。そんなことをしたらわたしの立場も非常にまずくなる。君は長期旅行中だと将校に言ってしまったんだからね。すぐ出発するんだ。何日かのうちにロシア軍が来る。なんとかして西に向かいたまえ。君の出発を確認するまではわたしはここを出て行かない」

「わかりました。あなたの言いつけに従うほかなさそうです」わたしは衣装戸棚からマントを出し、パンの残りをポケットにつっこみ、上司とともに部屋を出た。上司は旅の無事を祈ってくれた。

深く黒い夜が町を包んでいた。ごくたまに見かける人々も神経質な急ぎ足で家に向かっていた。わたしは市電でツォー駅まで行き、最初に来た西行きの列車に乗った。列車は満員だったが、隅に座る場所が見つかった。

こうしたすべては何を意味するのだろう。今わたしは逃亡している。つまり実際に逃亡兵といっていい。わたしのポケットには上司の証明書があって、研究所の任務を受けて旅行中と書かれてある。だがそれがどうしたというのだ。どのみちわたしは姿をくらまさねばならない。

そのとき馬鹿げた考えが浮かんだ。あの写真の兵士は他ならぬ友だ。わたしの名を騙ったドッペルゲンガーだ。友は軍人に向いていたが、わたしはそうでない。それを友は知っていた。そしてわたしを徴兵から護りたかった。わたしが職場に不可欠だという報告を上司の偽筆で書いたのも友ではなかろうか。わたしが盗人の濡れ衣を着せられたあのとき、かれはそれを晴らすのにどれほど尽力してくれただろう。かれの助けがなければわたしはなすすべもなく、無実の罪を生涯着たままだっただろう。

それからあの恐ろしい夜を思い出した。あのとき友はわたしを防空壕から導き出し、命を救ってくれた。かれは守護霊のように、わたしに何かの危険が迫ると、いつもそばに来るのだろうか。しかしなぜ他ならぬわたしが、これほど運命から優遇されることになったのだろう。あらたな謎が積み重なりわたしを混乱させた。

列車はなおしばらく走っていたが、やがて突然止まった。爆撃と砲兵隊の応射の音が耳をつんざいた。「またもやすばらしい夜になったな」誰かの声が聞こえた。空は炎のなかにあるようだった。自分たちがどこにいるのかわからなかった。あたりを見回すと、コンパートメントにはわたししかいなかった。「のんびりしてるんじゃない」ふたたび声がすぐ前で叫んだ。「列車が燃える」そう言うと走り去った。わたしはあわてて後を追いかけ、無事に車両から外に出た。車両はすでに高々とあがる炎に包まれていた。

列車は森のなかに止まっていた。何人もの避難者がわたしの前を通って、森の奥へ続く狭い道へ走っていった。わたしもかれらの後をついていったが、すぐ右に曲がり、森の脇道を走り抜けると車道に出た。何歩も歩かないうちに、トラックがそばに止まった。運転手はいっしょに行きたいかと聞いてきた。わたしは乗り込んだ。

夜が白むころ、トラックは大きめの町でとまった。わたしは運転手に煙草をやり、あてはないが徒歩で進むことにした。

できるだけ早くこの町を出るのが一番いいと思った。だがまず自分がどこにいるのか知らねばならない。さもないと元の道を引き返してしまうかもしれない。街道をトラックが列をなして通っていく。その間隙にバスが走っていて、兵隊が一杯に乗っている。脇にそれて野原や森の道を行かねばならない。逮捕されナチスの突撃隊に引き渡される危険が大いにあるからだ。街道から離れて少しさまようと森に来た。いくぶん高い丘に登ったところで、わたしはびくっとして歩を止めた。

始終誰かが後をつけている気がした。足音をはっきり聞いたとも思った。かなり前からわたしは尾行されていたのかもしれない。街道の騒音で聞こえなかっただけかもしれない。あたりを見回したが誰もいないので、何歩か前に歩いてから、さっと後ろを振り向いた。これを何度かくりかえした。誰も目に入らなかった。だが一瞬、歩き出そうとしたとき、はっきりとわたしとともに歩む足音が聞こえた。それればかりか並んで歩いているみたいだ。だがそのうち詮索するのをやめ、見えない同行者が気にならなくなってきた。神経のいたずらだと確信したからだ。ここ何時間かのあいだに、さまざまのいらだたしいできことが起こったのを思えば別に不思議ではない。そこに気づくと神経はいくぶん鎮まった。

さらに人気のない小道をわけいった。あちこちにパンを分けてくれる親切な人がいた。何人もの放浪者に出会ったが、誰もがわたしと同じく、軍隊の通る道から遠く離れて歩かねばならぬように見えた。そうした道で会うもののあいだには、不思議な連帯感があった。

そこここで不思議な景色がひらけた。アルトドルファーやヒルシュフォーゲルを何枚も通り抜け、アルブレヒト・デューラーやロマン派の絵画に出会いながら、わたしは干草のうえで寝た。あるいはどこかの廃墟のなかで星を鏤めた空を天蓋の代わりにした。

奇妙な昼とすばらしい夜だった。飢えに苦しめられはしたが、まさにそのせいですばらしい状態が訪れたのだった。わたしはもう一つの世界に達した。下界では戦争と狂気が暴威をふるい、町や村の残骸が天に向かって聳え、自棄と絶望が支配している。だがこの高みにある細い道には異なる出発点と異なる目的地がある。

ある晩わたしは岩だらけの山に登った。体はくたくたで、どれほど歩き続けたかもわからなくなっていた。日々は飛ぶように過ぎ、深い省察と内的な体験が代わる代わる訪れた。時間は意味を失った。言い表わしようのない状態が、浄化された幸福感が、正しい道にいるという確信が、わたしに歩む力を与えてくれた。

月が古い廃墟に高く昇り、もとは窓だった穴を照らし、銀の吐息を爆破された破風に投げかけている。

「先生が本当にいらした」不意に聞き覚えのある声がした。目を上げると男爵が前に立っていた。

「ようこそいらっしゃいました。妻の予言は今度も当たりました。中庭のほうにお出で願えますか」

わたしは驚くことも忘れてしまっていた。何もかも、この出会いさえ、ごく当たり前のことに思えた。門扉をくぐり、樹々の植わった広々とした場に出た。男爵夫人が湯気のたつ皿を手にして、廃墟の高い塀に寄りかかるように立つ小屋から出てきた。

「ようこそいらっしゃいました」彼女もまたわたしに呼びかけた。「あなたのために食卓を整えておきました。どうぞお座りください。もっとも今日はスープ一皿とぱさぱさのパンしかお出しできませんが」

わたしは石造りの椅子に倒れるように腰をおろした。機械的にスプーンを手にとったものの、恐ろしいほど疲れていた。半ば眠りながら食事をし、男爵の話に耳を傾けた。その声ははるか遠くから聞こえてくるような気がした。

男爵の話によると、ここは先祖代々の城であって、何百年も前から谷間の住民の家と同じく廃墟になっているという。わたしが以前歓待を受けた屋敷は軍の司令部が置かれていたため爆撃を受けたそうだ。男爵夫妻は命のほかは何もかも失い、所有する唯一の地所であるこの廃墟にたどりついた。今後はここにとどまり、あたらしい住まいを自分たちでこしらえるつもりだという。令嬢は村に買い物に出かけているそうだ。

わたしはスープを飲み終わった。男爵はわたしを、小屋のなかにある、藁が敷かれた狭い部屋に案内した。

「申し訳ありませんが、これよりましな寝床はご用意できないのです」男爵が言った。「扉がはずみで開かないよう、掛け金をかけておいてください。それではお休みなさい」

男爵が去ると、わたしは言われたとおりに掛け金をかけ、くたくたになって藁のうえに突っ伏した。その後も長い間眠れないでいるうちに、戸を叩く大きな音で目がさめた。

わたしは起きて扉を開けた。一人の男が外に立っていた。

「ここはまだ疲れた旅人のための小屋ですか」男は聞いてきた。

わたしはかれを迎え入れ、隣で寝るようにすすめた。

男は感謝してわたしのそばに横たわった。

「この声は聞いたことがある。どこでだったか」そんな考えが意識に浮かんだ。だがすぐ眠気がやってきた。

「友の声ではなかったろうか」わたしは夢のなかでも考え続けた。「一夜の宿を乞うたのは、友ではなかったか」

闇のなかでその顔はもう見分けられなかった。でも朝になれば何もかもわかるだろう。わたしの前に突然あらわれたのは友ではないのか。「わが兄弟よ」と言う声が聞こえた。「君のもとにとどまるために僕は来た。僕たちは二人で一人だったが、互いを見出すために長く放浪を続けねばならなかった。人間は壊された町の残骸、寄る辺のない破片のようなもので、散り散りになったまま帰属するところを失っている。断片化はますます激しくなり、不完全性はとめどなく進む」

朝の太陽がわたしの目を覚ました。あたりを見回した。友は消えていた。掛け金はかかったままだ。窓はないから、出て行くなら扉を通るしかない。あれは夢だったのか。

言葉はまだはっきり耳に残っている。前に聞いた声、あの声の持ち主をわたしは何年も空しく捜していたのだった。

わたしは外に出た。男爵がこちらにやってきた。「すっかり回復されましたね。お顔が見違えるようです。表情も引き締まって、今日のあなたはあの肖像画にますます似てきました。あの絵は惜しいことに爆撃でやられてしまいましたが、その何日か前に、不思議な変化が起こりました。あの若者の姿がどんどんぼやけていったのです」

男爵はふたたびわたしを朝食が待つ石造りの卓に案内した。若い娘がこちらに近づいてきた。

わたしは息を呑んだ。体を震えが走った。相手も真っ青になっているのがわかった。足をよろめかせて娘の前に立った。娘はわたしに手を差し出した。二人ともあまりに心を動かされて、最初は言葉さえ出せなかった。

朝食のあと彼女はわたしを散歩に誘った。すぐに呪縛は解け、わたしたちは古くからの知り合いのようにお喋りをした。この美しい娘はいつもわたしのそばにいたような気がしてきた。まるで初めからこの人の肖像が胸にしまわれていたかのようだった。

わたしたちが行く道も見知ったもののように思われてきた。道を下っていくとライン河に出た。ずっと前に一度、ここに来たことはなかったか。そのとき舟に乗って河をくだって行かなかったか。

葦がざわめいた。渡し守の姿が目に入った。太古の巨人のように舟に立っている。遠くに連れていってくれるあの舟にまた乗って、旅立ってはいけないのか。奇妙な感情がわたしの落ち着きを失わせた。桟橋に降りていこうとしたそのとき、柔らかな手を手に感じた。手はわたしをしっかりつかまえ、優しい力で自分のほうに引き寄せた。

「そろそろお城に戻りましょう」連れが言った。櫂が水を打つ音が聞こえて、渡し守が舟の向きを変えるのが見えた。

わたしは彼女のあとについていった。廃墟への道をたどっていくと不思議な幸福感に包まれた。廃墟はやがてわたしにとっても避難場であり故郷になった。

ある肖像画の話はここで終わる。

コルベールの旅

ヘルマン・ウンガー

Herman Ungar : Colberts Reise（一九二二）

ヘルマン・ウンガー（一八九三―一九二九）はモラヴィア（現在はチェコ領）のボスコヴィツェで生まれました。この地は十一世紀からユダヤ人が定住し、祖父と父が市長を務めたウンガー家はユダヤの伝統を固く守る家柄として知られていました。

第一次大戦後はベルリンのチェコスロヴァキア大使館で参事官となり、本国に戻った後は外務省に勤務しつつ作品を発表しました。作品の陰惨さとは裏腹に、本人はスポーツと社交の好きな明るい青年だったそうです。一九二〇年に出版された中篇集『少年たちと殺人者たち』はトーマス・マンやシュテファン・ツヴァイクの好意的な評価を得ました。

二九年に虫垂炎に罹り、日頃から心気症の気があったため発見が遅れ三十六の若さで亡くなりました。「コルベールの旅」を収録した同題の短篇集が死の翌年に出版され、トーマス・マンはその序文で本篇を「小さな傑作であり、いかなる古典的作品の中にあっても名誉ある場所を占めるだろう」と讃えています。ちなみに長篇『クラス』（二七）でもモドリツキという名の下層階級の男が登場し、主人公（神経症的な教師）を死に追いやる役を果たします。

二〇一二年に英国籍を持つ作者の孫ヴィッキー・アンウィンが、原稿のまま残されていたディーター・ズートホフのウンガー伝を英訳して電子書籍で刊行しました。彼女はそのときまで祖父が作家とは知らなかったということです。

コルベールの旅は一九一〇年にはじまった。そして一九一一年、旅がもたらした興奮により亡くなった。モドリツキにひどく失望させられたのだった。その墓碑は市の墓地で見られる。白い大理石の十字架の形をしていて簡素な碑銘がある。

ここにヨーゼフ・コルベール眠る
一八五九年三月十四日　当市に生まれ
一九一一年五月七日　同地に死す

彼は五十二年生きたことになる。旅の一件は碑に記されていない。

コルベールの失望は、モドリツキがごく若いうちからコルベールの家で育てられたせいで、なおさら大きなものとなった。モドリツキは下層の出身だった――父は大酒飲みで、芳しからぬ最期を遂げた。窃盗の現場を押さえられ、梯子から落ちてそのまま亡くなり、赦免を受ける時間もなく死んだ。モドリツキはそれを思い出すのを好まず、自分の出生にまつわる話題を恥じて避けた。

一方コルベールはフランスの血を誇っていた。みずから語るところによれば、曾祖父はナンシーから移住してきたという。それを裏付ける古文書も持っていると言った。隣人の作法や習慣を見て微笑み、より気のきいたやり方をひけらかした。顎鬚をフランス風に整え、鼻の下の薄い髭は上に曲げていた。香りのする水で頭を洗い、そのせいで禿頭もつやつやかに薔薇色に輝き、高級な天鵞絨《びろうど》のように柔らかな手触りがするのだと言っていた。加えてフランスの単語を会話に織り込んだが、その語彙はさほど豊かなものではなかった。フランス語は世慣れた人間に似つかわしいもので、弁舌に国際人のような彩りを加えるのだそうだ。この点を彼はモドリツキに長々と説いた。モドリツキは熱心に聴き、ときどきうなづいて賛成の意を示した。恩人である主人にこの主張の詳しい説明をあえてせがむことはなかったが、それは慎みということを誤って理解していたせいかもしれなかった。

　モドリツキはコルベールが妻と娘とともに住む町外れの家の家事を一手に引きうけていた。彼は門番であり、ささやかな前庭の庭師であり、コルベール夫人につきそって市《いち》から重い荷物を運び、下着を洗濯し、靴を磨き、炊事の手伝いさえした。この家の唯一の召使だったからだ。まだ自分の子供がいなかった頃のコルベールに少年の頃引きとられたモドリツキの家庭内の立場はいつも奇妙なものだった。他の家族と一緒に食事はしたが、その料理は彼がキッチンから運んできたものだった。だが彼は賢明な節度をもって静かに食卓につき、質問が向けられたときにだけ口を開いた。食事が終わるとすぐモドリツキは立ち上がり、黙ったまま食卓に向かってお辞儀をして部屋を出ていった。コルベールはそのよくしつけられた控えめな態度をいまさらのように嬉しく感じ、微笑んで彼のお辞儀に応えた。モドリツキはキッチンで食器を洗った。

　四十の歳までコルベールは父から継いだ商売、すなわち熱帯産食料品の輸入にまずまずの規模で携わっていた。四十になると新興の住宅街に家を買い、商人生活から引退した。事業は最後まで運に恵まれ、彼の娘はそのうち相当な遺産を受け取れるはずだった。娘は洗礼のときアメリーの名を授けられた。コルベールがうんざりしたことには、娘の母は、このやや変わった名を周囲の言葉に馴染ませようと頑《かたく》なにわが子をマルチャと呼び続けた。

「Mon dieu〔やれやれ〕」コルベールはことあるごとに言ったものだ。「たった一人の子をなんて名で呼ぶんだい、メラニー」

　しかし女房のミレナ・コルベールはこの咎め立てに耳を貸さなかった。返事の代わりに蔑むように肩をすくめることもあれば、「戯言《たわごと》はいいかげんにおやめ。町中の物笑いになってるよ」とそっけなく言うこともあった。

　するとコルベールは上着のボタンをひとつ残らずはめて部屋を出て行く。階段を降りてモドリツキの部屋をのぞく。そこにいないときは庭にいた。コルベールは召使に向かって妻の無理解を嘆く。モドリツキは静かに主人を見つめ、主人が慰めを求めて彼の意見を聞いたときには、こう言うのが常だった。

「わたしたちはそれを受け入れなくてはなりません。コルベールさま」

この答にコルベールはたいそう心を動かされた。それは彼の心そのものがそんな折は感じやすくなっていたからもしれなかったし、モドリツキの言った「わたしたち」という言葉のうちに、自分を傷つけるすべてのことが召使をもひどく傷つけているのを見てとって、自分は一人ではない、共に苦しむ仲間がいるという意識が高まったからかもしれなかった。感きわまったコルベールはモドリツキの手を握った。

あるとき、そんな折に、コルベールはモドリツキを同行させる旅行の計画を打ち明けた。

二人はモドリツキの部屋にいた。窓が一つきりの、モドリツキのベッドと箪笥と聖者像のほかは何もない部屋だった。コルベールはモドリツキをしばらく黙って見つめた。その息遣いは重かった。

「来い」コルベールは覚悟を決めたように言った。

彼はモドリツキを屋根裏部屋に引っぱっていった。鍵のかかった扉の前で彼は立ち止まった。そしてポケットから鍵を出して扉を開けた。

二人は部屋に入った。天窓から乏しい光が落ちていた。コルベールはモドリツキに顔を向けた。

「ここだ」と彼は言った。

そしてモドリツキの上着のボタンをつかんだ。「今お前に打ち明けよう。C'est le secret de ma vie!〔これがわたしの人生の秘密だ〕」

彼は真面目な顔で厳かに言った。

モドリツキは短く刈った黒髪の頭を軽く下げた。

「お前はわたしによく尽くしてくれている」コルベールは言った。「わたしはお前が六歳のとき、修道院附属の孤児院から引きとって、自分の子のように育てた。Mon enfant〔わが子よ〕、お前はわたしを裏切らないだろうな」彼は涙をこらえて言った。

「わたしが自分の卑しい生まれを忘れるとでもお思いですか」モドリツキが小声で言った。

「Quelle naïveté, mon ami!〔何と無邪気な、わが友よ〕誰がそんなことを言った」コルベールは部屋をうろうろとした。天窓に近づくと、頭を屈めねばならなかった。屋根がそこで低くなっていたからだ。

「誰がお前の生まれについて言った。今からお前が聞くことは、何があっても人に話してはならん。As-tu compris?〔わかったか〕」

モドリツキはゆっくりとうなづいた。そして目を見開き、真剣な目つきでコルベールを見つめた。この目つきは召使の中でコルベールが気にくわない唯一のものだった。この目こそモドリツキの顔で一番美しいものだったのに。彼の鼻は長かった。肌は茶がかった黄色だった。しかし長い眉の下の目は、睫毛が長くて、瞳は黒く大きかった。モドリツキの視線に耐えられない理由が、コルベールは自分でも説明できなかった。何か不快なことを思い出すような感じがある。自分をひたと見据えるこの目。黒い服を着たモドリツキが首をやや垂れて自分の前に立つ態度は恭順そのものだったが、目だけが異質でそぐわなかった。

「これは不釣合いだ」コルベールはそう思って顔をそむけた。そして小窓からしばらく黙って外を眺めた。それからふたたびモドリツキに顔を向けた。

「Bon〔よし〕」彼は言った。「お前を信用しよう、モドリツキ」そこで少し間を置き、それからゆっくりと、一語一語区切って言った。「わたしは旅に出ることにした」

彼は数歩下がってモドリツキを見つめた。だがモドリツキの態度は変わらなかった。今の言葉を理解しなかったのだろうか。

「わたしは旅に出ることにした、モドリツキ。これを見ろ」彼はそう言って、片手で部屋の隅に積まれた本の山を指した。

モドリツキはそばに寄った。

「Paris!」彼は最後のｓに力をこめて言った。それはフランス語の教本だった。旅行者のための会話集、旅行ガイド、パリ観光案内、それに美術館とその所蔵品の挿絵入りカタログだった。

「何もかも内緒だぞ、モドリツキ。準備はずっと前から進めてある」彼は気を昂ぶらせてあれこれの本を翻した。「わたしはここで毎日研究している。長い旅になるはずだ。何か月もの旅になるだろう。三か月、あるいは四か月にもなりかねない。C'est possible〔それはありえる〕」

そう言ってまた部屋をうろうろしだした。

「お前もいっしょに行くんだ、モドリツキ」彼は探るような目で相手を見た。

「わたしもですか」

コルベールは真剣なおももちでうなづいた。

「いつ出発するのですか」モドリツキがたずねた。

「ああ、用意のでき次第だ」楽しそうにコルベールは言った。「まだいろいろ準備がある。準備は万端整えねばならない。毎日いっしょに働こう、だが気をつけろ、メラニーに気づかれてはならん。きっと邪魔するだろうからな。パリへ行くのだ。モドリツキ、お前はパリなんか知らないだろう。ルーヴル。お前はルーヴルって聞いたことがあるか。何もかも見よう、モドリツキ。ああ、あれらの絵、この本を見てみろ、あのフランスの宝、フランス！　どうお前に理解させればいいだろう。C'est à s'arracher des cheveux!〔髪をかきむしりたい〕。ああ、そんなふうにお前の生まれは復讐をする。非難なんかするものか。お前のせいじゃないからな。モドリツキ、お前も見たら理解するだろう。モドリツキ、そのときはわたしのように心を動かすだろう。わたしのように心臓を高鳴らせるだろう」

彼はモドリツキの肩をつかんだ。

モドリツキは天窓の前で前屈みになり、コルベールが押しつけた本のページをめくった。視線が絵画や彫像や建物の写真をすばやくかすった。

「あなたがわたしの父と母のことをおっしゃったのは、コルベールさま、おそらく当を得ていると思います」モドリツキが言った。「おそらくこれは良い家の人たちだけのもので、卑しい出のものではありません。わたしは家に留まるべきです、コルベールさま。家を守るためには誰か男がいなくてはなりません。お一人で行ったほうが楽しまれると思います」

「よく考えた上でのことだ」コルベールが言った。「女房のいとこにわたしの家に住むように頼んである。何もかも手配はしてある。長く考えたあげくにお前を連れていくことに決めた。旅をしているといろいろ思いがけないことが起こるはずだ。だから万が一のためにも連れがいるほうがいい。なにも最悪のことを考えるわけではない。そんなわけではないが、頼りになる人間に相談したくなるようなことが起こりはしないだろうか。いいか、モドリツキ、予想もしない事態というのはしばしばやってくるものだ。Enfin〔最後に〕、四つの目は二つよりもいい。これが何もかも自分で決めねばならぬときには重要になる。だが今は最後の準備をしているところだ。何を持っていくか――これは難しい問題だ。考えに入れねばならぬことがたんとある。Mon dieu〔神よ〕、誰に信じてもらえるだろう。それから言葉の問題もある。何が起こるかわからないからな。これは必要な言い回しが全部書いてある本だ。主な通りやホテルや営業時間も載っている。Mon enfant〔わが子や〕、できることは千もある。いつも一番いいものを選ばねばならない」

コルベール夫人の声が聞こえた。モドリツキを呼んでいた。「ほらほら、dépêche-toi, mon fils〔お急ぎ、息子や〕」コルベールは言った。「くれぐれも人に言うんじゃないよ」

モドリツキは出て行きがけにドアを閉めた。コルベールは部屋に残った。くたびれたように本の山の上に座ると、額の汗を香水の染みたハンカチで拭った。

モドリツキの心の動きは誰も知らなかった。他人への態度は何も変わらなかった。しかしコルベールは彼に計画を漏らした日から人が変わったようになった。食卓では笑みを絶やさず、メラニーを以前にもまして心をこめて丁重に扱った。食事中何度もモドリツキに親しげにうなづきかけた。モドリツキは顔の表情は変えず、黙って目を向けるだけでそれに応えた。

屋根裏部屋での話があった数日後、コルベールは食事中に言った。「この子を家に迎えてよかったな、ma chérie〔なあお前〕」

ミレナ・コルベールは何とも答えなかった。険しい顔で前にある皿の肉を見た。彼女はモドリツキを好きでなかったし、コルベールのお喋り癖も蔑んでいたので、ただ口を歪めただけだった。彼女はよくマルチャに、父を侮辱する言葉を吐いた。父の性質には当然娘にも責任があると思っているような口ぶりだった。

「あの人は日一日と子供っぽくなる」彼女は言った。「もうすぐ揺り籠に入れておしゃぶりを口にくわえさせないといけなくなるね」

夫に腹をたてる特別なきっかけをミレナは日に二度見つけた。つまり昼食と夕食の後だった。コルベールは食卓から去るときに、不機嫌で腹を立てている妻に、感謝に身をかがめ手にキスすることをけしてやめなかった。コルベールは機敏にもどんな機会を見逃さなかった。ミレナの悪態もそれを妨げられなかった。

「なにしろ悪いのはわたしなのだから」彼はモドリツキに言った。

ミレナはコルベールの子供っぽい振舞いを自分へのあてつけと思っていた。

その後モドリツキの側に何が起きたかは説明のつけようがない。一家の子のようにみなされたこの男の振舞い方がコルベールの死に責任があることはやがて見られよう。モドリツキが突発的に敵意と憎悪を見せた理由もわからない。というのもモドリツキは誰にもそのことをはっきりとは話さなかったからだ。誰よりもモドリツキと親しい間柄であったため、彼を一番よく知ることができたであろうアメリーさえ、モドリツキのあいまいな仄《ほの》めかしを理解できなかった。アメリーは当時十五になるかならないかだった。にもかかわらず胸は母と同じくらいに膨らんでいた。

コルベールが亡くなってかなりの時が過ぎ、モドリツキもとうにいなくなった頃、アメリーは気落ちした母とその数か月の出来事について話した。彼女は自分の気づいたモドリツキの変化を口に出した。それはモドリツキに悪意と卑しさがとつぜん現れた理由を説明するには薄弱すぎた。今では娘をアメリーと呼んでいるコルベール夫人のほうでは、モドリツキは憎しみをずっと前から心に抱いていて、ただそれをうまく隠していただけと信じていた。

だってお前、あの子は一度も笑わなかったじゃないの。夕食後にピアノを弾くようにわたしたちがお前に言ったら、あの子ったら部屋を出ていった。あの陰険な目つきに気づいたかい。どれもこれもあの子の卑しい生まれのせいなのよ。ブルジョアの良家の生活に見られるような高貴で純粋なものへの憎しみが生まれつき具わってるんだわ。「お父さんは気品があったのよ、アメリー」コルベール夫人はそう言ってハンカチを目にあてた。「子供っぽさならよろこんで許してあげた。善良な心があんなふうに現れただけだから」

アメリーには自分を非難する理由があった。たんに自分の若さが悪かったと言ってもいい。もっと早くに折を見て何もかも話していたら、モドリツキのこともわかってもらえただろうに。というのもアメリーは十四歳のときから彼の部屋を訪れていたのだった。それには食事が終わって両親が寝たあとの時間を使った。この訪問を他人に話したことはない。とても恥ずかしく思っていた。それを思うと悩ましい気持ちになった。

最初モドリツキは自分の部屋でアメリーに写真を見せただけだった。彼はそれを小箱に鍵をかけてしまってあった。その小箱はベッドの下の黒い木のトランクの底にふたたびしまわれた。写真には裸の男女が、何枚かでは別々に、何枚かでは組になって写っていた。そのあとモドリツキもアメリーの前で裸になって、彼女に男性の器官の性質と目的を教えた。自分はアメリーを相手にこの写真に写っているいろいろな形を試そうと思っているのだが、その時機はまだ決めていない、とモドリツキは言った。アメリーには彼が何を待っているのかはわからなかった。だがその瞬間をひどく恐れた。それでもモドリツキの言葉に一言も反対しなかった。それが後になって彼女をひどく恥じ入らせた。

何もかもが不思議なことだった。コルベールに引き取られる前のモドリツキは修道院で敬虔に育てられたはずなのに。護符《アミュレット》を首から下げ、しきりに懺悔も行っていた。モドリツキのあの性格はおそらく生まれによってしか説明できないだろう。

コルベールがモドリツキに旅行の計画を打ち明けたとき、モドリツキはとつぜんアメリーのことを、両親のいないときにはマルチャと呼ぶようになった。それらが相次いで起きたことはアメリーも気づいたが、どういう繋がりがあるかはよくわからなかった。そもそも理解できないものかもしれない。しかしあとになってアメリーはこの状況は特別な意味があるものと考えた。どこに意味があるかは言えなかったが。

モドリッツキはアメリーの前ではコルベールの話を秘密にしなかった。他言しないことを誓ったまさにその日に喋った。アメリーの記憶では、そのときはじめて彼女をマルチャと呼んだのだった。その日彼は不機嫌でほとんど口をきかなかった。

毎日朝の十時にモドリッツキは屋根裏部屋に行かねばならなかった。コルベールはたいそう昂奮して彼を待っていた。このころ彼の気分は目まぐるしく変わった。何かたいそうなことを考え込んでいるふうに静かでいると思うと、またふたたび陽気になり、それどころか大いにはしゃいで、アメリーとモドリッツキを相手にふざけさえした。

この午前に旅行の準備は整えられた。コルベールはモドリッツキにパリとフランスの話をまくしたて、いっかな飽きなかった。モドリッツキがこの瞬間のすばらしさにほとんど心を動かさないのを見て彼の心は痛んだ。モドリッツキは真面目な顔をして身動きもせず、天井の低い部屋をコルベールが行き来するのを黙って見ているのだった。

コルベールはあらゆることについて召使と話をした。まるで夜も眠らず旅行のことを考えているようだった。そして朝になるときまって何か新しいことをモドリッツキに相談した。そのあいだにも絶えず新しい本が届けられた。カタログ、案内書、不測の事態への措置に関する本、そして小さな旅行用救急箱まで。郵便で来るそれらをコルベールは人目を忍んでみずから郵便局まで取りにいくのだった。

彼はモドリッツキが入ってくるとすぐ話し出すのが常だった。中断した話の続きをするように。

「一番いいのは」と彼は言った。「大荷物をパリにすぐ送ることだ。もちろん保険をつけてだ。ホテル・メルキュールの部屋は前もって予約してある。関税はパリで払えばいい。関税品を荷物に入れようなんて思うなよ。モドリッツキ、quel horreur〔何と恐ろしいだろう〕、罰せられたりしたら。やめてくれ、モドリッツキ、c’est blâmable〔けしからん〕。午前いっぱいつぶれるだろう。C’est vrai〔それは本当だ〕。でもたくさんの荷物を持って国境で立つよりはましだ。入国審査で物が盗まれるという話も聞いている。こっちのほうがいい。お前はどう思う」

モドリッツキはうなづいた。

「わたしたちは互いを理解しあっていると思う」コルベールは言った。「いい旅になるだろう。Mon camarade〔わが相棒〕。だがもう一つ言っておくことがある。どうかわかってくれ。C'est une chose delicate, mon ami〔これは微妙なことだ、わが友〕。いいか、パリは大都会だ。Une ville mondiale〔国際都市だ〕。ありとあらゆる誘惑が待っている。旅行中は気が昂ぶっている。ルーヴルを考えてみろ。街の暮らしを考えて見ろ。モドリッツキ。誘惑に屈するということは十分ありえる。わたしの年を笑うな。そんなときには c'est admirable〔すばらしいことに〕、体に若さがみなぎる。だが危険は大きい。大都市の薄暗い界隈にひきずりこまれて何か盗られるか、あるいは命まで奪われるかもしれない。わかるかい、わが子や。Tu saisis?〔わかるかい〕」

モドリッツキは同意するようにうなづいた。

「モドリッツキや、お前はわたしをもう何年も知っている。お前も知っているように、わたしは軽はずみな男ではない。モドリッツキや、わたしは妻を、家族を大切に思っている。Parole d'honneur〔名誉にかけて〕わたしはそんなことはしない。しかしだ、息子や、常ならぬことには常ならぬ対処が必要となる。C'est une affaire extraordinaire〔これは常ならぬことだ〕。旅をするときには何もかも計算にいれておかねばならない。わたしはすべて考慮に入れたと思う。あらゆることに備えておかないとな」

彼は部屋を行き来し、ハンカチで額の汗を拭った。屋根裏部屋はたいそう暖かかった。

「窓を開けてくれ、モドリッツキ」コルベールが言った。

「さあ、さあ」彼は続けた。「あらかじめ済ましておかねばならん。あらかじめ緊張をほぐしておかないと。お前わかるか、モドリッツキ、どうかわかってくれ」

「わたしはまだ理解できません、コルベールさま」モドリッツキが言った。

するとコルベールはモドリッツキのすぐ近くまで迫った。そして彼の肩をつかみ、彼の目を見た。

「モドリッツキ」彼は言った。「先に言ったように、c'est une chose délicate, mais nécessaire〔これは微妙だが、必要なことだ〕。この土地で生まれた娘がひとりプラハにいる。噂だと軽率な暮らしを送っているそうだ。お前も誰のことかわかるだろう。

お前はあの女の住所を調べて、駅に来させるのだ。もちろんすべてお前自身のためと装ってだ。わたしには世間の目がある。お前が娘に手紙を書いて、モドリツキ、すぐ価格を取り決めるのだ。にやにやするんじゃない」

モドリツキは笑っていなかった。理解と同意を控えめに身振りであらわした。

「わかるかい、マルチャ、僕が何をやりたいか」モドリツキは午後アメリーに言った。「食事中に君の母さんを『豚』と呼びたいんだ」

アメリーはびくっとした。「ああ神さま、神さま、モドリツキ。お母さんが何をしたっていうの。いったいどうして、モドリツキ」

「あの人たちのやることなすことが僕をいらいらさせる」モドリツキが言った。「ルーヴルだの旅だのやたらに喋る。僕に何の関係がある。僕はあの人の召使で、やれと言われたことをやるだけだ」

「それがどうしてあなたをいらいらさせるの、モドリツキ」

「なぜならあの人にはわかっていない。僕には何の興味もないことが。あの人が命ずるから、くだらないこともいっしょにやる。僕に何の関わりがあるというんだ」

「何が何だかわからない、モドリツキ」アメリーは言った。モドリツキは何とも言い返さなかった。自分でもわかっていなかったのかもしれない。

旅行の準備はコルベールによってモドリツキの前で細々したあらゆることまでなされた。準備には何週間もかかった。案内書から抜書きが作られ、そこには旅に必要な言い回しをアルファベット順に整理したインデックスが付されていた。最後に大きなトランクが新たに晩方、ひそかに運びこまれ、さらにいくつかの手提げ鞄や旅行用鞄が整えられた。それから持っていく下着の量と、服の種類と数が相談され決定された。それらはトランクに詰められた。最後に出発の日が決められた。その日は水曜になるはずだった。いくつもの理由からコルベールはその日が旅をはじめるのに最適と考えた。土曜、日曜、月曜は問題外だった。経験上それらの曜日は他の曜日より多くの人が旅をする。木曜は市が立つからやはり旅には不向きだった。金曜の出発はたとえ迷信とわかっていてもできれば避けたかった。人は自分の信じていないことを偏見として持つことがある。残るは火曜と水曜だが、もっともな理由があって水曜に落ち着いた。水曜はコルベール夫人が一日中ひどく忙しいのだ。というのも水曜は早朝から女性が一人、住居の掃除と床洗いをしにくる。そこで夫人は水曜には自分にあまりかまう暇はなく、旅の邪魔をすることもないだろう、とコルベールは思った。もし水曜の昼食の時間にモドリツキとの旅行のことを知らせるなら、他の日ほど、それを詮索する時間も気力もなかろう。もしかしたら木曜になってようやく夫の出立のことを意識するかもしれない。

　この水曜の何日か前にコルベールはモドリツキに言った。

「二等で行くことにした、モドリツキ。その理由はいろいろある。第一にそれほど窮屈でない。だから目的地に着く前に体力を温存できる。第二に教養のある階級に属するひとたちと旅をするのは楽しいものだ。もしかしたら学者か教育家と知りあえるかもしれない。そうすれば楽しいばかりでなく役にもたつだろう。最初はお前を三等に乗せようと考えていた。だがモドリツキ、わたしはお前と離れ離れになりたくない」

「僕は」モドリツキは答えた。「あなたの最初の考えのほうがより適切かと思います、コルベールさま。僕は立派な階級に属する紳士淑女の乗る二等にはふさわしくありません。あなたなしの僕は何者でもありません。そこをよく考えてください。いつか僕が一人になったとき、そんなことを習慣にしろとでもいうのですか」

「一人とは」コルベールが聞いた。

「コルベールさま、あなたは遺言に僕のことを忘れることはないでしょう。しかしアメリー嬢から奪うことはできません。あなたはお金持ちです。あなたは楽しみのために旅行します。しかし僕は、あなたが見たいものをいっしょに見るために旅をするのではありません。召使として、従者として旅をするのです」

「何を言う、モドリツキ。お前はわたしと同じように旅するのだ。お前はわたしの見るものを見る。パリのあらゆるすばらしさを見る。お前の心臓はわたしの心臓と同じように高鳴るだろう。Je suis ton père〔わたしはお前の父なのだ〕、モドリツキ」

モドリッツキはお辞儀をした。

「しかしコルベールさま、僕は思うのですが」落ち着きはらって彼は言った。「僕の階級の人間は旅をしません。裕福な人にとって旅とは楽しみです。僕の階級の人間は必要に迫られて旅をします。あるいは僕のように従者として。そういう者は生まれた地に居続けるべきです。そこに属しているのですから。そう僕には思われます」

「お前はわたしのようにすべてを見るべきだ、モドリッツキ」

「僕にはわかりません。コルベールさま。僕は卑しい生まれです。ご存知でしょう、僕の父は……」

「なんでそんなことを言うのだ。Comme c'est horrible〔なんと恐ろしいことだ〕、モドリッツキ」

「おそらく言わねばならないことですから」モドリッツキは続けた。「母は盲目でした。どうしてそうなったかもご存知でしょう。父が頭を殴ったのです。そのため光を失いました。母はいま施設にいます。僕との関係もなくなりました。父の暴力は理由のないことではありません。父は母がクデルナクさまといっしょにいるところを見たのです。クデルナクさまは、母は報酬をたっぷりもらったと主張しました。誰もがクデルナクさまをひどく笑いました。母は美しくないし清潔でもなかったからです。クデルナクさまはここで年金生活を楽しんでいます。あの人ならあなたのよい連れになるでしょう」

「モドリッツキ」コルベールは言った。「モドリッツキ！」

「僕の言いたかったことは」と言ってモドリッツキはお辞儀をした。「三等で行くほうが僕に似つかわしいということです。しかしあなたがそう望むのであれば、コルベールさま、なんとか節度を越える努力をいたしましょう」

「何もかも変わるだろう」コルベールはとつぜん機嫌を直して言った。「Nous verrons!〔われわれは見るのだ〕、お前があの奇跡を見たらたちまち。ラファエロのマドンナ、ミロのヴィーナス、ヴェルサイユ、それからあのすばらしい都市。Mon ami〔わが友よ〕、この旅でどれだけ豊かになるだろう」

　コルベールがモドリッツキとの出発を予定した日が間近に迫った。コルベールは屋根裏部屋からほとんど出てこなくなった。そしてモドリッツキに荷造りさせた大小のトランクのそばに座っていた。いつも上機嫌で何度もモドリッツキにキスをした。モドリッツキは控えめに逆らいながらもなすがままにさせていた。コルベールはメモとリストを見つけようとあらゆるバッグを探した。彼はそれらをたえず忘れたと思い込んだ。モドリッツキが紙幣を縫いこんだ小袋を、コルベールは首からぶら下げようとした。コルベールはとめどなくパリについて話した。モドリッツキにはしばしばそれは脈絡がないように思えた。旅に先立つ最後の晩、コルベールは心が不安定になり長いあいだ泣き続けた。モドリッツキは慰めようとはしなかった。

これから語ることに説明を求めようとしてはならない。これは図らずも起きたことで、そもそも説明も解明もできないものと思われる。この運命の水曜日の昼食中に起きたできごとは、ただ順を追って語るよりほかはない。

コルベールは時間通りに席についた。モドリッツキはまだ食卓の準備をしていた。コルベールは椅子に座り、軽くモドリッツキにうなづきかけた。モドリッツキは主人の顔が色を失っているのを見た。まるで血がすべて引いたようだった。コルベール夫人はそれに気づかなかった。アメリーも見過ごしたようだ。コルベールが手にしたスプーンが震えた。彼はスープを飲まずにスプーンを置いた。

おりおりコルベールはモドリッツキに目を向けた。モドリッツキは身じろぎもせず彼を見た。

スープの後コルベールは居ずまいを正した。妻のほうに顔を向けた。そして小声で言った。「Écoutez, mon bijou, vous êtes ravissante aujourd'hui〔お聞き、わたしの宝石、今日のお前にはうっとりするよ〕」

彼は手をミレナの手の上に置きたそうな素振りをした。だが中途でやめた。

「聞いておくれ、お前たちに知らせたいことがある……わたしは今日旅に出る……」彼の声は大きくなった。まるで声の響きによって勇気を奮い起こそうとするかのようだった。「パリへ行くのだ。Ma bonne〔お前〕」

コルベール夫人は匙を置き、黙って夫を見つめた。

コルベールは落ち着きなく椅子の上でもじもじした。

「パリへだ」彼は言った。「何もかも準備できているんだよ、ma chère〔お前〕……ここに……ここに……」彼はポケットを探った。「もうここに切符があるのだ。モドリッツキ……お前からも何か言いなさい」

モドリツキはひとりひとりの顔を順に見た。最後に彼の視線はコルベールの上にとまった。主人は額に汗を浮かべていた。それを見てモドリツキは微笑んだ。

「こう申しては失礼ですが、コルベールさま、僕にはあなたの昂奮が理解できません。あなたのルーヴルはそれほどたいそうなものでしょうか、コルベールさま。僕にはそう思えません」

コルベールは目を見開いて彼を見た。彼の言ったことが理解できないようでもあった。

「それからせっかくの機会ですので、コルベールさま、どうか僕にも一言言わせてください。何かと申しますと、僕はあなたといっしょに行かないことにしました」

モドリツキがこの決意をこの時より前に固めていたことはまずなかろう。以前はアメリーにさえそんなことは漏らしていなかったから。

コルベールは椅子に崩れ落ちた。

深い沈黙が訪れた。

「モドリツキ」そして力の抜けた声で言った。「モドリツキ」

この瞬間モドリツキの心に説明しがたいことが起こったに違いない。アメリーはこのときのモドリツキほど恐ろしく歪んだ顔を前に見たことがあるかどうか思い出せなかった。右頬に血管が浮き出て軽く脈打っていた。目はじっとコルベールを意地悪く見ていた。

モドリツキはこの瞬間にどうすればコルベールを一番深く傷つけられるか考え抜いたに違いない。そうとしか考えられない。誰もその理由に思い当たらなかった。すこしの間悪意ある彼の視線はアメリーの上にとまった。彼女は目を伏せた。もしかしたら彼は、両親の前でアメリーの胸をつかもうと考えたのかもしれない。とつぜんモドリツキの表情が緩み、そして彼は沈黙を破った。この家ではせいぜいコルベール夫妻の共用の寝室でしか聞けないような声をあげて、あるしぐさをした。それからモドリツキは立ち上がると、挨拶もせずに部屋を、そして家を出ていった。

アメリーは真っ赤になった。母の厳しい視線が部屋を出ることを命じていた。

コルベールは長い間身じろぎもせずに座り、うつろな目をして、気が抜けたようになっていた。それからゆっくりと頭を振った。

「革命の前触れだ」彼は力なく言った。

そして気を失った。コルベール夫人はアメリーの助けを借りて夫をベッドまで運ばねばならなかった。

その後まもなくコルベールは亡くなった。この失望から立ち直れなかったらしい。彼の心はあまりに感じやすかった。

これは一九一一年のできごとだ。しかしモドリツキのせいで踏み出せなかった旅をコルベールは一年前からはじめていたともいえよう。

墓碑銘についてはすでに記した。

Ⅲ　閉ざされた城にて

トンブロウスカ城

ヨハネス・リヒャルト・ツア・メーゲデ

Johannes Richard zur Megede : Schloß Tombrouska（一八九六）

ヨハネス・リヒャルト・ツア・メーゲデ（一八六四－一九〇六）はドイツ西北部ヴェストファーレンの十四世紀にまで遡る旧家に生まれました。姉マリーの回想によると、父は日曜にシラーやスコットを読み聞かせてくれ、また生涯独身だった叔母は怪談の語りが比類なくうまかったそうです。

最初は軍人を志し士官候補生となりましたが、すぐ進路を変えベルリン大学に入学、その後は長期にわたりヨーロッパの各地を旅行し、作家の志を持つようになりました。初の単行本『宿命』（中篇集）が出たのが一八九六年のことで、そこにこの「トンブロウスカ城」も収められています。その後は矢継ぎ早に作品を発表しましたが、貴族的な品位のある彼の作風は当時の大衆の人気を大いに博したということです。

ところがそのうち健康の衰えを感じ出し、レマン湖畔などの保養地に滞在する生活がはじまりました。しかし効果は芳しからず、一九〇六年に四十二歳の若さで亡くなりました。その五年後には全十二巻の全集が出ています。

現在では日本のみならずドイツ本国でも完全に忘れられた作家ですが、この「トンブロウスカ城」にかぎっては、きびきびした筆運び、精彩ある描写、さらにはプロットの妙のおかげで、あまり古びているという感じはしません。

「そこをなんとか頼むよ」ちびのグレーヴェンが言った。「パンチ酒の強いのをやったあとで、ごきげんに暖炉が燃えてる前で幽霊話なんかされたら、どんなのだって信じたくなるからさ」

冗談ごとではない怒気をはらんで、かれはゾーデン少尉にそう言ったのだが、少尉は応ずる代わりに歯の隙間から口笛のような音を出し、眉をしかめて暖炉の火をにらんだだけだった。

われわれ他のものは笑った。しかし老地主であるこの家の主人は、あちこちに葉巻をすすめながら、心地よい恐怖にまさるものはないとうけあった。「でも凄すぎるのは御免だな。ゾーデン、そんな話はあるかい」

少尉は肩をすくめ、「話すつもりはありません」とぶっきらぼうに答えた。

すこし気まずい沈黙が流れた。それからわれわれは暖炉を囲んで座った。外では風が鋭くうなり、風向計がからから鳴り、古い角部屋がすこしばかりきしんだ。

だが部屋のなかはなんという心地よさだ。まずは大盤振舞の晩餐、ふんだんなパンチ酒、いくつもの薬味のきいた話――そして今、食後にポンメルンの酒とよい葉巻、それから大きな樅の薪《まき》がぱちぱち爆ぜる暖炉。

なぜこのゾーデンがこんなとき、こともあろうに怪談話をはじめねばならないのか。

あるじはパイプに煙草を詰めて、椅子を暖炉のすぐ前まで持っていった。誰も何も喋らなかった。

「いいかゾーデン」ちびのグレーヴェンがまた言い出した。「皇帝陛下の将校ともあろうものが、幽霊を信じるなんて阿呆くさいことを」

「そうですか」少尉は冷たく応じた。

「愚弄はよせ」何人かが怒ったように言って、不快げな目でちびのグレーヴェンを見た。グレーヴェンは意地悪そうに、誰にともなくにやにや笑った。

「わかったよ。だがな――」

このとき真面目な声がグレーヴェンをさえぎった。

「人が信じたいものくらい信じさせてやったらどうだ、若いの」

グレーヴェンは怪訝そうにあたりを見やった。声の主は老いた騎兵大尉で、家のあるじとは若い頃からの友人だった。この老人が仲間に入るのは今日がはじめてだ。いままではずっと離れたところに座っていて、ろくに口をきかなかった。

「わたしも幽霊を信じている――かといって自分を臆病とは思わない。ひとつなら話ができる――わたしの身に起きたことだ――だが――」

騎兵大尉は顔を撫でて、口をつぐんだ。われわれはもちろん、大尉が体験を話そうと言ってくれるまで、しつこくせがみ続けた。

「気は進まない」かれは言った。「だがやってみるか」

*

わたしはH軽騎兵隊にいた。東の果て、国境のすぐそばに置かれた連隊で、誰もが哀れな塒《ねぐら》に住んでいた。騎兵隊の駐屯地がどんなものか、今じゃ見当もつくまい。駐屯地はむろんちっぽけな村で、まんなかに大きな石造りの家があって、われわれは婉曲に市庁舎と呼んでいた。そのまわりに五十戸ほどの、煉瓦葺きや藁葺き屋根の仮兵舎があった。何軒かは派手に塗装されて贋の窓が描かれていた。そこに将校たち、それからポーランド人の医者や他の不運な連中が住んでいた。

ほんの若造のまま連隊にやって来たわたしを待っていたのは、お笑い草の俸給と、駐屯地での生活へのお笑い草の見込みだった。わたしの父は六年〔一八〇六年にイエナの戦いでプロイセンはナポレオン軍に敗れた〕の厳しい時代をなんとか耐え抜き、プロイセンの僻地にある自分のささやかな地所で、松の切り株のように粘り強くつつましく生きるようになったのだが、その父がこう言ったことがある。そのくらい小さな駐屯地では、若い将校は本当にすばらしい生活を送れると。

そうとも。まだ昨日のことのように覚えているが、老騎兵中隊長は、わたしがはじめて小隊を率いてしくじると、こう叱りつけた。「おい少尉！」それから――「お前は軍務に就いている。だがこれじゃ遠足だ。まだ時間があるから別れの挨拶をしろ」

わたしはしかるべく敬礼し、ひそかに思った。この老いぼれ小姑野郎、むしろ俺からそう願いたい。連隊から連隊へ投げ込まれ、あげくのはてに五十年たって、白髪で鼻持ちならない騎兵中隊長で満足するしかないよりずっとましだ。

この最初の叱責のさなかに、中尉が皮肉っぽく笑った。中隊長をおこらせようとしたのか――二人は犬猿の仲だった――それとも近衛隊の慣わしだったのかはわからない。あてにならない噂によれば、何人もの債鬼がひっきりなしにこの中尉の借用書を大佐に持ってきたため、とうとう中尉は東部の清らかな空気のもとに飛ばされたという。馬で戻る途中、中尉はわたしの肩を叩いて、狐がお休みなさいを言いあうこの地方で、あれはどうしようもないことだったと言った。しかしわたしはどんな慰めも受け入れられないまま、まっすぐ〈白鷺亭〉へ向かった。――これは村でただ一つの酒場で、ユダヤ人がやっていて、極上の密輸ハンガリーワインを飲ませる――そして軍務よ悪魔にさらわれろ、ついでにそれに関わることも全部悪魔にさらわれろと願った。あまりに長々と、あまりに力をこめて願ったものだから、しまいには二壜飲んだか三壜飲んだかわからなくなった。老給仕が、自分の正直さを何度となくわたしに誓いながら、帳面に四と書きつけた。

この酒場と、恐ろしく読み古された図書館本が何冊か。まずはこれが娯楽のすべてだった。まともな社交は毛ほどもなかった。この地方はまったくのポーランド流儀で、ポーランドの紳士がたは、何があろうとプロイセンの将校と同じ卓につこうとはしない。酒場《クナイペ》というのは――どうか諸君、天井の低いだだっ広い部屋を思い浮かべてもらいたい。天井は大昔にはどうやら白かったらしい。壁には灰色で汚らしい壁紙が張ってある、家具といえば無骨なテーブルがいくつかと椅子ばかりで、それもどのくらいの年代物かもわからない。食事どきになると石鹸臭のするテーブルクロスがかけられる。ときどき無鉄砲な旅人が村を訪れ、光栄にもわれわれのいかがわしい大テーブルに相席してくださる。するとたちまちお祭り騒ぎとなった。

しかし三つのものだけは比類がなかった。ハンガリーワイン、シュナップス、それに煙草。

ときどき落ちぶれたドイツ人の地主が二人してやって来る。陰気な紳士たちだ。老給仕が猜疑の目でシュナップスを一杯ごとに数える。そのうち酔っ払って罵りだすのを眺めるのは面白かった。中尉はベルリンにいたころの話をして、つややかなブーツの先を得意げに上下させた。地主たちは厩番みたいに口先だけで煙草をふかし、唾をはき、嘘くさい馬の話でわれわれを楽しませた。わたしは笑い、こちらからも法螺を吹いた。そうするのが礼儀と思ったからだ。

二本目の壜が空になると、老給仕が意味ありげにカード押さえ〔トランプが丸まらないよう圧搾しておく器具〕をとんとんと叩いた。わたしはポケットの中の金を数えた。地主は目をしばたかせ、中尉は磨いた長い爪を眺めながら、どうでもよさそうに言った。「それじゃ始めるか。おい給仕、一番良い年のワインを持ってこい！」

賭けは朝まで続いた。最初は現金で、それからマッチで。中尉は羨ましいほどの無頓着さで賭け、わたしはひそかにはらはらしながら賭けた。起床ラッパが鳴ると勝負は終わった。御者が起こされ、最後のコニャックが飲み干され、わたしは後悔し、父に〈Pater peccavi〔父よ、わたしは罪を犯しました〕〉の無心状を出そうと思った。われわれは地主がたと握手した。痩せ馬がつながれ、寝不足の不潔な御者が台に乗ると、傾いだ古馬車はがたがたと去っていった。

「見ろラコフ、あの野郎ども、また俺たちをまるっと騙して儲けやがった！　悪党どもめ！」そう言って中尉は無遠慮にあくびをした。そしてわれわれは兵舎に戻った。

胴元を兼ねた老給仕が精算を先延ばしにするかぎり、いつまでもこんな生活は続いたことだろう。だがとつぜん給仕はそれを嫌うようになった。何かが起こる気配がした。騎兵大尉は教練のとき、灰色の口髭を耳の後ろに撫で、しばしば中隊に向かって、祖国を護るという名誉ある義務について一席ぶった。われわれは磨かせたサーベルを鳴らしながら、反抗的に拍車を鳴らして凸凹の舗道をのし歩いたが、傍からポーランド人に暗い目で見つめられるのが関の山だった。

酒場ではしばしば見かけない顔を見た。老給仕は尊大になり、ポーランド人の御者には親しげに話しかけて安酒を注ぐくせに、われわれが来ると心《しん》から大儀そうにカウンターから出てくる。われわれはサーベルで扉を突き開け、わたしは、父親に賭けの負債を払わせたその暁には、ユダヤ人の店主をこてんぱんに叩きのめすことを天に誓った。

「硝煙の臭いがするぞ、ラコフ」中尉が言った。「俺はノビツまで行って丈夫なブーツを誂えるつもりだ。いいか、いざというとき、エナメルは屁のつっぱりにもならん」

ときおり近隣のポーランド貴族が客間に顔を見せるようになった。その冷ややかに礼儀正しい挨拶は、まるでこう言っているかのようだった。わたしたちはあなたがたプロイセンとは何も共通するものはありません、ダンスは明日にも始まるかもしれませんと。それでもわたしの目には、かれらの洗練された姿と優雅な作法は好ましいものに映った。

老給仕はかれらに一番古いハンガリーワインを持ってきて、ドイツ語はぜんぜんわからないふりをした。

ある秋の昼過ぎのことだった。わたしは客間にひとり座って、憂鬱に煙草をふかしていた。伝令兵が近くに控えていた。今日わたしは非番だ。だが気分は冴えない。父が手紙をよこして、ひどく真面目な調子で、送金の件はもう少し延ばせないかと書いてきたからだ。誰も金がないというのだ……。

老給仕との交渉は不調に終わった。給仕は首を左右に振り、わたしが強く出ると、ぶっきらぼうに言った。「どうして将校さんだけを特別扱いにせにゃならんのですか。あなたがたのおかげで商売はあがったり、立派なポーランドの紳士がたがこっちに来ることはめったにありゃしません。あの方々はナヴィツからレーヴェンシュタインに行き、わたしはここで、どうやったら貸した金を払ってもらえるか見てられるってわけです」

このときくらい煙草で煤けた古い部屋が腹だたしく見えたことはなかった。ナプキンは汚ないし、ワイングラスはろくに洗ってない。わたしは呪いの言葉を吐いて出て行こうとした。ちょうどそこに軽騎兵が来て、すぐ騎兵大尉のところに行くようにと言伝《ことづて》した。

わたしは嫌な予感がした。店のあるじが精算のことを哀訴したのか。それとも父が手紙を出したのか。騎兵大尉の前に出ると、大尉は部屋の扉を閉めて、用心するようにあたりを見回した。

「ここに手紙がある」――わたしの身に震えが走った――「緊急事態だ。中尉は休暇中だから、わたしからお前に指示せねばならない。一刻の猶予も許されない。部下を十二人率いて――その顔ぶれはもう決めてある――トンブロウスカまで騎行してくれ。あの辺は演習で何度か行ったことがある。それに下士官が道を正確に知っている。お前の使命はこうだ。城を宿営にして、新たな命令が出るのを待機していろ。それから指令書には、城主のラディスラウス・フォン・チコフスキから目を離さずにいろとも書いてある。だが身柄は拘束するなと。はっきりしたことはわたしも知らない。どうやら差し迫った何かの疑惑があるようだ。ポーランド人の不満分子の蜂起を未然に防ぐためかもしれない、あるいはわれわれは事情を知っていると警告するためかもしれない。ともかく公的には何も知らされていない。幸運を祈る」大尉はそう言うとわたしの手を握った。「明日になればもう少しはっきりすると思う。われわれ自身がそこに行くかもしれない」

わたしは退出した。君らも似た羽目におちいったことがあるだろうか――若くて少し夢見る気質《たち》の男が、憤懣の溜まる土地に燻《くす》ぶっている。訳もなく焦燥してこうした駐屯生活の退屈から逃れることを期待し渇望する――そんなときに謎の任務が来たのだ。

どうしても必要なものを揃える暇さえろくになかった。コニャック一壜と煙草が五十本、それが装備のほぼすべてだ。あとのものは従卒が旅嚢に詰めた。

午後四時にはポズナンの街道に馬を走らせていた。秋風の強い日で、われわれはマントを着ていた。わたしが部隊の先頭をきった。初陣の前のように気が昂ぶっていたから、すこし青ざめて見えたかもしれない。町のすぐ前にある長いヴァルタ橋を渡った。蹄鉄が鈍く橋を打ち、急流が音をたてて橋杭にぶつかり、岸辺の数限りなく繁る柳のあいだを風が吹き荒んだ。やがて淋しい家並みが、いかがわしい酒場が見えてきた。クラコヴィアク〔ポーランドの民族踏舞〕を奏する音が聞こえた。曇った窓ガラスの向こうを、踊る男女のようなものがくるくる回って通りすぎた。踵の鳴る音。喝采する声。天窓から男の顔が突き出た。うつろな目をしてぼんやりしたポーランドの下男顔だ。われわれを見ると短く口笛を吹いて唾を吐いた。酔っているらしい。隣の崩れた納屋のまわりで、子供らがひとかたまりになって遊んでいた。納屋の扉口に立つ若い娘は、顔が踊りでほてっていた。柔らかい砂のせいでわれわれの走る音はほとんど聞こえなかった。間近まで迫ってようやく、娘は目をあげ、驚いて納屋に引っ込んだ。子供らは遊びをやめ、われわれをじっと見ている。わたしは部隊に速足を命じた。

何百歩か走ったあと鞍の上から振りかえってみた。子供たちは拳を振り上げ、ポーランド語で罵り叫んでいた。娘はまた表に出ていた。堆肥の山のうしろから、短いパイプを手にした下僕がよろめき出て、娘を抱きしめようとした。娘は叫んであらがった。だが下僕はキスをした。わたしは嫌な気分になった。安酒の臭う厚くめくれた唇が、若々しい唇に押しつけられる。それからわれわれはふたたび踏みならされた古い街道を走った。左右に広がる放牧地はひび割れ、風で唸っている。街道には真新しい轍《わだち》が深々と捺されている。ほんの少し前に郵便馬車が通ったのだ。遠くに砂ぼこりに包まれた馬車がかろうじて見えた。六頭の哀れな野生馬をこれでもかと駆る鞭の音も、なんとか聞きとれる気がした。崩れた石橋をいくつか通った重い馬車は、砂丘から吹きあげる砂けむりに、車軸の上まで埋もれているように見えた。

下士官が来て左に逸れねばならないと告げた。そこはあまり使われない道で、轍の跡も古かった。部隊のおどけ者たちも黙り込んだ。

太陽が沈もうとしていた。寒い風が吹いてきた。もう一度街道に目を走らせると、道は果てもなく平地をうねり、あの郵便馬車の轍を見ることはもうないのかとわたしは郷愁じみたものを感じた。外の世界とのつながりをすべて断たれたような気分だった。

松林の前でわたしは部下たちを馬から降ろさせた。そして今一度部隊を検分した。実包は手元にあるし、部下の気はひきしまり、戦意に満ちている。軽騎兵たちは溝の縁に座り、黙々と壜を回し飲みした。寒い風が吹いてきた。

目の前に広がるのは禿げて灰色になった平野だ。穀物の束はもう一つも見えない。空は深く冷たく、鋼のように青い。縁がするどくぎざぎざになった黒雲が向こうのほうに流れていった。ベルヒャネスト湖に白い靄がかかっているが、それを透かして、かろうじてまだどんよりした水面がおぼろに見えた。その向こうに、雷雨のカーテンのように暗く威嚇的に広がっているのがダノイェヴォの樅林だった。

日が暮れた。ランデヴーがすこし長引いたようだ。「出発だ！」

われわれはすばやく馬に乗った。部隊は森を抜けて走った。樹々の下は暗い。白い道に節くれだった木の根が這っている。

馬はゆっくりと走らせねばならなかった。わたしは下士官と話した。わたしの馬は落ち着かない性で、この行軍の前にはめったに乗ったことがなかったのだが、いつも気弱にそっぽを向いている。松林を抜けて突風が吹くと、馬は耳を立てて、あえぎながら鼻腔を膨らませた。

「こいつ幽霊を見てるな」わたしは笑った。「この森はどこまで続いている」

「トンブロウスカのすぐ前までです」下士官が答えた。

「この方向か」

「数マイル先ではないでしょうか」

「お前はここで生まれたのか」

「そうです」

「ならよく知っているはずだが」

「子供のころは――行く気がしなかったのです」

われわれは狭い切り通しの道を進んだ。左右に繁る藪は原生林のように鬱蒼としていた。道の先はろくすっぽ見えなかった。

「なぜだ」とわたしは聞いて、会話を続けた。下士官は十字を切ったようだった。

「わたしたちポーランドの者は迷信深いのです」

「お前はカトリックか」わたしは尋ねた。「だが何だってそう恐れる。三匹の悪魔の名にかけて答えろ」

そしてふたたび笑った。わたしの栗毛馬はとつぜん落ち着きを失い、先へ進もうとしなくなった。そこで拍車をくれてやり、ギャロップさせようとした。

「老いぼれ馬め、どうしたんだ」わたしは歯の間から言った。

道は前よりは広くなっていた。こぢんまりとした森中の空き地に出ると、灌木におおわれた沼があった。黒く淀んだ水面が薄暗く輝いている。その背後に高い老樹が何本も聳えている。

小さな家みたいな何か白いものが、樹々の狭間からぼんやり光っている。

「あれは何だ」わたしは聞いた。

下士官はもう一方の側に行って、透き見した。「チコフスキ一族の墓所です」

その声はあまりしっかりとはしていなかった。わたしは目をこらしてそちらを見た。何かがうろついているような気がした。でも影にすぎないのかもしれない——そのときはじめて、月が少し出ているのに気づいた。

「いま時分誰がうろついているんだ」嘲りを交じえてわたしは尋ねた。

そのときわたしの栗毛馬が急に脚を止め、耳をぴんと立て、鼻面を脇にそらせ、顔から飛び出しそうなまで目を剝いた。そして絶え間なくあえいだ。

わたしは首を叩いてやった。

「あの白い家を怖がっている」わたしがそう言うと、下士官がつぶやいた。「いえ——違います——あのご老体をです」

わたしはかれを見つめた。顔が真っ青になって、歯をかちかち言わせている。

「何を怖がっている」

わたしは声をはりあげて言った。馬が驚き、一跳びすると、とんでもない勢いで道を駆けだした。下士官はわたしの脇についてきた。百歩ほど遅れて部隊が馬をとばして追ってきた。サーベルが鐙《あぶみ》に当たって鳴った。部下はきっと、何かただならぬことが起きたと思ったことだろう。

ようやく馬を止められたときには、ふたたび森に入ってからだいぶたっていた。わたしは手綱を短くして、馬をきびしく叱った。わたしは気分を害し、いらついていた。誰も一言も喋らなかった。道は果てしなく伸びていた。だがようやく樹々のあいだから、ぼんやりした灯りが見えてきた。

「トンブロウスカか?」わたしは灰色の家のかたまりを指した。

「そうです。でも城はもっとずっと行った湖のほとりです」

われわれは馬を走らせ村を抜けた。土蔵造りのあばら家に明かりがついている。曇った窓に顔がひしめき、こちらを暗い目つきで見つめている。まるで敵地に入ったようだ。

城の前で馬を止めた。城は湖中にあり、岸にごく近い島に建っていた。湖面を白く濃い霧がおおっている。とつぜん強い風が吹き、霧ははじけるように散り散りになった。黄土色の平野に青白い月の光がたわむれている。向こうの岸に灌木が揺さぶられざわめいている。そのあいだを筏か小舟か何か黒いものが揺れながら進んでいる。やがてふたたび濃い霧がかぶさり、そこを突き抜ける筏は黒い柩のように見えた。

見るからに古ぼけた灰色の橋が城に通じている。城そのものは四角の砂岩の塔に囲まれている。その周囲にある建物には銃眼が備えられていた。窓は反対側の湖に面するほうにあるようだ。入口の門は低くてアーチ状になっている。全体としては昔の盗賊の巣窟を思わせた。

村に宿営をしつらえたほうが賢明かとわたしは考えた。どんなものがこの城に潜んでいるか、わかったものではない。だがわたしは、何をおいても城主に気を配れと指示されている。

そこでひとりの部下に、馬で橋を渡って扉を叩くよう命じた。誰もわれわれに気づいていないようだった。しかしその軽騎兵が二歩と進まないうちに、扉が開いた。年老いた男が厩用のカンテラを手にして現われ、ポーランド語で用向きをたずねた。

そこでわたしは自分で橋の上に立った。「ドイツ語は話せるのか」

老人はわたしを不信のまなざしで見た。わたしが将校であることを見てとると、ようやくしぶしぶと、つぶやき声で言った。「ええ」

「ならば、チコフスキの当主に、ラコフ少尉が軽騎兵十二名を連れてここに来るよう命じられたと伝えてくれ。だがわたしが自分で話したい。城主はお出でか」

わたしは馬から下りた。老人は咳払いをして、主人に聞いてくると言った。そして中に入ると用心深げに扉を閉めた。わたしは気を悪くした。

やや間があって老人が戻ってきた。

「われわれが略奪でもすると思っているのか」わたしは声を尖らせて聞いた。老人は問いが理解できぬふりをした。

「ご主人さまがお待ちです」

こんどは古風な銀の枝形燭台を前にかかげている。門は驚くほどの奥行きがあった。その先にある幅狭の中庭は、とりわけ壁に窓がなく陰気な黒い明かり取りがあるだけのせいで、ひどく暗く見えた。まさしく封建時代の城で、代々の城主がまだどこかに纏いついているようだ。対称性は毛ほどもないのに、なにもかもが堅固で不壊《ふえ》に見えた。

老人とわたしの靴音が古ぼけた石に鈍くこだました。枝付燭台の光が灰色をした壁に踊った。老人は脇の高い門扉のほうに曲がり、わたしを連れて暗く長い廊下を進んでいった。わたしはずっと右手をサーベルの柄にかけていた。壁には肖像が掲げてあって、廊下全体が先祖の展示場になっている。かれらはなんとも奇妙なようすをしていた――女たちは幅広の白い襞飾りを襟に巻き、黒い服を纏い、一様に生真面目で険しい顔つきをしている――男たちの多くは胴当てをつけ、頭に鉄兜をかぶり、風雨に荒らされた顔に不敵な表情をたたえている。

中にひとり目立つ男がいた。だが蠟燭が一瞬鮮やかに照らしたときに見えたにすぎない。きっと司教だったにちがいない。紫の長いマントが長身を包んでいた。頭に天鵝絨《びろうど》の縁なし帽をかぶり、小さな十字架像を手に持っていた。目はじっと十字架に注がれていた。彫りが深く蒼白な顔には悪魔めいたところがあって、この男こそ悪そのも

ていた。

不意に老人は彫刻のある巨きな扉の前で足を止めた。蝶番《ちょうつがい》を軋らせながら扉が開いた。わたしは城主の前に立っていた。

おそらく六十にはなっているだろう。長く白い鬚の生えた、繊細で好感の持てる顔だちだった。服は上から下まで黒く、何かの勲章を首からかけていた。背筋を伸ばして立ち、軍隊的な姿勢を保ち、無言のうちに気品があった。恐ろしく気品があった。わたしを迎える態度は、王の引見と異なるところがなかった。

わたしは自分の任務を軍人らしくてきぱきと片付けた。城主は眉を軽くひそめてわたしを見つめ、それから非の打ちどころのないドイツ語で言った。

「わたしには理解できません。人を遇するやり方としては奇妙に思えます。しかしそれでも、あなたを歓迎いたしましょう」

わたしはあわてて、自分は目的を知らされていないし、こんな時間にお邪魔してたいへん申し訳なく思っている、と言葉を添えた。「わたしと部下にはどうぞ何もお構いなく。馬のための厩、部屋を一室、それだけで結構です――糧食は当座のものは用意していますし、そのあとは村から調達します」

城主はわたしをふたたび見つめた。そのとき気づいたが、かれの顔つきにスラヴ人めいたところはまったくない。

「あなたは将校ですから、どんな命令にも従わねばならないのですね。それを妨げるつもりはありません。あなたの部下の面倒も見てあげましょう。ジャン、右の厩と古い厨房へ！　すぐに火を熾しなおせ！　それからラコフさん、もしよろしければ三十分後に晩餐をごいっしょしていただけませんか――」

わたしはお辞儀をし、家老が戻る道を案内した。

軽騎兵らは大厨房に宿営することになった。藁は十分にあった。わたしは厩を点検した。異常はなかった。歩哨に選ばれた男は、自分の豪胆さを下士官に吹聴した。わたしはあてがわれた部屋に行き、すこしばかり身なりを整え、ふたたび家老のあとをついていった。

家老はわたしを先ほどの部屋に連れていった。そこは部屋というより広間で、壁は色彩の褪せた絵で覆われていた。窓は奥行きがあり、アーチ状の素朴な様式で、湖に向かってせり出していた。時が黒褐色に染めた重々しい木造の天井には彫刻が施され、梁《はり》に往時の彩色の名残りがある。そこから大きなシャンデリアが下がっていた。牛も炙《あぶ》れそうな暖炉のなかで、大ぶりの薪が炎をあげていた。その手前にオーク材の食卓があって、蠟燭が灯っていた。並べられた食器にはあきれるほどふんだんに銀が使われていた。背後にゲートルを巻いた仕着せ姿の召使が控えている。何もかもがきわめて洗練されたおごそかなものに見えた。

老城主は扉口でわたしを出迎えた。わたしは寒さに震えていた。召使がハンガリーの古酒を注ぎ、のろじかの腰肉を卓に置いたとき、ようやく人心地のついた気持ちになった。

そして二人だけで食事をした。会話はほとんど交わさなかった。空腹だったので、わたしは四時間の騎行を終えた若者のように食べた。それから卓が片付けられ、ハンガリーワインだけが残った。煙草が勧められた。わたしは暖炉の火に足を伸ばした。

城主の気品ある作法と控えめな礼儀にもかかわらず、わたしはすでに少しも気後れを感じなくなっていた。しかもわたしに向ける城主の目がときどき親しみの気持ちを伝えているようにも思えてきた。わたしもまた城主に不快な印象は抱かなかったと思う。

わたしは部隊から命ぜられた任務を忘れかけた。夢見がちですこしばかり好奇心の強かったわたしは、いまはこの古い城とその住人のほうが気にかかった。

わたしはこの陰気な建物の由来をたずねた。

「ここはもとドイツ貴族の城でした」あるじが答えた。「しかしそれも、かなり昔のこととなりました。ある日城はポーランド人に奇襲されて焼け落ちました。わが同郷のものどもは、断じて許せない蛮行をしでかしたのです。以前の調度は跡形もなく壊されました。そのあと城はわたしたちのものになりました。先祖は長いあいだここに居をかまえました——肖像をごらんになったでしょう——ポーランドが帝国だった時代には、われわれはもっとも高貴な家系に属していたと思います。しかしそれも過去のものとなりました」

城主はわたしを見据えた。静かながらも誇らしげなふうに話をはじめたこの老人も、今は口調にも表情にもいくぶん疲れて気落ちしたふうが見られた。わたしには自分の使命も一種の蛮行ではないかという気がしてきた。

「あなたは結婚なさっていないのですか」

城主は生真面目にうなづいた。

「この古い城でわたしは自分をまったく孤独と考えています。そして――この城ではあらゆることが起こったのです」

チコフスキは目をあげ、きっとわたしを見た。そして熱弁ともいえる口調で語りだした。「わたしはそう信じています。その例として落とし穽《あな》をお見せしてもよろしい。百フィートの深さがあって、その昔は湖に通じていました。いまは砂に埋もれています。子供のころ松明を持って降りてみたことがあります」――あるじの身が震えた。「壁の尖って飛び出たところに、黒い染みが残っていました。落ちる人がぶつかったのです――石のひとつには、干からびた髪の毛が一房こびりついて残っていました。底には――湿った黴くさい空気のなか、手足の骨や頭蓋骨の欠片《かけら》や、ちぎれた亜麻布が緑いろに腐って砂に埋もれていました。思い浮かべてみてください、囚人を城内の牢からここに案内するとき、牢屋番はこの深い光のない穴に導いて、犠牲者にささやくのです。『司教さまはお前を憎んでいる。しかし司教さまの美しい姪はお前に好意を持っている。床板を上げられるかやってみろ。床はそれほど丈夫ではない。地下に秘密の通路がある。――お前は逃げられる――だが誰にも喋るな。何があってもだ』そして囚人は牢屋番と握手しました。痩せた、湿った、興奮に震える手で。そしてつぶやきました。『神の恵みがあなたにありますように』――囚人は泣いてさえいたかもしれません。見張りがいなくなると、作業がはじまりました。場所はたやすく見つかりました。床板が待ちかまえていたように開くと……階段がありました。凍えるような風が吹き上げてきます。最初の段――かれは祈りをつぶやきました。次の段――錯覚ではありません。その次の段――神は憐れみたもうた、自由だ！　そう思うと膝が震え、すこしのあいだ立ち止まらなければなりませんでした。階段は向きを変えました――足で探ってみました――用心深く――四段目がありました――しかし木の段です。すこし揺れています。勇気を出せ！――自由だ！　そして叫び声、恐ろしい叫びが――落ちていきます。壁に打ち当たります――どさっ！　小さな石が崩れ落ちます。もういちど、どさっ、と先ほどより鈍い音がして――一瞬静まりかえったあと――溢れる血に息が塞がったような、かすかな哀訴の声がして、板切れが水に落ちるような音――そしてやがて何も聞こえなくなります。上には牢屋番が立っていて、なおすこし耳を澄ませて、笑います。『またひっかかった！』――あなたは信じますか――仕返しを信じますか」

　手から煙草が落ちた。軍服も護ってくれない――身の毛がよだった。城主の激した質問も、そのときは特におかしいとも思わなかった。わたしは何か言う必要を感じた。何かありきたりのことを。恐ろしい不快感を払いのけるために。そのときあの司教を思い出した。

「あなたがたの一族には高位の僧職の方々がおられるのでしょうか」わたしはほとんど訳もなく尋ねた。

　老人は顔を赤らめ、刺すようなまなざしを向けてきた。「チコフスキの一族について、何かご存知なのですか」

　何を知っているというのだ。何も知らない。たったいま城主自身の口から聞いたことのほかは。あるいはわたしの錯覚か。夢想があまりに生々しかったので、勝手に司祭の幻を、城主の恐ろしい話から織りあげたのだろうか。だがあるじは返事を期待していないようだった。自分のグラスから大きく飲むと、暖炉から転がり出た燃える薪を足で蹴り返した。わたしのほうに顔を向けたときには、ふたたび気品のある社交的な顔にもどっていた。

　わたしは自分の怖がりが恥ずかしくなってきた。できることなら自分でもそれを打ち消したかった。そこで煙草を拾いながら何気なく言った。「死者をして安んじしめよです。何もかも過ぎたことです。死んで五分もたてば、どういうふうに死んだかはどうでもよくなります。ここ下界で悪い目にあったものは、その分天国でよい目にあうでしょう。そうでないものも――下界をさまよったりはしないでしょう」

「そう思いますか」老人が聞いてきた。「この地のものは、むろん違ったふうに考えています。村に行って、一番無鉄砲に見えるものに、いくらか握らせてごらんなさい――誰であれ――肖像のある廊下か塔の部屋で一晩過ごすことを、承諾すると思いますか。召使をこの城に引き止めておくのも一苦労です。女中のなかには、恐怖で半分おかしくなったものもいます。あなたはそれを愚かしい迷信と思われますか——そうかもしれません。しかし召使らは心から信じています。たとえばわたしたちの先祖代々の墓所にまつわる話を。わたし自身はむろんあの影を見たことはありません。他のものをいやというほど見ているのに、なぜそんなものまで見なければいけないのでしょう」

老人はあらぬかたを眺めながら話していた。声はひとりごとのようなくぐもったものだった。「司教もそのもののなかの一人で——おそらくは一番邪まなものでした——ところがほかにも——とても多くの暴虐、とても多くの背信があったのです。もうたくさんです、家系のなかには、廃絶させねばならないものがあります。わたしの孤独はわたしの投獄でもあるのです——光もなく、将来もありません。しかし償いはあるかもしれません。生まれてこなければ呪いに苦しむこともありません——呪いはわたしの祖父にかかったように、わたしたち皆にかかったのでしょう——もうたくさんです」

城主はわたしの存在を忘れたようだった。話さえできれば、相手が誰だろうと心が軽くなるのかもしれない。

ふたたび老人は話しだした。「祖父は完全にチコフスキの特徴をそなえたと思われる最初の人でした。わたしは会ったことはありませんが、父がよく話をしてくれました。小柄で人の良い人だったそうです。その精神は美しくも偉大でもありませんでしたが、きわめて誠実な人柄で、わたしたちの家のいくぶん乱れた財政状態に心を痛めて悩んでいました。

祖父の最初の伴侶はヴォトツキ家、つまりわたしたち一族の本家のものでしたが、急死しました。結婚生活が幸せだったかどうかは知りません。美しくて、いくぶん夢想癖のある型破りの女性でした。パリに行って機知に富んだ上流サークルに交じったほうが、こんな世間に忘れられた片田舎よりも似合っていたのかもしれません。父はこの女性を溺愛していました。しかしわたしは、祖母は祖父にはもったいない人だったと思っています。祖父もしばしば祖母からそれを感じていたことでしょう。家のことは祖母の思うがままでしたが、ただひとつの点で祖父と衝突しました。祖父は倹約家で静けさを愛する人なのに、祖母は客好きだったのです。ちなみにその点でも祖母は最後には我を通しました。費用の足らないときは、自分の懐から払いました。ヴォトツキ家は裕福で、祖母は資産を自由に使える権利を持っていましたから。祖父は社交ではいわば脇役でした。フランス語はまるで解せず、明るかったのは農場経営と狩猟に関してだけでした――芸術愛好家の気質を持つ祖母は、そういうものに興味を持ちようがありませんでした。それでも結局のところは、二人とも互いを好ましく思っていたと、わたしは信じています。誰も祖父からは機知の閃く言葉を期待しませんでした。ひどく庶民的な格好で、あるいは狩猟用上着と高長靴姿でサロンに入っても、大目に見られました。食事のときもうるさがらせたりはしませんでした――祖父はあまり喋らず食事をし、自分で調合した薬味入りシュナップスをあまり過ごさずに飲むのを好んでいました。客たちは皆、このシュナップスを賞味せねばなりませんでした。さもなくば場は険悪となったことでしょう。そのうえ祖父には、美しく才気に溢れた祖母を見たいという密かな気持ちがあったに違いありません。ともかくも祖父は妻の死を非常に悔やみました。大きな墓の前で、子供のように泣き崩れました。あとはワインの氾濫する饗宴となりました。男やもめの演説は、すすり泣きでしばしば中断し、飲み食いだけを目当てにその日はじめて城に来た人たちを辟易させました。亡くなった妻は忘れようにも忘れられない、わたしは二度と妻を娶《めと》るつもりはない、と祖父はきっぱり言いました。そして手を、当時十六歳だった父の頭に置いたのです。

　しかしながらこの心動かされる場面のあと、またしても座は賑やかになりました。召使たちはへべれけになるまで飲み、城の上で楽器を奏し踊りました。女たちはかなきり声をあげ、男たちは夜おそくまでわめいていました。曽祖父の死からこのかた、これほど盛大な宴はありませんでした。

　そのあと祖父はすっかり引き籠るようになりました。一人息子はクラクフの大学に遣りました。城は墓場のようにひっそりとなりました。そこにとつぜん――何年かたったあと――村人たちがあることをささやくようになったのです。――ばかげた噂がだんだんと広がってきました。祖父が鶏番の下婢と結婚したがっているというのです。わたしの父が、ヴォトツキ家のものに注進されて、急遽クラクフから戻ってきました。親子のあいだでさまざまな口論があり、親類たちをはらはらさせました。しかし人生ではじめてこの老人は断固とした態度をとったのです。喧々囂々《けんけんごうごう》の話し合いの末、話は決裂しました。祖父は鶏番の女と結婚しました。

　そのときようやく、どんな成り行きだったのかがわかりました。新たに男爵夫人となったのは、二年前にリトアニアからやって来た女でした。貧しく、両親のことは何も知りませんが、今までに見た鶏番のなかでは一番美しい灰色の目と一番きれいな足をしていました。祖父は犬を連れて村を歩いているとき、この女を見かけたのです。女は日暮れ時に、泉に水汲みに出るところでした。それは冬のことで、凍ってつるつるになった道を月がおぼつかなく照らしていました。女はしかし木靴で、祖父のほうに気取って歩いてきました――窓の中から光る下男の目を意識したのかもしれません。そのとき女が不意に滑り、ちょうど祖父の足元に転びました。祖父は窓の奥の男と違って笑いもせず、屈みこんで娘を助け起こしました。そのすぐあと、この城にお呼びがかかりました。

　老人は娘を見初《みそ》めたのです。娘は老人を笑い飛ばし、召使に媚を売りました。恋は祖父を愚かにしました。まずは金を注ぎこみ、思い窶《やつ》れる日々が何週間も続きました。しかし女は賢明でした。すべてか無かを迫り、最後には大胆な博打に勝ったのです。

　当然のことながら世間は二人に背を向けました。祖父の名は紳士のリストから消されました。果たして正当だったかどうか、わたしにはわかりません。いずれにせよ、祖父は蔑みの目をものともしませんでした。父は祖父と縁を断ったと言ってましたが、それも堪《こた》えていないようでした。新しい妻への気の配りようは、前妻のときと一変しました。吝嗇癖は影も見られなくなり、妻を絹や宝石で飾りたて――耄碌老人そのものになりました――女は嬉しがり、得意満面の顔を世間に見せつけるのです。周囲十マイルの貴族は誰もが憤り、いっこうにおさまりはしませんでした――おそらくは今でも同じでしょう――ほんの前世紀のことですから。なかでも一番気を悪くしたのはヴォトツキの一族でした。

　そこに誰もが予期しなかったことが起こりました。祖父に娘が生まれたのです。祖父は有頂天になり、無邪気にも近所一帯を洗礼に誘いました。ヴォトツキ家はこれを嘲弄と受け取りました。ある日祖父は、血を流し気を失ったまま家に運ばれました。――ヴォトツキ家で一番若いものが老人に鞭を振ったのです。その後の祖父は、すぐに回復したことしか知られていません。すべてを耐えているかに見える穏やかさのため、誇り高いチコフスキ家の当主はますます軽蔑されるようになりました。

　十一月のある夕方――いまお話しした事件に苔が生《む》すくらいに時がたったころ――わたしの母の末弟が狐狩りに行きました。雪がちらほらと降っていました。狩りは長引いているらしく、そのうち日が暮れはじめ、家族は末弟の帰りを待つようになりました。そのままどんどん日が翳ってきたとき、とつぜん、薄暗がりのなかを銃声が一発、かなり遠くから聞こえて、あとは何の音もしなくなりました。帰りを待つ人たちは悪い予感に襲われました。とうとう捜索に出かけることにしました。たいまつを手にして、犬を連れていきました。犬は鼻がよく利き、そのうえ雪に跡が残っていたので、迷うこともなく道どりを追うことができました。どうやらかなり遠くまで行ったようです。とつぜん犬の吠え声が聞こえ、大きなシェパードが飛ぶように戻ってきました。鼻面に血がついています。犬は向きを変えると、吠えながら先を走ります――人々も後を追いました。森の中の空き地で犬は立ち止まり、尾を振りながら何か黒いものを嗅いでいます。探していた人はそこにいました。落ち葉の吹き溜まりに長々と横たわり、身動きひとつせず、口を大きく開け、顔から血の気が引いていました。左耳の後ろに血の滴が垂れていました。抱き起こしましたが、体は冷たく、死んでから数時間はたっているようでした。弾が頭にめりこんでいました。銃を探しましたが、近くにはありませんでした。二十歩ほどはなれた、切り通しの道の血だまりのなかにあったのです。そこから落ち葉の吹き溜まりまで、血の滴りが太く続いていました。どうやら死体を引きずった跡のようです。はじめは殺した者の仕業かと思いましたが、見るとシェパードが死体の上着を歯でくわえ、何歩か引きずっていました。主人を城まで運ぼうとしていたのです。下手人が思い当たるままに口にだされました。誰がやったんだ。密猟者か。憎たらしいドイツ人か。でも事故ということも考えられなくはありません。猟銃に撃った痕があり、弾も合いましたから。翌日の朝ひとりの男が来て、トンブロウスカの地所に――現場から地所の境までは歩いて二分とかからないのです――そこの粗鋤きをした畑に、疑わしい足跡があったと告げました。

葬儀には父も列しました。遺族が父に向かって疑いを口に出したか、あるいは父が自分から何かを見つけたか――わたしは何も知りません。知っているのは、一同は礼儀正しく別れたということばかりです」

チコフスキの当主はしばらく口を閉じて、暖炉の火を眺めていた。わたしが軽く咳払いをすると、かれはこちらを見た。

「話の続きをお待ちなのですね。いいでしょう――もともとわたしがはじめたことなのですから。チコフスキ家の血はまもなく絶えます。人がトンブロウスカの後ろ暗い話をちゃんとした出所から聞いたからといって、何の問題がありましょう。口さがない民にはもう噂は伝わっていて、今後もたやすくは手放さないことでしょうし」

城主はふたたび社交的な、少し揶揄するような口調で話をはじめた。わたしたちはほとんど同時にグラスを手に取って飲み干した。わたしのグラスを新しくいっぱいに注いでから、老人は話しだした。

「祖父はその一件以来すっかり引き籠ってしまって、城の外にはめったに姿を見せなくなりました。しかし一度、わたしの父が、プロイセンの馬市場で祖父と出くわしました。折り返しのある長靴と古い狩猟上着を身につけて、ユダヤ人商人のあいだをあちらこちら歩いていたそうです。髪がすっかり白くなり、腰がたいそう曲がっていました。父は奇妙な思いにうたれました。帽子に手をやり、祖父に手を差しだそうとしました。しかし老人は暗い敵意ある目で父を睨みつけ、背を向けました。せっかくの市もこのために興ざめになったことでしょう。さらに何かを見ようともせず、父は広場を出て町に戻りかけました。考えこみながら歩いていたものですから、御者に大声で『おい、おい』と呼びかけられました。父が立ち止まって荷車を通しているあいだ、道端に停めてあった、当時としてはとても洒落た狩猟用軽馬車に目が釘付けになりました。前の座席には婦人が、毛皮でふんだんに縁飾りをつけた服を着て座っています。顔は黒い天鵞絨《びろうど》のフードで隠れていました。手はついさっきまで手綱を握っていたようでした。今手綱は肘掛けに絡まっています。婦人はバター付きパンを小さな袋から出して、後部座席に座る紳士に渡そうとするところでした。この男は大柄で少し太っていて、つややかな顔と肉感的な唇をしていました。婦人がかれのほうに顔を向け、驚くほど美しい、燃え上がる暗灰色の眼で睨むと、紳士は黒髪の生え際まで赤面しました。包み紙の下でかれの裸の手が婦人の手袋に触れると、さっとそれをひっこめました。婦人はそれらすべてを見て、微かな勝利の笑みを浮かべました。でもその笑みは半ばで終わり、その注意は他のものにひきつけられたようでした。唇をきっと引き締めると、鞭を手にとって、一人の若い男の頬を音高く打ちました。その男はあたりをろくに見ずに、半分よろめきながら、車輪のすぐそばを掠めるように歩いていたのです。『自分の主人には、街中でもお辞儀せねばならないことがわかっていないようだね』

若い男は棒立ちになりましたが、やがて震える手で婦人の毛皮マントの裾をつかみました。『お許しください、奥様——チコフスキの奥様——』

つまり父が見たのは継母だったのです。のちに親戚を通じて父は知ったのですが、祖父の後妻は、淑女としての気品とは異なる面を誇示しだしました。すなわちいまでは自分を、ヴォトツキ家や他の貴族と同じく、金の拍車が似合うリトアニアの没落貴族の出であると言い張り——どういうわけか、われわれチコフスキ家の親族とさえ称しているようでした。

祖父もまたこの見解を広めたそうです。おそらくは家庭の平和のためでしょう。祖父はみるみるうちに老け込み、妻の前では子供のようにおとなしくなりました。祖母は采配をふるい、その力は先祖たちのものよりも遠くおよびました。公平に言うならば、一家の財政にとってそれは良いほうに働きました。祖母は倹約家で、いったん男爵夫人の幻が消えると、質素どころか吝嗇にさえなったのです。鶏番だった頃は忘れたように召使に厳しく当たりましたが、言葉遣いはおかしく、本には手さえ触れません——理由はお察しのとおりです——もっとも貴族の夫人のなかにもそんな人は少なくありませんが——それでも祖父はご満悦のようでした。というのも祖父はヴォトツキ家の機知溢れるサークルには飽き飽きしていたからです。それどころか祖父には娘さえできました。娘にはよい教育、すなわち教養をつけさせたそうです。母親がそう望んだのです。非難できない虚栄ではありませんか。

祖父が六十二で夫人が三十のとき、乳母の選択に何度か失敗し、フランス人の女性家庭教師に監督長と駆け落ちされたあげく、ドイツ人の家庭教師が雇われました。若くて教育があるのに謙虚な男でした。というのも、その男の家系は代々日雇い労働者だったのですが、その当主が、息子をいくぶんまともにしてやろうと思ったのでした。そしてこの家庭教師こそが、父が馬市場で見かけた、祖父の馬車に共に乗って夫人が朝食を手渡した男だったのです。

当時から噂があったかどうかは知りませんが、すくなくとも父の目には、このドイツの家庭教師はその美しい外見にもかかわらず、まったく無害に見えました。

わたしたちもこの地方に落ちつきました。母方の資産のおかげで父はよい地所を購入できました。祖父については病に臥したということしか父は知りませんでした。一七九＊年の十月は、天気が悪く雨ばかりが続き、野道はぬかるんでまともに歩けないほどでした。

月曜日の朝五時――まだあたりがまっ暗なころ――トンブロウスカから使者がやって来ました。その馬はがむしゃらに走らせたせいで、半分死にかけていました。祖父が臨終の床にあり、息子に一目会いたがっているというのです。父は一刻もためらいませんでした。医者によればもう長くは保たないということでしたから。

『一番いい馬と、いちばん鋭い拍車を！』――と父はわたしに何度も話してくれました――マントを羽織るのもそこそこに飛び出たそうです。城までは街道を走れば四マイル〔四ドイツマイル。約三十キロメートル〕あります。父は近道を選びました――役畜《えきちく》は馬車なしで休閑地に入れず、農道はまだ足首の深さまで収穫物で埋もれていることを考えれば、まさに狂気の沙汰でした。雨はどしゃ降りで、手元さえろくに見えません。馬は始終ふらつきます。きっと森を抜けて走っているのでしょう。水が深い穴を穿ち、樹の根が露わになり、道は氷のようにつるつるになっていました。馬が足をすべらせ、風が樅の樹を吹き倒す凹道――父は評判の馬乗りでしたが、あやうく鞍から転げ出すところでした。血が馬の横腹から流れだしましたが――それでも拍車は続けざまに掛けられました。

純血種の馬はなんとか耐え切りました。重い雨雲に覆われた空がうっすら明らみ、はるかにトンブロウスカの教会が見えてきました。道はいまはどろどろになり、雨水が小さな川になって走っています。七時の鐘を聞いたころ、血に汚れ、マントは破れた姿で父は城に着きました。

召使が門扉を開けました。父は祖父の部屋に突き進みました。老人はまだ息がありました。寝台の前に夫人と涙にかきくれた娘が腰をかけ、背後に家庭教師が立っていました。ちょうど医者が出ていったところでした。瀕死の祖父は黙って臥し、弱弱しく息をしていました。父はその手を握りました。手はすでに冷たく、木切れのように強張っています。まぶたは半ば閉じ、目は濁り、もう誰も見分けられないようでした。

『お放しなさい、チコフスキさん。何だってこの人をまだ苦しめるのです』

父は振り返りました。声の主は夫人でした。父はその美しさに、一瞬打たれたようになりました。その顔からは死人のように血の気が引き、灰色の大きな目だけが冷たく輝いています。だが泣いてはいませんでした。

晩方まで祖父は、自分の息子を見分けられないまま、息をしていました。父はたいそう気が昂ぶっていたに違いありません。まだ城にいるうちに高熱で倒れてしまいました。濡れた服さえ着替えなかったのです。父はすぐ自分の家に帰されました。チコフスキの奥方が強くそう望んだのです。父はうわごとを言い続け、一時は死の手前までいきました。しかし若さが父を救いました。何週間かたってベッドから出られるようになったとき、とうに祖父はチコフスキ代々の墓に安らいでいました。

われわれの一族には昔からの掟があって、寡婦はトンブロウスカの城と地所を死ぬまで守らねばなりません。祖父の死後に起こったことは、たちまち誰の口の端にものぼるようになりました。おそろしくばかばかしい噂が流れたのです。

祖父の娘が亡くなりました。しかし家庭教師は居残りました。夫人が別れがたく思ったからでしょうか。愛人だったのでしょうか。誰にわかるでしょう。確かに何人もの人が、昔から怪しかったと主張しました。この善良な老人が、息子への愛も人望も犠牲にして泥から引きあげた夫人に裏切られるとは、何ということでしょう。人は自然の掟というでしょう。若い女は若い男のもので――老人は当然の報いを受けたのだと。人はその階級から無理やり引き剝がすべきではありません。老人があの女を男爵夫人にして、きらびやかな飾りをぶら下げさせたからといって、心まで買えたでしょうか。ただあの女に虚栄や高慢のきっかけを与えただけなのです。無理もありません！　あたかもパーリアが、たとえ罪を犯すことになろうと、一夜にしてバラモンになれるという心をそそる見込みにあらがえるようなものです。もしかしたら女は正直に言ったのかもしれません。この愚かな男は、称号や宝石で彼女の心をも満足させたと信じていると。もしかすると夫人は節操のある人で、やがて起こるはずのことを見てとり、あらがったのかもしれません。しかし一方には年齢相応に頑迷な面白みのない老人、意のままになる手中の人形――他方には若く、感じがよく、不器用な作法や話し方に同じ階級同士のあの言いようのない魅力がある本物の男――この男は何も悪党でなくてもよかったのです。とても若かっただけなのです。人の性を知る者なら誰でも、祖父はこの女に足蹴にされても無理はないと答えるでしょう。人を金で買おうとするのは冒瀆というものです。自然は必ず復讐をするもので、しかも巧みに行なうのです。

わたしたちの家では当然なことながら、この女の話はあまり出ませんでした。しかしわたしは夫人を想像してみました。わたしの想像したのは、魅力のあると同時に反感を起こさせる風変わりな女性でした。一度それとなく彼女を眺める機会――ヴォトツキ家を訪問したとき、わたしは子供といっていいくらいの若者でしたが――があったとき、わたしは喜んでそれを利用しました。日曜にミサに行くときの夫人は、馬具と御者が銀に輝く六頭立ての極上の馬車をしつらえ、今の人はもはや知らない、あの重苦しい華やぎに溢れていました。背筋を伸ばし、痩せ細り、顔はけわしく高慢で、厳しい皺がより、美しさを残すのは灰色の瞳だけでした。傍らの男は、太って逞しく、頬が垂れ、青白い目に農夫の粗野な表情がうかがえました。男は教会の前で馬車を降りると、村の酒場に入りました。わたしたちは通りすがりに、グロッグを啜っている男を曇ったガラス越しに見ました――男の前に店の主人がいて、へつらいながらも古い知り合いのようにふるまっていました。嫌らしい眺めでした。

年とともに夫人の吝嗇も耐えがたいものになっていきました。その倹約の方法というのが、いっぷう変わったものなのです。どうやら夫人は、いつかかならず飢える時が来るという妄想に苦しんでいたようです。使用人には満足に食べさせないのに、食糧貯蔵庫には巨大な戸棚がいくつも並んでいました。余り物はすべてそこに入れ、二度と出さないのです。

父がトンブロウスカに来たとき、戸棚をこじ開けさせねばなりませんでした。その中にあったはずの貴重品について、とてつもない話がこしらえられていますが――父が見たのは皿また皿ばかりでした。埃にまみれ、黴のかたまりに覆われたぼろぼろの骨がのっていました――何皿かは二十年前からしまわれていたかもしれないということでした。

ときどき来客があると、夫人は中身をさらいだします。クッキーは腐った油の臭いがして、コーヒーは冷えて死んだ蠅が泳いでいます。客は吐き気に身をよじり、隙を見てひそかに窓の外に捨てます。しかし女主人の目のあるときはむりやりケーキを喉に押しこみます。――世間と同様に、かれらはこの夫人をうやうやしく尊重しているのです。ただひとりそうでない人がいて――それは他ならぬ家庭教師でした。この男には何くれとなく気が配られました。いつもなにか良いものを欲しがり、それがないと不平をこぼすのです。そして夫人は男をそっけなく無視するのを好みませんでした。

この男以外のすべての者に、夫人は厳格だったそうです。何ごとにおいても容赦したという話は聞いたことがありません。頭の弱い不具者を、李《すもも》をいくつか盗んだというので、恐怖で泣きじゃくっているのに、さんざんに鞭うたせました。古くからいる執事を追い出したのも、何か非常にばかげたことをしでかした娘に、少しばかり出すぎた口をきいたらしいのが原因でした。祖父はこの執事に頼りきっていて、五十年ものあいだ家にいたというのにです。何ということでしょう。そしてこの厳格で毅然《きぜん》とした態度は、まるで子供のような迷信と妙な対照をなしていました。実際、その迷信を助長するようなできことが何度か起こったのです。そこで祖父が亡くなって何年かたつと、誰もチコフスキ家の墓に近寄りたがらなくなりました。〈ご老体〉がそこをうろついていると言うのです。寡婦はもちろん馬鹿げたことと思いました。墓地のそばを馬車で通ったときに見ると、何もかもが荒れ果てていました。老いた猟場番を詰問すると、誰も掃除をしたがらないのだと白状しました。番人自身も怖がっているようでした。

この日、下僕が婚礼に列するために他所《よそ》の村に行きました。遅くなったので帰りは森を抜けねばなりませんでした。悪魔を前にしてさえ十字を切って進む豪胆な男でしたのに、帰ってきたときは膝をがくがくさせ、死人のように青ざめていました。そして語るには、月の光のもと、いくぶん速足で森を抜けていると、切り通しのところでとつぜん男がひとり、樹々のあいだを行き来しているのに気づいたそうです。不審に思いましたが、十字を切ってそのまま進みました。ところがいきなりその姿が近づいてきたので、怖くなって駆け出しました。でも一瞬で追いつかれました。下僕は振り向いて見ざるをえませんでした。それが祖父だったのです。輝くボタンをつけた狩猟用の上着に高長靴、頭に小さな帽子。生きていたときそのままの姿です。ただひどく灰色に見えました。召使は気を引きしめて祈りを唱えました。しかし老人はこう言いました。『ヨーゼフや、わしはお前に何も悪さはせん。ビアルスカの奴らのところに行って、ヴォトツキの末裔のためにミサを唱えろと言いつけてくれ。二十年前にここで撃たれたヴォトツキのためにだ。そしてトンブロウスカの死んだ主人のためにもだ。いいか、ヨーゼフ、トンブロウスカの死んだ主人のためにもだぞ』

それとともにそのものは下僕を親しげに見やり、まばたきをして、歩きかけましたが、もう一度引き返してきたそうです。『それからこの場所を柵で囲ませてくれ――ビアルスカのあるじはちゃんと知っている――いまも雪の中に血は見えるから』

そう言うと納骨所の手前にある榛《はん》の木が生えた沼沢地に足速に入り、高々とした唐檜《とうひ》のあいだをぶらぶら歩いていました。月の光が上着の真鍮ボタンに輝いています。とつぜんビアルスカの鐘が鳴りだしました――ずいぶん遠いのにはっきり聞こえました――まず十五分の鐘とともに、先祖代々の墓の鉄の扉が、人の手で開けられたようにがたつきだし、ついで一時の鐘が鳴ると――音をたてて扉が閉まったというのです。

その話を聞いた夫人は言いました。お前はきっと酔ってたんだよ。気をつけないと次はお払い箱にするよ、と。しかし夫人はその日のうちにビアルスカに使いを馬で走らせました。ヴォトツキ家は仰天しました。というのもその日こそは殺された者の命日だったからです。

それ以来夫人はけしして先祖の墓を訪れないようになりました。無教養な者の子供じみた幽霊への恐れからだったのでしょうか。それとも良心が痛んだせいでしょうか。

ふたたびこの地に何年かが過ぎました。夫人も年をとり、かつての美しさは毛ほどもなくなりました。それでもあいかわらずレースで縁取りした白い頭巾をかぶり、大きな鍵束を手に朝から晩まで城中を歩き、召使たちが主人の噂をしていないかと、時とともにますます昂じてきた万物への猜疑の念をもって、扉という扉に聞き耳をたてるのです。

そして日に五十回は戸棚のところに行っていたと思います。いつも気を張って、いつも同じ秘密めいた様子で、まるで中に宝物でもあるように。

家庭教師は夫人より早く耄碌しました。今は老いた気難し屋で、肘掛け椅子で運ばねばなりません。そのただひとつの慰めは――酒壜でした。夫人もこの男にきつくあたりました。というのも奇妙なことに、年月は二人を親密にさせる代わりに仲違《なかたが》いさせたのです。夫人が部屋を出ると、かれはその背中に呪いの言葉をつぶやきます。そしてしばしば老召使に愚痴をこぼしたそうです。いちど夫人が大酒飲みを叱って、家から追い出すと言うと、かれは言いました。『いいかい、わたしはお前を絞首台に送ることもできる、でも――』そして急に言葉を切ると、自動人形のように頷きました。『聖書をよこせ、ヨーゼフ』かれは信心深くなり、おかしいほど死を怖がるようになりました。夫人とは大違いでした。こちらはミサに行くのもまれになりましたが、城にロマが物乞いに来ると、占いをやらせます。あるいはみすぼらしい家を訪ね、何時間も火の前で、老いて皺のよった手を開きます。その前で汚らしいロマの女が手相を見て、呪文を唱えるのです。火のまわりにぼろぼろの服を着たロマたちがいて、村の子たちが遠巻きに興味深そうに眺めています。城のお婆さんはあそこで何をしてるんだろう。悪魔と仲良くしているのかな。

こういう人たちの迷信はよくわかりません。夫人を悪の化身のように恐れながらも、農夫たちは陰口を叩き、人殺しや誘惑やあらゆる悪徳を弾劾していたとわたしは信じています。先ごろ村の子供がひとり城に来ました。夫人もその子が気に入り、その子も他の子のような物怖じはしなくなりました。ある晴れた夏の日、その子は他の子らと森で遊んでいました。そのうち先祖の墓のすぐ近くまで来ました。年上の子らは考うるかぎりの怖ろしい話を聞かせたあと、その子だけを置いて走り去りました。子供の旺盛な夢想がどの程度交じっているのかはわかりませんが、その子が言い張るには、年とった人がそこにある沼のそばをうろうろしていて、親しげにうなづいたというのです。その子が近くに寄ると、老人は話をしたそうです。太陽が暖かく照り、草地でこおろぎが鳴いているのに、なんだか変な感じがしたということです。老人は妙に色あせた上着を着て、顔にたいそうな皺が寄っていました。少しして老人は尋ねました。『坊や、トンブロウスカの城はどこにあるか知ってるかい。行ってそこの奥さんに、あるじは水のなかにいる、と伝えてくれないか』

その子はこの出会いを他の子に秘密にはしませんでした。しかし子供たちは、そいつはビアルスカから来た薄のろの羊飼いの爺さんだ。あの爺さんはちょうどそんな格好をしている、と言いました。子供たちは夜をたいそう怖がっていましたが、真昼間に幽霊が出るなんてとても信じられなかったのです。その子は城では何も言いませんでした。しかし謎めいた好奇心がかれをふたたび先祖の墓の近くに行かせたのです。するとまたもや年老いた男が寄ってきて、前と同じことを言いました。こんどはすこし真剣です。そこで子供は不安になって、両親に聞いてみました。かれらは男爵夫人を恐れ、子供はもう一度同じ時刻にそこに行かねばなりませんでした。幽霊というものは同じことを三度繰り返すといわれているからです。父親は森のなかで見張ってました。子供が沼に向かうのを見ましたが、ほかには何も変わったことはありません。しかしとつぜん子供が走りだし、息を切らせて父親に寄り添いました。老人がまた現れて、前と同じように話しかけ、しかも今度はこう言い添えたというのです。『行け、行け――これが最後だ』

そこで両親は怖くなり、城に行ったとき、そのことを話すよう子供に言いました。夫人はすべてを空想の産物とみなし、嘲りの笑みを浮かべて、その男はどんな格好をしていたかと聞きました。しかしとつぜん少年は壁にかかったパステル画を指して叫びました。『あの人だ――あの人だよ』それは祖父の肖像でした。

夫人は子供に出て行くように命じ、あとは何も言いませんでした。しかし地下の墓所を開かせてみると、沼から水が入ってきて、老人の棺はほとんど水浸しになっていました。新しく壁を築き、床が乾くと、あの幽霊が何かを告げることもなくなりました。

むろんすべてばかげたことです。民がどんなに奇妙にものごとを結びつけるかの好例です。まず棺が見つかり、その上に話が作られ、あげくのはてに誰もがそれを信じるようになるのです。人々も夫人も、そしてわたしの父さえも。

墓所が修復されたあと、ほどなく夫人も亡くなりました。家庭教師には巨額の遺産が贈られました。しかしこの男はすでに呆けていて、何も理解できませんでした。城から出ねばならぬことも、一夜にして大金持ちになったことも。

父は――六十にして――先祖代々の城に引き移りました。しぶしぶそうしたのです。というのもすでに自分自身の地所をとても快適に整えていたからです。なのにいまさら千の想い出があるこの古城に住まねばならぬとは。あれほど嫌っていた死者の名残りがそこかしこに残る古城に。

それでも誇りのためには人は何ごとも顧みません。ヴォトツキの一族は父にこう言って迫りました。いまわれわれが一族の根城《ねじろ》に戻らねば、家名が地に落ちてしまう。あの女を思いおこさせるものは、何もかも消しさらねばならないと。病気がちだったわたしの母はあらがいました。しかしわたしは若く高慢だったので、ありきたりの家に住むことにうんざりしていました。そもそもあの城は、われわれ一家が正当な持ち主なのに、あの女のものになっていたのです。弱気な父は折れました。しかし父は城ではあまり幸せに感じませんでしたし、それは母も同じでした。二人はひっそりと引き籠って暮らしました。わたしひとりが城のなかを騒々しくうろつき、物珍しさのあまりに古い部屋をすべてかき回しました。召使は生きている人や幽霊の話をしてくれました。わたしは実際何度も、古い壁が黙した言葉で悲しげに語りかけてくるような気がしたものです。

しかし若いときはわざわざ好きこのんで怖がるものです。

なかんずく塔の部屋はわたしを気味悪がらせました。しかしもしかすると一番危険のない場所だったかもしれません。相当昔からその部屋には人が住んでいませんでした。建てられて間もなくのころは、物見番がそこに詰めていたそうですが、いまは一種のがらくた部屋でした。古い武具が埃にまみれ、色あせた肖像、とりわけヴォトツキ家の肖像——一族はしばしば血族結婚していました——がそこにありました。夫人が肖像画廊から外したものです。この一族が成り上がり者に常に見せた憎悪へのささやかな復讐でした。

ある日父は塔部屋を片付けさせました。当時父は不眠にひどく苦しんでいて、母の眠りを妨げたくなかったのです。アーチ形の窓を湖に向かって穿ち、すべてのお気に入りのもの——父はそうしたものから離れられませんでした——を上に持ち込みました。すぐに城じゅうでここより居心地のいい部屋はなくなりました。書き物机の真上に大きな油絵——つまり祖父の肖像がかかっていました。高名な画家に描かせたものです。——比類のない芸術作品でした。二度目の結婚の始めの年に描かれたものです。夫人も描かれていましたが、父はそちら側にカーテンを取りつけて夫人の姿を覆いました。反対側には、危険な接近を無力にさせようとしてか、わたしの祖母のポートレートがかかっています。父が考え深げにこの肖像の前に立っているところを、たびたび見かけました。祖父の死の床ではじめて浮かんだ考えが、その後も頭からはなれずにいて、父を苦しめていたのです。そのときはわたしは何も気づきませんでした。それがどういうものかをおぼろげながら知ったときは、わたしは青年になっていて、しかも老人の命日に謎めいた仕方で知ったのです。わたしたちはちょうど死者のミサから帰ってきたところでした。その前夜父は夜が更けても床に入らず、とうとう安楽椅子に座ったまま寝入ってしまいました。朝食の席でそう話してくれたのです。わたしの頭を撫でる手から、そして顔色が奇妙に灰色になっていることから、父の気の昂ぶりを感じました。父はあとで母の部屋に行き、わたしに村へのお使いを命じました。それはただわたしを遠ざけたかったためのようでしたので、こっそり父のあとをつけました。そして次のような会話の断片を聞いたのです。

『夢ではない——あの人そのものだった』父が言いました。声が震えていました。

『どうしてそんなことを信じるのです。夢にきまってます』母が答えました。

母は泣いているようでした。小声で何かを願い、ふたたび言いました。『考えてもごらんなさい。どれほどあの人はあの女を愛していたか――そんなことあるわけがありません』

父は長い間黙っていました。

『仮にそうだったとしてもだ。お前は死の床の傍らにいたあの女を見ていない。なぜあの女は泣かなかった。なぜあの女の目は、心を決めたように冷たく光っていたのだ』

父はそう言い捨てて、部屋を出る気配がしましたので、わたしはその場を離れました。その二日あと、大学に出るためクラクフに向かいました。次に父に会ったのは亡骸《なきがら》とでした」

「するとあなたは、ご両親が何の話をしていたかわからなかったのですね」

「おっしゃるとおりです。もっともそのうち、この謎を自分で解いてやろうという気になってきました。というのも召使たちが、一年のうちある特定の日に何かが出ると言い交わすようになりましたから。その日がいつかを知ると、その噂が父の固定観念と何らかのつながりがあるのがわかりました。しかし母は秘密を――父の生をすでに毒した秘密を――詮索しないようわたしに懇願しました。わたしはおとなしく従いました。

のちに、母の死から相当あと、何十年もこの城に足を踏み入れなかったあとになって、同じ要求がわたしをとらえました。でもわたしはそれを抑えつけました。母と約束したからです。わたしも老いました。残りの日々をつらいものにする気はありません。わたしのあとにここに住むものは、どうなりと好きにするがいいでしょう」

わたしは城主に目をやった。城主はわたしが少しばかりこの断念を不思議に思っているのに気づいたようだった。

「失礼ながらあなたはお若い。若い人はものの見方もたいそう違うものです。この件を徹底的に調べて、召使らが怖がっているものは空想の産物であると証明しようとしなかったわたしを、少し臆病と思っておられるでしょう。プロイセンの兵士は悪魔を恐れません――兵士が出くわすのは、せいぜい悪魔そのものにしかすぎませんから。信じてください。わたしのようにポニャトフスキ〔ポーランドの名門貴族。ナポレオン軍元帥として名をはせた〕側で戦ったものは、自信を持ってそう言えるのです」

この言葉はすこしわたしをいらだたせた。だがとつぜん別のことが頭に浮かんだ。老人がこの話全体で試みているのは、二十代の興奮しやすい夢想を刺激することばかりではない。その問題の部屋にわたしを入れさせないためではなかろうか。城主はそこに共謀者の親玉を匿《かくま》っているのかもしれない。わたしは肩章の星を一気に増やせるかもしれない。何も見つからなかったとしても、ささやかな冒険にはなるだろう。わたしは心を決めた。そして自分でもいささか誇りにしている慎重さで、部屋の場所をたずねてみた。城主はもったいぶることもなく教えてくれた。部屋はわたしの寝室から数歩しか離れておらず、ふだんは鍵をかけていないという。そしてわたしの額から思考を読む力があるかのように、「明日は祖父の命日です」と言った。

十一時ころわたしは寝室に向かった。そこは心地いい部屋で、わたしは一瞬、この暖かいタイル張りの暖炉と柔らかな天蓋つきベッドを後にして共謀者か幽霊かを追いかけるなんて馬鹿げたことではなかろうかと考えた。そのときには共謀者も幽霊もさほど信じられなくなっていた。しかしワインのせいか、子供っぽい功名心のせいか、わたしは結局足を運んだ。城のなかが静まりかえるまで、もちろんわたしは待った。廊下を通る足音が幾度かして、咳払いの声も聞こえた――老召使だった。そのあと扉は閉じられ、何の音も聞こえなくなった。

そのまま何分かじっとしていた。ほかの物音がなくなったところで、わたしは銀の枝付燭台を手に取り、軍帽をかぶった――サーベルとマントはすでに身につけていた――そして盗人のような忍び足で部屋を出た。速足で廊下をわたり、狭い階段をのぼると――塔の部屋の前だった。鍵はかかっていなかったが、扉は重く、蝶番が軋んだ。わたしは呪いの言葉を吐き、サーベルをかちかち鳴らせた。誰かに聞かれたかもしれない。すこし足を止めて耳を澄ませた。何も音はしない。歩哨の単調な靴音が中庭から聞こえるばかりだ。

室内に入り、慎重に扉を閉め、燭台を部屋の中央にある卓に置いて、まわりを見回した。そこは天井の高い小部屋で、扉はひとつしかなかった。床には柔らかい熊の毛皮の絨毯が敷かれ、壁に昔の狩りの獲物が掛かり、そのあいだに何匹か狼の頭が交じっていた。家具は大きな卓とその前の硬い革張りのソファだけで、ソファの肘掛けには緑の凹んだクッションが、ついいましがたまで住人が狩猟の疲れを休めていたというふうに置かれていた。扉の脇の隅に錆びついた銃が立てかけてあり、その上方に鹿狩り用の古い猟刀が二丁掛かっていて、銀の握りに無骨な彫刻が施されていた。そのほかに部屋にあるものといえば、背もたれのまっすぐな椅子三、四脚だけだ。あらゆるものが清教徒風に簡素な、まさに狩猟者の部屋そのものだ。大きな緑色の暖炉にある樅の薪が爆《は》ぜ、塔の周りを風が音をたてて吹いていたならば、きっと居心地のいい、とても快適な部屋となることだろう。

扉に向かい合ってただひとつある大きなアーチ付きの窓に寄り、部屋の位置を確かめた。塔はこちらの側で湖に迫っている。建物の土台を波が洗う音が聞こえた――単調な音楽だ。外には風もなく、湖面に濃い霧がかかって、沈みつつある月の光で、奇妙な青白い光に染まっている。水と藺草《いぐさ》から見えるのは、あの呪わしい筏ばかりだ。筏は黒く動かず、わたしをじっと見ている。まるで大きな目に見つめられているようだ。おまけに塔の下では、水がずっと同じ旋律を奏でている。こんな単調な、たえまなく元に戻る音には、あまりに侘しい何かがある。思わず合わせて〈デッサウの人〉を口笛で吹きそうになった――無理だ。拍子があわない。せいぜい葬送行進曲か。だが、ことさら自分から恐怖を募らせるなんて、そんなことはまっぴらだ。

わたしは部屋を歩き回った。足を強く踏みしめた――そうしないと柔らかい絨毯は音をたてなかったから――拍車を鳴らした――無駄だった。呪わしい水音はあいかわらず聞こえる。ひとときも休まず聞こえる。わたしは銃の引き金を調べ、猟刀を鞘から抜いた――半分錆ついていたので、なかなか難しかった。何がなんでも気をそらせなければという気持ちになっていた。

歌いかけたりもした――ばかげた思いつきだった。押し入り強盗のように忍んできたというのに。それから思いつくかぎりの愉快なことを思い浮かべようとした。昇進、すばらしい結婚。しかし夢想にふけろうとすると、きまってあの忌まわしい水の旋律が割りこんでくる。あるいは部屋を行き来して、ちょうど窓際を通りかかると、黒い、じっと動かない点がこちらをばかにしたように見つめている。一種の反抗心がわたしをとらえた。「いいから外を見てみろ――何もかもばかげてる。あの老人は頭がおかしいか、そうでなけりゃ臆病さをごまかそうとしている。――だがプロイセンの兵士なら……」

わたしはそう声を張りあげた。だが少しの間しか効き目がなかった。そのあと怒りの声音を作ってこう自分に語りかけた。「そしてあのポーランド人――汚らしい奴ら。何という空気だ」――部屋には嫌らしい黴の臭いがこもっていた。ろくに換気しない部屋のようだ。そもそもどうして一冊の本も持ってこなかったのか。やっとこのときになって、窓のすぐそばに、緑色のカーテンがあるのに気づいた。壁は少し窪んでいて、陰になっていた。わたしはカーテンを開いてみた。本棚でもありやしないかと思って。

あったのは肖像だった。わたしはとても興奮していたに違いない。城主の話――この部屋――この時刻……人は罰を受けずに二十歳になることはないし、これまで興奮といえば軍務のときか賭の席でしか知らなかった。しかしこのときほど、この絵の独特の美しさをよく理解できる瞬間は他になかったろう。肖像は古かった。画布にはひびが入っていた。だがすぐさま誰を描いたものかわかった。老人がそこに、人のよさそうな皺を顔に寄せ、目をいくぶん閉じて、笑いながら今にもこう言いたそうだった。「わしが馬鹿なのかどうか、見てみるがいい」これが今の城主の祖父だ。暗い緑色の上着を着て、広く開きパイピングのついた襟からボタンが白く輝く刺繡入りの深紅の胴着が覗いていた。老人は庭椅子の背もたれに手をかけて身を支え、すこし前かがみの姿勢で立っている。その椅子に例の夫人が座っている！　どう表わせばいいのか。柔らかな顔、小さく上品な鼻、半ば開いた甘やかな口。すらりとした手を膝で重ね、遠くを見ている。誰のことを夢見ているのか。世界はいま彼女の前にある――憧れていたすばらしい世界が。汚ない粘土壁のあばら家出身の子供が、今は欲するだけでいい。手を伸ばすだけでいい。今はチコフスキ男爵夫人だ。夢は現《うつつ》になった。でもこの人はまたもや夢を見ている。

わたしは部屋を歩き回った。なんと美しい人だろう。老人の気持ちがよくわかる――わたしは燭台を手にとって、ふたたび肖像の前にかざした。このときはじめて、老人の手が半ば椅子の背に、半ば彼女の露わになった背に置かれているのを見た。そしてとつぜん――ちらちらする光のせいか――思い込みのせいか――わたしは気づいた。この老いて皺のよった醜い手と、この白い、香りが漂ってくるような肌とは、なんという対照だ。なんと肩は輝き――手は灰色であることか――。若さと老いの断絶をこれほどうまく描ける画家はいるまい。のみならず画家はそれ以上のことをしていた。まるでこの老いた手から冷ややかなものが流れこんだように、とつぜんわたしの若い総身に、奇妙な硬直が起こった。わたしは彼女の大きな灰色の目をのぞきこんだ。美しい夢を見ている目だ。だが夢を見ているばかりではない。目のずっと奥に、ベールに覆われた奇妙な表情がある。もしかするとこの若い女も、それが何を表わすつもりか、まだわかっていないのかもしれない、だが目はそれを知っている。

わたしはふたたび老人に目をやらざるをえなかった。やや巻き毛になった灰色の髪。皺だらけの低い額。このめくれた小さな鼻はなんという醜さだ――厚ぼったい唇はなんという醜さだ。そして満面に幸せをたたえて微笑む顔。それは嘲りのように見えた。なぜこの男は老人でなければならないのか。

わたしは落ち着きなく部屋を歩き回った。この大きな灰色の目は何を言おうとしているのか。男爵夫人になった女は夢を見た――この女は幸せだった。だがそれでも――そうでなくなる瞬間はすぐに来る。わたしは老人を気の毒に思った。

若いころ人はずいぶんと大胆な結論を組み立てる、そしてわたしは女の目を頭から振り払えなかった。城主の話を思い返してみると、ひとつ妙に気がかりなところがあった。なぜ夫人は泣かなかったか――臨終のとき、特に庶民階級の女は、泣くのがふつうなのに。何か起こったのかもしれない――何か不気味なことが。その先を考える勇気はなかった。わたしは革張りのソファに座った。部屋は寒く、わたしはマントを脱ぎ、それで体をくるんだ。燭台の三本の蠟燭はほとんど下まで燃え尽きていた。もし幽霊に出るつもりがあるなら、この時をおいてない。

村教会の鐘が十二時を打った。それは打たれたあとに震える余韻をなお残す古びた鐘特有の音だった。わたしは数えた――音は永遠とも思えるあいだ、つねに途中で消えそうなそぶりをしつつ続いた。しかもこの音の震えは、悪魔さえをもいらだたせかねない。ようやく十二打目――だが老いた肺が最後の力を振り絞ったような音は――未練がましくいつまでも消えない――神経がいらだつのが感じられた。

もしかしたら眠れるかもしれない。わたしはソファでくつろいだ姿勢をとった。クッションを頭の下にあてがって目を閉じた。だが本当に眠り込んだら蠟燭は燃え尽き、闇のなかで目をさますかもしれない。認めたくはなかったが、そう思うと気味が悪かった。なんのために人は、古い塔部屋と真夜中の刻への畏敬を説教する叔母たちを持つのだろう。

かまうものか――わたしは気を引き締め、千人の幽霊が出ようとここで寝てやると心に誓った。そして頭を壁のほうに向けた。部屋は静かで、聞こえるのは波が城壁を洗う音ばかりだ――休みなく、微かに、ほとんど聞きとれないくらいに――だがこの音こそが一番嫌らしいものだった。目に見えず忍び寄る悪霊のような音!

ほかに音はないのか。どんな音でもいい。蠟燭の炎のひとつが異様に強く爆ぜた。わたしは壁に映る影を見た。影は隙間風が掠めたように揺れた。誰かが部屋にいる――一瞬そう感じられて、鳥肌が背を伝った。振り返った――炎はふたたびふつうに燃えている。誰も部屋にいない。影もない。この探検は馬鹿げたものだったというのがはっきりしてきた。わたしは立ち上がり、部屋を出たくなってきた。だが、恥ずかしかったからか、あるいは意志の力がもうあまりなかったからか、そのまま座ったままでいた。

鐘が十五分を、そして三十分を打った。わたしは蠟燭があとどのくらいもつのか見積もり――そしていきなり眠りに落ちた。

どんなふうにそうなったかは、いまだにわからない。とつぜん目がさめた。きな臭い匂いが鼻をついた。炎は消えそうになっていて、何度かまたたき、光の環がはじけて消えた。――これらすべてははっきり見えた。わたしが起きていたという証だ。――それから二本目の蠟燭が――同じく微かにはじける音とともに――消えた。

部屋は靄めいた薄明のうちにあった。わたしはしばらく待った。三本目の蠟燭はずっとつつましく燃え続けた。だがやがてちらつき出し、もがいたあげく、もういちどきらめいて消えた。

その一部始終をわたしは見ていた。だから眠っていたはずはない。

いまは真っ暗で、死のように静かだ。壁を洗う水音さえなくなった。だが廊下からとつぜん物音が聞こえた。誰かが廊下を忍び足で歩き、階段をのぼって――用心深い咳払い――手が扉の取っ手に置かれる……

髪の毛が逆立つのが感じられた。飛び上がりたかった、だがとうていできない。――扉が開いた。軋りがして、このうえなく慎重にまた閉じられた。誰かが絨毯を歩いている。何も聞こえなかった。それほどまでに静かだった。

何も見えなかった。まったくの闇だったから。だが、誰かがソファのそばをさっと通り過ぎていたような気配が感じられた。それはいまじっと立っている——それが感じられる——わたしの頭のすぐそばに。——わたしは気を失いかけていたが、残念ながらそうならなかった。

それは動かない——音もたてない。わたしは息をつめて祈りの文句を探した——思い出せなかった。

そこにまた物音がした。下から聞こえる。用心深く、それにもかかわらず重い足取りで廊下を歩いている……男に違いない。階段を上ってくる。段がうなる、そのときわたしのそばにいるものが動いた——はっきり感じられた——扉口のほうに行った……わたしの神経は極度に興奮し、どうやってという説明ができないのに何もかも感知できるというあの状態にあった……外で手探りで歩き回っていたものが、扉を開け、部屋にするりと入ってきた——男だった。かれは手に持った小さなランタンを、注意して部屋の隅の床に置いた。もうひとりの姿も見えるようになった。それは女で、わたしに背を向けていた。男のほうの顔は見えたが、若くて感じがよく、いくぶん平凡かもしれない顔だちだった。長身に流行遅れの狩猟用短上着をまとっていた。片手をもてあますようにポケットに突っ込んでいた。なんだか頼りなげで、踏ん切りをつけられないといったふうに見えた。女は男にしがみつき、頭をその胸にもたせかけた。女は男よりかなり背が低く、古い皺だらけな絹の服をまとい、それがこの真夜中の時刻と塔の部屋に不思議に似合っていた。

こんなことまで話すのは、わたしの夢が——もし夢だったとしたらの話だが——どれほどなまなましかったかを君たちにわかってもらうためだ。恐怖に痺れていたとはいえ、何もかもはっきりと目に映った。女はきっと何か口に出したのだと思う——耳には何も聞こえなかったが。男がうなだれ、額に皺をよせて、女のおざなりにまとめた黒髪に目をやるようすからそれがわかった。

女はさらに強く男を自分にひきよせ、体を震わせながら、何かをしようとした——懇願している——この震える若い肉体には狂気めいた情熱がある。それが男を驚かせる——男の目がそう語っている——男には理解できない。

それから——わたしは女がとつぜん動きを止めるのを見た——男はまっ青になり、目に恐怖の表情を浮かべた。

女は男から離れ、扉のほうに一歩歩いた。

外に誰かがいた。城を手探りで歩いている。長いあいだ、息苦しくなるほど長いあいだ――あれは老いて震える手に違いない、とわたしは思った――手はとうとう取っ手を見つけた。取っ手が回って音をたてた。だが扉は閉じたままだ。手は狂おしい努力をしている。取っ手を壊そうとしているようだ。やがて空しい努力は止んだ……音が消えた――扉の向こう側で聞き耳をたてているのか――そして重い足音が階段を下りていき――廊下をわたり……足どりはひどくゆっくりと――疲れたようで――ぱた、ぱた、と――なお長くそれは聞こえた。

室内で女はずっと動かずにいたが、最後の足音の響きが消えた瞬間、こちらを振り向いた。女の目が見えた――この灰色の目には、はっきり見覚えがあった。燃えるような目だ――おそろしい決意を秘めている。

こんどは本当に意識を失った。

ふたたび目の覚めたときは、すでに何週間かが過ぎていた。わたしは駐屯地の、階下の自室で寝ていて、窓にカーテンがかかっていた。全身に力が入らず、このうえなくだるかった。きっとひどく長い間眠ったのだろうと、わたしはぼんやりと感じた。中尉が枕元に座っていて、横目でわたしを見ていた。わたしの目がさめたのが信じられないというふうだった。それでわたしは気を悪くし、何かばかげたことを尋ねた。すると中尉はわたしの手を握り、独特のもったいぶった口ぶりで、「おいラコフ、神さまに感謝しろ。お前は天国の扉に鼻先を突っ込みかけてたんだぞ」

これでわたしの病んだ神経はようやく本当にささくれだした。わたしはそっぽを向き、いったいぜんたいどういうことなのかと考え込んだ。無駄だった。何も思い出せなかった。そのあと眠り込み、また目ざめ、子供のように食事の世話を受けた。いい気分ではなかったが、ひとりではブイヨンのスプーンを口にあてがうことすらできなかった。そしてまた眠った。

五週間たって病はようやく峠をこした。だんだんとあのできごとの記憶が蘇ってきた。中尉はそれに次のような注釈をほどこしてくれた。

あの城主は精神を病んでいたのだそうだ。父親と同じく、祖先がおそろしい悪業の犠牲になったという固定観念の虜になっていた。だが人に危害を加えはしなかったので、監禁するわけにもいかなかった。そこでポーランド貴族の最高位にある親族たちは、好きなようにさせておいた。城主の病状を世間にできるかぎり秘密にさえした。城主は以前からある種の政治的ことがらにあまりに通じていたので、親族たちはかれを刺激しないことを優先した。

プロイセン側が城主について知っていたのは、以前は槍騎兵隊に属し、講和条約締結後に地所が差し押さえられたことだけだった。ロシアの有力者の精力的なとりなしによって城主の命は助かり、かなりの資産さえ手元に戻った。それ以来かれは城にひとり住み、世に忘れられ、血の気の多いポーランド人からはひたすら憎まれた。というのも、城主にはあらゆる陰謀を憎むに十分なくらいの理性と精力がまだ残っていたからだ。それでいて城主その人はあいかわらず骨の髄までポーランド人で、みずからの信条を隠すこともなかった。そのため政府はかれを疑い、反プロイセン運動に肩入れしていると考えた――根も葉もない疑惑だった。ちなみに城主がわたしに語ったことは、これはあとから知ったのだが、大部分本当のことだった。さまざまな薄気味悪い話が、この地方のあらゆる糸紡ぎ部屋で語られている。住民たちはトンブロウスカ城内やその周囲で幽霊が出ると信じて疑わない。

城でのわたしの任務は、あの椿事さえなければ最初の夜に終わるはずだった。というのも真夜中を何時間か過ぎたころ、偵察隊が城に到着したからだ。騎兵大尉が嗅ぎつけたのだが、どうやらポーランドの一味はわれわれの疑惑を巧みにトンブロウスカに向けさせて、わが軍の騎兵中隊をかれらの隠れ処から遠ざけようとしていたらしかった。そしてSで一戦を交えるつもりだったのだ。あらゆる馬と兵士がそこに動員された。

偵察隊は何も異常を見出さなかった。ただ指揮官だけが情けないありさまだった。わたしはすみやかに駐屯地に送られた。そうするよりほかどうしようもなかったのだ。わたしが錯乱状態で同じ幽霊物語をいくたびとなく繰り返しながら寝ているあいだ、戦友たちは半時間と離れていないところで叛乱軍と戦っていた。この戦いは騎兵大尉に少佐の肩章を、他のものにはすくなくとも心地よい思い出をもたらした。わたしは憫笑されただけだった。兵士たるものが幽霊を見て、恐怖のあまりに死にかけたなんて、話にも何もなったもんじゃない。

こんなふうにしてわたしの指揮官としての初の体験は終わった。その後すぐよその地に遣られたが、配置転換が絶好の時になされたことも、例の老給仕が戦乱のさなか、不都合なときポーランド語を口にしたというので、頭一つ分だけ背を低くしたことも、ただ満ち足りた気持ちで受けとめた。わたしは名誉の梯子をあまり高く登らなかった。〈退役騎兵中隊長〉、それで終った。

＊

誰も一言も口に出さなかった。ちびのグレーヴェンさえも、すぐには嘲り言葉を思いつけないようだった。主人が真っ先に立ち、旧友の肩を叩いた。

「でもお前、そんな話は一度もしてくれなかったぞ！」

時計を見るともう遅い。睡眠剤代わりに皆でシュナップスを呷《あお》ろうとしたちょうどそのとき、話のあいだずっと暖炉をにらんでいたゾーデン少尉が、騎兵大尉に歩み寄った。

「そしてあなたは、自分の体験を夢ではないと信じるのですね」

「ああ、固く信じる」

「わたしも信じます」ゾーデンが言った。「なんとも不思議な巡りあわせです。そのトンブロウスカ城を、わたしの叔父が二十年前に買い入れたんです。叔父は全然夢見る性じゃなくて、むしろ冷ややかに澄んだ頭の持ち主です。だがその叔父もあなたと、おおよそ同じ体験をしました。どんな話を聞かされても神経を乱されることのなかった叔父がです。なにしろ村の噂は一笑に付していたし、老チコフスキだって、とうに亡くなっていましたからね。叔父とは何度かその話をしたことがあります。そしてどうやら、叔父も前の城主と同じく、ここで何か恐ろしいことが起きたはずと信じていたようです。もちろん周りの誰それみたいに公然と口にすることはありませんでした。なにしろあそこらにはこんな決まり文句さえあるのです。『城の老奥方みたいな目で俺を見るな！　それとも何か？

お前も誰かに毒を盛ったのか?』」

ある世界の終わり

ヴォルフガング・ヒルデスハイマー

Wolfgang Hildesheimer : Das Ende einer Welt（一九五二）

ヴォルフガング・ヒルデスハイマー（一九一六―一九九一）はハンブルクでユダヤ人の両親のもとに生まれました。三三年に一家はまだイギリスの委任統治領であった頃のパレスチナに亡命しています。第二次大戦では英軍将校としてその地で情報宣伝活動に従事、終戦後のニュルンベルク裁判では同時通訳と裁判所書記を務めました。

その後は著作家に転じ、短篇集『愛のない伝説集』で一躍脚光を浴びました。五二年に刊行されたその挿絵入り初版ではこの「ある世界の終わり」はエピローグと名うたれ最後に置かれていますが、のちの増補版では若干テキストが変更された上、巻頭に移されました。

『愛のない伝説集』には本短篇の他にも、五人の娘を雀に変身させたことを悔いてナイチンゲールに変わる手品師の話とか、「アテネに梟を持っていく（無駄ごとをするの意）」という諺どおりの行為をする不眠症者の話など、実にひねくれた短篇ばかりが収められています。

この作家は本書所収のなかでは比較的邦訳に恵まれていて『詐欺師の楽園』（小島衛訳、新潮社）、『眠られぬ夜の旅　テュンセット』（柏原兵三訳、筑摩書房）、『モーツァルト　伝記的エッセイ』（渡辺健訳、白水社）、『マルボー　ある伝記』（青地伯水訳、松籟社）などの訳書があります。また本短篇の翻訳に際しては高辻知義氏による先訳を参考にさせていただきました。

モンテトリスト侯爵夫人の最後の夜会は、いまも消えない印象をわたしに残している。これにはむろん、不思議な、おそらくは二度と起こらない幕切れもあずかっている。幕切れ一つとってもたやすくは忘れられまい。まさに記憶に価する夜だった。

侯爵夫人の旧姓はウォーターマンといって、オハイオ州リトル・ギディングの生まれだったが、わたしがこのひとと知り合ったのは偶然の賜物だ。わが友フォン・ペールフーン（といってもアブラハム・ア・サンタ・クララ研究家のほうで、新‐神秘主義者のほうではない）の仲介で、わたしは夫人に浴槽を売った。マラーが暗殺されたとき漬《つ》かっていたもので、あまり知られていないかもしれないが、そのときまでわたしが所有していた。だが賭け事の負けがこんで、蒐集品を一部手放さざるをえなくなった。おかげで先に言ったように侯爵夫人の知遇を得たのだった。十八世紀浴室用品の蒐集家だったこの人は、まさにその浴槽をずいぶん長いあいだ探していた。わたしたちはお茶を共にし、礼儀正しく手短に売り値を交渉し、合意に達したあと、話は蒐集家や鑑賞家にしばしば共通する話題に移っていった。そのとき気づいたのだが、このコレクターズ・アイテムを持っていたおかげで、わたしはある種の信望を得たようだ。だからある日、人工の島サン・アメリゴの邸宅で催される名高い夜会への招待状が来てもあまり驚きはしなかった。

この島は侯爵夫人がムラノ諸島から東南何キロメートルかのところに、ふとした思いつきから築かせたものだった。というのも侯爵夫人は大陸を嫌っていたが――精神の安定に障《さわ》るのだそうだ――かといって元からある島からひとつ選べもしなかった。人と何かを分かち合わねばならないという考えは、夫人にはとりわけ我慢のならないものだったから。夫人は人工島に居を定め、古く床しいものの保存と忘れられたものの蘇生に――夫人の好む言い回しを借りれば、いまだ残存する真なるものの保護に生を捧げていた。

招待状には、夜会は八時に始まるが、十時前の到着は歓迎されないとあった。おまけにゴンドラで来訪するのがしきたりだった。すると渡航に二時間近くかかるし、海の荒れは危険とまではいえぬものの、たいそう厄介なものになる――案の定、何人かの招待客は目的地に着けぬまま、海が永遠の安息所となった。にもかかわらずこの暗黙の流儀を乱すのは蛮人だけだ。しかし蛮人が招待されることはない。候補者のふだんの振る舞いに、この意地悪な渡航法に尻込みする気配がわずかでも見られたなら、招待客のリストに名が載ることは金輪際なかろう。いうまでもないが、侯爵夫人はわたしを見損ないはしなかった――もっとも夜会の終わりにわたしは、夫人のお眼鏡に適わないことをしでかしたかもしれない。せめてもの慰めは夫人がその幻滅を数分間しか持ちこたえなかったことだ。

邸宅の壮麗さについては言葉を費やすまでもあるまい。外観はヴェンドラミン宮殿の忠実なレプリカで、邸内にはゴシック以降のあらゆる時代様式が、むろん互いに入り混じることなく取り入れられていた。各様式には専用の間《ま》が設けてあったから、様式の不統一で侯爵夫人を責めるのはお門違いというものだ。

贅を尽くしたもてなしについても、ここでは言葉を控えておこう。かつて帝国の主催した晩餐会に出た方なら――その種のものに主にわたしは出席していた――様子の見当はつこう。舌鼓をうったご馳走の思い出に浸ることも夫人とその取り巻きの意には沿うまい。なにしろこの文章は、今世紀の輝かしい知性の最後の数時間を語るためのものだから。ただひとりの幸運な生き残りとしてわたしはそれを見届け、おかげでいくぶんの義務をも負うことになった。

女主人と挨拶を交わし、片時もそのそばを離れない毛の長いペキニーズの一群を撫でたあと、わたしはドンブロウスカに引き合わされた。この人は天が二物を与えた実例だった。リズミカルな表現舞踏の真の革新者と目され、ひとつの芸術ジャンルがその脚によって神秘的な開花を遂げたが、今では残念なことに彼女と心中したも同然となった（バジリエフスキの言葉を思い出される。「舞踏というものはない。舞踏家がいるだけだ」）。だがそればかりか、この人は『青春に還る』の著者でもあった。表題からうかがえるように、この本はユーゲントシュティール様式への回帰を力説していて、これまでに――ここでことさら言う必要もなかろうけれど――広範な賛同を得ていた。このドンブロウスカと談笑していると年輩のすらりとした長身の紳士が近づいてきた。横顔だけですぐにわかった。ゴルフだった。あのゴルフだ。（この男が誰か知らぬものはいない。かれの精神界への貢献は幸いにもわたしたちの共有財産となっている。）ドンブロウスカはわたしを紹介した。「浴槽の前の持ち主だったゼーバルトさん」

「ほほう」感嘆の最終音節に軽く響かせた上昇グリッサンドには、文化の担い手たるエリートの後継者として——今後も試験は続けるが——わたしを考慮に入れてもいいという響きが聞きとれた。わたしはすかさず食いついて、ルクセンブルクの現代絵画展覧会はいかがでしたかと尋ねた。ゴルフは目を上げ、空中に言葉を探すようにして言った。「時代遅れ《パセ》」（かれはこれを当時の英語風アクセントで言った。「クリシェ」や「パスティーシュ」も当時は同じく英語流に発音された。今もそうなのかは知らないが、別に気にはならない。そのたぐいのことは、侯爵夫人の島が指導的な役割を果たしていたからだ。島は沈み、規範も運命をともにした）「パセ」とかれは言い、わたしは賛意を表明した。あえて白状すれば、ゴルフの意見が逆でもそうしただろう。なにしろわたしの前にいるのはゴルフだったから。

一同はビュッフェに向かった。ここではシニョーラ・スガンバティと顔をあわせた。この人は占星術師で、星からは個人の命運が見えるばかりか、文化史の潮流もすっかり読みとれると唱え、少し前にたいへんな論議を引きおこしていた。そのとき予言された潮流はいまだに実現はしていないが、大勢の信奉者たちに言わせれば、かすかな予兆とみなせる小さな渦がそこかしこで観察されるという。このスガンバティはありきたりの人物ではなかった——それは一目みればわかる。だが不可解なことに、この人は、この期《ご》に及んで、精神界の幾人かの大物たちの——すなわちまさしく自分の予言した潮流の主導者たちの——間近に迫る没落を、星の配置に見いださなかった。代わりにクンツ＝サルトリ教授との話に熱中していた。この教授は政治家であるとともに王党派の闘士でもあり、数十年前からスイスに君主制を導入しようとしていたが、当然のことながらスイス国民からの激しい抵抗にあった。何分たいした男ではあった。

シャンパンと美味しい甲殻類による軽食のあと、客たちは銀の広間に移った。いよいよ夜会のハイライト、他に類のない上演――アントニオ・ジャンバッティスタ・ブロッホのフルートソナタ二曲の初演が行なわれる時がやって来た。この作曲家はラモーの同時代の友人で、音楽学者ヴェルトリ――もちろんこの場に居合わせていた――によって発見された人だった。フルート奏者はベランジェ（そう、あのベランジェの子孫だ）で、侯爵夫人が自ら、しかもチェンバロで伴奏した。のみならずそのチェンバロは、セレスティーヌ・ラモーが息子に対位法の大原則を解き明かす（息子はそれを生涯正しく理解しなかったといわれる）とき用いた楽器を、パリから持ってこさせたものだった。フルートにも来歴があったが、もう覚えていない。奏者の二人はロココ風の衣装を身につけ、この小アンサンブルは――わざとそう図らったのだが――ワトーの絵に生き写しだった。

むろん演奏は蠟燭のぼやけた炎のもとで行なわれた。こうした場に電燈は許せないと感じないものはいなかった。侯爵夫人の繊細な神経は、さらに気まぐれをおこして、一曲目のニ長調ソナタのあと、聴衆を銀の広間（バロック様式）から金の広間（初期ロココ様式）に移動させ、そこで二曲目のソナタ（ヘ短調）を鑑賞させた。というのも最初の部屋の色は長調であったが、この部屋はまったく反駁のしようもなく短調であったから。

もっともここで言っておかねばならない。二流のフルートソナタには、とりわけ近ごろ発見されるこの時代のマエストロの作品には、不毛な洗練がつきものだが、ここではそれは、アントニオ・ジャンバッティスタ・ブロッホなるものはいなかったという事実により説明がついた。この晩に演奏された作品は研究者ヴェルトリのペンによるものだった。このことはずいぶん後になって判ったのだが、それでも侯爵夫人が最期の何分間かを――名演ではあったものの――贋作の演奏に費やしたことは、少しばかり夫人の名誉に傷をつけたと、いま顧みて思わざるをえない。

ヘ短調ソナタの第二楽章の演奏中、わたしの目をかすめて、ねずみが一匹壁沿いに走っていった。これには驚いた。はじめはフルートの音に誘われたのかとも思った。ねずみがとても音楽好きなのはよく知られている。だが今の奴は逆方向に、すなわち音楽から逃げるように走り去った。あとから二匹目が続いた。わたしは他の客に目をやった。誰も気づいていない。なにしろほとんどの客は目をつむり、至福の安らぎのうちにヴェルトリの偽作の音に身を任せていたから。そのうちごろごろという鈍い響きが、遠い雷鳴のように聞こえた。床が震えている。わたしはふたたび招待客たちに目をやった。かれらが何か聞いたかどうかは――聞こえないはずはないのだが――不作法すれすれの没入の姿勢からはどのみちわからなかった。だがこの奇妙な徴候はわたしを落ちつかなくさせた。

召使が静かに入ってきた。かれらが揃って着ている腰を絞った仕着せは「トスカ」の端役を思わせ、この場にそぐわなかった。召使は爪先立ちで跳ねるように演奏者たちに近寄り、侯爵夫人の耳に何ごとかをささやいた。夫人の顔が青ざめた――その顔色は蠟燭のおぼろな灯りによく映えて、この儀式のために前もって念入りに段取りがなされたものと、あやうく思いかけるほどだった――だが夫人は気を取り直し、落ち着いて、演奏を中断せず、アンダンテを終わりまで持っていき、締めくくりのフェルマータをいくぶん長く響かせさえした。それからフルート奏者に目配せをすると、立ち上がって聴衆のほうを向いた。

「敬愛する皆さま、たったいま入った知らせによりますと、島の土台が緩み、この建物もぐらついているようです。深海建築監督局からそう連絡がありました。しかしそれでも、演奏を続けることがみなさまの総意であると、わたくしは信じています」このおごそかな言葉は、無言の同意のしぐさによって報われた。

侯爵夫人はふたたび腰をおろし、ムッシュー・ベランジェに合図を送り、二人は最終楽章アレグロ・コン・ブリオの演奏にかかった。そのときは偽作の件は知らなかったが、いくら一度きりしか演奏されないといっても、わざわざ聞くまでもないものとわたしには思えた。

寄せ木細工の床に小さな水たまりができていた。ごろごろという轟きは大きくなり、先ほどより間近で聞こえるようになった。大方の客はいまは背筋を伸ばし、血の気がうせ灰色に化した顔を蠟燭の炎に照らされて座っている。その姿は、最後まで平静を失わず恍惚としているポーズを、後世の賞讃のために永遠化してくれる彫刻家が現れるのを辛抱強く待っているように見えた。

だがわたしは席を立ち、「帰ります」と、演奏の妨げにならぬよう小声で、しかし不意に目覚めた疎外感を認めるだけの勇気が自分にあることを他の客に悟らせる程度にははっきりした声で告げた。床には滑らかな水がほぼ一面にひろがっていた。爪先立って部屋を出たのに足首が濡れてしまった。慎重に歩を進めても、何人かの夜会服に飛沫がかかるのは避けられなかった。だがそんな汚れはすぐあとに来るはずのものにくらべれば取るに足らない。何人かの客がこちらに——瞼をほとんど開かずに——一瞥をくれたが、わたしは気にしなかった。心はもうかれらから離れていた。両開きの扉を開くと、波をうって水が部屋に押し寄せ、そのためケルト習俗の庇護者レイディ・フィッツウィリアムは毛皮のマントをしっかり肩にひきよせた、その必要はあるはずもなかったから、疑いもなく反射的な動作だった。扉を閉めるとき、新 - 神秘主義者のほうでアブラハム・ア・サンタ・クララ研究家のほうではないフォン・ペールフーン氏が、半ば蔑んだ、半ば悲しげな視線を投げてよこした。その目はわたしには、率先して失望を表明するという辛《つら》い役を引き受けているようにも見えた。氏はいま、ほとんど膝まで水に浸かって座り、侯爵夫人にしても、もはやペダルは踏みようがなかった。もっともチェンバロでペダルが大きな役を果たすかどうかわたしは知らない。もし曲がチェロソナタだったら、演奏は中断せざるをえなかっただろう。楽器の胴に水が入れば共鳴は消えるか弱められるだろうから。妙なことに、こんなときはよく、まるで的外れなことが頭に浮かぶ。

玄関ロビーが不意に洞窟の中のように静まった。反響をくりかえして大きくなった轟きが遠くから聞こえた。わたしは燕尾服の上着を脱ぎ、沈む邸宅のなかを門扉めがけて、平泳ぎで力のかぎりに泳いだ。わたしのたてる波が軽く壁や柱を打った。屋内プールのような反響がした。こんなお膳立てでスポーツする機会にはたびたび恵まれるものではない。人はひとりも目に入らなかった。召使らは逃げたらしい。無理もない。真正の文化につきあう義理はないのだし、ここに集まった人たちに奉仕はもう必要ない。外では月が何ごともなかったように明るく静かに照っていた。だがこのときひとつの世界が——まさしく言葉どおりの意味で——沈みつつあった。はるか遠くからのように、ムッシュー・ベランジェのフルートのかん高いトリルが聞こえた。みごとな唇使いだった。これればかりは認めざるをえない。

逃げた召使たちが一艘だけ残していったゴンドラの舫《もやい》を解き、海に押し出した。窓の脇を漕ぎ進みながら覗くと、洪水は邸内に押し寄せ、仕切り代わりのカーテンが膨らんで濡れた帆のようになっていた。客たちが椅子から立ち上がっているのが見えた。ソナタは終わったに違いなく、聴衆は拍手喝采していたが、そのためには手を頭上高く掲げなければならなかった。水が顎にまで達していたからだ。侯爵夫人とムッシュー・ベランジェは厳かに喝采に応えていた。お辞儀はやむをえない事情によってできなかったにしても。

水は蠟燭をも浸した。炎はゆるやかに消え、濃さを増した闇とともに邸内は静かになった。喝采もいまはなく、悪い予兆のように静まりかえった。とつぜん壁の崩れる轟音がした。邸宅が倒れた。落ちてくる瓦礫に当たらないよう、わたしはゴンドラを沖に向けた。埃がいったん服につくと、しつこくブラシをかけ続けなければ取れないから。

ラグーンを抜けて、サン・ドミンゴ島の方角に何百メートルか漕いだあと、もう一度後ろをふりかえった。海は月の光のもとで鏡のように平らかで、そのどこかに島があったとはとても見えなかった。

浴槽は惜しいことをした。あんなものは二度と手に入らない。こう思うのは心無いわざかもしれない。しかし経験の教えるところによれば、この種の体験を総体として把握するには、いくぶんの距離を置いて見なければならない。

アハスエルス

ハンス・ヘニー・ヤーン

Hans Henny Jahnn : Ahasver（遺稿　一九一六―二〇年代頃執筆）

沼崎雅行・松本嘉久・安家達也・黒田晴之各氏による記念碑的訳業『岸辺なき流れ』（国書刊行会）のおかげで、ハンス・ヘニー・ヤーン（一八九四―一九五九）はようやくわれわれの前にその巨大な姿を現わすようになりました。ヤーンを読んでいると、もしかすると彼はわれわれと異なる進化の筋道をたどったのかもしれない、という気にさせられます。われわれは猿から進化し、猿山を作って暮らしているが、ヤーンは狼か何かから進化したのではないか。それほどまでに異質な存在なのです。

一四年に徴兵を避けてノルウェーに移住。第一次大戦後ドイツに戻ると結社ウグリノを設立しました。それとともに教会オルガンの製作・修復をはじめ、廃物とみなされていた多くのバロック期のオルガンを独自の技術で修復したということです。

三三年にはナチズムに抗議して今度はデンマークに移住し、『岸辺なき流れ』の執筆をはじめました。第二次大戦後は核兵器のみならず原子炉建設に警鐘を鳴らし続けたことでも知られています。

この「アハスエルス」は中絶した長篇『ウグリノとイングラバニーン』の第三章だけを訳出したものです。若書きではあるものの、人間存在の汚濁のなかで調和の支配する小宇宙を希求する精神がうかがえます。それは建築やオルガンへの執着とも通底するものといえましょう。

船が岸につながれ、陸へ通じるタラップがこちらに上がってきて、ようやく下船ができるようになった。わたしは心臓を波打たせ、闇を透かして町の様子が見られまいかと目をこらした。城か教会か、それとも見たこともないものがありはしないか——無理だった。夜は雲が空を覆って暗い。岸に人は何人《いくたり》かいるが、特に誰かを待っているようでもない。しかしわたしは来た。何が欲しくて来たのだろう。娘が何人か強引に前に出ようとし、パウルがタラップを駆け降り、大声をあげて恋人を抱きしめるのが見えた。そのすぐあと長々と声が響き、まるで犬が吠えるようだったが、人間の声だった。それを聞くと血管で血が凍りだしそうになった。わたしは名づけようのない八方ふさがりの気分で目を閉じた。

そしてわたしもタラップを降りた。男が一人、地面でのたうっていたと思う。皆がその男のほうに行き、わたしは一人きりでウグリノの岸壁に立った。目を涙であふれさせて、自分がいかにして門を通りこの新しい世界に来たかを思った。そして自分が仲間はずれであり、誰にも気にかけてもらえないと感じた。船長かパウルがわたしの面倒をみるべきだと、一瞬わたしは考えた。だがそれは誤りに違いなかった。のたうっていた男がわたしの前を通って運ばれていった。遠くでほのかに光がまたたき、突風が何度か地を吹きはらった。こうしたことはすべて知覚したけれど、それでもわたしは別の世界にいた。これからどうしようと思いながらそのまま突っ立っていると、若い男が来て、わたしの両手をとって言った。

「わたしにはわかっていました。先生、いつかあなたがわれわれのもとに帰ってくることを」

わたしは男をまじまじと見て、何か返事しようとすると、さらに何人かが不意に現れて、わたしの手をとり、二言三言話した。わたしは思い出そうとした。つかえながら名を言った——無意味だった。それは誤った名だった。周りにいる者たちの顔に、恐れの表情が刻まれるのをわたしは見た。わたしの声はとどめようもなく、とつぜんあの見知らぬ男の声のようになり、犬が吠えるように吠えた。皆があの男が連れ去られたほうへ顔を向けたが、それはわたしの声だった。この人たちにはそれがわからない。それからわたしたちが切石がなめらかに敷かれた道を行き、かなりの距離を前に進んだとき、雪のように白い四頭の馬に曳かれた馬車が迎えに来た。それはわたしたちの側に停まり、いまだわたしの手を取っている若い男が、さあ乗りましょうと言った。わたしと男が席に座ると馬は駆られるように走り出した。わたしは自分を、雲間から閃く稲光のように、天にただよう神のように、あらゆる世界の怒りを貫いて堕ちるルシファーのように感じた。

隣の男はさっきからずっと話していたのかもしれない、だがわたしは聞いていなかった。あらゆる世界を乗り越えることを、このときわれわれは要求されたのだろうか。あらゆるものは時間なしで存在しなければならないのか。あの法則、わたしの知ったあの法則、世界の法則はもうない。注意を集中しろ。集中しろ！　隣の男は話していた。話していた。あの叫びについて話していた。そうです——あの人は役者です。何もかも演技なんです、本当に叫んだわけじゃありません。すると叫んだのはわたしだけか。だが隣の男はさらに語った。あの人の相手役をするのは大変です。演技がとてもうまくて、キスしなくてはならないときは、血が飛び出すくらいに嚙みます。でも上演のあとはいつも死ぬんです。わたしは話についていけなくなった。そこでやぶからぼうに、このうえなく丁寧な口調でたずねた。

「するとあの人は役者を職としているのでしょうか」

「そうですとも」相手は答えた。だがそのあとしばらく黙った。見えない何かが二人に割り込んで、白い馬はなお駆けるが、その見えない何かが馬車を真ん中で二つに裂いたようだ。馬の二頭はこちら。もう二頭は向こう。わたしたちが並んで走っているのはたまたまにすぎず、次の角で別れ別れになるだろう。馬車は破裂するだろう。硫黄の青い炎のようになるだろう。神よ。——神よ。——隣の男の手を握ると——悪夢は消えた。男は親しげに話を続け、あの男は誰も愛してないのですと言ったが、不意にわたしは恐怖とともに、この人はわたしをいたわっていると感じた。

馬車の外に高い塀が浮かびあがり、蹄鉄がこだまして響き、橋を渡る音が下で鈍く聞こえたあと、一瞬視界が開け、すぐに水の轟き、そしてまた塀と、灯りと、門扉が現れ、馬の足がゆるやかになった。家並みと庭園を過ぎたところで馬車は停まった。誰かが紐を引いて鐘を鳴らした。ふたたび門扉が軋り、われわれは中庭に入った。下僕たちがやってきて、馬を馬車から離した。メイドがランタンを手にして大階段を降りてきた。わたしたちは馬車を降りた。あたりを見るとそこは広い正方形の庭で、周りを建物が囲んでいる。建物の一方を見ると、ゴシック様式の大きな窓の奥に明かりが燃えていた。いくつか開いている厩の扉からも、光が漏れていた。光は柱とアーチのあいだを迷い、その厳かさの前で何もかもがこの世ならぬものに見え、寝床にもぐり込みたくなった。これらは自分の手に余ることが、はっきり了解された。どうしてこんなものに耐えられよう。

だが強いて深く考えるのはやめにした。わたしは案内されて階段を上り、大理石に刻まれた三人の少年がアーチに護られる屋根の丸い部屋を抜け——数多くの柱で支えられた長い廊下に出た。その壁のここかしこに大きな銅の燭台があり、蠟燭が燃えていた。言いようもなく深遠なものが、これらすべてに、アーチや丸屋根や燭台のたたずまいの裏にあるに違いない。そんな気がしてならなかった。この感じは一瞬、自分が地下納骨所の控室にいるのかと思ったくらいに、わたしにひどく迫ってきた。——それから体が激しく震えだした。案内人の顔に動揺が表れるのを見て、わたしは羞恥の感覚を自分に生じさせた。それでなんとか震えは克服できた。

わたしたちは黙ったまま廊下を進み、七本の柱と十四本の蠟燭を通りすぎた。丸天井の部屋に八度行きあった——わたしは算数の課題のように数えた。——やがて扉の前に出て、案内人がそれを開けた。わたしたちが入った部屋は闇に近く、暖炉で薪と泥炭が何個か熾っている。それが灯りのすべてだ。しかし大きな尖頭アーチの窓の形が二つ、外から室内に射しこんでいる。その窓ガラスは、この夜にさえ、それぞれ異なる影を与えられて、互いから浮かび上がっていた——

炉辺に座りませんか、蠟燭を点しましょうかと男が聞いてきた。

おかまいなく、とわたしは言ったが、それは男の心にあまり適わないようだった。そこでわたしたちは火のもとに座った。

わたしは部屋の暖かさを嬉しく思い、外は寒くて少しも春めいてなかったのを、ようやく思い出した。――ほんの微かなリズムのように揺らぐ炎に風の強さが感じられた。だが耳には聞こえない――そもそもここはひどく静かだ。ひどく静かだ。――またもや湧き上がってきた――地下納骨堂にいるような感じが。――それでも、あの窓の外の地面の上には空間がある――炎はわたしの助けになった。わたしは炎に見入り――暖炉の上にも目をやった。――藤色の磨かれた石で作られ、その開口部は上部が広い尖頭アーチになっていて、その稜線を美しく奇妙な形の柱が支えていた――だが炎のまわりには大きな銅の遮熱板があった――

わたしの手は泥炭をつかんだ。熱は手を貫き茜色《あかねいろ》にした。とつぜんわたしは理解し、愛した。この茜色の、血が脈打ち流れ、骨があって肉が骨を包む手を愛した。

隣に座っていた男が勢いよく立ちあがって言った。

「蠟燭を全部点けなければ。あなたはご自分の夢想を、今夜にでも目の当たりにしなければならないのに。――すっかり忘れていました――」

灯りが点され、部屋がはっきりした形をとって闇から現れた。それはまさにそうあるべきものだった。中央に柱が一本あり、それが丸屋根を支え、壁にはカーテンのかかった本棚がちゃんとある。

「これ以上蠟燭を点けないでいただけますか」わたしは言った――

それから部屋を歩き回ってみた。すべてのものに手を触れ、窓のアーチの下に立った。

「何もかもあなたが思ったとおりにできているでしょう」男がわたしに聞いた。「あなたの仕事部屋はこうあるべきではなかったでしょうか――というのも、ウグリノの図書室はこうあるべきだからです。螺旋階段が寝室の隠れた入口に通じ、そこから少年少女の寝台のある部屋に行けます。もしお望みなら、ひそかに子供らの夢を見張ることもできます――」

男がそう言ったとき、わたしの意識はすっかり抜け落ち、口ごもり、男を見つめたまま、もう何が何やらわからなくなった。わたしは絨毯に突っ伏して泣いた。だが男はわたしを誤解し、蠟燭を消して部屋を出て行った。

わたしは仰向けに横たわり、子を産む女のように手足を広げた。目が丸天井の暗い稜を追った――ずっと向こうの――他の稜との対が美しい装飾をなすところまで――そこで天井は持ちあがり、さらに永遠へと昇っていく――どんどん遠ざかるそれを見失うまいと一心にそれを見つめるうち目蓋が燃えてきた――

熱病患者のような熱く震える息が、不意にわたしの顔を撫でた――たちまち病人への恐怖が起こり、わたしは半身を起こし、あたりを見た。目の前に大きな黄色の雌ライオンがいた――それを見ると恐怖はすっかり失せ、わたしは彼女の前に身を投げ出した――彼女がわたしを嗅ぎまわっているのが感じられた――そしてまた歩き去ると――少し離れたところにあるテーブルの下に横たわった。――やがて扉が勢いよく開き、少年たちが入ってきた。どうやらわたしを捜していたらしい。雌ライオンがまた身を起こし、少年たちのところに行くと、毛をその手にこすりつけた。

その少しあと、わたしは廊下や広間を抜け、食事をするために食堂に案内された。

わたしたちはひどく背もたれの高い椅子に座った。各人の背に見える褐色と黒色の木材には彫刻が施されていた。――ここにいる人たちの顔は遠ざかりようがない。あの丸天井のように遠ざかることはない。背後に壁があるから。それでわたしはほっとした気分になった。

知っている顔はいない。わたしは一人一人の前でお辞儀をした。テーブルの端にいた少年少女にも――おしまいにはメイドと雌ライオンにまで。

誰も一言も口をきかず、名さえ名乗らない。それが重苦しく感じられた。わたしは銀器に目をやった。隣に座る男のスプーンにアルファベットが何字か刻んであるのに気づき――それを手にとって読んだ。〈フランツ〉とあった。急いでスプーンをもとの位置に戻した。

誰もわたしの動作を見なかった。わたしの食器は真新しく、一度も使われていない。――そこにもやはり名があった。〈ヘニー〉。わたしの名だったろうか。

わたしの視線がフランツをかすった。かれには言いがたい美しさがあった。だが声は陰気だった。褐色の地味なビロードのスーツを着ている。目はテーブルの向こうをじっと見つめている、じっと——

わたしは胸がふさぎ、気分が沈んだ。——今気づいたが、誰もが奇妙で古風ないでたちをしている——わたしは死者に交じっているのか。

体中の毛穴が微かに止めようもなく汗をかくのが感じられた。臭わないだろうか、とわたしは心配になった。——正面の男にさりげなく目をやった。——男は泣いていた——声を出さず、いつまでも気が軽くならないというように。

この顔を前に見たことはあるか——だがこの静けさはかれのためにある——今晩あらゆるものはかれのためにある。なぜなら、かれの苦しみは誰よりも大きいから。

この男はあの、岸で嘆いていた男にちがいない——この男と——そしてわたし。

男はますます激しく、あたりをはばからず泣いた——その目が皆の上をかすめた。ときおり一人にとどまったが、またそこを離れた。そして不意に大きくはっきりした声で話しだした。

「だが誰にも愛をもたらせなければ、俺たちは死んで腐るほかない——イエスも死んで腐った。北方の夕焼けのような、血みどろに輝く愛を、誰にももたらさなかったから——もちろん説教はした。子供たちの頭を撫で、唇にキスをした。だが己の充溢をためらいなく蕩尽できる者を見出さなかった。アルタナーンにはそれができた。奴は自分の女を微笑ませようと全財産を使いはたし、無一文になってようやく彼女と寝た。女に無上の歓喜を味わわせてから、女と己を刺し殺した——」

そこで男は少し黙った。だがやがてまた話し出した。

「俺ははっきり知っている。イエスは十字架に釘付けられ、惨めにくたばり、黴びて朽ちた。どうしてそれを知ったかといえば、あるユダヤ人がそれを疑ったせいで、最悪の羽目に陥ったからだ」

この男は何か恐ろしいことを強いて口に出すまいとしているように感じられた——少年少女も食事をはじめた。

とつぜん男は感覚を失ったようになり、耳障りな言葉を吐き出した。

「アハスエルス〔さまよえるユダヤ人〕は苦悩する者を、その苦悩ゆえに罵った。苦悩と厭わしさと死を――自分は神だからと言って――辛抱強くわが身に引き受ける卑しさゆえに罵った。神へのやみがたい嫌悪が奴に深く這いこんだ――それから不安も――死と腐敗を前にした下劣な不安も。――確かなものはもうない――岩さえ崩れて塵になる――不安だけがしつこく残る。しつこく残る――」

「われわれはその男のことを何も知らない、ゲルハルト」フランツという名の男が言った――嘘を言った。わたしにはかれが嘘をついているのがわかった。「だが結局は深遠なものがその男にあったのだろう。だから死ぬことができた――」

「何だと」役者が言った。「不安でいながら、誰かを愛するに十分な余裕がまだあると言うのか――とんでもない誤りだ――もしそんな、絶対に麻痺させられない恐れが、愛よりも先に俺たちを襲ったなら、俺たちは永劫の罰を受ける。永劫の――

少年らを少女のいるベッドに入れてやるべきだ。手遅れにならない前に愛が芽生えるように。少々いかがわしいことがあろうとかまうものか――

俺はもう愛せない。三十になったばかりなのに――不安だからだ。不安だからだ――」

男の両頬を涙が伝った。男はワインを少し注いで飲んだ。

「世界の何もかもが、俺の不安を裏付ける。世界が崩れて霧のように散るのが見える。お前たちに蛆虫がいっぱいに集《たか》るのが見える――」

男がそう言ったとき、わたしは顔色を失った。

「むろんアハスエルスは死んで腐った――奴の不安だけが解き放たれて、俺たちの吸う空気に満ちた。――それが俺の中に居坐っている――居坐っている――ポリープのように。お前らにはこの不安がわからない。そいつは俺の中にあるから。――お前らはきっと俺をあざ笑う。俺にはわかる。なぜなら言葉が――言葉がないから。言葉はとうに不安で腐った――」

　男はわたしをにらんだ。

「腐った」男はまた言った。「そして世界のすべてが臭う」

「ゲルハルト、われわれがお前の悩みを見過ごしていると思うな」わたしを最初に迎えた男が言った。そして唇を噛み割った、なぜなら本当に言葉がなかったからだ。テーブルを囲む誰もがひとつの大きな愛を抱き、それを棄てることができない。そうわたしには感じられた。――放棄しないかぎり、向こう側にある孤独にはたどりつかない。

　十四くらいの少年が立ちあがり、役者に近づいて言った。

「ゲルト、でも僕はあなたが好きだ。僕に何をしてほしい」

　話しかけられた者が振り返り、少年をしばらく見つめ、それから荒々しい叫びをあげてかれを引き寄せると、唇に噛みつき、少年を呻《うめ》かせた。――そして投げ捨てるように少年をつき放した。

「行け」男は言った。「俺はお前を愛していない」

　少年は黙って自分の席に戻った。唇には歯型が残り、血の滴がついていた――少年はそのままじっと座っている。わたしにはわかった。いま不安が少年に忍び入っているところで、誰も助けようがないのだと――そのとき隣に座っていた少女が、少年の頭を膝に乗せ、血を舐めとった。

　ゲルハルトは微笑んだ。

「奴は俺をだました」やがて男は言った。「俺はそう感じた。奴が俺のキスに呻いたとき――」

「あなたが噛むだろうことは、僕は知っていた」不意に少年が答えた。「だから舌を歯のあいだから出した。ひどい痛みを感じるように。僕があなたを助けたい証として――でも痛すぎた――」

　われわれは皆、少年がそう言うとき血が口から流れるのを見た。フランツは椅子のなかで激しく身を動かした。だが自分を抑えて言った。

「でもかれはマルタのほうをずっと愛している――マルタはかれの体に名前を噛み入れるべきだった――」

少年はすすり泣いた。ゲルハルトは言った。

「俺は獣だ。害獣だ。誰か俺を殺してくれ――」

わたしは死の考えが男の顔を醜くするのを見た。かれはそれから重々しく言った。

「だがそのあとで食べてくれ――何もかも。肉も骨も臓物も、目玉も性器も――さもなければ俺は不安を拭えない。でも糞はあとに残る――俺たちが自分の魂をモデルに自分の体をつくったということを、疑問の余地なく証明できないものか――彫刻家よ、お前は嘘つきか――お前は自分のつくった大理石像をあちこちに置いているが」

「嘘はついていない」フランツが言った。

「それじゃなぜ、俺たちの体は腐らねばならない。なぜ俺たちの魂は形作る力を失う。それが魂の唯一の目的でしかありえないのに」

「われわれは死についてては何も知らない」フランツが言った。「人間はむかし、腐った死骸を地から引き出すという冒瀆を行なった――己の力をわきまえない侵害だった――それは何度もくりかえし償われねばならない。われわれは死そのものは知っている――それはわれわれにとって、外に広がる空虚に似たものだ。われわれはその存在を、恐ろしい不安として、われわれの内に持ち込んだ。そして永遠の観念は恐ろしい予言だ」

「嘘つきやがれ」ゲルハルトが応じた。「だってお前は、他の何が滅ぼうと滅ばない愛を確信して、死と時間と永遠とを克服しているじゃないか。――お前たちは誇らかに陶酔して、お前たちの教会と墓地とをご立派な形で築くじゃないか――」

「ゲルハルト」彫刻家が言った。「なぜお前はわれわれの苦難に目を向けない」

「ふん」ゲルハルトは答えた。「お前らには腐ったときも仲間がいる――だが俺は一人でなんとかしなきゃならない――」

この瞬間ゲルハルトは自分の不安に打ち克った、とわたしは感じた。顔が穏やかになり、それまであった皺が消えた。かれはまたワインを少し飲み、物を食べて口を閉ざした。

すべての上で蠟燭が燃えながら低くなる。ゆっくり。ゆっくり。風が館の周囲を吹き——星が軌道を、迷うことなくたどっていた——かれらがゲルハルトに同情しないのは、良いことなのかもしれない。もしかれらも恐ろしがったら、いったい何が起こるだろう。

　わたしは言いようもなく悲しくなった。心の中で荒野に導かれ、そこでひとつの声がしつこくわたしに叫びかけた。「われわれはどうすればいいのか」

　唇までしきりにこみあげて来る言葉——「われわれの生を放棄する——」何度こみあげてこようと、その道は歩んではならない。歩んではならない。だが他のあらゆる道は忍耐という拷問に通じ、そこでわれわれは待ち望む——自分たちに左右されないものを。自分たちが作ったのではないものを。それをわたしは自分の内に、鼠が巣でたてる音のように聞く。それは子鼠の鳴き声のように愛らしく、だが同時に、母鼠の乳房を心置きなく齧りたい好色な雄鼠に食われる子鼠の叫びのように恐ろしい——わたしはそれを子馬の跳躍に聞く。乳を飲んでいる最中に母馬が動いたときの。——心ならずも現れるこんな幻視は、何を言おうとしているのか。——それでもそれはこう聞こえる。すべての道は、わたしが決めなかったものによって定まると。

　海底の千匹の魚もわたしを惑わせられなかった。それぞれの娘を熱愛する舞踏室の若者たちも。熱気はかれらの血の沸騰、そして血はかれらから来るのではない——かれらの誕生について、かれら自身は賛成も反対もできない。——かれらはわたしを惑わせなかった。それでもかれらの汗は臭った。
「われわれは何をなすべきか」「何も！　何も！」——舞踏室の若者たちははしゃいでいた。羽目をはずしすぎだ。——血を自分のうちにとどめておけず女たちに撒き散らす者は下種だ。

　灰色の痩せた手と赤と緑の目を持つ者が、わたしの前に現れて叫びをあげた。叫びは耳の穴を這い、血の中に入り込み、そして総身に、総身に——総身に！

　叫びはわたしの中で〈シュシュ——フ——〉となり、わたしは悪寒に震えた。

　わたしは脚を伸ばし、気を引き締めた。だが幻覚の混乱は恐ろしい明瞭さを保ったまま、わたしの四肢に麻痺をもたらしただけだった。それはわたしの中で喉を鳴らすような声で言った。「お前は狂っている」――上で蠟燭が燃え、刻一刻と低くなる。――その道は炎をへて無にいたる――そしてわれわれの道は――生をへて腐敗にいたる。

おや、役者はすべての光を吹き消さなかったのか。かれは叫んだ。

「蠟燭は思いおこさせる、蠟燭は思いおこさせる、何もかもが消えて行き、何も持続はしないことを――盲目で生まれればよかった――見える者でいることは恐ろしい罰だ――俺たちが塵を超えて持つ、あらゆる特性は、すべて罰だ。あらゆる感覚、あらゆる感情、発情さえ。――もっとも完璧で人間的な被造物は、去勢され目を潰された食人種だ。禁欲に身を捧げる食人種だ――」

「ゲルハルト、いまあなたは悪意まじりに話している」わたしと一緒に馬車に乗ってきた男が言った。

「なぜ優しく穏やかじゃなきゃならない――お前らには俺の反論を超える是認はできやしまい――これがまさに悪だ、何かについてああともこうとも言えることが悪だ。取ることのできる見地がいくつもあることが、俺たちのなかの全てが、単一の和音に従うように響いてはいないことが悪だ――」

ゲルハルトはまた小声で泣きだした。

「だがゲルハルト、われわれのなかにまったく単純な響きがあるとは、そのせいで一度も争いが起こらないほど単純な響きがあるとは、わたしは一度たりとも言ってはいない――」

「確かに。――俺がウグリノを毒したことは自分でもよくわかっている。なぜって俺は愛することができない。だから俺からは不協和音だけが耳障りに響く――俺は自分を撃ち殺そう――」

そう言うとかれは扉に向った。

誰もがあわてて席を立った。柱のところでゲルハルトは振り返り、戻ってきて言った。

「頼む、誰か俺のために最後の審判のお告げを演奏してくれ。それによって俺がどんな覚悟もできるように。蛆虫に食われる罰に落とされても文句を言わないように――」

少年少女はそのあいだに席を外した。きっと寝室にさがったのだろう――だが一人が聖歌隊長のもとに遣られた――聖歌隊長が来て要望を聞くと、かれは言った、自分にはできないと――かれは言った、自分はできないと。

「そうか――」ゲルハルトは不満そうに言った。「聖歌隊長はどんなときも演奏できなきゃならないと思っていたが――」

かれは真剣に怒っている者のようにふるまった。広間を歩きまわり、椅子や他の家具にぶつかり、何度か人の前に立ってじっとにらんだ――そしてまたも歩き出した。

気がつくと雌ライオンも目でゲルハルトのあらゆる動作を追っていた。

わたしは理解できなかった。今夜はなぜこうなのか。なぜここにいる誰も喋らないのか。なぜ誰もが針金で吊られる人形のように、手足を無力にもてあましているのか。

ときおりわたしは思った。誰がここの城主なのだろう。こんな夜をこのまま続けさせていいのか。だが無力なあやつり人形の感じを前にすると、どんな考えもわたしから去っていった。――あるいはわれわれは舞台の上で演技していて、誰かが自分の台詞を忘れ、他の者もそれを知らないのか――これから先は、何も起こりようがない。それはただ単に、誰が喋る順なのか誰も知らないから。

「するとお前はやれないのだな」役者は改めて言った。

「できません」

「それでは他にやれる者を探そう」

そう言ってかれは実際に出ていった――雌ライオンが立ちあがった。

わたしたちもすぐに廊下に出た。彫刻家がわたしたちを薄暗い別室に案内した。わたしが悲しげな顔をした聖歌隊長のそばに立ったとき、誰かが蠟燭を点しだした。わたしは聖歌隊長に聞いた。何をやれと言われたのですか。

「ああ」聖歌隊長は言った。「バッハの平均律クラヴィア曲集から、プレリュード第十番とフーガ第十番を演奏するよう言われました――でもあの曲は、自分の手で演奏したくない気持ちになるときもあるのです」

それからわたしは聖歌隊長ともう少し話し、自分がここではよそ者で、あまりにも見慣れないものばかりなので、全てのことに何かの運命が直接働いているような気がします、とも言った。聖歌隊長はわたしを見つめた。
「でもあなたは前にイングラバニーンにいて、この城はあなたの設計で建てられたのではないでしょうか――」
わたしは恐ろしさで髪が一本一本逆立つ気がした。もう疑えない。わたしは誰かと間違えられている。萎縮して震える声で、わたしは城主はどなたですかとたずねた。聖歌隊長はわたしと馬車に乗ってきた人の名をあげた。

わたしは固く決意した。今夜のうちにでも人違いであることを明かそう。

ゲルハルトがまた入ってきた。食卓でキスをした少年を腕に抱えている。少年は裾長の寝間着だけを着て、裸足の足が青白く疲れたように垂れている。役者は少年を絨毯に下ろして、グランドピアノのほうに導き、すでに置いてあった楽譜を開いてから、自分は楽器の下に寝そべった。少年の足にキスできるように。――だがわれわれは広間のあちこちに座った。何人かは窓際の長椅子に、何人かはそこここに置いてある高い椅子に。少年が演奏をはじめると、雌ライオンが奥の暗がりから出てきてゲルハルトのそばに横たわった。

やがてそこにあるのは音だけになった。

どんなふうにプレリュードがはじまったかはもう覚えていない――暗がりを動くのはライオンの眼だった――それからリズムが現れた。われわれ皆が知っているリズムだ。なぜならそれはわれらの青春の行為だったから。変更のきかない、し遂げざるをえない行為だったから。――これは星から引きちぎられ、地にとどめられたリズムだ。それが亡霊へ恐れのように音から現れ出た。――少年は演奏した。かれは知っていた。もはやどんなメロディーもありえないのを。――最後の審判のお告げはそうあらねばならない。なぜならそれは、あらゆる偉大なもののお告げだから。だが、リズムが剝き出しになり、他のあらゆるものから容赦なく引き剝がされるところで、アダージョの訴えかけがますます強固になるところで、少年がプレストで奏し、ベートーベン〔原文どおり。バッハの誤りか?〕をもはや理解しなくなったところで――まさにそのところで、少年の足首で頭がのたうち、そのあちこちに歯が嚙みつき食い込んだ――音はさらに滑走した。リズムは存在せねばならない。存在せねばならない。たとえ世界が陥没しようと――

だが少年の手は、フーガに移るところで震えなかったろうか――いや、そんなことはない。このフーガは、ほとんど音を要さないこのフーガは、神を信じない者すべてに下されるこの審判は、何より力強い。――誰がこれに耐えられよう。――皆の目から血が落ちなかったか。――誰がまだ祈れよう、誰がまだ愛せよう、この審判を耐え抜くような愛で。――ひとつの愛を求めてわたしは自分の心をくまなく探った。――何もない。何もない！――それでいてこのフーガは、わたしのためにも奏されていた。

ピアノの下の男が立ち上がった――少年は青ざめた――男は少年の前にひざまづきながら、頭を少年の寝間着の下に押しつけた。――何をしようというのだ。

そのあいだも自分の中にはどんな愛もないという恐ろしい呵責は続いた。――心が助けを求めて叫ぶ。叫ぶ。叫ぶ。――神よ。神よ。わたしもまた、あの男の歯嚙みに耐えることでしょう。――

やがてフーガが終わった。

男は少年を放し、少年はゆっくりと大儀そうに立ち上がり、出口に向った――かれのシャツは黒ずんで血まみれで、血は足元にも滴った――温かく赤く――雌ライオンが歩み寄って、血を床から舐めとった。

かなりの時間がたったあと、まだ床に寝ていた役者が言った。

「俺は猛獣になりたい。年若い少年の臓物は格別の味がするに違いない。その肉にかぶさる皮膚を味わっただけで、すでに神の存在はかき消されるにしても――」

わたしは自分までもがシャツ一枚になってピアノの前に座り、演奏しなければならないような気になった。だがもちろんわたしに少年と同じ演奏はできない。わたしはある陰気な晩、シュトラールズントから逃げたときのことを思い出した。あれは聖金曜日前の日曜日だった。――わたしは不安におののいて、一つの教会から別の教会へ走った。まず聖マリア教会の中央広間に入ろうとして、その側扉をこじ開けた。それから次の教会でミサに参列した――おしまいにはニコライ教会の開いた扉から中に入った。

　上のオルガン回廊で誰かがチェロを弾き、聖歌隊長が伴奏していた。バッハのアリアだった。

　廊下で女が二人喋っていた。すこしして聖歌隊長が女たちに、オルガンの伴奏はうまくレジストレーション〔音栓を適宜引くこと〕がされていたかと聞いた。女たちは「ええ」と答えた。だがわたしは「いいえ」と言った。

　それからわたしはみずから聖歌隊席に上り、演奏をし直すことになった。――わたし自身はこの瞬間、永劫を演奏できると確信していた。わたしは老人に、譜面台を据えてもらえないかと乞うた。老人は了承した。――だが音栓を選んでいるうち、力はみんなわたしから抜けていった。――メロディーを一つ残らず探ったが、何もかも無くなったあとだった。うろたえてわたしは排気バルブを引いた。空気が抜けたのに気づかなかった。鍵盤に触れたのに音が出ない。

　背後で晴れやかな笑いが聞こえた。深紅の服を着た少女が笑っていた。嘲られている――このうえなく恥ずかしくなって、わたしは螺旋階段を駆け下りた――あのとき以来、演奏する勇気は出ないようになった――きっと二度と出ないだろう。

　城主が近寄ってきた――わたしは視線をかれに据えず、ずっとその背後を見ていた。だが城主はやって来た。ひどくうろたえながらも、わたしは人違いのことを話そうとした。だがわたしの中の不安がそれを押しとどめた――城主の中にもゆっくりと恐れが――空気中にあるわたしの恐れが、自信のなさが――忍び寄ってきたようだった。

　やや落ち着くと、わたしの両眼は違うものを見ているのに気づいた。――だが完全に自分をとりもどしたとき、城主はわたしの前を通り過ぎ、聖歌隊長に、あなたも何か演奏するつもりはないですかと聞いていた。聖歌隊長は両手を互いちがいに振って答えた。

「誰がこの子に続いて、同じ晩に演奏したいと思うでしょう――」

　そしてゲルハルトが床から、あらゆる偉人は時としてひどく恐ろしいものだが、それがどんなふうに恐ろしいのかを説明した。かれはマーロウとレンブラントの本質をひきあいに出した。

「この燃えるマーロウは、煮えたぎる血でヘーローとレアンドロスの結婚を描いた。だが二人の死は描き出せなかった。なぜなら、恋人たちを離れ離れに、体を寄せ合わせず死なせることは無責任と思ったから――マーロウはむろん、この点で伝説が虚偽である証拠は握っていなかった――だがこの神にふさわしくない状況を形作るのに成功したとき、それと逆の証拠を手に入れるのではないかと恐れていた。――だがそれは恐ろしくも、とうにかれの魂とともに底まで達していた――嘘で真実を糊塗するのを望まなかったから、かれは醜悪にもなりえた――かれは血みどろの戯曲を書いた。そこで暴力と不正は荒れ狂い、死骸が切断され辱められた。そしてかれは非難の言葉を一言も書かなかった。

だがもしその非難の一言があったら、マーロウ固有の力の証となったことだろう――恐怖の深淵を通過した証となったことだろう。――マーロウはそこを通り抜けねばならなかった。確かにその後かれは動物を虐《いじ》め、生きたまま解剖した。人にそんな所業が可能なのか、神が介入しないかを知るために。――神は介入しなかった。そのことはむかし死骸を解剖したとき、クリストファーにはとうにわかっていた――そこで酒に溺れざるをえなかった。王たちが残虐な行為のできる権力を持っていること、王たちは人を殺させ、四肢を切断させ、牢獄にいれることができるということを、一言も非難できなかったから。

そんな恐ろしい真理を知ったことは、かれのなかであまりに大きなものだった。だからファウスト博士の伝説を取りあげて神を判事に、いやあるいはむしろ鈍感な者にした。

苦悩がもっとも激しかったとき、マーロウは祈ろうとしたかもしれない。だが自分は十分熱烈でないかもしれないと不安になり、意識は頭蓋の中で干からびた――そんなときマーロウは欲情し、娼婦に身を委ねた。ときには半ダースの女さえ酔い覚ましに役立たなかった――それからおそらく愛に憧れるようになった。だが遅すぎた。かれの真実は王さえすでに嗅ぎつけていた――」

そしてゲルハルトは冷たく付け加えた。

「マーロウと俺の不安は裏づけられた——権力者がかれを殺させた。——レンブラントだって同じだ。レンブラントは腐ってちぎれた屍をカンヴァスに定着したが、その腹は腐敗ですでに膨らみ、頭蓋は鋸で挽かれ、腹から内臓が抜かれている。そんな行為をする人間がいた。それを一言も非難できなかった。たとえ心臓が破れ血管が裂けても、何も言えなかった。そんなとき奴は卑しく俗にならざるをえなかった。十字架上の救世主を描いた脇に、ともに処刑された罪人を添えねばならなかった。

苦悩はあった。それはあった。

だがもし俺たちが勇気を奮って真実を求めたなら、俺たちはどれほど顔を顰《しか》めるだろう。世界のどんな苦悩も思い浮かべられ、何千人もが死に、考えうるかぎりのあらゆる負傷をこうむる戦争が世界に広まっていることを知ったならば。——なぜ俺たちは、自分の手足の一本一本をそんな苦悩の舞台にしないのだ。なぜ何も知らぬようにふるまうのだ。

苦難を生き延びるために、俺たち自身が加害者になるかもしれないのに——」

わたしの頭はフランツのほうに向いた。かれは腰をおろし両手をこめかみに当てていた——おのれの頭蓋を砕こうとしているとも思えた。——

「何もかもが通り過ぎる」フランツは言った。「俺の脚のあいだに小便の感覚がある。その放出欲求はあらゆる感覚のなかでもっとも切迫したものだ」

地下納骨所での恐ろしい経験がわたしの頭に浮かんだ。だがかれは続けた。

「もしかすると膀胱を破裂させ、大腸を糞で破裂させたときに——奴隷状態を脱して——英雄になったと思うものがいるかもしれない。だがそれは偽りの英雄行為だ。——かれらは自分の体を肉体的苦痛で満たし、魂の酷使はしない。——俺はやることをまずやって、そのあと苦悩に戻る」

——だがフランツはさらに話した。

「こんな画家がいる。いつも好色な目であちこちうろつき、とんでもないものを描く。その題材は画家自身でさえ興奮でまともに見られない。いっぽう別の画家は、素面《しらふ》のまま魂を裂いて血まみれにする」

そう言ってフランツは部屋を出て行った。

「そうだ」役者が付け加えた。「マーロウが苦悶を語ったとき、奴は娼婦のもとから来た。レンブラントは磔刑像や屠られた雄牛を描いたとき、女中のベッドから来た――ルーベンスはいつも好色で汚らわしかった――」

そのときは皆が互いに話していた。誰ももう何をする気にもならなかったのだと思う。

フランツはすぐ戻ってきた。それと共に夜の意識のようなもの、ある確かなことへの記憶が現れた。

そのあとは「おやすみなさい」の挨拶、習慣への退却、別れ、念押し、音のない咳払い、断片、過去。――なぜこの広間でいっしょに横たわって寝なかったのだろう――

何かが役者にすべりこんだように見えた――外の叫び声が体に入ってきたように、あるいは握手が心臓まで達したように――あるいは樹から落ちた葉を、ずっと遠くまで、ずっと遠くまで持ち歩くように――あるいは盲目にならぬよう、自分自身の目の後ろで突き刺した目のように。

そこでわたしはかれの袖を引いて言った。いっしょに行って隣で寝たい、あなたが一人にならないように、わたしは間違ってこの家の客になっているのですと。そして城主のほうを向き、わたしの不運な頭と取り違えが、わたしをその渦中に投げ込んだ錯乱について語った――城主は顔の前で手を打って呻いた。

「何度同じ話をくりかえすのです。辛抱にも限度があります――あなたが誰であろうと――いいですか――あなたが誰であろうと、あなたは残らねばなりません――」

わたしは答えた。今夜はあの人のもとを去るつもりはないのです。――城主は答えた。誰もそれを望んではいません。あの人もやはりウグリノにとどまります――

わたしたちは図書室にある螺旋階段を昇った。わたしが先に行き、かれが続いた。ここがわたしの寝室に違いない。向こうにある扉は少年少女の部屋に通じていて、かれらの夢を見張ることができる――暖炉にまだ泥炭の灰が熾《おこ》っていた。わたしは無意識に寝台のカーテンを引いた――中をのぞいた――大きな、人の頭が彫刻された寝台があった。だがその頭は死体の頭蓋に似ているような気がした――わたしは自分の頭を思い浮かべてみた。目の前に据えたそれを、力強い手が指を頰を上顎と下顎のあいだに押し込む。顎はゆっくり上下に離れ、首の腱が皮膚の上からわかるくらいに恐ろしく引きつる。口の両端の筋肉はますます長く引っぱられ、そこにも骨にかぶさった腱が浮き出る――

そのとき役者がわたしの首にかじりついて叫んだ。

「お前を愛している。お前を愛している」

だがかれの熱い息の上にはわたしの頭像があった。わたしは知った、今夜わたしはかれへの愛を遂げられるかもしれない――明日では遅い――今は忘れた別の恋人たちのことをわたしは思った――そのひとりが世界の向こうから手をわたしに差し伸べる。わたしの体を撫でられるように――わたしの体は氷のように冷たくなった。

そのとき思い出したが、わたしの手には蠟燭の燃える燭台があった。

役者はわたしから離れ、一歩後ろにさがって言った。

「人を見透かす瞬間がある。そんなときは相手の血管が認められ、大腸のうねりが認められる。そんなものはけして忘れられない。何があっても――もし忘れられるなら、人の顔に頭蓋骨以外のものを感じられないようなことが起こるはずはない――唇は顎に植えられた歯を隠せないし、眼球は眼窩を隠せない。だからいつかは肉と体にメスを入れる必要が生じる。何もかも見たとおりであるかを知るために――それをちゃんと見たならば――次は人間の中の美とは何なのかを知るために、すばらしい体を解体するときが来るかもしれない――」

かれはわたしの手を見た。この手の真の外見をかれから隠すことはとてもできないと感じた。幸運にも今日わたしも炎の輝きによってそれを見て、それがわたしには美しく見えることを知った。

かれは続けた。

「レオナルド・ダ・ヴィンチは両方にやった。醜悪なものを切り刻み、鋸で挽いたが、高貴なものもそうした――だがその眺めが目新しすぎて、ダ・ヴィンチは言葉を残さなかった――奴の魂に何が起きたのか、俺は知らない

――」

ふたたび役者は落ち着きがなくなり、確かなものをみずからのうちに求めるのが感じられた。だがそんなものはなかった。何か答えてやりたかったが、わたしはその気持ちを抑えつけた。ただ服を脱ごうとだけ言った。

かれはああと言い、さっそくとりかかった。わたしは泥炭をあといくつか暖炉に入れた。

わたしは誰かと同衾することになっていた――わたしは思いに沈んだ、思いに沈んだ――

「もし新婚夫婦が、最初の夜に灯りを消したら、互いへの大きな欺瞞になる」役者はあらためて言った。「そんなときは裸で向かい合うのだ。そうすれば互いに相手を見透かすことができて、腸のなかの糞まで認められる。互いの欲望の形だって認められる――すべて今の時代の夫婦が知らねばならぬことだ。互いに愛し合い、互いの感情を学びとるために――だがかれらは欺瞞を望み、死んで光のもはや射さない墓に横たわったときも、自分の望むものに行き当たるため互いの体に手を突き入れることを学ばない――」

かれはゆっくりシャツを体から脱いだ。

「お前の手をよこせ、俺を感じてくれ」かれは言った。

わたしは体内を流れる血を聞き、外の嵐のざわめきを聞いた。だがわたしはかれの前にうずくまり懇願した。

「手じゃなくて、手じゃなくて――」

今わたしは姦通とは何かを知った。二人の人間がひとつになってすべてを知ったときには――

かれは寝間着を着てベッドにもぐりこんだ――いまやかれの隣に横たわらなければならなかった。わたしは灯りを全部消した。

かれはわたしにしがみつき、たえまなくすすり泣いた。そしてまたもイエスとその死を語りだした――いかに釘が両手に打たれたか、いかにその尖端が骨を掠め血管を裂いたか――

わたしが何か答えるのを期待しているのか。わたしは眼を見開いて天井を見つめた――闇のほかはない。闇のほかはない。だが脈動によって星星が小さく眼窩に現れた。わたしは意識のありたけをふり絞り、生の感覚をわずかでも奮い起こそうとした。それでも無限の空間が意識され、あらゆる感覚がそこに溶けていくのはどうしようもなかった──二本の手がわたしの胸を鍵爪のように摑んでいるという感じは、とうに失せていた。

しばらくするとベッドから身を起こせるようになった。窓と燃える泥炭が目に入った──ふたたび横たわって目蓋を閉じると、申し分のない安らぎのようなものがやってきた──申し分のない安らぎのようなものが──

だが隣の男がまたもや自分の苦悩をつぶやきだした──こんなことがあっていいのか。よりによってわたしの隣で。こんどは他のことをいろいろと、わたしに語りだした。

「ああ、なんと世界は恐ろしい──楽しいことといえば、何かが他の何かから外に出ることだけだ──もし放《ひ》り出せないなら、もし糞したり小便を垂れたり子を産んだり乳を出したりできないなら、なんと人生はつまらなくなるだろう。恐ろしいことじゃないか。

これはたった今思いついたことだ。同時にそれが正しいことの証拠も得た。思えば俺はガキのころ、他のガキに俺の膿瘍《うみ》を潰させるよりすばらしいことは知らなかった──それから用を足すときの、あのうっとりする感じも思い出した。

そこから今わかったが、俺たち男は、女どもに謀られている。あいつらは子を産んで乳を吸わせられる」

わたしはゆっくり、語尾を伸ばすように反論をはじめた──目や耳から入る喜びについて語り、女たちの初夜の喜びについて、受胎の喜びについて──

だがかれは耳を貸そうとしなかった。貸そうとしなかった。転げ回って叫んだ。

「泣くのさえ楽しみだ。それに女どもが子ができたとき喜びを感じるなんて嘘だ──ただ誕生のときは──」

だがかれの思いはふたたび脇にそれた。そしてまたイエスを語りだした。わたしはかれの思いが磔刑の恐ろしさへ迷うのを許したくなかった。そこで話をさえぎり、もう一度新婚の夜の女たちの喜びを語った。──かれはすこし考え込んだようだったが、すぐに答えた。

「そういや忘れてた。あいつらはべとべとする粘液も出すんだった──」

その後はもうイエスからかれの思いを引き剝がせなかった。シャツの腋を濡れそぼらせるかれの汗から、かれの足がわたしの足に触れたときの冷たさから、それが感じられた。かれは何も話さなかった。だがその存在は威圧を、てこでも引かぬ感じをどんどん増した。今のかれは、肛門が飛び出て、手足が白くふやけ、腹の膨れた溺死体のようだった——体の中がどうなっているかはもう推測のかぎりではない。ただいつか腹が裂け腸がはみ出す——

かれは話しだした。その顔が見える気がした。てかてかした嫌らしい顔。

「だがイエスは死んで腐った——そして奴の復活について告げられたことは誤りだった——」

また自分の言葉を正当化するつもりか。それがわかってわたしは口を閉じた。だがそれがかれの気にくわず、何とか言ったらどうだ、とわたしを怒鳴りつけた。

「ええ」わたしは反抗心を起こし、とりあえずこう答えた。わたしは逆を主張します、あなたと同じく恣意的に、あなたと同じ権利をもって。

「よかろう」かれはそう言い、わたしは自分がかれの敵になったと感じた。「ひとつ話をしてやろう。俺の体験したことだ。奴が磔《はりつけ》になった次の日かその次の日、友人と親戚どもが、奴が掛かった十字架の木組を倒した。奴らははじめ、釘はたやすく抜けると思った。だが作業をしているうち、片手の腱と筋肉とが剝がれた。体の重みと暖かい陽気のせいで、すでに手が柔《やわ》になっていたのだ——釘が指の付け根に近すぎたせいもあるだろう——裂けた肉はあまりにも汚らしく見えたので、こんな厭わしいものがもう目に入らないよう、奴らは十字架をひっくり返した——

俺は離れたところから何もかも見物していた。俺の目の中は黒くなり、溺れかけたときのように心臓が激しく動悸を打った。ずっと目蓋を伏せてなければならなかった。奴の体の一部でも目に入ったら、そのたび恐ろしすぎる幻覚が俺の中から噴き出すから——どうやってもそれは抑えられない。——もちろん奴は裸で十字架に釘付けられている。腰布もつけずに。拷問による最初の叫びが止むと、集まった奴らは奴らの裸を無作法に喜べた。というのも磔にされたのは三人いて、互いに見比べられたからだ——そして暗くなって、磔られた奴らの頭が軽く鈍くなり、腸と腿が重く垂れ、渇望への叫びが終わったのが見てとれるようになると、娘たちがときどきやって来て、三人の腿のあいだにあるものの寸法を調べた――いちばん大きなのが欲しかったのだ――」

わたしは話を止めさせようとした。だがかれはしつこく続けた。

「そうだ、そうだ――人は奴の苦悩を詩的な死にしたがる。でもそんな詩擬《もど》きほど卑しい嘘はない――そんなもんじゃなかった。あいつには、全ての磔刑者がたどる運命が待っていた。奴は大衆の慰みものだった。見世物にされた猥褻物だった。

天は裂け落ちなかった。太陽も面を覆わなかった。寺の天幕も二つに裂けなかった――何も起こらなかった。何も。――神はあいかわらず黙していた。

群集が奴を運んでいくと、俺も後について墓まで行った――何よりも恐ろしいものが俺の中にあった――だが俺はもうそれを言い表せない。どんな言葉ででも――

だが俺はそのあと死骸を盗んで、切り刻んで、ばらばらになった奴の肉と内臓《もつ》を谷底に落とした。俺にはそれができた。できた。――できないはずがあるものか。できないというなら、なぜ奴らは釘を手足に打てた。槍をなぜ脇腹に」

かれは今は叫んでいた。

「神よ、神よ――そうだ。あのときから俺の魂に助けはもうなくなった。不安しか残らなくなった。なぜって、あらゆる疑いに根拠ができ、あらゆる不安が裏づけられたから」

わたしは寝台から身を起こし、考えをまとめようとした。だが自分にこう問うただけだった。わたしを魅惑するものが世界にまだあるとするなら、いったいそれは何だろう。すると内なる声が聞こえた。「恐ろしく高いドームを建てろ。灰色の石でできた、鋭く尖った交叉アーチ――けして破裂しない壁で支えられた――きわめて厚い――」

どうやら幻聴のようだ。そしてそれはふたたび失せた。

わたしは言った、それはあの方ではありえない。

かれはにやりと笑って叫んだ。

「俺の不安！」

そこでわたしは、それはイエスではありえない、と言った。そしてそれを、なぜ自分がある晩愛する少年の容貌を忘れたかを説明することによって理由づけた。なぜかと言えば、頭のなかでわたしは少年の特徴を他の誰かと取り違え、その結果何もかもちぐはぐになったから——わたしはこうも説明した。そんなふうにあらゆる物や人の記憶はわたしのなかで拭い去られ、その場に何も残らず、行き場を失うと。——あのイエスだって——別人だったと。

かれはわたしに答えた。他人の魂の苦悩と信念を蔑《ないがし》ろにすることは、どこでも慣習となっている。だが釘は四肢を貫いて押し入り、槍は脇腹を裂き、そのときすでに、腸の最初のうねりがはみ出していた——これを既成事実とするなら、屍の分解もそこから帰結される。するとイエスの腐敗を疑うことは、自分自身の心臓の赤い血の滴りを前にして嘘を言うことになるじゃないか。

わたしはまた寝台から身を起こした、嵐の抑えた唸りが聞こえ、そのリズムが炉の燠火に伝わった。とつぜん緑に燃える双眼が上からわれわれに迫ってきた。わたしは驚き、何か言おうとしたが、それはまた消えた。わたしも意志のないもののように頭と体をゆっくり寝台に倒した。少しすると役者が両手を、さらには上半身全部を、寝台の外に伸ばす気配がした——だがたぶんわたしはそのときはもう眠っていた。炎の目は星のようにわれわれを上で見張っていた——ああ、なんとわたしはパセティックに寝入ったことだろう。きっとそのあいだ役者は体をライオンの毛で暖め——ライオンもそれを許したことだろう。

次の日に目が覚めると、なんだかある日旅出って、翌朝ホテルの一室にいるのに驚いた一家の主婦のような、あるいは靴直し小路かパン焼き小路の住人か、あるいは退任牧師のような気持ちになった。なぜならそれまでの記憶がなかったから。

だが言いようのない空虚を隣に感じた——そしてベッドの頭の彫刻に見つめられて、あらゆる偉大なものの意義が、別の世界が、そして満たされない気持ちが、満たされない気持ちが、わたしに忍び入った——夜のあいだにわたしの隣は空《から》になっていた。

これから何もはじめなくてよかったなら。何を考える義務も、何をする義務もありさえしなければ。——偉大で永遠なるものが存在するという確信に、わたしは押し潰されんばかりになった。なぜなら自分自身は言いようもなく空《から》だったから——何の望みもないくらいに空だったから。

自分自身の内を探ってこんな考えを見つけた。もし今が夕方で、憂鬱な気分で窓辺に行って見られるような赤い雲と黄金の光があるなら。——だがすかさずわたしは自分を叱りつけた——あまりに良心の呵責がない。これほどの光にもかかわらず何の義務も負わぬように感じるとは。

外は風と雨だった。——

だがもし何の義務もないなら。外を歩き回りずぶ濡れになって、どこまでもどこまでも遠く行くことが許されているなら——夜のずっと奥まで——もしそうならどうなるだろう。

わたしにはわからなかった。——きっと自分にも義務はある。だから何も考えつかないのだ。

あるいは、少なくとも自分の住む家の一軒でも持っていれば。そして空しい気分のとき撫でられる犬を一匹飼っていれば。その犬が朝、寝台の前に横たわりわたしを見て喜んでくれれば。

あるいは何か物を持っていれば。思いにふけりながら眺められる骨董や彫刻や絵画を。

わたしはいつも物の安らぎのことを思う。その形のことを、輪郭のことを。なぜなら恐れにとらえられだしているから。叫びによって紛らわせない恐怖に。——周りの人たちは恐ろしい質問をわたしに浴びせる。「あなたの恋人はどこにいるのですか。あなたが憧れる人はどなたですか」

誰がこれらの頭を彫ったのだろう——こんな頭は見るにたえない。これらはわたしを苦しめる。

外は雨と風だ。

この頭どもは頭蓋骨に見える。脳の塊に見える。柄についた眼球に見える——何もかもお見通しというように。

こいつらはわたしを寝台から追い払おうとしている。わたしがこいつらに何も。何も。何も答えられないから。わたしに恋人はいない――でもわたしの内には何かの命がある。何とも判ぜられないものがある。わたしは獣たちを捕まえたかった。その毛皮の柔らかさのゆえに。野兎と栗鼠と鹿と狐を。だがかれらの臓物には吐気がした。だからわたしの新しい憧れは受け入れられなかった。

わたしは顔を洗って窓を開けた。外は雨と風だ。

天井の梁は厚い壁に重くしっかりと伸びている。自分の憧れを知るまで、毎日頭蓋骨におびやかされながら。――そしてそれからずっとここに住んでいた気がする。カーテンのかかる尖ったアーチをくぐれば寝室だ。長いあいだ――それから――あやうく歓呼の声をあげそうになった――炉の炎はわたしの友のはずだ。他の物も、今ひたすら苦しめるものは、すべてわたしの友のはずだ。

すぐにわたしは控室に行った。そこから螺旋階段が図書室に通じていて、少年少女の部屋への扉もある。――たとえ新しい音階が発明され、新しい和音とその演奏法が見つかっても、この満たされない気持ちは表現しようがないだろう。たとえ大理石に、わたしのあらゆる感覚を身振りに移し変え刻んでも――わたしはあいかわらず理解されないままだろう。

ありたけの胆汁を絞ってわたしが叫んでも――あなたがたは笑うことだろう。もし神があらゆる奇跡を目の当りにすることをわたしに許し、それを恩寵としてわたしに差し出しても、わたしは拒絶するだろう。なぜなら、それほどの恩寵を前にしても、やはり泣かずにはいられないから――なぜならあいかわらず満たされず孤独だから――何がわたしの助けになるのか、いまだにわからない。――

目から涙が落ち、わたしは嘆いた。――魂がわたしに与えられた。それは恐ろしいことだった。――助けはなく、道もなかった。――たとえ話しても、あらゆるものを召喚してそのイメージを支えにしようとしても。――無駄だった。無駄だった。――わたしは何も知らなかった。何も。神についても、他のものについても、何も。

そのとき思い出した。ゲオルク・ビュヒナーが叫んで考え、考えて叫んだことを。でもそこからどんな確信にもいたれなかった。あらゆる聖人と同じく苦しめられた。イエスと同じく――神と同じく。

かれらの一人に数えられるくらいに、わたしは偉大で選ばれた者なのか。

「助けてくれ。助けてくれ」――そう叫んだけれど、誰かに聞こえたかもしれないと思うと恥かしくなった――眩暈《めまい》がした。自分に大声で言った、わたしは狂っていると。それから爪で額を打って、こうささやいた。

「落ち着け。落ち着け。あせるな。気を確かに。――何でもない。地は軸に沿って動き、あるいは塊の周りを転がっている。あるいは止まっている。止まっている。星は存在する、あらゆるものは存在する――存在する――考えてみろ、もう外は明るい。体を揺すって、夢を振るい落とせ――階段を降りて、動きを感じろ。地球の重力を感じろ。――もう外は明るい。お前には胃も腸もある。お前はやがて腐敗する肉だ――」

わたしは降りていけなかった。長椅子に座って待った――少年少女の部屋へ通じる扉を見つめた――しばらくしてからそれを開け、かれらがどんなふうに寝ているか見ようと中に入った。ここのベッドにも頭蓋はあるのだろうか。

ゆっくりと扉を引くと、カーテンの下りた暗い部屋がだんだん見えるようになった。平たい天井。尖ったアーチ。あらためて恐怖が、肉を構成するものと、魂と呼ばれるものの間隙に迫ってきた。つまり、われわれは犬のように木の根元に小便しながら、内なる恐怖の前で死の間近にいることもできる。女の腹に何やかやしながら、地獄の苦しみを味わうこともできる――

しかし今度のはもっとも恐ろしい不安だった。亡霊の不安だった――根拠でも、生でも、権利でも、祈りでも対抗できない現象を前にした震撼だった。その前にわれわれは屠られる豚のように、最初の鉤が耳に振り下ろされる豚のように引き据えられる。

困ったとき誰に助けを呼べばいいか――誰もいない。いない。わたしに愛する人はいない。独りだ。

あらためて誰かのもとを離れたような感じがした。でもどうしてそんなことができるのか。誰かのもとを離れる勇気を起こすなんて。

しかしわたしは一歩を――わたしの不安とその解消をへだてる一歩を踏み出した。カーテンをはねのけ、何段か階段を降りると、壁に大きな窓が描かれた広い部屋があって、その側面は寝室に接していた。寝室を隔てるカーテンが、すらりとした少女によって少し引かれた。彼女はわたしを見ると、おそらくまだベッドにいる誰かに何か言った。

それからなおいくつかの、新しい事態へのつなぎのようなことが起こったが、すぐにわたしはベッドの際に立った。そこには少年が熱を出して寝ていた。昨夜役者を助けようとしたあの少年だ。

少女は少年にしきりに、そして長々とキスをしていた。

わたしはすぐその場を去ろうとした。何を言えばいいかわからなかったから。わたしは少年の頭に手を置いたのだろう――

だがいきなり、少女が少年の毛布を剝ぎ、シャツを脱がせ、臍の下あたりにある塞がっていない大きな血まみれの傷口を指でさし、覆いかぶさって舌で傷を舐め、心の底からのような叫び声をあげた。

「これはわたしの血。わたしの肉――」

「そうだとも」少年が静かに言い、両手で傷口を押さえた。そのためどす黒い血がなおも滴り出て、少女はそれを飲んだ。わたしはそれを押しとどめ、包帯か何かのことを口に出しかけた。だがすぐに自分をひどく恥じた。なぜならわたしは他人の掟の強制力をあまりにないがしろにしようとしていたから――あたかもあることが起こると、必ず何か一定のものを行なわなければならないというように。あたかも同じ前提から必ず同じ帰結がなされなければならないというように。

――なんと君たちは君たちの世界を作りあげたことか――これを認めたあと、もちろんわたしは何か他のことを言ってもよかった。だが何も言う必要はないとも感じた。わたしの作法も他の者の作法も、この永遠のものの前では虚偽と感じた。だからただ見ているしかなかった。

少しして部屋の扉が開き、携帯オルガンが運び込まれた――運搬人に続いてゲルハルトが入ってきて、運搬人が去ったあともそこに残った。かれは楽譜の小冊子をめくると、すぐに開いたままポジティーフ〔小型オルガン〕の譜面台に置いた。

それから少年の寝台のそばまで来た。わたしに手を差し出し、少女と病人にキスをした。そして言った。

「図書室で楽譜を何枚か見つけた。君の前で演奏するによさそうなものだ——君と同じように自分の心を扱う人たちのためのメロディーだ。人の前ですぐ心を開き、相手がそれを傷つけるとは思わない人々のための——感情に抑制を強いるよりは、血を流すほうがずっといいと考える人のためのメロディーだ」

かれはそのあとわたしに向かい合ってベッドの端に腰掛けて言った。

「俺は何人もの人間に多くの苦労と苦痛をもたらした。だが他にやりようがなかった。

今朝床の上で、ライオンの四肢と胴体の間に横たわったまま目が覚めると、俺への弾劾はほとんど耐えられないくらい激しかった。——俺は下の図書室に駆け込み、たくさんの本をめくった。目と耳を塞ぐために。しかしそれから目に入った何冊かの本が、俺が正しいと言ってくれた。

それは悪であると同時に善だった。

だがあらゆるものの身振りと特性はそんなものだ。太陽や星についてもそれは言えるし、萎れた花や、獣や、愛せないのに愛している人間についてもだ——」

かれはそれからこうも言った。

「われわれが話しはじめて、まるで自分たちの思っていることを口に出せるかのようにふるまうとき、われわれはたいそう気まずい思いをする。すべての言葉があるわけじゃない。——ともかく俺はいつでもどこでも、俺が言わないままにしておかねばならないものに出くわす——」

わたしは喉が熱くなるのを感じ、かれの顎の下で筋肉が神経質に飢えて、その動きが見えるくらいに緊張しているのに気づいた。——

「レオナルド・ダ・ヴィンチの解剖図が俺の手に入った。俺はろくに目も通さずページをめくった。だがそれは俺に叫びかけた。俺の生の権利について叫びかけ、俺は聞かざるをえなかった。

画面がありたけの力を俺に及ぼしているようだった。俺はあわただしくページをめくった。それでも俺は見てしまった。すべての陰鬱な夜が、ダ・ヴィンチが解剖された死骸と過ごした夜が、生に飽いた恐ろしい夜が俺に迫った。

奴はまだ信じていた。概念の認識にいたる道があると。だからこそ数学やあらゆる科学を愛せた。ときどき、夜遅くなって、奴はこの究極のものにとりかかった。奴は書きつけた。1 2 3 4 5 6 7 8 9と。——それから概念の困難性へ他のものの規則性が付け加わった。奴は詮索に詮索を重ね、スケッチを描きなぐった。それから0と記した。だが奴はこの数を把握していなかった。このものに取り組むことをすぐにはあきらめなかった。ひどい臭いのする死骸を少し切りとり、幾多の新しいことをはじめた。ある晩奴は数に戻った。こんどは違うふうにはじめた。1 10 100 1000と。頭を絞って考え、最後には絶望した。だがとうとう『1000』の把握に成功した。このとき自分に少し嘘をついていた、というのも奴の頭にあるのは千の死骸だったから。同じ腸のうねりが千回——そして同じ数の女——合わせて2000——胎内の同じ数の小児を合わせて3000——これは奴の思考を脇にそらせた。これは奴の望むものじゃなかった。

1000——10000——100000。これほどの数を思い浮かべるのは不可能に等しかった。だがなんとか成功した。百万——奴は呻いた。百万。奴はまた男たちと子を産む女たちに戻った。——すると数のイメージが奴から逃げていった。——奴は倒れた。——血の中に酩酊があった。それ以外はなんともなかった。——にもかかわらず最初に戻ってやりだした。1 10 100 1000 10000 100000 百万 千万 一億 十億 百億 千億——そこで数がまた逃げていった。奴は手を揉み合わせ、神に呼びかけた。——その夜奴は数とともに過ごした。だがそれは奴自身よりもさらに無尽蔵なものだった。

それはそれとして、天と地と獣と人間も存在する。

奴は人の死骸を解剖した。奴が知りたかったのは、死骸が何からなるのか、他のすべてのものが何からなるかだ。

あらぬ方向に逸れぬよう、奴は自分が知っていると信じた簡単な法則にしがみついた。何日も、何週間も、奴は確信を持っていた。いつも新たなものや原因の手がかりをつかんだ。おぞましい臭気や形状はもう奴を煩わせなかった。隠された秘密に達するため、奴の手は腐った腸や筋肉をほじくるのに、男や女の性器をこじ開けるのに慣れた。

――だがそれでも奴は嘘をついた。

奴は快楽のために、メサー・ジャコモ・アルフェオの家の女を一人買った――やがてその女が死んだ。奴は死骸を自分の家に運び込んで、体を裂き、胎内を解剖し、素描し、ほじくった――快楽の源へ手がかりはどこにもなかった。快楽を求めて、奴はこの死体を自分の体に用いた――それはどこにもなかった。

何もかも放棄することのないよう、奴は客観的であろうとした。別のことをやりだした。静脈と四肢と睾丸に取り組み、〈ここで精液が煮える〉と記した。奴は自分に嘘をついた。――だが自分に無為の宣告を下したくなければ、そうするほかなかった。――もしかすると、それでも奴は根拠か認識に突き当たったのかもしれない。何度となく奴は心臓と血管を描いた。――それらは紙の上の叫びのようなものだ。お告げのようなものだ。だが奴はそれを理解しなかった――他の誰も理解しなかった。

奴はしばしば同じ対象に戻った。自分の体に指を入れて探った。奴は男だった。肛門の動きを追いかけ、精液の流れを追いかけた。死んだ女の性器を切開し、無理やり自分の性器を挿入し、それをデッサンした。――だがすべて屁のつっぱりにもならなかった。欲望と救われなさの感覚の前に奴は崩れ落ちた。奴は非難した。奴は泣いた。――満身創痍になり、自分に吐気を催し、奴は書きつけた。〈わたしは時間を浪費した〉と。

だが子供が家でしでかすようなたわいないこともした。燃える木切れをすばやく回すと輪ができる――奴は虹や日常で目に入る雑多を思考の材料にした。

そしてまた奇妙なことを思いついた。胸の上に心臓を乗せ、その血管が体から飛び出す人間の絵を描いた。――奴はこの寓意画を描いて、少し心が軽くなったかもしれない」

「だが俺の話は下手すぎる」少し黙ってから、役者はまた語りだした。「それらは大元では別々のものではなかった。むしろそれらは奴の夜の、そして皆の夜の、リズムだった。――その証拠もある。奴の何枚かのデッサンは、即物的に描きたいと思ったらしく、数本の線しか引かれてない――その紙面が不意にあらゆる力をわがものにし、膨らみ、色づいた――おのずから人体が現れた。解剖された死骸だ。表面は醜悪で、腸が露わにわかる――奴が見たときそのままに。

奴はわれわれ皆に、それについて嘘を言った。だが奴の嘘は見え透いていた。――奴は多くのことを、学識あることを語った。少年期の力とあの夜の力が奴の血に奴の行為を注ぎ入れたが、その力を奴は自分では操ることも理由づけることもできなかった。――自分を疑うということによってのみ、奴はすべてのものから身を護ることができた――」

そう言うと役者は出て行った。

かれがいなくなり、少女が少年にしっかり抱きつく今、わたしは気力を奮ってポジティーフに歩み寄った。楽譜をめくり、それに促われるようにして腰を下ろし、演奏をはじめた。その心を何行かのうちに籠めた者の歌声と泣き声を、わたしは奏することができた。そしてその者の身振りも。理解されることを望んで、鳥のようにすっかり素朴で無邪気になった者の身振りも。

それは幻のようだった――いや違う、それは美しい震える裸体だった――すっかり剝き出しにされた、献身そのものの裸体だった。

これらすべては、いままで忘れていたことかもしれない。

Ⅳ　悪魔の発明

恋人

カール・フォルメラー

Karl Vollmoeller : Die Geliebte（一九一一）

カール・フォルメラー（一八七八―一九四八）は稲垣足穂にも負けぬ機械狂いの生涯《ヰタ・マキニカリス》を送った人でした。まず凝ったのは自動車で、ゴードン・ベネット・カップ（ヨーロッパ国別対抗オートレース）に二十四歳の頃から出場をはじめ、また〇八年にはニューヨークを起点にシアトル・横浜・ウラジオストク・モスクワを経てパリをゴールとする地球四分の三周ラリーに参加し、彼のチームは三位に入賞しています。

それに先立つ〇四年には十一歳年下の弟と飛行機の製作をはじめ、二人で作った飛行機は今でもドイツ博物館に展示されているそうです。この弟は第一次大戦中に初期戦闘機のパイロットとして名を馳せましたが、惜しくも一七年に戦死しました。

その一方、一八九七年には芸術至上主義的作風を持つ詩人シュテファン・ゲオルゲのサークルに加入を許され、その機関誌「芸術草紙」に作品が掲載されました。こんなところも佐藤春夫に弟子入りした足穂と似ているではありませんか。

本短篇はつとに森鷗外が「正体」という題で翻訳し『諸国物語』に収めています。ここにあえて新訳したのは、三島由紀夫が『小説とは何か』で説くところの、「一旦その物語の根本的な寓意が変えられると、物語のどんなディテールも、原文に忠実であればあるほど、完全にその意味その芸術的効果を一変してしまう」を目指そうとしてのことです。さてどうなったことやら。

「見に来てください……」奴はそう言って、間《あいだ》がやけに離れた鹿色にきらめく目に、歌い女《め》に焦がれたテイ族の若いベドウィン〔北アフリカの遊牧民〕が今にも地に斃《たお》れそうというふうな表情をこめた。青白い細面《ほそおもて》は殉教者の晴れやかな表情を浮かべ、煙草の脂で黄褐色になった小さなカフェハウスの壁に凭《もた》せた体をだらしなく崩し、口の端を痙攣させている。黒褐色の薄い髭のせいで古代のキリスト像に似ているのが、どこかいたたまれない感じを起こさせた。

「見てさえくれれば」十五分ほどもテーブルの下の膝に置かれていた奴の長い湿った指が、また煙草を巻きだした。

寒い夜だった。扉が開くたびに風がこちらの隅まで冷やりと吹きこみ、外の闇からトラヤヌス帝の柱と公共《フォルム・》広場《ロマヌム》の鉄の欄干が目に入った。僕たち以外に客はいない。ここらで稼ぐ不幸な女のひとりが厚着姿でときたま入ってきて、震えながらカウンターでパンチ酒を注文する。細身でしなやかな、十七にもなってなさそうな、見たことのない女が、向こうの隅に腰をおろし、そのまま一人きりでいた。あとから気づいて驚き、気味が悪くなったのだが、この娘には目がひとつしかない――明るい茶色で利発そうで嘲るような目がひとつだけ。もう片方は乳色の皮膚に埋もれている。

「見に来てください」奴がまた言い出した。こんどは口元と顎に思いつめた気配がある。

こちらも壁にぴったり身を凭たせていたのだが、その姿勢だと奴と体が触れあう気がして落ち着かない。だがいつもより疲れていたので、我慢してそのまま凭れていた。故郷喪失者《ねなしぐさ》の集うこのカフェで、この男と隣りあったのは四度か五度目だ。擦れた赤ビロード張りの長椅子。化粧漆喰の金メッキが剝げた曇り鏡。絵が描かれた低い黄ばんだ丸天井。どれもこれも一七八〇年ころの、死に絶えかけた懐かしい時代のカフェハウスのものだ。大理石の白い小さなテーブルは重々しい鋳鉄《ちゅうてつ》の一本脚に乗せられて、漆喰塗りの床に嵌めこまれている。それから曲がった木でできた粗末な椅子が数脚とカウンター。壁に貼られたガラスと錫箔製の広告板が、今は二十世紀だと場違いに訴えかけている。

床に鋸くずが撒かれ、掃除がはじまった。二時になったらしい。でも僕たちは席を立たなかった。

「うちに来ませんか」奴はまた熱っぽく、だがためらいがちに言った。こんどは目つきと声音にある種の情熱を籠めようと苦心しているのが丸わかりで、焦点の定まらない美しい目は、強いて平静にこちらを見据えようとしている。僕は一瞬間を置いて、承諾とも拒否ともとれる身振りをした。奴はそれきり何も言わず、頭をすこしかがめて、大理石の面《おもて》にこぼれた水で縺《もつ》れた線を描きだした。

掃除ブラシと雑巾を持った男が、僕たちの脚の後ろやテーブルの下を拭きだした。

「いまさら眠れやしない……」奴は半ばひとりごとのようにそう言って、いきなり目を上げると、穏やかに微笑んだ。「あなたもやはり、あの不眠者のお仲間でしょう」

とうから僕は、奴が僕に見せはじめている信頼の源は、自分の宵張り癖に違いないと見当をつけていた。給仕がさりげなく新しい水のグラスを楕円のコーヒー盆に置くとき、僕もときどき目がうつろになり、指が仕事の名残で痙攣する。あるいは唇から小声で不気味な言葉が出かかる。そんなありさまを奴はこれまで観察していた。ここ何日か隣り合わせに座ったため、二人の体に何か恐ろしい融合がなされ、僕はそこから空しく逃れようとしていた。自分の神経が奴の神経のなかで熱に浮かされるのが、奴の禁欲的な情熱が僕の情熱を煽るのが、ありありと感じられた。いま奴は、何ともいえない助平たらしい表情で、丸く膨らんだ謎めいた形を大理石のテーブルに描いている。

「ぜひ見てください」だしぬけにまたそう言って奴は立ちあがった。少し擦り切れた褐色の上着越しに心臓が脈搏つ音がはっきり聞こえた。僕の腕を自分に引き寄せようとするように強くつかんだと思ったら、またカフェの真ん中に立ち、扉の窓ガラスを透かして闇に目をすえた。若いきれいな娼婦が、嬉しげな片目と死んだ片目で、挑むように、いくぶん蔑み気味に、僕たちが給仕を呼んで勘定を済ますのを見ていた。

外に出た。奴は息せき切って速足にパラッツォ・ヴェネツィアのアーチ門をくぐり、まっすぐ僕を引っ張って狭い街路を抜けた。とある広めの横町の前を通った瞬間、左手にちらりと、アラコエリの階段と松や、むき出しの煉瓦のファサードの高いシルエットや、カピトルの広く白い石段が見えた。左に折れて蜿《うね》くる狭い裏通りに連れて行かれたが、おそらくそこはマルケルス劇場のほうに通じる道に違いなかった。いきなりふたたび右に曲がり、古いゲットーの名残の何棟かを通り過ぎた。僕は場所の見当をつけるのをあきらめた。

　この男のことは、名をロッコといってカタンザーロ〔イタリア南部の都市〕の出ということしか知らない。悪魔じみて乾いた、カラブリア方言をナポリやシチリア方言と区別する耳触りのいい渋い口調で物を言う。同郷のたいていの者と同じく、すらりとして骨格が華奢だ。口を滑らしては打ち消す、ちぐはぐで曖昧な仄めかしから察せられるかぎりでは、まずは海軍に入ったあと、ローマの駐留工兵部隊にいたらしい。このカフェハウスに女連れで夜来る兵隊に、やや面食らって軍隊式の挨拶をしたことが一度ならずあった。着こなしは言いようもなくだらしない。だが貧ゆえのだらしなさとは違った、物にかまわない学者や画家ふうの雰囲気がどことなくあった。名刺の名に爵位はなかったが、九芒星の王冠がついていた。

　ふと気がつくと、コルソ・ヴィットリオ・エマヌエレを横切って、ピアッツァ・ナヴォナを通りすぎたところだ。大きな噴水が夜の静けさの中で音をたてている。石のベンチで寝ていた男が僕たちの靴音で目覚め、暗い横丁の入口に溶け込んでいった。新しい裁判所の建築足場に向かい合った高い岸壁沿いに歩き、坂を上ると、最初から示し合わせていたようにいっしょに欄干に寄って流れを見下ろした。

　ロッコはまた決心がぐらつきだしたらしく、黙ったまま手すりの石板の先にずいと身を乗り出した。ともに歩くうちに、何度となくためらって向きを変えるのがありありと感じられた。僕を案内するのに内心で抵抗があるらしい。いまロッコは気を昂ぶらせ、心の決まらない様子で手すりに凭れて、夜の河に目をやっている。河は北から来てマルゲリータ橋をくぐり、王侯のように悠揚迫らぬうねりを描いて、僕たちの傍らを、東から西へざわめき過ぎ、先に劣らず鷹揚にうねったあと、天使橋の彼方に南へと流れていった。高い岸壁の斜面は上質の大理石のように白く仄めいている。幾何学的に厳密で動かしがたい河の曲線は、見るものにエジプトの浮彫やヘレスホフトのヨットの胴体の線と同種の快感を与えた。どんなにロッコがこのS字を描いた二重のうねりをわが身に吸い込み啜らんばかり賞味しているかが感じられた。

だがそこは、かれが連れて行きたかった場所ではなかった。

「究極の美は命取りになる、そう感じたことはありませんか」ロッコはだしぬけに言うと、自分の言葉に驚いたかのように、僕の考えをそらしたいかのように、あわただしく言葉を継いだ。

「白雲石《ドロマイト》って知ってますか。一度、モンタトンの裏で通りがかりに湖を見たことがあるんです。……ラゴライってとこでしたっけ……山中《やまなか》の小さな湖で、夜のちょうど明けかかった白さのなかで、花嫁の憧れのような朝の予感のなかで、まだ星が水面にまたたいていました。どこにでもありそうな、それほど大きくない、ひっそりと静まった湖です。でも岸が描くうねりが……うねりが……」

奴はそう言うと、長細い腕でまるまる抱え込むようなしぐさをして、隆起した冷えた石板の欄干からさらに身を乗り出した。

「でもほんとうは白雲石のことじゃない。フィンスターアールヨッホの岩山に、柔らかく丸まって窪んだ尾根があるんです。氷河の大平原の向こう、ちょうど丘の反対側に、丸っこく窪んだ尾根が、漂うような線で右から降りてきて、左でまた、空に溜息をつくみたいに盛りあがる……あれくらい強烈なうねりはありません。夜、みんなが寝静まったころ、僕はこっそり丘の前まで行って、頂上へ発つ強力《ごうりき》らが起きる一時半くらいまで、寒さに震えながらしゃがんでました。清く柔らかな輪郭をして、無感覚の星空のもとにあるこの尾根の反りは、屈んだ女の腰みたいに柔らかく、オルガンの短和音のとどろきのように暖かで、数字のように冷やかで実体がありません。凍えるようなそよ風が僕の十八歳の魂の隙間や穴を吹き抜け、氷河の平原の照り返しが、水晶像のようになった僕を明かりで透かしました……二度とこの魂を失うことはあるまいという気がしました。

そうなんです、はじめは風景だったんです。性の深みまで僕を満たすのは風景でした。ポリカストロの湾では夏の午後ずっと山を見ていました。穏やかに膨らんで裾野が長く、磨かれた石でできたような滑らかで低い山でしたが、それがゆるやかな放物線を描いて平野から盛りあがったあと、また平野に沈み、その純粋で途切れない等高線をさえぎるものは、低い四角のサラセン塔があるばかりでした。太陽はかんかんと照っていました。暑い午後で風はなく、空気は溶けたガラスみたいに粘《ねば》くて動きません。海も死んだように静かで、水銀みたいに光を照り返して輝いていました。滑らかな岩でできた黄色の低い山が、空という鋼《はがね》の天蓋のもとで、女の腰のように柔らかく、究極の美のように不毛で残酷に、神の曲線で盛り上がってたんです。それがあんまり強烈だったものだから、汚れのない僕の十八歳の体は、豆ではじける莢《さや》のように伸びて反りかえり、そのため近くに一本だけあった、石地から生えた無花果《いちじく》の木にしばらく寄りかからねばなりませんでした。このときはじめて、目覚めたままの射精に僕の身は震えたんです……」

　僕は思わず動いたらしく、奴は身をもたげた。みだらな接触をしたときのように体がほてる感じがした。こいつは何だって夜遅くあちこちを引き回し、立ち入ったことまで話すのだろう。ここでくるりと背中を向け、おいてけぼりにしてやろうか。だがこの男の物腰の、どこまでも心を動かす何かが、僕にその気を失わせた。

「そのときは少しのあいだ失神していたようでした。それはそうと、バタク＝マライ人が祈るときの格好を知ってますか。知らないんですか。僕も前は知らなかった。それは獣と見紛うくらいに深い崇拝をほのめかす姿勢で、古代の物神崇拝の最後の名残なんです。バタクはまず勢いよく跪いて、両方の手のひらを地面にぴたりとつけて、できるだけ前に伸ばします。そしてゆっくりゆっくり頭をうなじのほうに反らせるんです。これをはじめて見たのは、パダン〔スマトラ島の港湾都市〕で本国から停泊の指示を待っていたとき、そこの小さな暗い港の寺院ででしたが、そのとき、記憶の深い井戸の底から、むかしの体験を思い出した気がしたんです。それこそまさに、僕があのとき、ポリカストロの山の前で失神から目覚めたときとっていた姿勢だったんです……」

　ロッコはいま欄干に腰掛けて背を伸ばし、手で顔を撫でまわし、きょろきょろと近くの家や、雲と星でいっぱいの遠い空を見ていた。

「最初はむろん風景でした。風景はすっかり僕を――僕の若い魂とまだ純潔だった体を捉えてしまいました。次にそれは女になりました。風景を発見したときと同じく女の体を発見しました。そいつがすっかり僕を捉えました。

風景に憑かれたときと同じです。すっかりと、逃れようもなく……」

奴はまた河のほうに身を屈め、瘧《おこり》にかかったように体を震わせた。いきなり話をやめ、飛び上がったかと思うと、僕の腕を、カフェハウスでしたようにつかんだ。

「来てください」ロッコは勢いよく僕を、岸壁沿いの凸凹した、音の反響する白っぽい舗道を、天使橋のほうへ引きずっていった。

「それから、女と風景のあとで、待ちに待った、長く焦がれた、三つ目のものが来ました——前の二つと同じで、前の二つから生まれた——究極の美、絶対の曲線が……」

僕はすこし眩暈がした。夜は寒くて乾燥した東風がぴゅうぴゅう吹く。駆られる雲。動かない星。いつになく体が虚脱したようになり、肉体の疲労が夢想の熱気をいたずらに昂進させた。

ロッコは今は自棄になったように、のべつまくなしに喋っている。それはまるで、深い海の上で最後の小さな錨を限りなく長い鎖に付けて、おんぼろの蒸気ウィンチでがたがた繰り出したはいいけれど、どんなに繰り出しても海底には届かないといった感じだった。せかせかした大幅の足取りで奴は僕を引きずってルンゴタヴェーレを降りた。河沿いの白い家屋敷は無言で凍え、橋が家々の秘密を跨いで架かり、水はせせらいでいる。ロッコは始終脈絡なく、凄《すご》むと思えば謙《へりくだ》る文句で、究極の美を崇める宗教のようなものを説いていた。美は風景と女から生まれ、数理的な純粋曲線として完成するんだそうだ。

一瞬でも僕にわれに返る隙を与えるものかとばかりに、奴は立て続けに喋った。雷の声で天使のようによどみなく、叫んで喚いて囁いた。話はたちまち筋道をまったく失い、縺れた言葉の鎖としか聞こえなくなった。やがて少し落ち着いたか思うと、またもや狂信的な口調で〈彼女〉について語りだした。

ポンテ・シストのところでトラステヴェーレのほうを見はるかしたとき、奴はよろめいたように見えた。だがなんとか左岸に踏みとどまり、僕たちは水流の急なカーブに沿ってティベール島まで歩いた。モントリオのサン・ピエトロの向こうにぽつんと光が見えた。一瞬、アクア・パオラの爽やかで冷たいせせらぎを聞いた気がしたが、ローマ橋の杭に当たる水の音にすぎなかった。

奴はまたよろめいた。僕のほうを向いて意味ありげに頭を動かした。中州の手前と向こうに架かる橋をわたり、今は脇目もふらずにリパ・グランデのほうへ向っている。

「……彼女をはじめて見たのはパリから遠い郊外でした。そのときはモリス少佐や参謀本部のコスタといっしょに、クレマンで操縦気球を政府用に注文するためそこにいたんです。そこはある無名の試作品製作家の薄暗い作業場でした。埃と蜘蛛の巣があって、戸外の小さな庭の先に河があって、橋とクリシー・ノイイやルヴァロワ・ペッレの千の煙突が見晴らせました。彼女がそこにいたんです。誰も気にとめなかった。僕だけが見ていた。すぐに彼女がどんなに完璧かわかりました。むらのない美しい褐色をしてました。すぐに完璧さがわかったんです……」

サン・ミケーレ・ア・リーパを通り過ぎた。始発の牛車のがたぴしいう鈍い音が静まったファサードに響き返った。教会前の石段で十人くらいが、ひどく奇妙で無理な姿勢で寝ている。ロッコの足取りは目に見えてのろくなった。目的地に近づいたせいだろうか、それとも疲れてきたのか。もう二時間近くも硬い舗道を歩いている。足裏がひりひりする。疲労の熱い震えが脚から背中を伝う。だが頭は冴えて興奮している。

河港地域に入った。岸にひしめくのはチヴィタヴェッキアの石炭を積む黒い大船、エルバの鉄を積む船、リヴォルノのパランツェンから大理石を運ぶボート、トッレやアドリア海の漁船、フィウメからの木材や穀物を載せた軽帆船。明かりは見えず、物音もしない。重いまどろみがこの混雑にかぶさっている。大き目の蒸気船と、河の中央に碇泊した曳き舟二艘だけが、舷灯を点して煙をわずかに出している。河向こうのテスタッキオ山のふもとに整然と並ぶ灯りは新型の兵舎のものだ。それからアヴェンティンの新しい修道院の一棟に灯る二、三の窓。ずっと下のほうに畜殺場の大きな建物とガスタンクの暗い薄気味悪い巨体がある。無灯の貨物車の長い列がさらにその下をゆっくりゆっくり、鉄道橋の格子細工を抜けていく。

ポルタ・ポルテーゼの脇は軍営のようだった。穀物や野菜や食肉獣をうずたかく積んだ二輪車が長い列をつくって渋滞している。くたびれた上着を着た入市税係の役人がぼんやりとつっ立ち、ときたまむっつりした顔で干草の山を鉄鉤でつつき回す。事務所ではまばゆいアセチレンランプが燃え、上げ下げ窓の奥で誰かが書き物をしている。

やっとのことで荷車の列から抜けだせた。ロッコはふたたび足を速めた。そのうち郊外に出た。

「しばらく前から彼女だけに仕えてたんです。他の神が近くにいると、機嫌を悪くするのが痛いほどわかりましたから。だから何もかも捨てました。軍隊も辞めました。彼女の偶像をつくることだけを考えて、百回もやってみたんです。なるたけ他の物を排除して、より深く深く彼女のものになるやり方はないかと、そればかり探してました。僕の元の同僚に会ったら――例の少佐は知ってますか――僕のことを聞いてごらんなさい。そうすりゃわかります」……（ここで奴は賢しげに微笑んだ）……「そうすりゃわかります、誰もが僕を狂人と思っているのが。そうに決まってます。でもしかたありません。だって彼女を見てないんですから」

狂人！　僕は不快なものに触ったようにびくっとした。その概念はさっきから頭の裏でちらちらしていた。それはかねてから蔑んでいた概念のひとつだった。狂人――どんな人間にだってその要素はかなりの程度見られると思う。それも角のある偏屈な人たちより、ちょっと見には無害で聡明な人たちにより多く。この概念をある程度厳密に使うなら、僕自身にだってかなりの程度それは感じられる。

僕たちは野原と庭園のあいだを歩いた。道の右手にはかろうじて家がぽつぽつあって、朝の仕事をはじめていた。ときどき平屋の丸屋根が開いて明かりが灯った。しきりに新しい荷車がぎいぎいと音を立てて僕たちとすれ違った。

ここではじめて、もう先に行きたくないと思った。ロッコはますます速足になり、いつも半歩先を歩いている。このまま足を止め、引き返したらどうだろう。

あたり一帯に、薄暗い街道に、庭に、家に、河に、何とも言えないぼんやりとした気味悪さがあった。いま思い出したが、ここは一度通ったことがある。何年か前オスティアから車で来て、道を間違えたときだった。はっきり思い出したが、あのときは地名を聞いたとたん、この地方で直前に起きた大殺人事件が頭に浮かんだ。当時は新聞が一面その記事で埋まっていた。

ロッコは僕のためらいを感づいたらしい。こちらに顔を向けて少し足を止めた。

「歩くのが速すぎたですか」

そして笑った。こいつが笑うのを聞くのははじめてだ。その声は心地よかったとはいえない。自分でもそれを感じたのか、またすぐ、もとのくぐもった小声に戻った。

「もうすぐです……少佐に見てもらえたら！　あるいはコスタに！　あいつらはどちらも、こんなふうなのを考えてはいました。つい最近コスタは僕にこっそり申し出ました。やつらも自分で彼女を探してます。一にして神なる彼女の、不細工で粗末な偶像をつくってます。コスタがこれみよがしに国の作業場をあちこち連れまわして、秘密の貯蔵庫にあった変てこな出来損ないを僕に見せたとき、笑いをこらえきれませんでした。新式の軍用飛行船に使うものなんだそうです。〈彼女〉が国家のお役人の頭にはどんなふうに見えてるかわかって、思わず笑ってしまいました。コスタは口をきわめて新方式の説明をしました。まるでその方式こそが命であるみたいに。木の試作品も見せてくれました。膠《にかわ》でくっつけた試作品です。僕だってはじめは全部木で作ったものです……」

僕の頭の状態はもはや〈眩暈〉などと言えるようなものではなくなった。〈意識譫妄〉さえ生やさしすぎる。この二時間というもの、〈彼女〉をめぐる僕の思考と想像は何千もの破片に撃ち砕かれ、それはまるで水を水素と酸素に分解するとき、気泡が両電極の周りに寄り、水中で絶えず分離しながら浮かび弾けるようなありさまだった。奴の最後の言葉は密集方陣に組んだ僕の百度目の推測を撃破して舞い散らせた。

彼女って誰だろう。生身の女なのか。最初はそんなはっきりしない観念連合が頭に浮かんだ。二人でカフェを出て夜の寒い空気に触れると、たちまちそれは却下された。彫像だろうか。天使橋の前まで来ると、それも怪しくなってきた。機械なのか——木でできた？

僕の貧しい技術的見解はぐらつき、混乱のうちに崩れ、意味をなさないものになった。

「ここです」ロッコは言い、僕を押して小さな門扉をくぐらせた。腕を取られなければそのまま通り過ぎていただろう。扉は道の左手の、さっきからずっとその脇を歩いていた長い塀の途中にあった。習い性となった、自分のいる場所をいつも知っておきたいという少し意固地な態度で、僕は「河岸か」とつぶやいた。そして振りかえって道に目をやろうとした。だがロッコは扉を閉めてしまい、僕の腕をしっかり握って言った。

「転びますよ」

目で見ないうちから、自分らが大きな涼しげな樹のある庭園にいるのが感じられた。草が僕の靴を囲んでさわさわと鳴った。それからだんだんと樹が二列に並んで流れるシルエットが夜空に浮かびあがった。やがて左右の白い幹が深い影から判別できるようになった。こんなに白いのはプラタナスのほかにありえない。とつぜん前方の道に現れ出た静かで明るい鏡のような丸いものを、僕らは迂回して歩いた。僕は目を飛び出させんばかりに緊張し気をつけていたが、そのためなのか道は不自然に長いように思われた。河までの距離を短めに見積もっていたのだろう。空に対岸の灯火を探したが無駄だった。本当ならとうに見えてもおかしくないはずなのに。あるいはこの庭園は、高い壁で河と仕切られているのかもしれない。ロッコは一歩先を歩いていた。僕の腕はもう放している。とつぜんかちかちいう音が微かに聞こえて、ロッコにぶつかりそうになった。見ると奴は大きな扉の鍵穴に屈みこんでいる。目の前に園亭の壁が横長に低くそびえている。上から屋根が張り出している。

鍵を開けるのに少し手間取った。僕は目を血走らせ、心拍を速めながら暗がりを見回した。園亭はじかに河に接しているはずだ。鉄道橋のほうから入れ替え機関車が蒸気を吐き、間を置いて貧弱な汽笛を鳴らす音がはっきり聞こえる。遠く背後でトラステヴェーレの騎兵隊宿舎からの起床喇叭《ラッパ》が聞きわけられた。なぜこんな音を聞くと気持ちが落ちつくのだろう。

大きな門扉の右側に穿《うが》たれた小さな扉がやっと開いた。ロッコが身振りをした。僕は勇気を奮って速足で暗い室内に入った。ロッコも続いた。扉の閉まる音で、よく油のさしてある重く頑丈な発条《ばね》錠を用いているのがわかった。ロッコが壁を探っている。手が漆喰をこする音が聞こえる。電燈のスイッチを探しているらしい。同時に何かしきりにつぶやいている。これがしばらく続いた。

闇のなかで気づいた最初のものは、入口と向かい合った壁にある、青みがかった光の幾筋かだった。だがこれはすぐ閉まりの悪い窓の輪郭とわかった。ずっと左の一筋は床まで達しているようだ。隙間も他のものより幅広くはっきりしている。きっと扉だ。このとき外から渡し守の呼び声が聞こえた。舟を畜殺場から対岸に渡そうというのだ。ほどなくぴちゃぴちゃいう音がすぐ近くからはっきり聞こえた。するとあの扉は直接河に通じているのかもしれない。

微かにぱちぱちと音がした。青みがかった隙間が消えた。灯りが点ったのだ。ずっと上の丸屋根に燃え尽きそうな電球のフィラメントが無愛想に黄色く光っている。いまいる部屋の三方の壁はありふれた飾り気のない作業場の様子をしていた。床に鋸屑があり、二台の作業台が左の壁際に据えられ、その上方には、鑢《やすり》や鋸や万力や定規が掛けてあった。削りたての木材の香が、膠や研磨剤の臭いに混ざってただよっている。僕の背後はアーチ状の大きな扉、正面には思ったとおり二つの窓と扉があった。部屋の四番目の壁には深緑色の緞子《ブロカート》のカーテンが重々しく垂れていた。布地は古ぼけていて、多数の細い帯から構成されていて、あちこちに色あせ擦り切れた跡があったが、その色あいと模様はまさに王侯のような美しさだった。周囲と中央はどっしりした古い金モールで縁どられていた。この骨董的な美々しさと作業場の素っ気なさとの落差は、とつぜん僕を陽気にさせた。何もかもがいわく言いがたく笑止なものに思われてきた。ロッコは気を昂ぶらせて、休みなくあちこち駆け回り、何か抱えてはまた放《ほう》っていた。侮るような気持ちが起きて僕は自信を持った。何が起きても冷静に批判的にやり過ごそうと決めた。そもそもこの茶番は何のためのものなのか。どうしてこいつはこんながらくたをここにひろげているのか。まるで歳の市じゃないか。さあさ皆の衆、入った入った。ちょうど朝の四時だ。前代未聞のものだよ。ははははは。

そのとき不意に気づいて少し驚いたのだが、ロッコはもうあちこち走り回っていなくて、作業台に悠然と腰をかけて、こちらを見ている。間の離れた鹿色の両目がかがやき、ふたたびあの、いつ斃れてもおかしくない表情を見せている。真上にある赤らんだ鈍い光が、あらゆる物と僕たちに影のない非現実的な外観を与えていた。

先ほどまであれほど落ち着きなく捜していたものを見つけたらしい。手にしているのはつやつやした黒いエボナイト製の短く丸い握りだ。それを少しもてあそんでから、大型の配電盤に歩み寄った。そんなのがあったとは今まで気づかなかった。手にした黒い握りは配電盤の切り替えレバーにちょうどはまった。それをゆっくり差し込んだが、配電盤自身をいじることはなかった。そしてふたたび部屋の中央にいる僕に近づいて立ち止まった。僕のさっきの快活な気分はどこかに行ってしまった。奴に目を向ける勇気も出なかった。息をするたびにちくりとする感じがした。あらゆる動作と思考が不自然にのろく、ぜんまいが利かなくなりかけたオルゴール時計のメロディーのように感じられた。時間のなくなった非現実的な感じがどんどん増していった。一分一分がゆるゆる止まっていくようだ。時間さえ呪縛するくすんで赤らんだ光は、暗室での不快な薄明の生活の記憶を僕にだんだんはっきり思い出させた。あるいは心霊術師らの降霊会での乏しい曖昧な照明を。

「来てください」ひどく小さな声で奴は言い、真剣で切なげな顔つきを見せた。「でも心にとめておいてください」――底の知れない微笑がその顔にちらついた――「心にとめておいてください。究極の美は命取りだと……」少しのあいだ奴の微笑はしかめ面に似た強張った笑いに変わった。だがすぐに、元からそんなものはなかったように消えた。

「よろしいですか」奴は優しい声でそっと言った。僕はうなづかざるをえなかった。同時に何か言ったかもしれない。奴はおごそかに深緑色の緞子のカーテンに歩み寄った。

「どうぞこちらへ、お客さま、用意はできております……」奴はカーテンの中央を少し左右に分けた。そのとき気づいたのだが、カーテンは今まで思っていたようにだらりと垂れていたのではなく、下でぴんと張られていた。生温かい汗のようなものが体を伝った。僕はすばやく自分を見てから、意識的に嘲りの表情をつくってもう一度、暗い薄明かりのもとで作業場を見まわした。それから僕を待って立っている奴に、底意のある善人面で微笑みかけた。そこで奴の傍らをすり抜け、幅広く重なり合っているカーテンの縁をかきわけた。

目に入ったものをすぐには理解できなかった。

＊　＊　＊

カーテンの向こうの空間は予想したよりかなり広かった。天井は半円筒形になっていて、作業場として区分けされた部分のゆうに四倍ほども続いていた。天井だけが明るく見えた。壁は背後のカーテン越しに落ちてくる弱い光のなかで、はじめは黒く見えた。だがやがて暗緑色の緞子張りなのがわかった。カーテンと同じ布地だ。床には無地の明るい色の筵《むしろ》が敷かれていた。中央には絨毯が縦列をなし、奥に向けて延べてあった。半分くらい行ったところに平らな壇のようなものがあって、二段の階段で上れるようになっている。没薬と乳香と上質のニスのような匂いが微かに漂っている。

「来てください」奴は小さな声で言った。目が輝いている。

僕たちは階段に向って進んだ。そのときようやく壇の上に三、四メートルくらいの高さの、細長く直立する物体があるのに気づいた。全体が黒い布に包まれている。ふたたび僕の頭を彫像のイメージがよぎった。台座があるのではないかと下に目をやると、それは床に立っているのではなく、宙に浮いていた。そのとき気づいたが、幕のなかの物体は、両端にかけてゆるやかに二度曲がっている。いってみればひどく間延びのした節記号〔§〕の形だ。ロッコは目を輝かせて布を解きはじめ、いっぽう僕は裏側に目をやった。鋼鉄の細い支柱が二本、胸の高さまで垂直に立ち、その上に乗った水平なシャフトが、物体の中央のところで布の中に消えていた。シャフトの反対側の端に黒くつやつやした金属の丸い物体があって、二本目の支柱と繋がっているようだ。ケーブルがそこから床に垂れている。電動モーターだろうか。

そのとき僕はぎくりとして気づいた。布に覆われた大きな物体が音もなく姿勢を変えていた。それは今、軸のまわりを回って水平に空中に架かっている。ロッコはその片側の布をすでにはねのけていた。ゆるやかに湾曲して黒褐色につやつや光る表面があらわになった。

そのとき僕は理解した。

〈彼女〉はあの圧倒的な美、合目的性と完璧さの究極の形である美をそなえている。力強い、丸くふくよかな中央部から、軽く曲がった羽根が二枚、同時に平たく広がって流れ、端は穏やかで幅広な丸みを持っている。魂を宿すこの物体の中央には、滑らかで丸い青みを帯びた鋼の円板がハブとして嵌めこまれ、そこから弱々しい光が同心円状の輪を描いて反射していた。

かすかに思い出したが、これと似たプロペラの話をどこかで聞いたことがある。それは間違いない。それにしても、ほとんど一個の人間のように孤立して完成したこの抗いがたい表現はどこから来るのだろう。この鈍く輝く曲線と捩れと尖りからなる、形のない謎めいた線から密かに作られた、獣と数が不思議に変容し混淆した物体は、未知の神秘的な覚醒を促しているかに見える。

熱に浮かされたような渇望と焦燥との虜になって、僕は覆いを外しているロッコに無意識に手を貸そうとした。だが外翼の優しいふくらみと中央の急に丸まったところを掌でひそかに撫で回したいという誘惑はさらに強く、僕の両手は愛撫特有の快感を味わいながら、滑らかでつやつやした表面を何度も滑った。

「危ない！」すぐそばでロッコの声がした。奴はちょうどプロペラのもう一方の先の覆いを解いていた。

「気をつけて！」

僕は思わず手をひっこめた。同時に右の掌のふくらみが軽く焦げる感じがして、温かいものが指を伝って流れた。長いきれいな切り傷が親指の付け根を斜めに走っていた。何が起きたかよくわからず、うろたえて左手で右のズボンのポケットを探ろうとした。そこに新しいハンカチがあると思ったのだ。

「止しなさい」ロッコがさっと進み出て、すでに摑んでいた僕の手の傷を強くマッサージし、同時に僕の手を遠くに離し、流れあふれる血が床に滴るようにした。

「本当に申し訳ありません……」奴は気持ちのこもらない声で言い、そのていねいな口調は、血の太く暗い滴りを追う目の熱っぽさと奇妙な矛盾をなしていた。血がこれほど黒く粘ついて見えるのははじめてだ。やがて胸ポケットに絹のハンカチを見つけたので、無言でそれを左手で奴に渡した。奴はなお少しのあいだ、口の端を縮め目を据えて血の滴りを眺めていたが、顔つきを変えてハンカチを受け取り、すばやくしっかりと僕の手首に巻きつけ、結び目をつくった。

「美の危険について言いませんでしたっけ」

奴は何を考えているかわからない笑みを浮かべて、あいかわらず注意深く応急の包帯を見ている。その目がとつぜんまた、さきほど気づいたのと同じ凝視の表情になった。小さくぼんやりした黒い血の染みが白い布に滲み、たちまち吸い取り紙のインクの跡のようになった。

「『命取り』という言葉さえ使いませんでしたっけ」

いわく言いがたい反感と胸苦しさが僕を襲った。

「どうも」僕は短くそう言って、奴がまだ両手で高く掲げている手をひっこめ、布の上にさらに新しい布を、奴の手を借りずに巻きつけ、歯を使って不器用に結び、平静さを見せつけるようにその手を上着のポケットにつっこんだ。

僕の気持ちは感づかれただろうか。

二人ともしばらく無言で並んで立っていた。また時間が麻痺したようになった。血が耳の中で鳴った。やがて僕たちは申し合わせたように同時にプロペラに近寄った。今気づいたが、縁に沿って白い金属が走っている。

ロッコは僕の視線を追った。「気になりますか——実を言うと、全部木で作ったこともあるんです。でも縁がひどく毀れやすくて……」

いまは奴も自分でつややかな曲線を手で追っているが、その顔はおそろしく好色そうだった。

「そのうち判ったんですが、回転数が高くなると、麦藁とか鋸屑とかモルタルの欠片《かけら》とか、そんな細々したものが気流の渦に巻き込まれて縁を傷つけるんです。今は周りに鋼のレールを付けてます。ほらここです。剃刀の刃を扱うときのように、平たいところしか撫でてはいけません……」

奴の表情はますます気にくわないものになった。ついぞお目にかからなかった何かが顔に表れている。無理に抑えた残忍な熱気、いつでも跳びかかれる猛獣の姿勢。だがもう僕は木と鋼の湾曲の形にすっかり捉えられていた。奴は回転数がどうとか言っていた。すると彼女は回るのか。これが空気をかきわけたら、どんなふうに見えるだろう……

　奴が軽く腕に触れた。

「わかりませんか。これは現代の神性を表現する一つの形なんです。こんなふうに休んでると、動いてるときよりわかりにくいかもしれませんが……」

「ときどき走らせるのですか」僕はおずおずと聞いた。

「始終です。彼女の完全な神性は、動いてようやく始まるんです。運動によって彼女が神を召喚するのか、それとも彼女に元からある神が顕れるのか、どちらかはわかりません。ともかく休んでればただの物体なんで、あなただってその限界を目や手で測ることができます。彼女の構成物のうち軽いもの、すなわち空気だって、数理的に具象化すればしょせんは物質にすぎません。でもいったん動きだすと、たちまち実体のない、アストラルみたいな、神的なものになります。回転しているときの彼女は、空間でみずからを刻む無数の力線からなる架空の像、つまりせいぜいが純粋数学的な曲線にすぎないのですから……」

　正直に言うと、こいつの弁舌についていくのはむずかしかった。でも言いたいことは感じとれる気がした。そんなものかもしれないという気もした。こいつが今話している変化の奇跡を目の当たりにしたい気持ちは刻一刻と大きくなり、しまいには途方もないものに、どんな情熱より強いものになった。このときようやくはじめて奴を正面から見た。だが僕からは何も言わなかった。

　奴は理解した。ひとつうなづいた。ふたたび軽く僕の腕にふれた。

「ちょっといいですか……」

　そして顎で作業場を指すと、ゆっくりとカーテンのほうに歩いていった。奴が前に浮かべた表情を不意に思い出して、われ知らず不安を感じながらも、僕も何歩か後に続いた。奴はカーテンの手前でさっと振り向いた。

「いいですか、僕はいつもここに立つんです、朝晩の犠牲を捧げるときはいつも……ここより近くに寄ることはお勧めしません。たいそうな旋風《つむじかぜ》が起きますから。そうしたら……（ここで奴はまた意地悪げな得体の知れぬ笑みを浮かべた）……ほらもう僕らは究極の美、命取りの美について話してるんですよ」

奴はカーテンの隙間を抜けて姿を消した。作業場の壁にある配電盤まで行って電源を入れるのだなとわかった。僕は暗いつややかな水平の物体に目を据えた。この距離からだと、ぼんやり光る灯りでかろうじてそれとわかる。後ろで発条《ばね》の弾けるような微かな音がした。スイッチレバーが捻られたのだ。前方からぶんぶんからからという微かな音が単調に響いてきた、褐色の磨かれた木でできた湾曲した大きな水平の物体は姿を消した。かろうじて中心だけは小さい黒い斑《まだら》となって見える。だが周囲はあいまいにぼやけ、黒い中心から霧のような環ができたり溶けたりしている。それ以外は何もかも透明にきらめいて、同心円状に放射される光の中で渦を巻いている。あらゆるものが奥に細長いこの部屋で生を宿しだした。壁の布が、微かに膨らみ出っ張ってきた。天井の大きな蜘蛛の巣が震えて揺れ、あちこちにぶつかった。筵の上の雑多な小さなもの、いままで目にとまらなかった藁くずや綿くずや削りくずが一斉にじりじりと、跳ねながら空気の渦の中心点に向って進んだ。服と髪が気流に吸われるのが感じられた。ふりかえってロッコのいるほうを見ると、カーテンもこちらに向けて膨らんでいた。

僕はもっと凄まじいものを、驚くほど巨大なカタストロフ的効果を期待していたのかもしれない。でもこの潑剌とした謎の物体、研ぎ澄まされた剣のように空中を旋回する目に見えぬこの命取りの物体には、妙にこちらの気を惹く妖しいものがあった。

ぶんぶんからからという音はなおも単調に穏やかに、僕の気持ちを落ち着かせるように続いた。もっとよく見ようとわれ知らず何歩か前に出た。そのとき背後の、配電盤のあたりでふたたびレバーを動かす音がした。間を置かずまた同じ音がした。わけがわからず僕は一瞬足を止めた。ぶんぶんからからという音は膨れあがって猛々しい、高い、歌うような響きになった。さらに次の瞬間、新たな気流が滝のような実体をともなって否応なく僕を包み、前方へ、透明に回る鋭く研がれた剣のほうへ引きずっていった。はじめはあまりに驚いて抵抗さえできなかった。だがまぎれもない危険を意識すると、全力で踏みとどまり、体全体を後ろに傾けた、そして摑まれるところはないかと必死に探した。筵と絨毯のほかは何もない。何もかもつるつるして平ぺったい。頭をぼうっとさせる咆哮が、亡霊の大群のように部屋に満ちた。ここからは見えない窓がどこかで恐ろしい音をたてて閉まった。窓ガラスのぴりぴりいう音がそれに続いた。

プロペラの渦を透かして、不意に青い火花が散っているのに気づいた。どうやらモーターのブラシの接触が良くないらしく、そのためロッコは出力を最大にしたのだ。雷の強い臭いがあたりにたちこめた。僕はよろめきながらも嵐に吹かれる柳のように逆らった。柔らかい絨毯の上では足の支えはどこにもなかった。一歩また一歩と渦に引きずられた。後ろに逃れようとじたばた激しくもがくうち、バランスを失って足を滑らせ、また立ち上がろうと前向きに膝をついた。するとたちまち、最初は驚いたけれど、ずっとしっかり体を支えられるようになった。すくなくとも少しのあいだは気流に対抗できた。僕の頭はようやく働きだした。風に当たる面をできるだけ小さくし、床との接触面をできるだけ大きくすればいい。そこでさらに身をかがめた。

すぐ気がついたのだが、僕は膝をつき、両手をずいと前に突き出して、床にひれ付している。頭をぐっと後ろにそらせて――バタク＝マライ人の礼拝姿勢じゃないか！

そのとき背後から嘲り笑う声が短く聞こえた気がした。ロッコだけが出せる声だ。

痺れるような、心に毒を盛られたような感じが襲ってきた。神経がはじめて用をなさなくなった。偶然にとった防御姿勢は痙攣しつつもまだ保っていたが、とつぜん絨毯が僕を乗せてまるごとゆっくり前に動いている気がしだした。

これに気がついた瞬間、僕は目を閉じたと思う。疲労と断念が悪寒となって全身の皮膚を上へ下へ走った。背後のカーテンになんとか目を走らせ、どのくらい前にひきずり出されたかを見積もろうとした。カーテンは膨らみ、気球にガスを送り込んだときに絹布がたてるような音でざわめいている。だがそれとともに別のことに気がついた。この部屋の左壁は僕の位置見当だと河に面しているはずだが、その壁近くの床にある何枚かの丸めた紙切れは、ほとんど動かず、たまにかさかさとあちこち転がるだけだ。つまりここから五歩ほども離れてない左の壁には、ほとんど風が来ていない。すると吸引する漏斗の中心から外に出さえすればいいのか。僕の頭は熱に浮かされたように働いた。どうしていきなり思い出したかはわからないが、吸引する空気は円錐形をなして吸引の中心点へ流れ込むのではなかったっけ……。

僕の髪は暴風で前に煽られ、目を鞭のように打った。服が裂けんばかりに膨らんだ。絨毯がゆっくりゆっくり前に動いている。

気力を出せるまではかなり時間がかかった。どう逃げる算段をしたところで、まずは姿勢を変えねばならないが、それが簡単な話ではない。えいやとすばやく仰向けに身を投げて、それから足をプロペラに向けたまま、自分の体を軸にして、安全な壁のところまで左に転がって行けばどうだろう。

それから起こったことは、数秒のできごとだったかもしれない。だが僕には永遠の時間とも思えた。

絨毯の動きがまたもや少し強くなって、それが僕に一か八かの勇気を与えた。力のかぎりをこめて後ろ向きに床に平たく身を投げて、力を振り絞って左にごろごろ転がった。一回り……二回り……そのうち数えるのをあきらめた。とても一定の方向を保つなんて無理だ。とつぜん頭にひどい打撃をくらって、失神しそうになった。こんな場合によくあることだが、逆上のあまりに馬鹿臭い考えがさっと閃いた。方向を誤って刃の下に来てしまったか！　だが何も続いて起こらないし、頭痛もおさまってきた。そこであたりを手探りすると、壁に頭をぶつけたのだった。

プロペラはなおもハミングして歌っている。青い火花はますます激しく散り爆ぜだした。大きなカーテンはいまにも引きちぎられそうに膨らみ、秒速十四メートルの風を受けた競走用大型ヨットのスピネーカー〔半球形の帆〕みたいだ。安全圏に移ろう、逃れよう、脱出しようという闇雲な衝動が僕をとらえた。同時にロッコへの愚かしい恐怖にも襲われた。間がひどく離れたあの輝く両目が怖い。得体の知れない意地悪げな笑みを浴びせられるのが怖い。奴が配電盤の前に立って、時計の秒針を追う姿を僕は心の目で見た。河へ開く小さな扉が頭に浮かんだ。目の前にある壁に沿って走り、カーテンを裂いて、扉をこじあけさえすればいい。外にはきっと、艀《はしけ》用の水路がある。いまいるここは、水面からさほど高くないはずだ。ロッコは必ずや別の扉を見張っていようから、すばやく行動すれば邪魔はできまい。僕は跳ね起きて走った……

壁沿いにカーテンに向って走った。なんとか気流の力に対抗できるようになると、足を速め、カーテンの長い切れを一気に壁から裂き剝がした。作業場の乏しい光に目を眩まされながら五歩で扉までたどり着き、全身の力を籠めて扉に体をぶつけた。板が震え、錠と上部の蝶番《ちょうつがい》が最初の襲撃に負け、扉は外に向って斜めに傾いだ。僕は容赦なく突き進み、一秒の何分の一かのあいだ、外では日が照り、下に何メートルかの空間があるのを見た……

＊　＊　＊

長く苦しく落ち着かない失神状態を経て、ふたたびわれにかえると、こちらからは見えない誰かが、後ろで僕の肩を支えていた。前にひざまづいているのは医者で、骨折した踝《くるぶし》に応急包帯がもうすぐ巻き終わると教えてくれた。軽い揺れのおかげで、自分が渡し舟の上にいるのに気づいた。起き上がろうとしたが、後ろにいる男は僕よりも力が強く、おまけにひどく無愛想だった。

最初によみがえった記憶は、僕を打ちのめした。自分の無意味な醜態があまりに恥ずかしく、感情が激して叫びだしそうになった。しかし後ろにいる屈強な救助人のことを考えて、なんとか自分を抑えた。まず意識に浮かんだのは、恐怖で夢中になって扉に突進したとき、ロッコが作業場にいなかったことだ。間違いない。はっきり覚えている。ロッコはおらず、作業場はもぬけの空だった。

もう痛みがぶりかえしてきた。負傷した足から痛みは妙に旋回したり伸びたりしながら体を上っていき、僕はあらためて意識を失いながら、自分の意味のない臆病と馬鹿げた昂揚はいくぶん高価なもの――踝の複雑骨折――についたと苦々しく悟っていた。

＊　＊　＊

パリ、三月三日、夜　ポルタ・ポルテーゼ前でのあの冒険は、いまだにわれながら信じがたい。右足をこんなみっともなく引きずってなければ、何もかも夢かと疑ったことだろう。全治する日ははたして来るのか。右手親指の付け根にも薄く白い傷跡がある。きのう訪ねた黒人の占い女は、この傷に目をとめて、できれば忘れたいことを言った。白い鋭い歯を持つ褐色のマライ娘のことも言っていた……いったい何のことだろう。

だが何かがあるに違いない。そうでなければ、生来の異常な詮索癖が頭をもたげ急にプロペラが気になりだしたということを、どう理解すればいいのだ。僕のつもりでは気晴らしにパリに来たはずだった。だが実際は朝から晩まで彼女を探している。ここ何日かのうち百くらいのものを見た。しかし彼女みたいなのはいない。それからここ最近の夜の心を騒がせる幻想……

水曜日　信じてもらえないどころじゃない——僕の話は冗談の種にまで落ちぶれた。人に話さなければよかった。しかしもし悪魔の偶然がいたずらをしているのなら……

カフェ・ドラペでコスタに出くわした。ちょうど朝食の卵を割って新聞をひろげたときだ。奴はリヨン駅からそのままやってきて、睫毛のあたりにまだ煤の跡がくっきり残っていた。奴が言うにはライト兄弟の新しい装置を、政府に代わって引き取るために来たんだそうだ。僕は質問を抑えられなかった。ライト兄弟の装置にも木のプロペラはあるのかと。奴は僕が当世のものにとつぜん興味を示したことをからかった（奴とはたいていメルシュチェンスキ侯爵夫人の考古学的・芸術史的・文学的な茶会で顔をあわせていたから）。からかいの言葉には我慢がならない。だから自分を正当化し奴を降参させるため、例の一件を話してやった。

「そいつはちょっと、あのかわいそうなロッコにひどすぎやしませんか」奴はそう言った。

「頭がおかしいには違いないけれど、人に危害を加えるタイプではありません。それに天才なんです。ここだけの話ですけど、天才なんですよ……」

どうやら僕の話がくどすぎるとも思っているらしい。しきりに足をじれったそうに揺すっている。新しい飛行機を試してみたくてたまらないのだ。朝食にコニャックを急いで二杯飲むと、タクシーでイッシーに駆けつけた。僕は少し恥ずかしくなってあとに残った。人に危害は加えない……そしてべつだん合理的な理由もないのに、左の踵のことを考えざるをえなかった。完全に元通りにはおそらくなるまい。

午後はアスニエールの小さな模型製作店を訪れるつもりだ。一番美しい木製プロペラを作ってくれと言ってやろう。

コスタ少尉は悪い奴じゃないが、人をからかう癖がある。奴とは五時にルンプルマイヤーの茶会で会う約束をした。

あの小ぎれいな場所は人で溢れかえっていて、ふだんは敬遠していたが、今晩は行くことになるだろう。ともかくも例のことについて話せる相手のいるのはありがたい……

夜。あんのじょう奴は遅刻した。なにもかもお開きになって、小さな丸テーブルからテーブルクロスが剝がされる頃になって姿を見せた。控えめで神経質な足取りで奥のほうにやって来る。折りたたんだ新聞を手にして、歩きながらそれで腿を叩いている。トリブーナ〔イタリアの日刊紙〕だ。その新聞をいきなり広げると、三面の長い記事を僕に突きつけた。そして顔をそむけ、マフィンを注文し、さりげなく口笛で二つ三つ微かな音を吹いた。

「ポルタ・ポルテーゼ前の惨劇。事故か自殺か？」何だろう、この言いようもなくがさつで、頭のおかしくなりそうな調子の記事は。

「かわいそうなロッコ……」コスタはそう言って、隣のテーブルにいる杏色のスカーフの女に目を据えた。

恐ろしい詳報だった。奴の頭蓋は耳から耳へすっぽり割られ、頭全体が上から一刀両断されたようになって――発見されたときは跪いた姿勢で、両手を遠く前に伸ばし、掌を床にぺたりと付けていたという。

木曜日　彼女は毎夜違う姿で現れる。

前夜はすらりとしてか弱く、ゴーギャンの描くタヒチ女のように褐色だった。でも僕は知っている。本当はマライ娘なのだ。バタク＝マライ人の娘だ。笑みを浮かべ、両手を大きくひろげてこっちに来る。歯はすぐ近くで見ると鋭く、研がれた鋼でできている……

（後ほど）いんちき野郎、睡眠剤があるなんて言いやがって。ヴェロナールを四倍量飲んだのに、七十二時間前から寝ていない。いつもただようあの濃い香水、乳香とニスの匂いはどこから来るのか――ロッコは言ってたっけ。神性を愛するとか何とか……もう思い出せない。

タヴェルン・ロワイヤルでコスタと朝飯を食った。このホテルにはどうしてトリブーナが置いてないのか。

（午後）こんどは僕がトリブーナを買ってきてコスタに突きつけてやった。「……悲惨な事故死を遂げた元海軍将校アンドレア・ロッコの相続権をロッコ男爵一族が引継拒否したため、ポルタ・ポルテーゼ前の小地所、ならびに電気装置その他の機械からなる多少の遺品は一切合財、目録作成のうえ競売に付せられることになった。故人の事業は周知のように……」

コスタはさほど動揺しなかった。こう言っただけだ。「かわいそうなロッコ！　競売の経費もろくにまかなえまい……」そして二人の男に挟まれて階段のほうに行く藤色の服の女に目をやった。

家に戻るとすぐ乗車券の手配をして、眠れないのは承知で寝台車の予約をした。

パリ・ローマ急行。月曜早朝　この小さな駅はパロだ。結局寝てしまった。あとちょうど四十八路線キロメートル。朝は冷える。やがて彼女に会う。彼女は僕のものになる。神よ慈悲を垂れたまえ。

迷路の庭

ラインハルト・レタウ

Reinhard Lettau : Der Irrgarten（一九五九）

ラインハルト・レタウ（一九二九―一九九六）は、のちに警察署長となった父の長男として、ドイツのエルフルトに生まれました。五七年にハーヴァード大学のティーチング・アシスタントとなりアメリカ国籍を取得。そのまま米国で教職を続け、六〇年に論文「ユートピアと小説　二十世紀ドイツユートピア小説の形式の研究」で博士号を取得しました。

六二年にこの「迷路の庭」や前川道介編『独逸怪奇小説集成』（国書刊行会）に収録された「新時刻表」を含む短篇集『家を建てる難しさ』を出版し、一躍注目されるようになりました。その後六五年にベルリンに移住。以後はドイツとアメリカを往還し、六七年にはカリフォルニア大学サンディエゴ校の終身在職権付き教授に就任しました。

小説執筆は余技といってよく、生涯に薄い本を六冊残しただけでした。逝去二年後に単行本未収録作をも含めた全小説集が刊行されましたが、それすらも四百ページ足らずの中に収まってしまう程度の分量でした。

しかしその作品は他にない独特の味わいを持っています。いわば機械仕掛けで自動運動をするような恐るべき迷宮が短い分量のなかに凝縮されているのです。

「側廊の増築は終わった。いくぶん広くなった領地をうまく使って作った庭には花がちょうど咲いたところだ」そうムッゲンシュトゥルム〔ハイデルベルクとストラスブールの中間あたりにある都市〕の郡長エデュアルトは数か月前から南方に滞在している妻に宛てて書いた。

「戦争が終わって一年目の年の悲惨と苦難も今は克服できた。長い間接収されていた屋敷も、ふたたびあらゆる隅々まで自分たちだけで住めるようになって、家の内外の傷んだところも修理を済ませてある。おろしたての仕着せを来た召使もしかるべき人数を誂えられる。こんな風向きの変化は、ドロテア、お前もよく知っているように、実は変化などではない。いったん少し崩れた以前の特権を取り戻しただけだ――以前から当然にしてわたしのものだった豊かさはとうに取り戻されて、それはお前が当地の気候に憔悴《やつ》れて医者の勧めで転地をした二月に比べると目に見えて明らかになっている。庭もオランダ生まれの専門家ウォルターベークに世話を任せた」さらにエデュアルトは心のこもった文句を二言三言連ね、妻のすぐ帰ることを――もちろん遠回しに――願いつつ、というのもドロテアは無理強いされるのを嫌がるから――手紙を締めくくったが、そこにはもちろん郡長が夫人を驚かせようとして作らせた迷路のことは触れられていなかった。

エデュアルトの周囲では、このささやかな秘密を奥方の帰還よりも前に外に漏らしてはいけないという合意が前からなされていた。とはいえ、郡長が迷路の造園によって、古くから夫妻ではぐくんだ夢を実現しようと願ったことはよく知られていた。沈黙への努力は庭園の敷設にさえ及び、たまたま訪れた親戚や親しい友は大規模な敷設工事の目的については話をうやむやにされた。ウォルターベークは、最初のプランを提出する前から、迷路とは芸術と自然とが兄弟のように合体したものだと主張していた。形式からいえばバロックで、この形式の本質は自然を極めたところにあり、自然の無目的な縺《もつ》れと錯綜を新たに創造し、かくしてその本来の威厳を取り戻させるところにある、ということだった。

しかし同時にこのオランダ人は、厳密なバロック様式からの逸脱もあえて自らに禁じなかった。それは迷路それ自体のためというよりは周囲の風景とに全体としての調和を保つためだった。造園家は迷路をそれ自体として、いわば外のなんらかの風景とのあいだに境のある「人の出入りする遊び場」として造園するのを望まず、迷路がすでにある風景に無理なく溶け合うように、とりわけその入口と出口については、後者を母屋の玄関の階段のすぐ近くに組み入れることを望んだ。設計図を見るかぎりでは、迷路の庭への入口は、郡長の領地全体へ入る大門を通り抜けてすぐ、すなわち外から領主館へ向かう途上にあるのが望ましいとされているらしい。すなわちアスファルトの広い道はしばらくは迷路への道にもなっている。ここで一言言っておきたいのだが、この迷路は厳密には迷宮とはいえない。なぜならウォルターベークの設計によれば、どこから迷路がはじまるかが明瞭に定まっていてはならないからだ。作業が完了する寸前に計画について質問しても、話はいっこうとりとめがなく、会話中にもこの点は何度となく蒸し返された。いっぽうエデュアルトは造園に雇われた労働者がたえず変わるのにやや気分を害していた――おかげで始終新しい者を雇わねばならないが、それでも長く居ついたためしがなかった。ある日とつぜん来なくなることもあれば、家族にも行方がわからなくなることもあった。まるで外人部隊にでも加入したようだった。――エデュアルトの感じでは迷路は車道のアスファルト舗装のところから始まっているように思えた。以前は快適だった車道がその箇所でだんだんと狭く不規則になり、それに対して生垣はだんだん高く均等になり、ウォルターベーク自身はどういうわけか迷路の起点を郡長の領地に入る門のすぐそばに移した。そればかりか、話の折にふれて、造園家は、エデュアルトの疑いのまなざしにさほど怯《ひる》むことなく、迷路を注文主の領地のはるか手前から開始させ、バーデンとアレマンのあいだに広がる地を迷路のいわば前庭にしたいと意向を漏らした。

迷路がウォルターベークが言及した箇所から本当に始まった可能性も、まったくないわけではなかった。それはある朝、タイトゲという名前の信望厚い近隣の郡長が、かねてより日時を指定されていたエデュアルト邸への公式訪問に出かけたまま、ついに戻ってこなかった事実によって示された。エデュアルトはムッゲンシュトゥルムにあった前任者の官舎を他の用途に使わせて国に感謝され、政務は自分の館で行なっていたのだが、晩の七時ごろ、以前の事務所の方角からこちらに向かって来る自動車の音を聞いたように思った。タイトゲを歓迎にいこうと勇んで立ち上がったちょうどそのとき、車の音はふたたび遠ざかっていった。翌日の朝来た妻の手紙には、その日に帰ることに決めたと書いてあった。だがそれさえも、政治的な理由から訪問を待ち望んでいた隣人の郡長が来なかったために損なわれた気分を晴らすことはできなかった。

心が慰められる夫人の帰還を迎える気分を引き立たせようと散歩をしているうちに、エデュアルトは妻に敬意を表する意味をもこめて造園した迷路にだんだん深く入り込んでいった。ところにより道幅がさまざまな静かな道は、何度となく空地へと開けた。すると散策者は歩みを止め、あちこち周囲を見回すが、結局は立ち去らねばならない。どこにも通じていないからだ――その規則正しく涼しげな眺め、その閉ざされた雰囲気は、エデュアルトの気分をたちまち晴れやかにした。長くさまよった果てに自分の家が頭上に、透き見さえを拒む生垣のすぐそばに現れて驚いたこともあった。だがある広めの小道の縁《へり》でタイトゲに出くわしたときは顔から血が引いた。車を夜遅くまで走らせたためにガソリンが切れ、タイトゲは随行員とともに徒歩で旅を続けていたのだった。腹を空かせたこの男は、ここがどれだけ目的地に近いかを聞いてふたたび潑剌となり、エデュアルトに向かって、この悪ふざけは中々のものだが、特に最後に救出されるところはまことに賞讃に値すると言った。軽口を叩きながら彼らは道を進み、そのあいだエデュアルトは確かな目で偽りの道を避け、その歩みは一度もためらうことはなかった。快活な足取りで歩む彼らの行く手を、ふいに生垣の壁が正面を塞ぎ、退却をうながした。タイトゲはなお冗談まじりに、人さし指をかかげてエデュアルトに迫った。「厨房だ。厨房に連れていってくれ」エデュアルトがなおも果敢に大またで進み、一行を何度も高い生垣の壁の前に突き当たらせ、あげくのはてはタイトゲの随行員の意見を要れて歩みを緩めることになった。というのも、後ずさりして袋小路から出させてくださいと最後尾のものたちは乞わざるをえなかったからだ。そうしないとエデュアルトが先頭に立って一行を率いる形にならない。ここに及んでタイトゲの口調からもいたずらっぽい陽気さが失せていった。この退却にはどこかダンスめいたものがあった――紳士たちは互いの腰につかまり——間の抜けた格好の参加者のあいだにくすくす笑いやおおらかな笑いを誘った。行進はポロネーズのように、爆笑を交えつつ、あちらこちらで袋小路にぶつかっては後ずさりして脱出した。こうした逆向きの退却の演習が推奨されるべきであったことは、あいかわらず先頭を歩いていたエデュアルトが、結局は袋小路だった急な曲がり角の向こうに、造園のとき取り残されたに違いない何人かの庭師にふいに出くわしたとき判明した。エデュアルトのすぐ後ろを歩いていたタイトゲにこの発見を隠すことはできなかった。タイトゲは嘆かわしげにうなづき、いっぽう庭師たちは急いで後方へに退いた。それがまた背後の随行員の笑いを誘った。やがて芝生の上にオットーの遺骸が見つかった。何週間か前、状況から考えて都会に逃げたとばかり思っていたお気に入りの召使だった。

タイトゲの随行員たちはくすくす笑いを喉に詰まらせていた。新しい迷路が広場のように広がっているのに気を引かれて、彼らは一足先にそこまでやってきたのだった。少しばかり相談したあと、行列はいつも通りの形で進むことにしたが、その場から去らないうちに、別の方角から笑い声が起こった。ウォルターベークが華奢な女性を脇に立たせて、遠くの別荘風の家のバルコニーにいる姿が見えた。オットーに気をとられて一行はそれまで見過ごしていたが、あらたな笑い声のおかげでその存在が目にとまった。

「わたしは」とオランダ人が呼びかけた。その隣に立つ女性が優しくこちらに顔を向けたとき、彼にはそれが自分の妻だとわかった。「迷路をかなりの規模で広げるよう、指示を出しました。迷路はいくつもの直角を重ねながらわが領地のはるか先まで広がることでしょう。あらゆる葉叢の袋小路を歩み出たあかつきには、出口にたどり着けると思っておられるでしょう。でも実は、この迷路の庭はあらゆる方向に広がり、人の手で設計された風景になるのです。造園という回り道をへて、自然はふたたびその自足性を、その麗しい威厳を回復するのです。しかし迷路にはあなたのお客さんがたもいます。その人たちが道を曲がった拍子に村とか飲み屋とかが目に入ることはありましょうが、それでもけして迷路からは逃れられません」

これを聞いた一行は驚いて言葉を失った。「行くぞ、行くぞ」しかし隣の郡長タイトゲはそう呼びかけた。「飲み屋を目ざして行くぞ」彼らは踊るような足取りで歩を進め、その一番後ろをエデュアルトもついていった。

蘇生株式会社

ヴァルター・ラーテナウ

Walter Rathenau: Die Resurrection Co.（一八九八）

ヴァルター・ラーテナウ（一八六七―一九二二）は、ドイツ現代史に興味を持つ者ならば誰でも知っているくらいに有名な政治家です。ベルリンに生まれ、父の跡を継いで電機メーカーＡＥＧの社長となった後、第一次大戦中は陸軍省戦時原料局長として経済統制を指揮しました。戦後はドイツ民主党の創設にかかわる一方、講和条約の専門委員として戦勝国と交渉を行なっています。二二年には外相に就任し、共産主義国家と化した新生ロシアと条約を結んだため、右翼らの憎悪の的となり同年六月に暗殺されました。

本書に後ほど登場するフランツ・ブライはラーテナウについてこう書いています。「ミュンヒェンでは、その当時、国家警察がラーテナウに護衛をつけようとした。［…］だが、ラーテナウは二人の武装した護衛兵をことわった。そして、こういった。／『ちかごろの殺し屋はなさけ知らずだ。殉教死のたのしみさえ許してくれない』／ラーテナウは敵対者ばかりいて、反対者が一切いないのに倦んでいたのだ。［…］あるいは彼は、ばらばらな自分の個性を綜合するものとして、背後からの銃弾を待ちうけていたのかもしれない」（池内紀訳）

また著述家としても『時代批判』（一二）、『新しい国家』（一九）など多数の著作を残しています。現在刊行中の新しい全集は、あと一巻で完結する予定です。本篇は旧全集の第四巻から採ったもので若書きの戯作ですが、ウィットに富んでいて彼の闊達な精神をうかがわせます。

ダコタ州ネクロポリスの埋葬設備は合衆国でも最上のものだ。狭軌電気鉄道が時速三十五キロメートルで遺骸を教会墓地へ運び、浚渫機（米国特許第398748号）が列葬者の目前で四分で墓を掘り、柩は回転クレーンで線路から吊り上げられ、機械がきわめて正確に四角形の墓丘を均す。弔辞をフォノグラフに朗読させることは禁じられているが、その代わりに埋葬地に近接して自動機械広間があり、二十セント硬貨を入れると英語圏でもっとも有名な説教者による慰めの言葉が聞ける。柩を機械で製作する工場は、墓石研磨工場に隣りあっている。彼らの標準製品はもっとも気難しい顧客をも満足させるものだ。

この企業の創立者はエリフ・ハンニバル・I・T・グレイヴメイカーである。彼が一八九四年五月十七日に埋葬されたとき、埋葬技術の新記録が達成された。すなわち十二時ちょうどに葬列は進みだし、十二時十分に埋葬がはじまり、その七分後に帰還した遺族は、十二時二十五分に四十五番街のホテルに集まり会食が行なわれた。午後一時にネクロポリス・サンとダコタ・ヘラルドは同時に埋葬記事を載せた。一時半に遺産の競売がはじまり、四時にセントラル・ユニオン・スクエアで故人の肖像つきの花崗岩の記念碑が除幕され、夕方六時に遺言の指定にしたがってグレイヴメイカーの邸宅で新しいクラブ会館の開館祝いが行なわれた。

この巧みに考案された式次第に感嘆したわたしは、感じのいい霊安室の上階に住む室長と話をしてみたくなった。しかしちょうどエレベーターに足を踏み入れたとき、ある好ましくない印象がわたしの気にさわった。わたしは室長にこのことについて訊ねざるをえなかった。

「あなたの施設に敬意を表することはやぶさかではありませんが」わたしは言った。「ある設備にたまたま気づいて、どうもいたたまれませんでした。この何と言っても神聖な場所を、どうして電話の音で汚すのですか。先ほど耳にしたのですが、電話局のようなものが礼拝堂の隣の納棺堂〔埋葬時まで柩を置いておく場所〕に設置されているようですね。ちりんちりんという音が絶えず聞こえて落ち着きませんでした。何のためにあんなものがあるのでしょう」

「失礼しました。扉が開け放されていました」室長は短く答えた。「さもなければふつう訪問客が気づくことはないのです。申し訳ありませんが、それ以上のことはお話しできません」

どうやら策略を用いるときが来たようだ。これはニューヨーク在住のわたしのこよなき友、ティベリウス・Q・レウィソン師に教わったものだ。遺憾ながらこの策略はあまり高潔とはいいかねる。だが今の目的にはうってつけと思われた。

「どうぞおかまいなく」わたしは言った。

「どのみちあなたは、たとえわたしが光栄にも寄稿しているニューヨーク・ヘラルド、タイムズ、フィガロ、ベルリナー・ベルゼン・クーリエといった新聞に記事を電信して、その記事が明日『ダコタで死者冒瀆』の見出しをつけて載ったとしても、何の異存もないでしょうから。見本誌は各三部送付させていただきます」

すこし考えて室長は言った。「それではこういう取引はいかがでしょう。あなたの印象を、われわれと蘇生株式会社との縁が切れる一八九八年六月十五日までは公表しないでいてもらえますか。そう約束していただければ、すぐに情報を提供いたします。きっとあなたの記事は翌年まで続くセンセーションを巻きおこすことでしょう」

この先に進む前に、貴下が今お読みのこの報告は、封筒の消印にあるとおり一八九八年六月十六日に貴紙の編集長に届いたものであることにご注意いただきたい。

室長は言った。「われわれの設備は何もかもが、社会の構成員であった方の絶命から遺族の方々がふたたび日常の職務を遂行できるようになるまでに存する気まずい時間をできるだけ短縮することを原則としています。この努力は間違いなく賞讃に値するとは思いますが、実はその背後にある一つの危険が隠されているのです。

昨年七月二十四日、裁判所の命ずるところによって、ある高名で裕福な方の遺骸が埋葬から八日目に掘り返されました。この男に対して偽証、文書偽造、詐欺、売春仲介、そして自殺に関する濃厚な嫌疑が提起されたためです。

この嫌疑は遺憾ながら正当なものであったことが判明しました。遺骸の様子は凄まじいものでした。顔は上に向いていて、何本も指が折れ、爪が割れ、肩と膝に打撲傷と擦過傷がありました。

この男が生きたまま埋葬されたのは明らかでした。

この事件が公になると町中が殺気だちました。聖職者は、これは故人の犯した数々の罪が招いた神の裁きであると強調し、皆の心を落ち着かせようとしました。しかしそれは裏目に出ました。不安は正気を失うまでに高まり、副市長や州教区議員をも含む名望ある市民が何人か、自らの手で命を絶ちました。誰もなすすべを知りませんでした。

新聞記者たちが大胆な提案で何か月も紙面を埋めているあいだに、ひとつの企業が秘密裏に設立され、恐ろしい論争を一気に解決することを約束しました。それが株式会社として資本七十五万ドルで設立されたダコタ・セントラル蘇生電話電鈴会社なのです。目論見書は前例のない成功をもたらしました。二時間のうちに株式取引所で資本の十四倍の申し込みがあり、生命保険会社と後見裁判所は、あらゆる可能な手段を使って新会社の株を取得することを決め、ギムナジウム校長の娘は、株の分配に際し十分な顧慮を払わなかったといってシンジケートの総裁をリボルバーで威しました。

企業のアイデアは単純ながら説得力のあるものに見えました。つまり埋葬された柩をすべて管理会社と電線で結ぼうというのです。電線は電話器や警報器とつながっていて、いかなる顧客も万一の場合には一瞬のうちに管理会社に通報でき、そればかりではなく、同時に家庭医や銀行や家族にも必要な指示を行なえるようになっていました。

この安全措置の導入は立法府で賛成大多数により義務として定められ、すぐに蘇生株式会社に機器設置の独占権の認可が、二年間の期限で市行政からおりました。

その後はほとんど一年にわたって生体埋葬事件が起こらなかったこともあり、住民の不安はしだいに薄れていきました。蘇生株式会社への関心も同程度に薄れ、株価は四五〇ドルから一一七ドル半にまで下がりました。

そこに思いがけない出来事が二月二十三日の日没直後に起こったのです。その日ようやくベルが短い間隔をおいて繰り返し鳴ったと、わたしに知らせが入りました。電話交換台の番号表示器は第一六九番を指していました。番号を見てわたしは驚きました。というのは当時すでに番号は千二百番台にまで達してましたから。すぐに教会墓地の台帳を持ってこさせ、一六九番の住人はジョンソンという人であることを確認しました。この人はたまたまわたしの知人で、痩せた老人で、家主として長い間下宿人に恐れられたあげくに、神経症に罹った人した。そして驚いたことに、ジョンソン氏は地下で安らいでからすでに九か月にもなっていたのです。

わたしは機械が故障したと思い、電気技師に通報しました。技師は、こういう人にはよくあることですが、配線ショートとアースについて何か言うと、すべての機器のねじを外して建物をたいへんなありさまにしました。技師は三日後に障害は除去されたと報告し、二七五ドルの請求書をよこしてきました。そのあいだも一六九番は毎晩いつもの間隔で平然と鳴っていました。

そこでわたしはこの件を管轄する官庁に報告しました。蘇生株式会社の申請により当局は墓暴きを決断しました。それは実施されたものの、特段変わったことはありませんでした。ジョンソン氏はいかにも埋葬して九か月経過したような姿をしていて、電気装置にもまったく故障はなく、ただ柩に少々の手直しが必要なだけでした。その修繕がされ、墓口が閉ざされ――それ以来一六九番からベルが鳴ることもありませんでした。

蘇生株式会社は、この嘆かわしい事件に関する公的な調査の結果にもかかわらず、引き続き宣伝を続けました。わたしの管理の手落ちのせいでジョンソン氏は蘇生を妨げられたと会社は説明しました。あらゆる朝刊がわたしの写真を、「ネクロポリスの墓地殺人者」という説明書きとともに載せました。ジョンソン氏の借家人市区における選挙運動員としてのわたしの活動が当局によって抗議集会が開かれました。二千五百人の株主と利害関係者にとって必要不可欠なものでなかったなら、わたしは自分のポストに五セントも払ってもらえなかったことでしょう。また、遺族の意向はどのみち最優先されねばならないものですが、その遺族たちにしても、ジョンソン氏の蘇生には何の興味もないと断言しました。

それに続いて起こった事件はより深刻なものでした。ジョンソン氏が再埋葬されて約二週間の後、晩のいつもの時間に、二八九番すなわちシムズさんという令嬢の電鈴が鳴ったのです。嬢は生前特別の評判もない方でした。さらに彼女はすでに何か月もわれわれの管理下にありました。委員会の新しい服務規程にしたがい、わたしは検査係にシムズ嬢に電話をかけるよう依頼しました。もっともわたしは、すでに来生を十分長い間満喫している女性にこんな対処法をとるのは、軽薄とまでは言えないまでも滑稽と感じていました。

検査係が戻ってきたときの様子をお目にかけたかったものです。顔は蠟色で、頰は窪み、目はガラス玉のようでした。ここではその外観にはジョンソン氏を思わせるものがあった、と言うにとどめましょう。

「どうだった」とわたしは聞きました。「はい、わたしは電話をかけて、受話器を耳にあてました。『ハロー』という声がはっきり受話器から聞こえました。それも、空っぽの胸郭から出たような声で……」

わたしは自ら階下に降り、電話器に向かって呼びかけました。「いったい何をお望みですか」そうしたらこの女性は何と答えたと思いますか。「二九七番につないでいただけますか」と言ったんです。

このときは蘇生株式会社も動顚しました。つとに僧職者たちは神智学クラブと結託し、地下の電話網が死者の聖なる安息を乱す傾向があるのではないかという疑いを提起していたのです。もしこの件が公になれば、この敬虔な人たちの党派が勝利し、われわれは最大の危機に陥ります。

役員は合意にいたり、会社は新聞に五万ドルを与え、かつ二週間のうちに電話器をすべて撤去することを約束しました。しかし呼び鈴まで取り除くことは無理でした。というのもそれは会社の完全な解散を意味するからです。そしてどういうわけかわれわれの管理は容認されることになり、おかげで以前と同じく、高額の違約金の縛りがあるため、この呪われたベルは四六時中切ることはできなくなりました。わたしたちは今でも、そのためわざわざ雇った職員によって死者たちに仕える義務を負っています。

シムズ嬢は、お喋りできる機会はもうないのに気づくとすぐにベルを鳴らすのをやめました。しかしすぐに新たな連絡が入りました。しかもとても奇妙なことに、きまって雨の日に入るのです。部下のひとりが外に出て、何が起きたか見てこようと考えました。墓丘の排水施設が浸食されているのが判明しました。後にわかったのですがこの顧客は生前ひどいリューマチ症でした。すぐこの弊害は除去され、また平和がやってきました。しかしこの苦情に対処したのがそもそもの間違いだったことがすぐにわかりました。というのも今やあちらからもこちらからも個人的要望や不平不満が来るのです。格子扉がうまく閉まらないと一人がベルを鳴らすと、別のものは台座ががたがただと言い、三人目は新しい砂利を望み、四人目はみみずが湧いたと言ってきます。墓地管理の仕事量は三か月のうちに三倍になり、一般経費は四倍にはねあがりました。われわれの顧客は真夜中に人を起こすという点で近所の猫を思わせました。

この嘆かわしい発展の最終段階は、まったく日常的な事件によってやって来ました。未婚のまま亡くなったある老婦人が特に何の理由もなくしつこく合図を送ってよこすのです。やむをえずわたしは、非常に気をつかいながらも遺族に通報せざるをえませんでした。すると判明したのですが、ある悪意のある親戚が故人を傷つけようと、墓の上にミルテの冠〔純潔の象徴〕を置いて以前のできごとをほのめかしていたのでした。その老婦人をなだめるのは簡単でした。しかしその結果、われわれの顧客は遺族のやることなすことを不平不満の種にしだしたのです。ある婦人はたとえば彼女の四人の義理の息子があまりに早く半喪期〔逝去後六か月以降の期間〕を済ませたのに気づきました。彼女は毎日六時から八時のあいだベルを鳴らしてきました。ある作家は墓碑銘が気にいりませんでした。ある電信局職員はモールス信号式に長短を交えてベルを鳴らし、後任者にけちをつけました。

家族関係への特に不快な干渉といえば、今日までのところ、ホプキンスという人が遺族に与えたものがまず思い浮かびます。わたしはこの点でこの人の名をあげるのに躊躇しません。六十五歳のホプキンス氏はとても裕福な方でしたが、三十二歳の夫人を残して亡くなりました。未亡人はやがて崇拝者を得るだろうと予想されました。そしてホプキンス夫妻を知る人は、ホプキンス氏は当然それを少なくとも面白くは思わなかろうと見ていました。埋葬から三か月もたたぬうちにベルが鳴りました。ホプキンス未亡人はそれを聞かされると絶望的な気持ちになりました。彼女の新しい恋人の訪問に、かつての夫が嫉妬の発作を起こしたのは明らかでした。ときには午前、ときには午後、亡夫は通知してきました。しかしたいていは晩方で、というのもわたしどものところでは、七時から十一時がもっとも騒がしくなる時間なのです。そしてそのたびにベルがゆうに十五分間、独特のカデンツァ的なテンポの変化をつけて鳴り続けるのです。かわいそうな未亡人は何か月もの船旅に出て迫害者から逃れました。そしてようやく昨日朝早く戻ってきました――すると陰険なホプキンス氏は早くも昨夜、電話をかけてきたのです……」

わたしはだんだん退屈してきた。室長の話があまりにも細部にこだわりすぎていたからだ。

「それで、あなたのお考えでは今後はどうなりそうなのですか」

「長くはもたないでしょう。わたしどもは一生懸命働いています。四十六番街ホテルのマネージャーをやっている弟と話したのですが、弟のところの客はさらに口うるさいのだそうです。そして値上げをしてはどうかと提案しました。しかしそれは簡単ではありません。蘇生株式会社との契約を破棄したいというのがわたしの希望です」

「しかしおっしゃいませんでしたか。それは会社の存在を危うくしかねないと」

「今ではもうそんなこともないでしょう。会社は新たに三都市と交渉に入っています。われわれの役員会は立派な推薦状を発行しました。われわれもすでに違約金を提供する用意はできています。しかし何にもましてやむをえない事情があるのです。役員に一人、医者も匙を投げた重度の肺結核に罹っている人がいます。もちろんその人はこの近くに埋葬されるでしょう。この役員は今でさえ同僚が手を焼いている人なのです。――この人にベルのボタンを渡したらいったいどうなるか、まあ考えてもみてください……」

そこでわたしははたと気がつき、どうして墓地管理人は一八九八年六月十五日までにしかわたしに沈黙を課さなかったのかを理解した。

ニューヨークからわたしに電報が来て、例の役員はハミルトン・S・マイヤースタイン博士の（いかなる薬局でも手に入る）ヘマトーゼの処方により一命をとりとめたと知らせてきた。彼はダコタ州ネクロポリスからキー・ウェストに移送され、今は黄熱病の診断を受けている。

蘇生株式会社は今は合衆国内の八箇所の墓地の配線工事に携わり、資本は七五〇〇万ドルに増加した。アメリカにおけるドイツ資本の利益を代表するという課題に乗り出した最初の銀行はこの企業への相当分の出資金の調達にとりかかっているそうだ。このような事情のもとでは、経済的見地からこの会社の活動について可能なかぎり情報を提供することは時宜にかなったものと考えられる。

V　天国への階段

死後一時間目

マックス・ブロート

Max Brod : Die erste Stunde nach dem Tode（一九一六）

友人フランツ・カフカの願いを無視してその遺稿の出版に踏み切ったことで世界中の文学愛好家から感謝されているマックス・ブロート（一八八四—一九六八）は銀行員の息子としてプラハに生まれました。青年期にはカフカやヴェルフェルらと交流し、その文学サークルはのちに「プラガー・クライス」と称され、プラハにおけるドイツ語文学の牽引役とみなされるようになりました。また一九一二年頃よりマルティン・ブーバーの影響でシオニズム（ユダヤ祖国回復運動）に加担し、第一次大戦後チェコスロヴァキア共和国が成立すると、短期間ながらユダヤ民族会議の副議長に就任しました。

三九年にナチスがプラハに侵攻すると、トーマス・マンの手でアメリカに教授職が用意されたにもかかわらず、シオニストとしての使命を自覚するブロートはパレスチナに亡命し、生涯その地にとどまりました。驚くべき多作家で、詩・戯曲・エッセイ・小説などを合わせた全作品は千篇を越えるといわれています。またチェコ文化との橋渡しに尽力し、ハシェクやヤナーチェックを見出し広く紹介したことでも知られています。

東洋思想めいたものもうかがわれる本短篇は、さすがにカフカの友達だなと思える不思議な作品ですが、その不思議さを愛でる人も世界には少なくないと見え、この作品はイギリスとフランスで編まれた代表的なオーストリア幻想小説傑作選のいずれにも収録されています（巻末あとがき参照）。

そのささやかな椿事は、国務大臣のフォン・クルム男爵が選《え》り抜きの外交官をいつになく大人数従えて、議事堂を出たときに起きた。

一人の痩せた男が護衛の網を破って走り、皆の見守るなか、何度もつまづきながら壮麗な石段をまっしぐらに駆けのぼり、上に着くや、その最上段にちょうど足をかけた大臣に跪いて呼びかけた。「大臣、われわれの敵を正当に扱ってください。そうすれば平和が来ます」

フォン・クルム男爵は愛想よく微笑み、狼狽は毛ほども見せずに言った。「お前の名は」

「アルトゥル・ブルッフフェスです」

「職業は」

男は走ったとき顔に垂れたブロンドの髪を後ろにかきあげた。「煙突掃除夫です」

「親愛なるブルッフフェス君、ならばもし、君が君の煙突を正当に扱ったら、煙突は君を黒く汚すのを手加減するのかね」

そこに五人の、八人の、十五人の警官が息を切らせて到着し、虚をつかれた様子の請願人に手を置いた。

安堵の溜息をつき、大臣の機知に遅ればせにくすくす笑いながら押し固まった高官たちに囲まれ、フォン・クルムはさらに石段を降りた。

褐色に日焼けした痩身の老人が大臣に近づき、その後ろで勤勉そうな顔の男が動いた。「新聞記者に情報をお願いします」

大臣は目をあげ、一瞬臆したようにあたりを見回した。

秘密警察長官が胸中の考えを漏らした。「ははあ、今の件が人目を引いたか」

「精神薄弱の男が襲撃」大臣はいわば宙に向けて口述した。「すぐさま護衛が到着し阻止。暗殺者は精神病院に送致。医師らが確認。それ以外は国務大臣は日務を遂行。わたしのつまらん冗談はむろん削除。ではまた、枢密顧問官」——

「大臣、あなたをどう賛嘆すればいいかわかりません」そのすぐあと、フォン・クルムとともに車に乗り込んで大使館に向う同盟国の大使館付武官フォン・クルデニウスが言った。——集まった群衆は歓呼の声をあげている。——「あなたは崇拝者にあまりにも難しい宿題をくださいました——今日の下院でのあなたの演説は雄弁術の模範でしたし、襲撃者への当意即妙の機知にしても、機知が広まるのをすぐさま抑える確かな手際にしても」

「決まりきった手続き《ルーチン》だよ、クルデニウス君、ルーチンにすぎない。むろん最悪の意味でのルーチン、つまり良心の放棄とか人情の無視とかではない。違う。わたしは過度の自己卑下を望まない。わたしはけっして国で一番謙虚な男ではない。ただ言わせてもらえば、これはおのずから学んだものにすぎない。何ごとも習慣になるように、これも習慣になった。われわれの人生の二〇分の十九は意識されない盲目の習慣だ」

「同じことは議会でもおっしゃっていましたね、男爵。あなたの勇気には驚きました。国家の威信に基く政治はどんなものであれ反対だとおっしゃったとき、保守＝国家主義派の賛同を最初は取り逃がしました。でもお終いには、いわゆる進歩党をまたしてもそそのかして矛盾撞着させ、大臣自身は伝統と慣習を墨守することを賞賛しました」

「賞賛はしなかった」男爵がさえぎった。五時間もの緊迫した会議の後には当然あるべき精神疲労の徴候を、その聡明な頭脳はいささかも示していなかった。「賞賛はしなかった。ただ確認しただけだ。もし君が望むなら、憐憫さえこめて確認した。わたしは今、君もそれくらいは知っているだろうが、確かな事実と真実の狂信的な崇拝者だ。わたしは自分が帝国の幸不幸に責任があると思っている。自分の良心を前にして、言葉の最も重い意味において責任があると思っている。わたしは責任のある大人として、現実的な政治を冷静果敢に進め、右だろうが左だろうが、サーベルを鳴らす過激愛国主義《ショーヴィニスト》だろうが平和の棕櫚をざわめかせる自由思想家だろうが、あらゆるイデオローグの敵であることを宣言している。まったくもって、クルデニウス君、イデオローグ、ユートピスト、無責任な夢想家、わたしはその手の輩をもっとも邪悪な、唯一の人類の敵とみなす」

武官は笑った。「そしてまさしく、大臣はそんな者どもを絶えず相手どってきました。ご愁傷さまです。階段の男――そして議事堂の人気取りたち。大臣はかれらに戦争の真の道徳的威厳を説明せねばなりませんでした――かれらは元をただせば、いつも同じ一つの敵ではありませんか。すなわち倒錯であり、人間の健全な本性に逆らう極端な理想主義です」

「安んじて君の手に、わたしの伝記執筆の任務を託そう」軽く皮肉を交じえて大臣は言った。「君はいわばわたしを看破しているが――おそらくひとつだけ条件をつけさせてもらおう。わたしは君の職業の友ではないのだ」そう言って大臣は、隣に座る男の房飾りを柄につけたサーベルを指した。「今日はそれらしいことも色々言ったが、それはそう言わねばならなかったからだ。原則としてわたしは、もう二十年も続いている今の戦争の友ではまったくない」

「でも大臣は、社会民主党が轟々と非難する中で、こうおっしゃったじゃありませんか、人は戦争に慣れたと」

「まさしく言った。なぜなら事実だからだ。議論の余地ない単なる事実だ。その一番の証拠には、まさにその社会民主党は、われわれが毎年提議する戦時国債の発行をするっと承認するんだからね。でも慣れるということと友達であるということの間にはまだいくつかのものが挟まっている。そう思わないかい。人には悪習というものだってある。わたしはためらわず、いっかな終わらない戦争を、ヨーロッパの悪習と呼ぶ。――だが誰が真面目に、われわれが戦争をわれわれのいわゆる本能的生存機能にまるごと組み入れたことに対して、勇気を奮って戦いを挑んだだろう。でもそれは不思議でも何でもない。われわれを代表する世代のほとんどは、戦争がはじまった頃はまだ学童だった。われわれは戦争と共に育ったが、まず間違いなく戦争ほど長生きはしないだろう。今日の青年は、自分では少しも体験していないので、『平和』という伝説的状態が何を意味するかわからない。そうだ、厳密に言うなら、実は平和なんかは一度もなかった。わたしは固く信じているが、将来もけしてなかろう。あるのは〈非戦争〉

だけだ。つまりビジネスマンの偽善と損得勘定からはじき出された、過剰な協定で膠着した国家間の敵意と最悪の怨恨の状態だけだ。一人前の大人として戦争の勃発を実体験し、したがって戦争の前後を実際に比較対照できたある著述家は、つまりマックス・シェーラーは、今わたしの指示によって学校で読まれているが――シェーラーは当時それを非常にうまく指摘した。この著述家によれば、公然たる戦争と隠然とした戦争は、憎悪関係の存在が露わになるかならないかが違うだけで、両者には結局たいした差はないというのだ。わたしはこの点で完全にシェーラーに同意する。他の思想では、われわれが戦争にあまりによく耐え、事実上われわれの組織が戦争にぴたりと適合していることを全然説明できない。世界が始まってこのかた、戦争はずっと続いていた。戦争こそ人間にとって自然な状態で、ただその外観が移り変わるだけだ。あたりを見てみたまえ、クルデニウス君。街の活気を、劇場前の人だかりを、百貨店周りの雑踏を見てみたまえ、何か異常なものに感じられないか。われわれの産業機構は、今にして思えば児戯に類していた当初の障害を何度となく克服し、非のうちどころなく働いた。輸出は途絶えたが、内需が代わりに起こった。それがどれほどの成功かは、われわれの株式会社が前代未聞の高配当を出したことでわかるだろう。貨幣価値は破壊されたが、活発な発明行為と新しい原材料の実用化で埋め合わされ、お釣りがくるほどだ。われわれはフィヒテのいう、鎖国した商業国の理想に近づいている。職業の変更はさしたる困難もなく根本から進行しつつある。男は戦士になり、女は老人や兵役不適格者といっしょに種々の市民的な仕事を教え込まれる。賭けてもいいが、毎年何十万人もの若者が国境で倒れる運命を、わたし以上に憂いている者はいない。しかし、いわゆる〈平和〉になれば誰も死ななくなるのかね。目的意識のある人口政策によって、精力的な児童扶養、一夫一婦制の廃止、繁殖目的の定期的休暇によって、土地改革、一世帯用個別住宅、戦争犠牲者用住宅、田園の都市化などの、以前は夢物語と思われていた合理的施策によって、人口は年に数パーセント増加さえしていて、一般的健康状態は絶えず改善するまでにいたった。乳児死亡率の低下のおかげで、絶対年間死亡率は、戦死者をすべて算入しても、戦前に比べて、もちろん顕著にではないが、いくぶん低下さえしている。どうだ。これが統計学的真実というものだ。われわれは今日、人民をいわば栽培している。それに比べて以前は、今ではまったく理解できないが、大土地所有や不衛生な工場方式などの〈民衆の敵〉的な傾向を国家は優遇したものだった」

「しかしながら大臣、たとえば今日あった気まずい諍《いさか》いでぶちまけられたような大衆の不満や、聞き捨てにはできない世の中の鈍い憤りを、大臣はどう説明されますか」

「慣れることはいまだ満足することには遠い。ちゃんとさっきそう言わなかったかね。人間はたとえ全然満ちたりてなくともきわめて恐ろしいものにも慣れるものだ。なぜなら他に選択の余地がないからだ。われわれは死にさえ慣れてしまう。笑ってはいけない。至極真面目に言っているのだ。われわれは種として、genus humanum として、死を免れない。それでも一人になってつくづく考えると、死は恐ろしくて理解の及ばないものだ。ある時点からはや何も感じなく、何も考えなくなり、ただひたすら永遠に、時が過ぎることもなく、もはや存在しなくなるのだから。死から一時間たつとどうなるか、頭に思い浮かべられるだろうか。しかし永遠に続く無の状態はわれわれ誰にとっても確実に来る、避けられないものだ。運がよければ逃れられるかもしれない災難のようなものではない。死のこの絶対の、無条件の確実性こそがいちばん怖ろしいものだ」

若い将校は心を動かされ顔を赤らめた。「感謝します、男爵。あなたが見知らぬ町でわたしに目をかけてくださって以来、どれほどの感謝をわたしはあなたに負うているでしょう。あなたはわたしを一人前の男にしてくださいました。あなたがいなければわたしは生きていけません」

「友よ、君は単にわたしに慣れたにすぎない。何ごとも慣れだよ」

「違います。わたしはあなたを愛しています。あなたはわたしの唯一の支えです」クルデニウスは熱意をこめて言った。「わたしは故郷から引き離されたことに、尊敬する両親から離れ、愛しい戦友らと離れ、この、正直にいえば堅苦しい、儀式ばった、言葉さえほとんど理解できない宮廷に耐えるのが難しかったのです。あなたが思う以上に難しかったのです。あなたはこの感傷をよく笑い飛ばしたものでした……」

「その通りだ、今だってそうしている。しかし向こうでもこちらでも世界は同じだ。すくなくとも現代ではそうだ。どこにでも寝台車はあるし、浴室も、地下鉄も、コンクリートも、アスファルトもある。女のファッションはどこも同じで、香水さえ同じだ。現代人はどこに行っても自分の見慣れたものを見出す。地理的な広さや距離を別にすれば、今の大都市はどこもまったく違わない」

「しかし民族には違いがあります。違いがなければ戦争だって存在しないはずです」

大臣はユーモラスに恐がり、座席の上で身をよじった。「おやおや。ここ何か月か君に講義してきた、わが正気講座の成果がそれかい。――君も、民族により異なる精神とか、人種により異なる倫理《エートス》とか、そんな言葉にだまされたのか。違う。違う。まさにそのようないわれなき主張への抵抗こそ、わが人生のささやかだが少なからぬ意義なのだよ。君もいいかげん学びたまえ。民族の相違など、何の意味もない顕微鏡的なスケールでなら認められようけれど、戦争の必然性はそんな相違から来るのではない。逆に、あらゆる民族が頑として同じであるところから生ずるのだ。生存に要するものはどの民族でも皆同じだから、必然的に発展可能性を賭けて空間を争奪しあわざるをえない。地球の表面はパイプオルガンの鍵盤みたいに層をなしてはいないから、そしてしばしば民族の数には足らないものだから、同一のものが必要な民族は衝突しあう。あらゆる民族は遠い昔には、地表全体を自分たちだけで使っていたからだ。民族が優れていて強ければ強いほど、発展の勢いがよければよいほど、衝突はすぐに起きる。するとどっかから哀れな悪魔が飛び出てきて、『敵を正当に扱え』と、わたしに懇願する。ちゃんとそうしているとも。これまでずっとそうしてきた。われわれの日刊紙が敵に対して使う、厭わしいまでに煽動的で下品な言葉を、わたしが是認するとでも思っているのかね。あんなものはせいぜい人民のエネルギーを目覚めさせておくための闘争手段としてしか認められない。まあ、ああいうのも不可欠ではある。それ自体としてはさほど共感はできないが、地雷や火炎放射器みたいに無くてはならないものだ。しかし統治上われわれが『蛮族』や『偽善者』について書かせていることを、われわれが本当に考えていると信じるのは、おめでたすぎるというものだ。違う。われわれは正義だ。われわれは敵の価値と権利を完全に認めている。だがわれわれが公正であればあるほど、ますますはっきり、憎みも不機嫌にもならず認識することがある。つまり、われわれも価値と正義をわれわれの側で持っていること。正義は一つではなく、世界には二つかそれ以上の正義があること。現実の具体的な利益――重要なのは利益で、なんらかの虚構ではない――それが敵側の同じく具体的な利益と衝突すること。各民族は呼吸を望むかぎり呼吸せねばならないが故に、戦いあわねばならぬこと。それはちょうど、きわめて正義漢できわめて善良な煙突といえど、煤を出さざるをえないのと同じことだ。このまったく現実的で、否定すべくもない人間存在の悲劇が洞察できないくらい近視眼的な人間がいるだろうか。あえて言わせてもらえば、それを洞察しないものは劣悪なキリスト教徒でもある。われわれを作る原料になった粘土からして、すでにして永劫の罰を受けている。そうルターが言っているじゃないか。人間存在の本質は悪しき渇望に他ならない。それが原罪だ。悲しむべき人間のこの状態を、あらゆる人間性のこの暗い深淵にではなく、かりそめの政治の過ちに、不誠実に、偏狭に、征服欲にそれぞれ帰着させようとする者は、どれほど善良で好意的であろうと、わたしには軽薄な人間としか思えない。現実をありのまま見たまえ。宗教家は全世界をあっさり拒否する。それも一つのやり方だ。だが政治家にそのやり方は許されない。俗世にいて俗世を操らねばならぬからだ。それでもやはり良きキリスト教徒であろうとする者は、隠遁した行者のように、自分の施策で戦争をなくすことを、より一般的には人間の苦悩や不幸をなくすことを目的とはできず、ただ――何というか――不幸のより強度の組織化を目的とするしかできないことをわきまえていなくてはならない」

かれらは大使館に着いた。将校は別れの挨拶をした。――「わたしはこう言わねばならない」大臣が話を締めくくった。「まさにこの正義の糞真面目なキリスト教世界がわたしに、苦悩の崇高な宗教を教えたと。――ところで君は今晩十時以降、ブリッジパーティーに来るかね。美しいガブリエーレも来るはずだ。君の好きなナンネルも招待してある」

内務省には報告に来た評議員の長い列ができていた――伝説的なほど勤勉で几帳面なフォン・クルム男爵は、議会での審議のあと、男爵言うところの〈失われた時間〉を挽回するために、しばしば夜遅くまで休息を自分に与えない。だからこの晩も事務所で調査報告者、起草者、電話の応対や口述が相次いだ。そのとき話に出た何冊かの本や冊子のメモをとった。夜の九時に従僕を省図書館に遣り、帰宅する車の中でも薦められた本に読みふけった。貨幣と為替問題を扱ったきわめて難解な本だった。

ガブリエーレは宮廷オペラ劇場のプリマ・バレリーナだったが、すでに他の招待客とともに男爵の私邸で待っていて、食卓についた一同を陽気な気さくさで魅了し、そして大胆にもこの家の主婦然とふるまっていた。出席者は多彩だった。多かれ少なかれスパイスの効いた逸話をあらんかぎり話して一同を楽しませることにたえず気を配る俳優、えんえんと狩猟の話にはまる何人かの郡長、皮肉な座談をする二、三の外交官、あるユダヤ人作家は誰より先に酔っぱらって革命的演説をぶちだしたが、皆はとても面白そうに聞いていた。下層階級出身らしいナンネルは、いまだ脚光を浴びぬシャンソン歌手だったが、その小粋な方言が大使館付武官を魅了した。かれはナンネルのあらゆる言い回しをまず書き言葉に翻訳せねばならなかったけれども、それでも素晴らしいと思った。武官はそれを、誰のものでもない自分だけの故郷の言葉に移し変えて、実家の畑や農婦の思い出にふけった。感傷のこの引きずるような回り道によくあらわれているかれの内気さは、大臣が実務の確認をとると雲散した。ついにはブリッジのテーブルがあらゆる熱情を均一化させた。この家にはガブリエーレ用の部屋がつねに何室か用意されていたが、その彼女がとうに寝室に下がったあと、最後の客がシャンパングラスの軋る破片をまたいで、眠くてたまらない仕着せの召使に支えられながらも、出口を探り当てた。

フォン・クルム男爵は侍従に命じて額に冷湿布を巻かせた。ガブリエーレのもとに行く前に、もう少し仕事をせねばならない。経済学の書物によって刺激された考えは晩餐中もかれの頭を去らなかった。客をもてなす間にも、つねに重要事項で頭を縁までいっぱいに満たしておくことは、もとから男爵の主要な特性のひとつだった。

男爵は書き物机に座った。かれの書斎は、真の独身者の部屋らしく、とてもひろびろとして家の中心にあった。正面に四つ窓があるこの部屋は二階でもっとも広い面積を占めていて、ほんとうは部屋というより広間と呼ぶほうがふさわしい。高い天井まで書物と書類の背が壁紙の代わりをする三方の壁は闇に消え、夜風のざわめく窓からは、近くの高山の雪の連なりが月に照らされて見えた。

「雪を中に吹き込ませたな、ペーター」男爵は寄せ木張りの床の上に白く盛り上がった明るい染みを指さした。侍従は何が何やらと言いたげに肩をすくめ、窓のつまみに手をやり、どの窓も閉めてあることを示した。それでも雑巾《ぞうきん》をすぐ持ってきて、男爵がずっと指を伸ばしてさし示しているところを拭《ぬぐ》った、むろんその表情は、手間のかかる突拍子もない仕事を課せられ、単に人の良さからそれを遂行する傷つけられた男のものだった。

　そして侍従は出て行った。

　男爵は読書をはじめたが、微かに軋る音にすぐさまたげられた。破片がまだ靴底に付いているのか。男爵は目をあげた。――ひどく驚いたことには、月の光のまったく射し込まない書棚の陰で、白い染みが、まごうかたない丘として盛り上がり、そればかりか不自然に成長する茸みたいにどんどんと背丈を伸ばした。――もちろん積もった雪なんかではありえない。動いている――大臣は閃いた。これは人間の頭だ。

　すぐに気を取り直すと、つねに身から離さないリヴォルヴァーを握りしめ、その頭に発砲した。「この家に落とし戸があったとは知らなかった」大臣は続けざまに撃った。六発撃つと弾倉が空になった。

　弾は一発も当たらなかったようだが、その代わり予期しない結果をもたらした。

「よし」寝ぼけ声のような、痰がつまったみたいなぎごちない声が呼びかけ、かなり背の高い亡霊の全身がガスをいっぱいに詰めた気球のようにまたたく間に浮かびあがった。それなのに不思議にも床に穴は見えない。出てきたのはみごとな白髪の老紳士で、目をつむり、両腕をぴたりと脇腹につけている。だが浮力が急に衰えたらしく、奇妙な男の脛と足首は床下に隠れたままになった。だがそれは大臣はもとより、この男自身にも何の痛痒も与えていないようだった。

　男爵の髪は湿布の下で逆立った。両脚から力が抜け、感覚がなくなり、かれの体は安楽椅子に倒れこんだ。まるで腰のまわりに鉄の輪がはまり、座ったというより半分寝た姿勢のまましっかり留められ、手足を動かせなくなったような感じだった。だが男爵は、亡霊だろうが子供の悪戯《いたずら》だろうが、おとなしく狼狽しているだけの男ではない。ふだんなら口を切るきっかけになる話題をさがすところだが、いま口から出たのは唾液が少々、それから乳児がはじめて口をきこうとする前触れのような音で喉と唇が鳴っただけだった。だがついには意味のある言葉を発することができた。

「お前の名は……?」

亡霊は今は目を開けていた。美しい茶色の大きな目に気味悪いところは少しもない。それが静かに親しげに、困惑している大臣がいるおよその向きを見下ろしている。大臣はその視線にいつものように厳しくきっぱりと応えたが、手足は力が抜けたように伸び、上半身は左右の肘掛けのあいだで、堆肥の上に放られたように、乱雑に投げ散らかされていた。「お前の名は……」大臣は今はやや落ち着き、せわしく瞬きをして強張った手足を動かす力を取り戻そうとした。だがとうとう試みが無駄なことがわかって、おとなしくなった。亡霊の笑いものになるのを恐れたのだった。悪戯《いたずら》なんかではない本物の亡霊であることが、休みなく働く脳にもようやく明らかになった――嵩からしてそれを裏付けている。地上の人間の倍以上で、見世物小屋によくいる巨人みたいな図体だ。それでいて並の人間に劣らぬほど均整がとれていて、歳の市の怪物をあれほど怖ろしく見せる粗暴そうなところは少しもない。不気味なところはただ、この不思議な男は、その大きさを埋め合わせるように、変にすかすかの物質でできているらしく、体を透かして背後にある窓ばかりか、遠くの尾根が月の光を照り返して薄ぼんやり仄めく様子までが見えた。この驚くべき眺めは、フォン・クルムが科学的な精密さで確認したように、まやかし物ではありえなかった。だがさらに不可解きわまることには、その姿が恐ろしくゆっくりと、うずくまるように縮んでいき、それでいて確たる実体は保ち、体の輪郭や顔の表情は少しも崩れなかった。ただすべてが優しくて親しみがあって、同時に男らしいものになった。そもそも今ははっきりわかったが、この亡霊に怖気《おぞけ》をふるわせるようなところはどこにもない。それどころか――錯覚かもしれないし、落ち着きをとりもどしかけた大臣の正しい観察かもしれなかったが――信頼されたがっているようだった。ほどなくそれは亡霊にあるまじき様子を見せた。自分自身を一番恐れているように、控えめに、不安そうに、邪魔にならぬよう隅に行きたそうにしたが、残念ながらその場を動けず、おかげでまったく狼狽し混乱した気持ちに陥ったらしかった。

大臣は自分を励まして、無理やり背筋を伸ばした。とりあえず湿布を取った。湿布はせっかくの私的謁見の雰囲気をだいなしにすると感じられたからだ。すっかり平静をとりもどして大臣は言った。「君の名を言ってくれ。名前を」

「名前」亡霊はくりかえした。なんとか頭をはっきりさせようとしているようだった。「名前……名前……いったい何でしょう、名前とは」声はすでに寝ぼけたようではなく高く澄んでいたが、人の声帯から出る声にしてはいくぶんヴィブラートが強すぎた。声色には極度の内気と謙譲が露わに出ていた。

男爵は亡霊にまた目をやり、頭から爪先まで——正確には膝まで——というのも膝下はあいかわらず寄せ木張りの床に突っ込まれていたから——仔細に観察した。ふたたび沈黙が訪れ、そのあいだに男爵は座り直し、よりくつろいだ姿勢になったが、亡霊のほうでも、ようやく自分に腕があるのに気づいたようだった——かれは驚いた目つきで、自分の両脇を見下ろし、不審げにおずおずと腰から両腕を離し、少し持ちあげてまた下ろした。そのとき首もはじめて動いたが、驚くばかりか恐れてさえいるようだった。というのもその表情はじょじょに心配げになり、顔の輪郭は、体を動かそうとしたあと、たちまち強張った。

男爵はいざとなれば、親しい党仲間に言わせれば〈反吐が出るくらい嫌なやつ〉にもなれた。そんな攻勢に回るときが今やってきた。なんとか克服した弱気がまたぶりかえしてはまずいとばかりに、男爵は声をはげまして、怒鳴り声で言った。「さて、君の名は何というのか。君は何者なのか。何しに来たのか。どうやって来たのか。聞かせてもらおう」

この乱暴な言葉を聞いて、亡霊は何か懸命に考えているようだった。何かを思い出そうと不安げに白い眉をしかめる老人にしか、今の亡霊は見えなかった。しかしかれはさえずるような言葉を出しただけだった。「ちょうどいま、ここに死に込んだのだと思います」

「死に込んだ——どういうことかね」

ふたたび沈黙。

「君——それはどういうことか、と聞いているんだが」

「ええ、それが自分でわかってればいいんですが」老人は言った。「どうか憐れんでください。なにぶんにも死んだばかりで、それもほんの少し前に死んだばかりなのです。しかもわたしは多くの罪を犯しました。どうして事情になど通じられましょう。何が何やらわからないのです。信じてください、これはただごとではないのです」そう少しばかりまとまりのある言葉をはじめて吐くと、亡霊はひどく緊張して疲れきったというようにふたたび目を閉じた。

「奇妙だ」男爵は言った。「まったく変だ……ふむ。これは今までにないことだ」そして助けを求めるように手を振り回してテーブルランプの笠をつかんだ。それに触れたとたん、あることを思いついた。笠を支点のようにしっかり持ちながら、座ったまま体を回転させ、卓上灯のまぶしい光の輪のなかに入って、そうすることでやっと亡霊を視界から追い払った。やにわに男爵は積み重ねられた書類や本をぎごちない動作でほじくり返しだした。それは男爵のごく普通の作業、日常の思考や見聞のうちにあるものだった。男爵は自分の読む単語や数字のひとつひとつにしがみつき、吸いつこうとした——だがそれらは昂奮した目の前でぼやけ、一字も読みとれなかった。それでも少しのあいだ目下の状況から離れて理性を働かせたおかげで、また振り返って背後を見てもいいかという気持ちになった。男爵は勇気をふるい、ゆっくり先ほどの方向に顔を向けた。そこには暗い、遠い果てでぼやける広間があり、電燈が照らすのはすぐ近くの足元のあたりだけだ。目の前にまたあのひょろりと背の高い男が立っていた。それどころか、まったく恐ろしいことには、亡霊は男爵が後ろを向いていたあいだ姿勢を崩すこともなく、じっと生真面目に、大臣の返答を待っていたようだ。

「さて、君が言うには……君は死んでいるのだね……でも生きているじゃないか……どういうことだ。もっと合理的に説明してもらえんか。君は本当に死んだのか、それともここにまだ存在しているのか」

「わたしはここに死に込んだのです……わたしの罪のために」

男爵は頭を振った。「罪のため。それはもう聞いた。どんな罪だ。殺人か」

激しい嫌悪の身振りで亡霊は全身を震わせ、いまだ少し不器用ながら、意識せずに力を出して、腕を高くかかげ、それどころか頭の上で両手を打ち合わせて、嘆かわしげに叫んだ。「殺人ですって。わたしが人を殺したと——いいえ、神に感謝あれ、それだけは生涯無縁でした。もっとも気まずいところまで自分の気質を探っても、当時も今も、人殺しをしようなどという気持ちは見出せません」

「すると君は窃盗か、詐欺か、闇取引か、いかさまか——ともかく何か不名誉なことをしたのだな」

「不名誉なこと——ええ、そうかもしれません。わたしは一歩歩むごとに常に永遠の真理について考えることを怠りました。何度もそうしようと固く決意したにもかかわらず」

「君の不名誉なことというのはそれだけなのか」男爵は笑い声をあげた。

「ええ——もっとも邪まな罪です。おかげで罰として別の世界に恐ろしい移転をさせられました。おかげで死後に高次の圏へ昇れず、恐ろしいことに、これ以上深い発展の望めない脇道へ追い落とされたのです」

「訳がわからん。——すると君は本当に死んだと言い張るのか」

「もちろんですとも。今わたしは、人は何をもっとも畏れるべきか、というより、神の正義の徴として何をもっとも畏れ敬うべきかを、身をもって体験しています——わたしは死後一時間目を体験しているのです」

「それは確かに気にならざるをえない」男爵の口から不用意に言葉が出た。「それはつまり……それはそうと、よかったら腰をかけてくれ。もう少し説明してもらえないか。死後一時間目とはどんなものだ。君にも知ってもらいたいんだが、わたしも何もすることがないときは、そんなこと、つまり死後の世界のありさまに何度も思いを凝らすのだ。だが困ったことに、やるべき仕事がいつも多すぎた。しかしときには、重要な政務の合間にだって、訳のわからんことが頭に浮かぶ。〈訳がわからん〉としか言いようのない。だって、今生きている人間に、自分が死後どうなるかなど、うまく想像できるわけがないからな。どう考えても馬鹿げてるし不可能だ。ようするにだ、わたしはこの問題にはいささか愛着があって、いつも頭を離れんのだ……」

話に身が入るにしたがって、大臣の喋り方はいつのまにか、請願者や代表団を何年も機械のごとくに打ち負かしてきた、磨きのかかったものになっていた。対話の性質が突飛でも薄気味悪くもなくなるにつれ、相手を怖いとは少しも思わなくなってきた。「ようするにだね、わたしの考えをもってすれば、死後一時間目には……こう言って許されるなら、周囲の何もかもが闇で空虚で荒《すさ》んでいる。無だ。わかるかね。言葉のもっとも鋭い意味において無だ。わたしはそう想像した。もちろんわたしの知見を君の経験で測ったり、肩を並べようとは思わない。わたしの駄弁を許してくれたまえ。自分から話すよりずっと喜んで、君の説明にも耳を傾けよう。すでにわたしは全身が耳だ。どうかそこに座ってくれたまえ……」

亡霊の視線は頼りなくあちこちさまよったが、おしまいには大臣が手近に引き寄せた安楽椅子の上にとどまった。大臣の言葉は理解したらしく、亡霊は今従順にしかもすばやく座り、いまだしっかり挟まれている足首もそれを妨げなかった。亡霊は椅子の使い方にいくぶん不慣れなようすを見せて、両方の肘掛けの上にいちどきに腰を下ろした。もっともあいかわらず巨人のような体軀のままなので、椅子の広い腰掛けに体を押し込むのは難しかっただろう。

「では天国について少し話してくれ。われわれがあれほど精しいふりをしている天国について」

「天国ですか」亡霊は溜息をついて答えた。「どうしてわたしみたいな低次の存在が、天国の何たるかについてお話しできましょう。たとえ十億年たっても、あるいはもしかすると永遠に立ち入りを許されないかもしれませんのに」

「ならば地獄について教えてくれ」大臣は愛想よく手を振って、ささやかな冗談を追いやるようなしぐさをした。

「むろんわたしは地獄からは、何もかもが欺瞞《まやかし》でないとすれば、逃れられたようです」亡霊はなお自信のなさげな目つきであたりを見回して答えた。だがその目つきは不遜すぎると亡霊は感じたようで、すぐにそれは穏やかな慎ましさに変わった。「それはそうと地獄を何か特別のものと考えてはいけません。完全な救済や完全な劫罰のような極端な状態は、すくなくともわたしの推察するかぎりでは、永遠の生においても現生と同じくらい稀《まれ》なものです。むしろ千通りも濃淡《ニュアンス》のある中間段階がはるかに支配的なのです。そんな中間段階の一つが、自信をもって明言はできませんが、わたしの運命にもなったようなのです」

「わたしの趣味からすれば、死後の無、絶対的な無がすでにして十分地獄を意味すると思えるが」

「無ですって」

「うん、無だ。さっきも言ったろう。希望も喜びも苦しみも、どんな感覚もなくなることだ」

「すみません。先ほどはあなたをあまり正しく理解していませんでした。ご容赦ください。できるかぎり努力はしていますが、今の体験は何もかも目新しくて、理解が追いつきません。せっかく親しくしてくださっているのに、あっけにとられるばかりで、ついていくのが難しいのです——死後の無とおっしゃいましたか。もしそうなら直ちに反駁せねばなりません。事実は正反対です。死ぬと思いもかけない新鮮な印象がどうとばかりに襲ってきます。この襲撃から身を守るには、たいそうな努力が要ります……」

「新しい印象……死の瞬間にか」

「死ぬちょうど瞬間ではありません。そのときはむろん、少しの間意識がぼんやりしますが、感じるのは激しい断絶だけです。これはいままでにない、強いけれど短い感覚で、魂が肉体から離れるとき感じるものです。そのちくっとする感じが快楽と苦痛のどちらに近いかはわかりません。しかし先に言ったように、それは一秒の何分の一くらいしか続きません。それを過ぎると魂は物質から放たれ、完全に純粋で束縛のないものになります。しかしこれがほんとうに骨が折れるのです。どう説明すればいいでしょうか。われわれは死ぬまでずっと、率直に言うなら、われわれの存在の重心を形成する物質を、精神的かつ感覚的なもので、つまり魂の生で充満させることにかかずらっています。その生をわれわれは、自分たちのまわりのうねる生の流れから、自分で使うために取って来るのです。ところが、われわれの魂がいきなり自由になると、物質の中にいわば物質のない空洞、真空の泡みたいなものができます。物質はしかし、魂的なものから栄養を摂り、存分に吸収することに慣れているので、荒れ狂う渇望で四方八方からこの空洞を襲い、中に押し入ろうとします。あらゆる種類の物質的なものは、もっとも深い生命形態を持つものも含めてすべて、たった今自由になった魂をわがものにし、それを粥のように啜って栄養を摂ろうとするのです。この最初の数分は恐ろしいものです。わたしはうまく切り抜けたほうだと言えましょう。魂の実質を小さく束ねてしっかりつかまえておきましたから。たくさんの魂がこの最初の瞬間に、新たな現存在をちりぢりに裂かれて、単なるぼろくずになります。そんなふうに粉々に崩れた魂がどんなに苦しむか想像すると、恐ろしさに身が震えます。それでも統一的な自我意識は保持しながら、蚯蚓《みみず》のなかで、木の葉のなかで、もしかしたら細菌のなかで、互いに滅ぼしあいながら、無気力に生き続けねばならないのですから。これこそ地獄と呼ぶにふさわしい状態ではありませんか」

「ありえない話ではない」男爵が微笑んでさえぎった。この笑みはかれが政敵にしばしば用いるものだ。「だがひとつ教えてくれ。君はどこから、自分の運命ばかりか、他人の魂についてもそんなに精しい知識を得たのだ。君を傷つけるつもりはないが――君が赴いた領域には、あらゆる幻想や欺瞞、特に自己欺瞞への扉が開いている。それが君ははっきりわかっているのかね。その点を十分真剣に吟味したのかね。ささやかな……あえて嘘と言わないが……真実のささやかな誇張や歪曲が少しも介入していないことに、それほど揺るぎない確信を持っているのかね」

老人は少しも気を悪くしなかった。それどころか、大臣の指摘一つ一つに感謝しているようで、先ほどのやや落ち着いた口調の発言から、すぐにもとの悔恨に陥った。

「ええ、おっしゃるとおりです。もっとも至極です。明らかにあなたは裁判官の役で、その前でわたしは申し開きをせねばなりません、いえ、申し開きではなく、あなたの前で自分の過ちを懺悔せねばなりません。――ええ、わたしはけして十分な試練を受けず――ええ、それは本当です。わたしの意志は真面目だったにもかかわらず、空疎な自己欺瞞に十分用心しませんでした。わたしの洞察は、もしわたしが自分の人生の憐れむべき成果をそう呼んでよければの話ですが、いまだわたしを死後の第一の試練つまり物質の襲撃に耐えさせるに十分でありませんでした。わたしはこの瞬間に、実に不思議な透視眼で、自分のばかりではなく、同時期に死んだ周囲の他人に起こったことをすべて理解したのです。そのときはわずか数分のうちに恐ろしいものを見ましたが、いっそう恐ろしい予感めいたものをわたしの内にはっきり感じました。必死の防衛にもかかわらず、まったく純粋には自分を保つことができなかったのです。ふたたびあらゆる未知のものが、わたしのあちこちにぶらさがっているのが見えました。不死の実質とは何の共通点もないものばかりでした」そう言うと亡霊は悲しげに上着のボタンをまさぐり、着ていたジャケットを胃の上のところで握って縮めた。亡霊にはこの衣服はまったく未知のもので、おそらくは体の一部と思っていただろうことが、その動作から察せられた。

「安心したまえ。どんな服も多少はグロテスクなものだ」大臣は愛想よく言って亡霊を落ち着かせた。

「あなたがたはこれを服と呼ぶのですか……なるほど、理解しました。むろんわたしたちの衣服はまったく異なった様子をしています。わたしが生まれたジルフェ〔空気の精〕の圏では、服はある種の非常に高速なものでできていて、それといっしょに自分も独楽《こま》の形で絶えず回転しているのです」

「すると君はジルフェか。シルフィードなのか」美しいガブリエーレが、最近見たバレエで彼女が踊ったジルフェの記憶が、男爵の頭をぼんやり漂いすぎた。「われわれはジルフェを君の姿とはまったく違うものと想像していた」

「あなただってまったく違うものです、そしてあなたはわたしが今しているのとはまったく違う生き方をしています。わたしはすでにあなたの世界へ移行しつつあって、すでに半ばほどは、わたしができる範囲で、人間として生きています。これがまさに二番目に難しい試練で、わたしはそれをくぐり抜けなければなりません。まったく違う世界、まったく違う環境のなかにいきなり放り込まれ、その結果日常の習慣やルーチンを全部なくしてしまうのです。これこそまさに、可能なかぎりのいかなる世界にも適合する現実性を、今いるこの一つの生のなかで獲得する術を心得ているかが試される試金石なのです……」

「すると君は死人ではなく、他の世界から来たと言うのか」そう聞くと、男爵はまたもや平静を失って椅子の背にもたれた。

「他の世界からここに死に込んだのです」亡霊は辛抱強くくりかえした。

「月とかシリウスからか」

「違います。先に言ったように、まったく別の世界体系からです」

「銀河やオリオン座星雲からか」

「たとえあなたがあなたの肉体世界のなかでそこまで遠く、果てしなく遠く行っても、わたしの故郷は見つからないでしょう。わたしの故郷は別の感覚の領域にあります。いやむしろ昨日まではあったといったほうがいいかもしれませんが、今でも少しはあの世界に属しています。われわれジルフェはものを見ませんし、聞くことも嗅ぐこともありませんし、逆に見られることも聞かれることもありません。感覚器官や質料や自然法則があなたがたのものとは違うのです。空間的にはわたしたちは人間たちのあいだに、あなたがたに混じって生きています。世界は無限に多くあって、互いに侵入しあっています。単に隣り合っているだけではありません。じかに触れあっているにもかかわらず、互いについて何も知るところはありません。――これまであなたの世界は、星空や銀河も含め、あなたの感覚で捉えられるものはすべて、わたしには隠されていました。この場から動いてないのに、内的器官が切り替えられて、思いもかけなかった珍しい環境に放り込まれて、わたしは本当に驚いています」

「待て待て、そんな一足飛びに喋るな――まず話を飲み込まないといかん」フォン・クルムはそう叫び、痛いくらい血管が脈打つ額を手で押さえた。「すると君には何もかもまったく目新しいというのか……それならそれで、わたしは言いたいことがある……君の言がすべて正しいとしよう……何もかも初めてにしては、君の振舞いはみごとなくらいに適切で迷いがない。君のいま座った椅子の座った何人もが、狼狽してどうしていいかわからなくなったものだ。君に知ってほしいのだが、わたしは――自慢するわけではないが――かなりの影響力を持つ男で、不思議なことに――なぜそんな噂がたつか自分ではわからないのだが――わたしの存在にはそれ自体でなんらかの感銘を与えるものがあり、どんなに豪胆で厚かましい者も、わたしの面前で平静でいることは難しい、と陰で言われている」

今まで男爵と同じく興味津津で話をしていた亡霊は、ここにいたってはじめて興味を失ったふうになった。それもかなり露骨なもので、亡霊の目は窓の一つに釘付けになり、外の風景を見るからに楽しそうに眺めだし、同時に首を伸ばして半ば腰を上げさえした。

社交に長《た》けた大臣がこれを見逃すはずもなかった。

「美しい山ですね」亡霊が言い、憧れの溜息が胸から漏れた。

「するとこちらの世界の山も、君にはすぐにわかるのだな」大臣が儀礼的な冷ややかな口調で言った。「君の機敏な把握能力に賛辞を呈させてもらおう――君の世界にも山のようなものはあるのかね」

「いいえ。われわれのところでは何もかもが電流と回転する空気漏斗と渦の中に現れます、というか現れました」

「だがそれでも……」

「もちろんそんな物質の中にも自然の美もありますし、永遠の力や成長や推移の崇高な出現形態もあるのです。――生前は戸外の自然に出ると（わたしの忌まわしい職業ではそれは稀にしかできませんでしたが）……めったに見られないというまさにそのせいで、自然のすばらしさを真の渇望と魅了をもって味わい、そのたびごとにわたしの中で、自分がその享受によって永遠で普遍的で揺るがない現実になんらかの形で触れているという感覚がたちまち目覚めたものでした。もしかしたらそのせいで、この新しい世界でも、自然の美に関しては、その本質的なものに触れると、すぐさま勝手がわかり感知できるのかもしれません」

「なんと奇妙な話だ。とても君にはついていけない。ほんとうに……だがもしわたしが純粋な空気の渦でできた……失礼、でも君がそう言ったのだ……純粋な石鹸泡からできていて、岩も雪も草木も色彩もない……もちろん色彩もないはずだ……そんなアルプスのパノラマがある世界からやって来たのなら、ここで現実の山を見たとたんに肝をつぶすだろう。すっかり肝をつぶすだろう……」男爵は何か考えていたが、やがて勢いよく言った。「一言で言えば、わたしは肝をつぶすだろう」

「あなたはわたしを嘲るつもりですね」亡霊は嘆いた。「つまりわたしが十分に肝をつぶしたり混乱してはいないというのですね。むしろわたしは自由な神の本性を前にして、信頼じみたものを感じています」

「違う。他のことでも君はまったく驚くほど事情通だ。肝心な点についてさえそうだ。ずばり言わせてもらえば、自分がどこから来たのか、どこへ行くのかを、君は不自然なくらい精しく知っている」

「いえ、そんなことは知りません。そんなことは知りませんとも」

男爵はためらわず続けた。「君は自分が過渡状態にいることとさえ知っている。自分が直面した試練のことや、ある種の審判の手続や、いかなる善行が法廷に証拠として提出できるかもわかっている。それどころか君は、非常に難しい話題でも、われわれの言葉や概念形成を驚くほどやすやすと理解する。君はまことしやかに喋り、しかも永遠の正義についても、それに馴染んでいるように語る。神や死や地獄や悪魔やそんなものについても君は……」男爵は大股に部屋を行き来し、あからさまに憤っていた。

「ええ、幸いなことに、まさにそうしたものには、死ぬ前にもある程度はかかわっていました」亡霊はひどく怖気《おじけ》づいて言った。「もっとも十分長い間ではありませんが。それに、わたしはそれらを理解したというわけではありません。でもある種の憧れがくりかえしわたしをそこに引きつけ、そこで、くつがえすことのできない、あらゆるところで通用するに違いない永遠の現実こそが肝《きも》だと感じたのです……ああ、残念ながら、わたしはおかげで他のものをなおざりにしました。そして今その報いを厳しく受けています……」

「なぜ黙る」不快げに男爵は叫び、そこで話が少し途切れた。「わたしが特に知りたいのはまさにそこだ。それはいったい何だ。何の報いを受けているというのだ。何に罪を犯したというのだ……」

「わたしは……」亡霊はつかえつかえ、恥ずかしげに言った。「わたしは、何というか、つまらないことがまったく不得手でした。つまり、わたしはそれらをつまらないことと思っていました。でも今わかりましたが、それもまた大切なことで、また、注意深く取り組むならば、それもまた実在の核を含んでいて、尊重に価するものだったのでした。というのもわたしには今そうした実在が欠けているのです。そこにまさにあの特別な、わたしたち死者が死後一時間目に服さねばならない掟があるのです。作用と反作用が完全に逆転するのです。わたしたちが生前に畏れを感じ、恐怖と驚異で感嘆したものは、今はわたしたちに馴染みのものになっています。しかし向こうでわたしたちがおざなりに扱い、魂と関係ない日常的なこととして軽んじたものは、ここではよそよそしい理解できないものに感じるのです。そして……」亡霊はここでふたたび口ごもった。「服装もそんなものでした。正直にいうと、服装にはほとんど構いませんでした。もっと言えばエチケットの問題はまったく理解していませんでした。ある種の慢心からエチケットを無視し、自分には他のより優れた素質があるから、高慢である権利を持つと考えていたのです。そのため今罰せられています。というのもエチケットの中にも、より一般的にいえば、規律と作法のある交際の中にも、節度と距離感の中にも、普遍的に妥当な何かがあり、神が欲したものが確実にあります。わたしは距離感覚を大げさに考えているのかもしれません。そこには豆粒ほどの真実と大量の虚偽があるかもしれません。でもわたしはまさにその真実の豆粒を見出す義務があるのです。真実を覆い隠す虚偽がどれほど邪悪であろうと、それはわたしがその覆いに怯《ひる》むことの言い訳には十分ではありません……罰としてわたしは、今そういったものすべてにまったく途方にくれています。考えてもみてください。どんな姿であなたがわたしの前にいるのかを今もって探りだせないことに、わたしがどんな気まずい思いをしているかを。わたしにはあなたがまったく見えません。それでも、あなたの声はこの美しく光る体から来ていると信じます」そう言って亡霊は男爵のずっと背後にあるテーブルランプを指差した。男爵はこの言葉に、おそらく人生ではじめて、自分が卑小であり重要人物ではないという妙な感じを受けたが、しかしそれは男爵の憤懣をますます昂じさせた。

「そしてわたしはどういうわけか、その光を、わたしが今話している相手の核であり個性であると考えています。そのほかは残念ながらはっきりした姿が周囲から浮かびあがることはまったくありません。自分の姿もはっきりしないのです。自分の新しい世界にこれだけ適応したいと思っているのに。わたしの中でぴくっと身を縮ませるものがあり、それは流れ広がっていきます。体中の毛穴に不快を感じているのです。信じてください、わたしは空間感覚をまったく失っています。何もかもが頭の中でよろめき眩暈を起こしています。わたしが動くべき正しい平面を見つけられないのです。何もかも斜めに見えます」

「それは実際わたしも気づいていた」フォン・クルムは嘲笑って言った。

亡霊は続けた。「遅まきながらわたしも、いつもホームシックを語っていた友は何と正しかったことかを、ようやく気づきました。その友は単に別の町から来ただけで、ぜんぜん異なる世界から来たわけではありません。それなのに始終、とても気味悪い、気味悪いどころか罰せられたみたいに感じると嘆くのです。自宅で愛しい日常に包まれること、家族で体を寄せ合うことの暖かさの中に何が隠されているかが、今明らかになりました。それは何かというと、己《おのれ》の人生のある種の内的空虚と無意味性です」

「同じことを今日、大使館付武官も言っていた」男爵がつぶやいたが、不信の念は弛めなかった。

「もし人が」亡霊は静かに続けた。「永遠の多忙という欺瞞の仮象に自分の生を持ち込むなら、いつも勤勉に奮闘しているなら、いつもいわゆる〈真面目なこと〉――たいていは日々の必要に役立つだけのもの――を追っているなら、自分の余暇を〈不真面目なもの〉――あの〈真面目なこと〉と同じくらいに非現実的なもの――で浪費するなら、すなわち、われわれを自由にする絶対の真実をどこにも見ず、あらゆるところに侘しい必然性と日常性だけを見るならば……」

「もうたくさんだ」男爵は叫び、拳を丸めて亡霊に打ってかかった。「言うにこと欠いてわたしのことまで」

「違います、わたしの友のことを言っているのです」亡霊は叫び、上半身をのけぞらせた。

「はははは――どこにも絶対の真実を見ない者だって？　君の友を紹介してくれ、そしてそいつに言わせてくれ、君は卓越した男であり、わが同志だと。わたしもまさにその通りの人間だ。生の素っ気ない事実をわたしは重んじる。相対的な理性を、効率を重んじる。だが君の普遍に通用する現実性についての無駄口は……そういう馬鹿げたイデオロギーと戦うこと、まさにそこにわたしは自分の存在のささやかではあるが、おそらくまったくの無価値ではない意義を見ている。まったく、それを洞察できないくらい近視眼のものがいるのか。全てへの権利や正義などというものはない。なぜなら誰もが、個々の人間が、権利を持つからだ。それゆえに終わらない戦争が、人と人の諍いが、民族どうしの戦争がなければならない……」

　大臣がこう発言するや、亡霊はとつぜん変形したような身振りをした。それまでは今にも泣きそうな、いやそれどころか、これまで無気力に近かった様子が、男爵の怒りに勝るとも劣らない怒りの熱意を帯びた。「それは無意味だ」亡霊は叫び、堅苦しさを一挙に忘れたように見えた。「〈なければならない〉とか、単なる相対的な理性などというものはありません。そんな見解はまったくの目くらましです」

「わたしが――目をくらまされる？　いちじるしく客観的で現実主義の政策をとると誰もが認める現役政治家のわ

たしがか。それは政敵からさえ認められている。なのに夢想家でありユートピストである君がそう主張するのかね。いいかね、わたしは君みたいなタイプの男を、もっとも邪まな人間、それどころか唯一の人類の敵と見なしている。それを知っているか」男爵は亡霊の腕をつかみ、あちこちにひっぱり、すっかり激昂に呑まれてしまった。だが亡霊もまた荒々しくなった。昂奮してあちこちをぱたぱたし、おかげで男爵の言葉を聞き逃した。「そうだ、そんな敵とみなしている」男爵は叫び、脇に跳んだ。「お前をお前の子供じみたでっちあげもろともこの場で撃ち倒しても、良心の痛みなぞ少しも感じるものか」大臣は書き物机に駆け寄り、手提げ金庫を開けて、震える手でリヴォルヴァーを新たに装塡しだした。そうしながらも大臣はなお絶えまなく叫び、罵り、その声は憤りと昂奮でどんどんしゃがれていった。

「永遠の正義とか何とか、くだらん戯言《たわごと》をぬかしおって……お前自身が人間のもっとも神聖な善に対して罪を犯しているがわからんのか。もし正義がただ一つ、真理がただ一つなら……互いに打ちかかり、誰もが正義の側に立つことから生じるあらゆる地上の不完全性、無意味性が残っているわけがない。苦悩の宗教に他ならぬキリスト教が残っているわけがない。人生行路の形而上的悲劇が丸ごと残っているわけがない」

「かわいそうな人だ」いまや亡霊も喉を枯らして叫び、その声には地獄の雷鳴が轟き、壁や窓までも暗く声を合わせ、外で吹く風もひときわ強くなり、高い山々から微かな口笛のような軋る音を運んできた。まるで遠くどこかで太古の岩の結合が解け、流れる埃となっていまにも滴り落ちそうな気配だった。「かわいそうな人だ」同時に目に見える自然が激昂し、声をそろえて叫んだ。「それがあなたの仕事なのですか。神の領分に手出しして、その御業の悲劇を恩着せがましく憂慮して後援することが。神があなたみたいな下劣な蛆虫を滅ぼさず、無限の慈悲の中でただ生き延びさせたとは、そんな仕事の報いとしては、おそらくは十分な、そして十分以上のできごとでしょう」

——そう言って亡霊はすっかり後ろにそりかえった。それはまるで、自分の体で相手を押し倒し圧殺しようとして勢いをつけているかのようだった。この激しい動きのおかげで、亡霊は思いがけなく、それまで膝下が嵌《はま》っていた床から自由になった。まるで舞台の迫《せ》りが上がったように全身が露わになったが、驚いたことには、足裏が床の平面に達してもなお上昇はやまず、余勢を駆ったようにさらに上にあがり、今は空中にただよっていた。だが直立はしておらず、まるで目に見えない階段をただよい上るように体を傾けていた。そんなふうに動いて、亡霊は冷えた気流に乗ったように男爵のすぐそばを通り過ぎ、そのとき亡霊は男爵をまたもや見過ごした。

「何ということだ」亡霊はつんざくような声で嘆きを発し、とつぜん部屋の半ばの高さで止まり、ほとんど動かず、軽く振り子のように揺れるだけになった。「わたしの罪が、わたしの罪が」

男爵は体を震わせて倒れ膝をつき、その手から武器が遠く弧を描いて床に落ち音をたてた。亡霊の話にも劣らず怖ろしい眺めだ――見えない絞首台からぶらさがったみたいに体が宙に浮いている――それは薄気味悪さにおいて、この記憶すべき晩に体験した奇妙な何もかもをはるかに凌駕し、かろうじて装っていた男爵の平静を失わせた。苦悩する心から直に発せられたような震える言葉がいま上から、ずっと長い間、おそらく少年期の最初の何年か以降はずっと揺さぶられなかった男爵の魂の琴線に触れた。「わたしの罪、わたしの罪」いまやかれも身をよじり、もはや泣くこともできずに目をゆがめた。長い年月のうちに泣き方をすっかり忘れていたのだった。

二人はしばらく部屋で叫びあい、共鳴した家具が微かにきしった。月は沈み、ランプの光以外は完全な闇が支配した。そのときようやく、ひどく弱弱しい青白い光が亡霊の輪郭から発せられているのに大臣は気づいた。髪をぱちぱちと梳る櫛《くしけず》から出るような光だった。どうやら、この世の空気という、意のままにならない未知の媒質は、亡霊がわずかでも身を動かすと病的で不快なものに擦《こす》られた感じを起こさせ、かれの服の繊維一本一本の根元にいたるまで苦しげに逆立たせるようだ。

「お前はいったいどうしたのだ。いったいどうしたんだ」大臣は叫んだ。憤りは霧のように失せ、いまは憐憫だけが残っていた。哀れに迷った亡霊への憐憫、そしてそれ以上に自分自身への憐憫。というのも死後に必ず訪れる時間のなかで、自分の運命は、この亡霊と似て、しかもずっとずっと怖ろしいものになると予感されてきたからだ。

「あなたにはわからないのですね」悲しげな声が上から響いた。「わたしには空間感覚がありません。ここに部屋や階段があることや、上下左右といった何かの法則に従う秩序のあることは認識できます。しかしその奇妙な秩序を感覚として受け入れることはできないのです……そしていま知りました。わたしの人生のどんな特別な出来事が、この災難を招いたのかを」

「怖ろしいことだ」大臣が嘆いた。「それはいったい何だ。君は何をしでかした。助けになってやれるかもしれない。もしわたしの力が及ぶことなら、安心してくれ、あらゆる手を尽くしてやろう……」

喋り慣れた外交的言辞が抑揚を欠いたまま、大臣の色を失った唇からほとばしった。

亡霊は大臣の申し出に一言も答えず、思い出にふけって、自分一人に語りかけているようだった。「ある身分の高い男が、その男は国務大臣だったと思いましたが、善意から、純然たる好意に満ちて、わたしのみすぼらしい屋根裏部屋を訪ねてきたことがあります。その人は、わたしから学びたいと言いました。わたしの独自の生き方を、わたしの——その人の言葉をそのまま使えば——自家製の世界観を、自分なりに再検討したいということでした。そこで高慢のサタンが、プロレタリアの正当な誇りがわたしを駆り、わたしの手でその人を階段から突き落とし、勝ち誇ってこう叫んだのです。『これであなたも実際に見たでしょう、そして自分の体で感じたでしょう、わたしには高いも低いも、上も下もないことを』

「上も下もない——だから君はいま、哀れな格好で宙に浮いているのか——それはともかく、君がやったことはあまり立派とはいえないね」

「ええ、あのときは背後からそう怒鳴ったのです。深い確信に満ちて、何かたいそうことを表現したと思って。遺憾ながらわたしは短気すぎました。あなたにもそのありさまをさっきお見せしたでしょう。そのときは、襟首をつかまえて階段から突き落とすことが、ごく自然で当たり前と思えたのです。そのあとも長い間、自分のすばらしい思いつきを喜ばしく思っていました。あの行為を自分の心の奥底から来たように思い、違った成り行きになるべきだったとか、なってもよかったとは想像さえできませんでした。——でもいまはいささかの迷いもなく感じています。この見かけ上の自明性と自己完結性こそ、把握可能な物的量感と確実性こそ、最も邪悪な危険、死すべきものにとって最も邪悪な誘惑なのです。人は『他にどうしようもない』と考えます。あるいは何も考えずにそれが現状のままにあること、悲惨と偽善と大量殺戮と権利の侵害があるということに安んじます。変更も改善も無理と考えて、まず自分からはじめられることをまったく忘れているのです……」

男爵は歯をかちかちいわせ、極度の不安に襲われて亡霊をさえぎった。「だが君、考えてもみたまえ。君のその程度のただ一度の些細な過ち、あるいはむしろ単なる強情のために、君がそれほど多くのものに耐えねばならなかったのなら、わたしはいったいどういう目にあうのだ。エチケットと距離の問題には確かに精通するだろう。だが他の多くの、もっと大切であろうものはどうなる。そういうものすべてが単なる習慣としてしか認めなかったおかげで、揃ってわたしに復讐するというのか。死についてさえわたしは、そんなものには慣れたとつねづね言っていた。だとすると逆転した世界では……いや彼岸では、何もかもが驚くほど新鮮で、説明不能に見えるのだろうか」

「ええ、今そのときが来ました」亡霊はこの瞬間、恐怖で身を震わせている大臣を尻目に喜びいさんで叫んだ。「いま、いまこそ、運命からわたしは逃れました。いまわたしは、自分は許されたと感じています。比類のない調和がわたしをとらえ、全身を満たし……」喜びの涙で目を輝かせ、穏やかな笑みを満面に浮かべて、老人はゆっくりと床に漂い降りた。大きさと姿は普通の人間と変わらなくなり、体の周りから発していた針のように細い光も消えた。足が床に触れた。その足もたちまちマリオネットのような不自然なぎごちなさから解放され、やすやすと男爵に歩み寄った。いまや亡霊は男爵にも、ちゃんと周囲から識別できた。われ知らずかれは床に跪いていた。「立ってください」亡霊は親しげにそう言い、しゃくりあげている者を助け起こした。「救われないままのものはいませんん……しかしわたしはいま強い力でどこか他のところに引っ張られています。今度はどんな試練がわたしに定められているのでしょう。それともすでに最後のところにいて、最終段階まで純化されているのでしょうか。わたしにはわかりません。ただ感じられるのは、この地上的世界でのわたしの時間が終わったこと、ふたたび新たな圏に浮かぶであろうことだけです――おそらくはここより、わたしがもといた世界より、もっと純粋な圏に。ではごきげんよう」

「だめだ。行くな」必死に男爵は呼びかけた。「ここにいてくれ。もっと話してくれ。君はわたしによくしてくれた。だから、単に君に慣れただけだとは言いたくない。違う。君といると、わたしは何か本質的なもの、現実的なものを感じる」

亡霊は真面目に首を振った。「とどまることはわたしには許されていません」

「わたしが膝をついて乞うてもか。君の言葉はわたしの魂の健康に決定的で汲みつくせない意義を持つかもしれない、わたしの永遠の救済は君の手にかかっていると言ってもか」

「より高い掟がここから去ることを強いるのです」

ついぞ知らなかった謙虚な態度で大臣は頭《こうべ》を垂れた。亡霊は優しくかれに手を差し伸べた。

「ならば一つだけでも教えてくれ。死んでも少々の気まずさくらいしか感じない、それくらい高い認識段階に到達するために、どれほどの身の震える体験を、高次の研鑽を、どれほど学識とすばらしい授業を、君はジルフェの世界で経てきたのだ。きっと君は哲学の学徒で、君自身も哲学者に違いない。あるいは知られざる偉大な芸術家か、使徒か、予言者か、宗教の始祖か」

「そんなことはありません」亡霊は妙な含み笑いをして答えた。「わたしは他の人と同じように生きました。不正に我慢ならなかったのは事実ですが、学問にはわずかしか時間を割いていません。もっともわたしの職業は哲学的といっていいかもしれません。いつも狭く暗いところで、あらゆる人間を遠ざけて、一人きりでいなくてはならず、自分だけを頼らざるをえませんから。そんな境遇は人を沈思へ誘います。わたしは煙突掃除夫だったんです」

大臣はびくっとした。「煙突掃除夫——煙突掃除夫」——と歌うようにくりかえした。

目をあげると、亡霊はあとかたもなく消えていた。——

とつぜん大臣は叫び声をあげて電話台に突進した。「もしもし——精神病院、精神病院を呼んでくれ」

夜間監守が電話口に出た。

「アルトゥル・ブルッフフェスはそこにいるか？　今日わたしを暗殺しかけた煙突掃除夫だ。ちょうど半時間前に亡くなったんじゃないか?」大臣は、たった今話し終わった相手はその男の霊と信じて疑わなかった。

「すぐに調べます、大臣」

耐え難いくらいに緊張が高まったあと、応答があった。「いいえ、囚人ブルッフフェスは生きております。それどころか目だって落ち着いて上機嫌でさえあります。まだ寝ておらず、歌を口ずさみながら独房を行き来していきます。医師は精神錯乱の徴候を少しも発見できませんでした。神経組織の特別な昂奮さえなかったのです」

「すぐ釈放してやれ」大臣はあえぐように言った。「審理はすべて打ち切りだ。すべてを作り変えねばならん。司法全体を、世界全体を、すべてを……わかったか。すぐに自由にしてやれ」

「仰せの通りにいたします、大臣閣下」

息をはずませて大臣は安楽椅子に倒れこみ、休みなく頭を軽く叩いた。みずからを揺り起こそうとするように。言葉にし得ないことをとらえようとするように。

そのとき扉のほうで音がした。

美しいガブリエーレが入ってきた。先ほどの大声の対話にも目を覚まさなかったガブリエーレも、今電話の鳴る音で起きたのだろう。「いつになったら来てくれるの」と大臣に呼びかけ、すねたように唇をとがらせた。そして立ったまま微かに身震いした。というのも今着ているのは、二本の薄青色の絹紐で輝くばかりの肩に吊った、透きとおるように薄い夜着だけだったからだ。あどけない若い顔は、華奢な丸い腕は、そして林檎のようにすべすべとした小さな胸のふくらみは、世界の何より自明で、無意識のうちに安らぎへの甘い慣れに人を誘うものに見えた。男爵より意志強固な者でも、この穏やかな力で人を酔わせる姿には抵抗できなかっただろう。次の瞬間、男爵は彼女のそばにいた。「どれだけひとりで待ってなきゃならないの」ガブリエーレが優しくささやくと、男爵は彼女を抱擁し、こみあげる喜びに胸の奥から溜息をついた。眠りに誘う母のような甘い温《ぬく》もりと優しい鼓動に身を委ね、音《ね》を響かせる魔法の若枝を思わせる、今は解かれた限りなく繊細な髪の房に手を触れた。

変貌

アレクサンダー・モーリッツ・フライ

Alexander Moritz Frey : Verwandlung（一九二〇）

アレクサンダー・モーリッツ・フライ（一八八一―一九五七）は画家兼オペラ歌手だった父の五十五歳のときの息子としてミュンヘンに生まれました。一九一四年に初長篇『見えない人ゾルネマン』（大富豪の科学者が高さ三十メートルの壁で囲まれた庭園をつくる話）を発表し、この作品に好意を抱いたトーマス・マンとは生涯にわたる交友を結びました。最近全十巻の邦訳が完結したトーマス・マン日記（森川俊夫他訳、紀伊國屋書店）にも彼の名が頻々と出てきます。一五年には衛生兵として西部戦線に赴きました。このとき同じ連隊にいたヒトラーと知り合い、フライの文才に着目したヒトラーから戦後もたびたび誘いを受けたそうです。しかし堅固な平和主義者であったフライは一顧だにしませんでした。三三年にはザルツブルクを経てスイスに亡命し、生涯そこにとどまりました。

この短篇が発表された時代のドイツは心霊主義、ニーチェ主義、神智学など様々な思潮が入り乱れる思想的混乱期でした。多くの幻想作家もそれらに影響される中で、本作品のように無垢を保ち自らのファンタジーを守るフライは珍重に値します。なんだかドイツのA・E・コッパードとでも呼びたくなるではありませんか。

また幻想文学愛好家にとっては物語の大筋が中井英夫の珠玉作『幻戯』と類似のパターンを描いている点も見逃せません。失われたものを巡る探求が奇術師という生業と結びついて化学変化を起こすときの典型的現象なのでしょうか。

垂れ幕が天に上がり、観客の目がすべて舞台に集まるか集まらないかのうちに、はや魔術師は恥知らずな口上とあつかましい所作で、自分の芸にごまかしのないことを保証していた。器具に二重底はありません、関節に紐も隠していません、重ね細工もありません、とぬけぬけと嘘をついた。燕尾服を脱いでその助力を諦《あき》らめ、カフスも前腕から後ろに返して、擦りきれた赤い天鵞絨《びろうど》を敷いた小卓へ歩み寄った。そして金属の管をとりあげると、観客に向けて中をのぞかせ、またもとに戻した。二言三言何か言って、黒い棒で空をかき回すと、鳩が二羽、管の中から飛び立って、舞台の天井へ消えた。魔術師は自分が創造した鳥たちを飽き飽きしたという目でながめ、平和の鳩と呼び、まばらな喝采を引き出すと、さらなるいつもの悪ふざけにとりかかった。

最前列にひとり、すでに見るからに退屈している客がいた。体を斜めにして舞台からそむけ、胸ポケットに手を伸ばし、手紙を引き出して開いた。そして読みふけりだした。

魔術師はそれを見て――はたと動きをとめた。空中からここに御婦人方にコーヒーをお出ししますと約束した器をテーブルに置いて、舞台の縁《へり》に寄った。新しい出し物がはじまった。両手でトランプをくるくる回し、手の甲に対して曲げ、空《から》の手の平を示し、ふたたびカードを前方に飛ばし、空中でつかみ、膝の裏から引っぱり、靴底から剝がした。そのあらゆる効果を、下にいる男はうっちゃって、一心に手紙を読んでいた。なにもかもがこの男のため、始末におえないこの男を自分の手に奪い返そうとするためだったというのに。

男の気は散らなかった。手紙は男にしっかりと蓋をした。かれはひたすら読み続けた。

くたびれはてて気が荒《すさ》んだ魔術師は演技をやめた。敵に言葉で注意をうながした。その心情にけちをつけ、礼儀知らずと言い、泣きを入れて退席を勧めた。

客は耳を貸さず、手紙の語ることだけを聞き、内ポケットからを手紙の続きを出すと、さらに読みふけった。

魔術師は速足で奥に退いた。舞台装置の中に入って照明を落とさせた。広い会場はまっくらやみになった。残りは全部飛ばして最後の演目に移ることにした。最も秘密の術を使って、この暗い舞台で炎を躍らせてみせますと観客に約束した。

手紙読みはちらと闇に目をやると、懐中電灯を取りだし、その光で読み続けた。

照らされた紙片は闇の中央に円盤となって輝いた。すでに他の観客は手紙読みと魔術師を共犯《ぐる》と信じ、二人で何をするのだろうと胸を躍らせて待った。

魔術師は歯軋りして、努力が空振りに終わったのを認めた。宵闇めいた舞台にある魔術の輪と切れない紐、それに球や箱を力の失せた手で取り、うめいてふたたび手から滑らせた。

かれはこぶしを握り締めた。「やってみせる」とつぶやいた。「俺が魔術師でなければ何だというのだ。毎日子犬を帽子の空洞から出し、カナリアを鳥籠もろともハンカチの下で消し、人間を籠のなかに閉じ込めて、無に溶かす――つまらない手紙一通、魔法で消せないことがあるもんか」

汗が額を伝い、泡が口元に浮かんだ。魔術師は祈りはじめた。「われに力を与えたまえ」かれはうめいた。「さして手間もかけずに――毎日子犬とカナリアを消したのに――今は手紙ごときに勝てない。わたしの悩みを照覧あれ。この恥は永遠に雪《そそ》げない。『消えよ、懐中電灯！』と言ってやろう、それから『失せよ、手紙！』と。神さま、お助けください。あなたの助けが必要です！　神よ！」

魔術師は岩のように固く信じつつ、歯のあいだから唱えた。「消えよ電灯。失せよ手紙」

最前列にいた客は懐中電灯をいじくったが、何としても点かなくなった。そこで立ち上がり、魔術師を怒鳴りつけた。「冗談もたいがいにしろ。手紙をただちに返してもらおう」

観客は笑い、おおいに沸いた。会場はまた明るくなった。

魔術師は燕尾服を着て、風に吹かれるように楽師たちの頭を越して小階段を降り、観客席へ歩いていった。穏やかな勝利の笑みを満面に浮かばせ、寛大にも魔法を使えない哀れな者たちにまぎれ込んだ。

「手紙をよこせ」最前列の男が要求した。

「持っておりません」良心に少しもやましさのない魔術師は、機嫌をとるように微笑んだ。

「ごまかすな！」客が怒鳴った。

魔術師は魔術的に肩をすくめた。そしてさりげなく言った。「ご自身のポケットをお調べになってはいかがでしょう」

ははあ、観衆たちは合点がいったようにうなづいた。

客は上着を空にしてひねくり回し、書類や紙幣を乱雑に積み重ねた。――求めるものは出てこなかった。「ごまかしは止めてもらおう。支配人を呼んでくれ」

とうに支配人はそこにいた。こんな出し物は演目にないのを知っていたからだ。

「ボンボネルさん」支配人はおもむろに言った。「おふざけが過ぎるようですね。手紙を持っていますか」

「いいえ」ボンボネルが答えた。

「持ってるにきまってる」客が叫んだ。「他に誰が持ってるっていうんだ」

「わたしは舞台にいました」魔術師は非難を退けた。「ここにいる皆さんが証人です。どうして観客席の手紙を奪えましょう」

「吸い込み機械を使ったんだ、何かそのたぐいのものを。謎かけはやめてくれ」最前列の客はあたりはばからず叫んだ。「お前がさっと動いたのが見えた。細い糸の先に鉤をつけて客席に飛ばしたんじゃないのか。見えない釣針で手妻《てづま》を使ったのかもな。俺にわかるもんか。いいから手紙をよこせ」

支配人は困って手を揉みあわせた。「ではこうすればいかがでしょう」とかれは興行の評判を落とさぬよう気をつかって言った。「ボンボネルさんには舞台で上演を続けてもらって」ここで支配人は自信ありげに微笑んだ。「魔法で手紙を呼び戻して、もとの持ち主にお返ししては」

手紙を失くした者の目から怒りが失せ、頼もしそうに魔術師を見あげた。

それほどまで自分の力が信頼されているのを知り、魔術師は身を震わせた。今何が起きているのかわかった――そしてこのまま進まねばならぬことも。――客は俺の芸を信頼している。俺に一目置いている――手紙を読んでたあいつだって。だから俺も、自分に授けられた力を信じねばならない――主よ、助けたまえ！

魔術師は軽くお辞儀をし、観客に向けて言った。「わかりました。あなたがたはさらなることを体験されますでしょう。あなたがたはそう望まれました。あなたがたの望みはかなえられるでしょう」

「神よ、汝の御心を顕したまえ」かれはつぶやき、ふたたび風に吹かれるように楽師たちの頭を越して小階段を上り、舞台に立った。演奏がはじまった。

魔術師はふたたび会場の照明を落とさせ、舞台を闇にした。そしてあちこち歩き回った。会場全体の期待が恐ろしいくらいにわらわらと迫ってきた。「手紙よ」かれは命じた。「あの手のもとに戻れ」――音楽がこの言葉にからみついて呑み込み、聴衆の耳は何も聞きとれないままだった。

「手紙よ、戻れ」かれは繰り返した。「伝書鳩よ、助けてくれ」かれは願い、頭をあげ、鳩の消えたあたりを仰いだ。

何も起きなかった。魔術師は思いきって会場に目をやった。白い紙は奪われた者の手になかった。奪われた者が立ちあがった――堪忍袋の緒が切れたのだ。

魔術師はそれを無視し、痙攣じみた決然とした足取りで、ふたたび舞台を行き来した。「主よ、助けたまえ」かれの口から叫びが漏れた。「わたしに何をさせたいのです。なぜこんなことをなさるのです。手紙はどこにあるのです。持ち主の手に返すなというのですか。心をお決めください。手紙は戻らないのでしょうか――神よ、あなたがわたしをどれほど孤立させたか、わからないのですか。何でこんなことを。あなたが手紙を呑んだと言っても、誰が信じるでしょう。あなたは背ろから橋を崩し、渡し舟を燃やした。でも進まねばなりません。飛べというのですか。でもどこに翼が。生やしてくださったはずです。知らないうちに、もうあるのですか。わたしは飛べますか。魔法が使えますか。――そうですか、できるのですね」

かれは力の生《お》い出でくるのを感じた。だが期は熟していなかった。手紙を失った男が決意を顔に出し、もったいぶった足取りで小階段を上ってくるのが見えた。魔術師は楽師に合図をして演奏をやめさせた。そしてどうなることかと固唾を呑んで立っていた。

男はかれの前に出た。「恥知らずな真似はいいかげんにやめてもらおう」男は吐き捨てるように怒声で命じた。「手紙をよこさんか」

「神が助力されたのです」魔術師は小声で言った。「神が手紙を隠されました」

「お前の恥しらずな商売に神さまを引きずりだすのか」手紙を失くした男が叫んだ。「なんのために神を冒瀆する」――男は下の客席にがなりたてた。「こいつは教会を冒瀆している、お前たち皆を侮辱している」

「あなたこそわたしを侮辱している」魔術師は真面目な顔で言った。「人が人になしうるかぎりの侮辱をしている。あなたはわたしの言うことを信じなかった」

男は吹きだした。「お前のぺてんを信じろというのか。鳩が二羽、おまえのいんちきな管からちゃんと出たじゃないか。俺の手紙はもっとずっと大切なものだ」

「一枚の紙切れが」ゆっくりと魔術師は言った。「飛び去った二羽の鳩より大切と言うのでしょうか」

「俺にはとても大切なものだ」男は声をはりあげた。「何よりも大切なものだ」

魔術師は目をそらさずに言った。「では言いましょう」やっとの思いで決断したのだった。「手紙の場所を明かしましょう――もっとも明かすも何もありませんが」と小声でつけ加えた。

「手紙は四角、四角は器のなか。器は丸屋根のなか」かれは告げた。

客席は馬鹿にする者と馬鹿にされる者を面白がって沸きかえった。

「いいか、聞くのもこれで最後だ」客は厳めしく迫った。「手紙はどこにある」

「ほらみなさい。あなたは信じていない。あなたがたの誰も信じていない」手品師は言った。「あなたが信じれば、手紙はわたしの言ったとおりのところにあります」

「どこの丸屋根だ」客は怒気をはらんで言った。

「天の丸屋根が手紙の上にありませんか」手品師は応じた。

「もういい」侮辱された者は顔をこわばらせて言った。「俺は手紙を手に入れるだろう」そして自分の席に戻った。

「あなたは手紙を手に入れるでしょう」魔術師はうけあった。「むかしから定められたものは、いつかは互いの手に入ります。水は火に、地は天に、――そして手紙は人に」

会場は飽きてきた。「予言はもういい」そう声が飛んだ。――ジョッキに敷かれたコースターが舞台に飛んできた。長靴《ちょうか》が不満げに踏み鳴らされた。

手品師が両の掌を客席に白くかかげると――会場は静まった。観衆はふたたび息を飲んだ。かれは幅広い黒いマントをはおった――星ぼしから来る夜で――夜で体を包むように――そのとき銀色に光るものが滑り、マントのどこかに織りこまれた。

「主よ、助けたまえ」かれは祈った。「手紙を失くしたあの男にもう助けはありません。ここにいる誰にも助けはありません」

かれはふたたび光を追いやった。まったくの闇のなかで、かれは舞台端《ばな》に立っていた――足元にはぼんやりとした波、うごめく暗い潮《しお》――テーブルのグラスや食器、女たちのアクセサリーが物憂げにおぼろに仄めく。ささやきが湿りを帯びる。

「――池――」そこに向けて魔術師は言葉を放った。「――池――銀の小魚」かれは手を伸ばした。

「主よ、力を与えたまえ」かれは求めた。

そして目を天に向けた。「壁よ。天井よ。幹となれ。樹冠となれ」――それから目を落とした――「床板よ。梁《はり》よ。地となれ。砂利となれ」

音もなく変貌が――創造が成就した。頭のひとつひとつが池の水面に触れるや――たちまちその口は魚の口と化し、もろともに下に沈んだ。

舞台へ懇願し助けを求める眼は、瞼《まぶた》が失せて丸くなった。おずおずと逆らう腕はすでに鰭となり、嬉しげに水に踊った。

壁は割れて転がった。――魔術師はあらゆるものの動きを封じ、あらゆるものに力を及ぼした――何もかもが位置を変え、滑り、育ち、人知れず憤った。――星の描かれた屋根は裂け、ずれ動く壁はそれぞれ、いくつにも割れた屋根の破片を受けとって、踊り動く枝に仕立てあげると、みずからは幹になった。生まれかわった会場に――池と灌木と草地と化した会場に――はや夜空は、不滅のシャンデリアを吊るしていた。

角《かど》ばったものは丸まった。生気を帯びた色彩が灰色の壁に走り抜けた。磨り減った石は種子を宿し、みずみずしい繊維になった。――石膏の蔓は命が宿ったようにざわざわと揺れた。池が呼吸をはじめ、月に向かって盛りあがった。

すでに夜風が吹きわたり、新たな兄弟姉妹たちを優しく揺すぶった。子供が急《せ》きたてるようにこずえを叩き、葉が銀色に揺れた。水や草の上を手が掠めすぎ――水や草がさやさやと鳴った。

魔術師は低めのごつごつした大岩に立っていた。足元で泉がせせらいだ――フルートとヴァイオリンを人が奏で、煙草とビールを楽しむ歌を響かせていたところで、今は落ちる波が音《ね》を奏でていた。

魔術師は疲れきっていた。描かれたものではない星空に白い髭をかかげると、星ぼしの光が暗く窪んだ顔に深々と落ちた。年寄りじみた狭い歩幅でかれは舞台を降りた。そしてなお、灌木の壁から、樹々の柱のあいだから、水のなかの魚に語りかけた――魚が言葉を返すと、かれは鉄の格子扉を通って公園から街路に出た。「よし、樹は水と泳いでいる、そして湖は森で緑にざわめいている」――

この公園は町の中心にあって、周りを囲む街路は、かつて魔術師が舞台を踏んだ劇場を囲んでいた。

この町では誰も――土地の者は誰ひとり、この変貌に驚かなかった。皆の記憶や感覚もともに変貌したからだ。父や母、兄弟や友がいなくなって、今は魚に交じって泳いでいるからとて、誰が悲しもう――あらゆる糸が解《ほど》かれ、新しく結ばれたというのに――すべては今あるとおりであり、別なふうに糸が世界に張られたことはないようであった。

記録が、書物が、地図が何になろう。地図の上でも——そこは緑の公園で——水が青々としている。庭師が樹を植えたのだろうか、土工が池を掘ったのだろか——それらは見かけの行為にすぎない。その裏側で、ほんとうに起こったことが起こった。

魔術師は朝靄《あさもや》の町を去った。遠くまでさまよい歩き、その歩みは円を描いた。長いマントが地をひきずった。それは普段着になっていた。マントに描かれた星ぼしは陽光に色褪せた。緑灰色に色変わりしたマント——貧しい放浪者が寝るとき地面に敷くマント。日に晒されぼろぼろになり、雨でもろく柔らかくなったマント。

かれは村に、市《いち》のたつ町に、小都市にたどりついた。二羽の鳩を金属の筒から羽ばたかせた——手首の裏にぎごちなくトランプのカードを隠し、不敵な笑みを浮かべて指のあいだから出した。赤いビロードの敷物に小箱を置いた——二重底も、二重の壁もありません、どうぞ気のすむまでお調べください——。ときどき演技を途中でやめ、マントをはおるような動作をして、掌を観客に向けて何ごとかつぶやいた——池——銀の小魚。そして待った。だが何も起きなかった。見物人は頭を振り、何人かは倍額の心づけを与えた。

かれは長いあいだ放浪し——そして円環は閉じた。

夕焼けに染まって、かれは公園の前に立った。格子扉を通って中に入った。「わたしの出番はもう来たろうか」そう独り言を言って、時計を出してうなづき、かつては自分の舞台だった低めのごつごつした大岩に上った。だがそこは今は、シクラメンの植わる立入禁止の場所だ。番人がかれを引き降ろした。かれはおとなしく叱責を聞き、歩みを止め——速足でそこを去った。

「むろん手紙だ」かれは言った。「あやうく忘れるところだった」そして宿に向って街を走り、手荷物をかきまわし、古びた手書き文字のある汚い用箋を——たまたまそこにあったものを——色とりどりのハンカチのあいだから取りだして、椅子を窓辺の沈みかかる陽のもとに持っていき、読み解く仕草をした——だがお終いにはこう言っただけだった。「これはわたし宛てではない」——そして暗くなった道を引き返した。

夜の公園でカップルに出くわすと、驚いて飛び上がったので、老人は慎重に二人の手に手をのばし、釈明をした。「わたしに感謝してもらおう。ここは何もかもわたしのつくったものだ」――おおげさな身振りと創造者の気分で、かれは喜ばしく明るくそう言った。そして秘密めいた声で青年に頼んだ。「ところで男を探すのを手伝ってくれないか。この手紙はその男のものだ。最前席の真ん中に座っている」

青年は老人に従って水辺に向いながら、娘に耳打ちして、助けを呼んでくれ――屈強な男と車を呼んでくれとささやいた。

手紙が萎びた手から落ちて池に沈み、白い髭がもの思わしげに胸に沈んだ。その隣で青年はほっと息をついた。覚悟していたより穏便に事が運びそうだったから。

娘が戻ってきていっしょになった。老人は向きを変え、砂利道に足を踏み入れようとした。するとすぐ、ギャバジンの服を着た男がたいそう丁重に言った。「これらはすべてあなたがお作りになった。確かにその通りですとも。樹だってそうじゃありませんか。湖だって――」

「星もですよ、あなた」老人は言葉をさしはさんだ。

「もちろん星もですとも」その者は急いでつけくわえ――それからからかいじみた敬意をこめて言った。「そこで一つお願いがあるのですが、どうか差し支えありませんでしたら、公園の前に停めてあるあそこの車に乗っていただけないでしょうか」

老人は感謝して頭を下げ、護衛を従えておごそかに歩を進めて、機嫌よく最後のドライブへ赴いた。

美神の館・完結編

フランツ・ブライ

Franz Blei : Venus und Tannhäuser（一九二〇）

フランツ・ブライ（一八七一―一九四二）は多産な著作家として活躍しましたが、ナチス政権の成立に伴い亡命し、マヨルカ島やイタリアなどを転々とした後にアメリカで生を終えました。その文章の切れ味は亡命先のアムステルダムで刊行された『同時代人の肖像』（池内紀訳、法政大学出版局）に如実に表われています。翻訳家としても『ヴァテック』、『モネルの書』、アベ・ショワジー自叙伝など一癖ある作品を手掛けました。

『美神の館』はもともとオーブリー・ビアズリーが一九〇七年に第十章で途絶させたまま私家版で刊行した作品です。ブライはこれを翻訳する際に勢いあまって（かどうかは知りませんが）第十一章以降を加筆して物語を終結させました。第拾伍章は少々異質ですが、ここはレミ・ド・グールモンの「幻影（Le fantôme）」からの剽窃に近い翻案です。

オリジナルの『美神の館』は騎士タンホイザーが女神ウェヌスの治める丘の麓の地を訪れ様々な体験をしたあと、肖像を描いてもらいに画家ド・ラ・ピーヌの館に赴くところで途切れています。この部分は澁澤龍彥の手で訳されています。この澁澤訳に親しまれた方は、あまりにもウィーン・バロック趣味に彩られた続編に激しい違和感を覚えることでしょう。ただ（弁護するわけではありませんが）ビアズリー自身が本編の巻頭で物語のあらすじを「この地におけるタンホイザーの情事やら悔恨やら、ロオマへの旅やら、はたまた愛の山への帰還やらを叙述する（澁澤訳）」と記していて、ブライも一応はそれに忠実に筋を運んでいるのです。

第拾壱章　ウェヌスの丘のいくぶん謎めいた聖者について

かつてド・ラ・ピーヌ〔ウェヌスの丘の画家〕家での祝宴で、ヘルゼル丘〔「陰阜」の意味もある〕の聖者が話題にのぼったのは何がきっかけで、どういう脈絡でだったのだろうか。「われわれの親愛なる聖者」という言葉のほかはもうタンホイザーは覚えていなかった。そのことが頭に浮かんだのは別の日に朝食の席で、いささかくたびれてつねになく内省の気持ちが起きたときだった。しかし騎士が聖者にまつわる事情についてたずねると、プリアプサ〔ウェヌスのマニキュア師兼美容師である老婦人〕はふくよかな顔を歪めて嫌らしい顰め面をつくり、ウェヌスは驚きでほんの少しだけ唇を開き、そのため額には、かろうじて笑ってはいたものの、不愉快あるいは危惧を表わす微かな皺が寄った。持ち出させられるのを望まないらしい話題を口にしてしまったことを騎士はすぐ丁重に詫び、美神の乳房が嫋《たお》やかな愛らしさで、ぬかりなく「さ《ア》よなら《デュー》」と誘いかけながら、腋の下に消えてゆくあの箇所に唇を近づけた。そうしながらもド・ラ・ピーヌに聞いてみようと騎士は考えていた。折りよく午後は彼のモデルになる約束があった。

「おっしゃるとおりです。ウェヌスの丘の女神は、あの最も忠実だった従者の裏切りを思い出させられることを好まれません」ド・ラ・ピーヌはそう言いながら、タンホイザーの横顔の震える線を絵筆で板に引いた。

「ウェヌスは友のひとりひとりを思って、心を震わせていらっしゃるのです。あの方にしても、ちょうどこの丘の素敵《シャルマン》な地獄天国で今隠者暮らしをしていて聖者と呼ばれている年金生活者たちのようにも、なろうと思えばなれたでしょうに。しかし大いなる主のもうひとつの天国を前にして、後に下がろうとはしません。それゆえ、あの人たちは変わり者は変わり者ですが、それでもわれわれの聖者なのです。何人いるかですって。わたしの知っているのは四人か五人ばかりですが、湖の向こうにはもっと大勢いるとか。噂だと誰もがまったく心地よく塔のなかに住んでいるそうです。もっとも少々坊主臭い規則にしたがってですが。たとえばあの方たちは女性を受け入れません。そのためわれわれの女たちはことさら気を惹かれて、たびたび塔へと遠足を行なうのですが、いつでも扉は閉じたままなのです」

ド・ラ・ピーヌはここで言葉を切った。タンホイザーはすでに画家のものとなった肖像に敬意を表し、ことさらに口をはさもうとはしなかった。すぐまた画家は話しだしたが、それは話題への興味というより、絵に必要な緊張感を騎士の顔にもたらすためだった。

「哲学の言葉で申しますなら、われわれの隠者たちは、概念の上では、この丘でわれわれが場違いながらも行使できるわずかばかりの形而上学なのです。もうお気づきのことでしょうが、われわれが所有しているのはたんなるフォルトゥーニ〔舞台照明家・ファッションデザイナー。無限遠の地平線を幻視させるサイクロラマ・ドームを発明〕的なパノラマの地平線にすぎず、ここが外の世界を超越しているといっても、実はその程度のものにすぎません。ささやかな媚態《コケトリー》なんです。われわれの聖者さえ、もし神について話すとしたならば、きっとウェヌスの丘の陰でなさるでしょう。騎士さまもご存知のように、あれはこの魅力に溢れる場所のただひとつの丘です。それはそうと、騎士さま、あなたのあまりに物思わしげなお顔のせいで、あなたを聖者の姿で描いてみたくなりました」

そして画家はフィレンツェの笑みを微笑んで、こう言い添えた。「早くもですか」

「尊敬申し上げる巨匠よ、あなたのお言葉はどうも漠然としすぎております。わたしはあなたの問いを誤解のおそれなしには受けとれません」騎士はいくぶんとまどってそう言い、レースのハンカチで軽く額を撫で、そうすることでモデルは今日はここでお開きにしたいとほのめかした。しかし画家はすでに画架から薄板を取りあげ、裏を向けて壁に据えていた。好奇心を警戒してのことだったが、その必要はなかった。というのもタンホイザーは肖像はまるで眼中になく、今日はいつもの自分ではないとばかり感じていたからだ。

二人は遠く公園の中に跳躍する遊歩廊《ロッジア》を歩いていった。その豌豆色をした絹の方形屋根の下で、十二歳のパルミール、すなわちド・ラ・ピーヌの日ごとの恋人のなかでも一番年下の少女が茶を淹れた。

「これはわたしひとりの愚見ではありません」画家は言った。「古代のファウヌスも、十字に交叉した木の下を歩むのを拒みました。わたしの血には、あるいは血でなくとも、あなたが好きなようにお呼びになってよろしいが、われわれの丘の聖者に起きたようなことは起こりません。わたしの血はそうしたものなのです。そしてわたしは画家ですから、色のあせた思想には気をひかれません。たとえそれが事果てて消耗した女性の姿をしていてもです。そうしたものが遠くから迫ってきたならば、わたしはいつも子供たちのもとへ逃げることにしております。それは子供たちを追い立て、そして子供たちもそういうものを牧場の子山羊のように追い立てます。後先を考えず、ひたすら喜びとともにです。

十歳の子はキスをされても悲劇のような顔をいたしません。そんな顔をするのは女性の場合、十八の誕生日からです。その年になるとそこから愛が始まると思うのでございます」

ド・ラ・ピーヌがそう言うと、タンホイザーは何か味気のないものを口に含んだような気がした。騎士にはこの画家が言わんとすることは、それどころか、肉欲とその充足を言葉で正当化しようとするどんな試みも、いくぶん滑稽に感じられた。というのもそこに言葉を尽くせば尽くすほど、ひとたびそれが何を目的としているかに気づけば、その言葉一つ一つが目的自体をうさんくさいものにさせるからだ。プリアプサ的な意味を探ったり、悲観的な哲学以外の哲学をそこに与えようとすることはなんと馬鹿馬鹿しいことか。善良なド・ラ・ピーヌのおめでたい哲学は馬鹿げているとしかいえない。反論されると自分は画家と言い訳するだけだ。画家というのは大目に見られるべき身分で、良俗への義務を負わないというわけだ。

そこで騎士は答えとしてではなく、そのような考えの拠《よりどころ》として次のように言った。

「マキャベリは、どれほどそうありたいと願ってもけして自分を聖人にできなかったでしょう。しかしアッシジの聖フランチェスコは、マキャベリの同類で、しかもさらにたちの悪い男でした。というのも、あのフィレンツェ人は政治事務所の小番頭でしかなかったのに、アッシジの男は二万人の坊主の部隊を率いて何百万人もの者に、いまだに遵守されている規律を与えたのですから」

「そのことでしたら、わたしとよりもわれわれの聖者ショレロスと話したほうがよろしいでございましょう。騎士さま、あの男はまったく神学に強いので——」

「強いのは神学だけですか」興味をひかれてタンホイザーは聞いた。

「他の面でも何であれ弱くはありません、と申しますのも、ここで聖者になるためには、いわばファロスの恩寵にあずかるほかなく、さもなくばどんな犠牲を払ってもそれに価する功績は得られません。というのもわれわれの教理神学が重きを置くのは、能力がありながらあえて断念するということで、不徳の手段が単なる可能性としてしかない状態ゆえに有徳となることではありません」

「しかしそれは何なのでしょう」答えを求めるというよりは思いに沈むように騎士はたずねた。「それは何なのでしょう。何が人をそれほどの回心に導くのでしょう。どんな道しるべが、魅力的な道を捨てて、別の道を歩ませる力を持つのですか。感覚はあいかわらずギャロップを望むでしょうから、その道を歩むのは難しくはありませんか。そんな道をたやすく歩めるのは、干からびかけた肉体を杖にすがって引きずっていくような人だけではありませんか。倦怠とか嫌悪などを答えにするのはおやめください。そうしたものは障害としてはあまりに些細なもので、あまりに何度もやって来るので、誰もがすぐに慣れて、たやすくひとっ跳びでまたぎこすものです。それはまったく違うもののはずです」

「ただの推測にすぎませんが、もしかするとそんなふうに肉体が干からびるのがありありと予感できて、不安があまりに大きくなると、回心へ導かれるのではないでしょうか」

「それならば若いうちから健康に気をつけているというだけの話にすぎず、完全な断念というくらいに大変なことを実行する理由としてはあまりに薄弱なものです。恐れというならば、廃墟を前に嘆く日がいつか来る恐れより、断念への恐れのほうが強いはずでしょう。地上の肉体のはかなさに若いうちから目ざめたとしても、どうしてそのはかなさを、昼日中に太陽を断念し、永遠に夜の側に行くくらいに恐れるのでしょう。わたしたちは抱擁のつど少しだけ死にますが、その最中に死を感じることも、一度萎《な》えた力の復活を経験することも、快楽の一部なのです。

この何度も死ぬということを断念するほど、それは恐れなければならぬものなのでしょうか。どのみち死は避けられず、断念をもってしては生が得られないというのに。感覚の幸福の最中にあって、感覚に拒まれないうちから幸福と手を切るような人たちの狭い視野から、広い景色は見渡せるはずもありません」そう言って騎士タンホイザーは立ちあがった。

「わたしは画家ですから、深い思索もしないままに、われながらいささか通俗と認める感覚主義の決まり文句で満足する資格がございます。それはわが目の感じやすさの賜物です。あなたがたいそう気にかけておられる回心へのわたしの説明は、騎士さま、きっとあなたに十分ではないのでしょう。と申しますのも、わたしの説明は欲望という範疇の中でのものですから。わたしが思うには、というより一つの可能性として推測するだけですが、神学的な徳の行使には、どんな神学的な悪徳の行使よりも大きな欲望が潜んでいるのではありますまいか。われわれの聖者たちはそこに、幸運な環境のおかげで到達し、われわれが羨むべき、いっそう大きな快楽を味わっているのではないでしょうか」

「そうであるならば、ド・ラ・ピーヌさん、年金生活者たちを『心地よく暮らしている』と言ったあなたの言葉はまるきり間違っています。なんとなれば聖者の状態は幸福ではあるはずはなく絶望でしょうから。この生の幸福な人間は、しかしきっと神からもっとも遠いに違いありません。わたしはその奇妙な人たちをわがの目で見てみることにしましょう」

わたしが騎士さまの肖像を描きあげることはあるまい。そうド・ラ・ピーヌはタンホイザーが去ったあとで思った。

第拾弐章　騎士タンホイザーがヘルゼル丘の聖者を訪うこと

岸沿いに高く生える樹々のところで、騎士は馬やカブリオレ〔一頭立て二輪馬車〕で彼の輿《こし》に随行した小さな従者たちに別れを告げた。すでにそこには騎士を対岸に運ぶ細身のゴンドラが待っていた。紳士淑女らはピュレックスが遠足と称した騎士の巡礼をめぐって機知を使い果たしたため、あと残っていることといえば、あまりに小ぶりであるにもかかわらず、一人で乗っているわけでない輿からタンホイザーを引きずり出すことしかなかった。というのも最後の最後になってウェヌスはふくれ面をやめて、ローズウッドの華奢な輿に、一糸もまとわぬ体を押し入れ、騎士のごく近くに絶妙の位置を占め、一度ならず――几帳面な人なら三度と数えるだろうが――彼の息を呑ませ道中の長さを忘れさせたからだ。

「あなたが帰ったあと、わたしの口から赤い小さな鼠が飛び出たと信じないように」

美神は可愛い舌のたゆまぬ甲斐甲斐《かいがい》しさを騎士にそう説明した。舌は炎めいて揺らぎ、騎士の体で服を着ていないところを、あるいはウェヌスが服を着させなかったところを、蛇の尾のように踊った。騎士の伺候に同行した二人の小姓は、タンホイザーの乱れた衣装をふたたび整えるのに、たいそう急いだにもかかわらず、いくぶんかの時間を要した。ウェヌスはしかし帷《とばり》を垂れた輿の奥に隠れていた。近くに立つものにはその中から聞こえる声は、軽い泣き声のようにも、抑えた笑いのようにも響いた。

騎士はゴンドラから一度か二度、レースのハンカチで合図したのち、すこしくたびれてクッションに身を滑らせた。四本の櫂がせわしく動くのが目に入った。しかし漕ぎ手は見えなかった。

ゴンドラが岸を離れたときは、灰燼の降り積もった巨大な蜘蛛の巣のようなものが、これから向かう対岸の森を覆っているように見えた。近づくにつれその灰色の織物はゆるやかに消えていき、緑の葉が一枚ごとに異なるあらゆる色調で輝いた。振り返ると後に残した騎馬行進の豆粒のような色とりどりの斑点は岸から消えていて、枯れた木立ちが風化した灰色の石壁のように高々と凝り固まり、その上に広がるのは青空ではなく、どこまでも続く汚ならしい襤褸《ぼろ》だった。

これは何かの科学的な現象なのか、それともただの目の錯覚なのか。騎士が自らに問うた問いに答えられないうちにゴンドラは可愛らしい湾に入っていき、その小さな突堤に獲物をくわえてきた猟犬のように近づいた。いまだその漕ぎ手は見えなかった。

だが遠くから強く弱く響く音《ね》が聞こえてきた――角笛か、エオリアンハープか、あるいは珍しい獣の鳴き声か、騎士には何とも判ぜられなかった。

何にせよ誰かがわたしを待っているようだ。そう思いながらタンホイザーは岸にあがった。めったに人は通らぬようだが道筋だけは窺《うかが》える道を、騎士はやや躊躇《ためら》ってから進んだ。道は美しい樹々を巡り、美しく刈られた草地を抜け、曲がりくねる小川に沿って伸び、騎士はわれしらずイギリスの地主のような悠然とした足どりになって、王立水彩画家派の展覧会やモーランド〔イギリスの画家。生き生きとした動物の描写を得意とする〕の彩色銅版画でおなじみの魚の泳ぐ水辺への道をたどった。この岸はあの岸と違ってせせらぎが聞こえないな、とタンホイザーは思った。どのみちここでは自然は、他所《よそ》で自然が見せるほどの押しつけがましさがない。そして陽はいまだ高く、聖者の家か庵《いおり》が見つかる前に夜が来るのを恐れる必要はなかった。優しく穏やかな心地で、心を騒がせるようなものが何もないのに満足して騎士は道を進んだ。自分の到来を待ち受けているはずなのに迎えをよこさないという不作法は、隠者の慣《な》らいなのだなとも思った。隠者にとって訪問とは耐え忍ばねばならぬものだ。だが舟着き場まで迎えに出るということは、隠者の概念とは相容れないものであるから、無理強いをしてはならない。

放浪の田園風な雰囲気に早くも少々夢中になったタンホイザーが、木をつつく啄木鳥《きつつき》という田舎ならではの眺めを楽しもうとしたちょうどそのとき、道は林間の空き地に達し、半ば別荘風で半ば東屋《あずまや》風の壁の鮮やかな白さが騎士の歩を止めた。すでに彼の姿は目にとまっていたらしい。というのも、ヨーゼフと名づけられるのが通例である召使が一人、急《せ》いてはいるものの気品ある足どりでやってきて庭園の門を開けたからだ。騎士が近づくとヨーゼフはお辞儀をして告げた。

「騎士さま、ご主人さまがお待ちかねです」

第拾参章　タンホイザーのパリス氏訪問について

ド・ラ・ピーヌに仄《ほの》めかされていたおかげで、その純白の細い修道服を着て黒髪を短く刈った男がパリス氏とすぐにわかった。ふくろうのような目の上のひどく狭い額に皺三本の飾り襞《ドラペリー》をつくりながら、パリスがタンホイザーに、冷ややかにというよりはむしろとまどってお辞儀をすると、機敏に動くほぼ二等辺三角形をなす尖った鼻は、その僧侶風の陽気さゆえに、楽しい気分を否認するOの形に窄《すぼ》められた口によってその設計上の出しゃばりを窘《たしな》められた。「まん丸い目がないと驚いた針ねずみみたいに見えるんですよ」と、ド・ラ・ピーヌがパリスのことを、やはり絵を描くからというだけの理由でいくぶん悪意交じりに言っていた。しかし騎士が絵に話を持っていくと、パリスは彩色した紙片と何ダースかの小さな色ガラスを拒むように脇に押しやって、微笑みながら、この方面でも自分はディレッタントなんですと言い、他のことをいくつか試みたあと、小さな紙片を壁とみなしてフレスコ画を描くという無害きわまる趣味に落ち着いたのですと説明した。パリスが自分なりに弁《わきま》えているディレッタントの定義によると、それは情熱なるものがよくわかっているが、どんな情熱にも身を投ぜられず、自分では捧げない犠牲のために生まれ、そのため空しく生きる人間ということだった。

召使が最高級のブルゴーニュで満たされた背の高いカラフェを持ってきた。そのグラスが口に触れるやOの形は消え、二杯目になると額の飾り襞は二本減った。三杯目にいたるとパリス氏は、スパニオール〔スペイン系ユダヤ人〕になりたがっているようなその鼻と同じくらいに陽気になった。騎士がヘルゼル丘へ来たことはすでに知られており、その姿を目にもしたものもいると聞いて、詮索好きのインタビュアーという役回りにいくぶん不安を感じていた騎士も気が楽になった。

「というのもここでは」とパリス氏は言った。「誰の家にもささやかな機械、つまり一種の幻燈《カメラ・オブスキュラ》があるのです。天井にある潜望鏡のクランクを回すだけで、白いテーブルの上に、室内どころか彼方の丘の景色さえ映ります。でも、わたしの隣人も言ってましたが、こんな好奇心はすぐに捨て去るべきです。それはそうと私事を申せば、わたしはつい先日ローマに行ってきたばかりなんです」

「ローマにいらしたのですか」

「ここに住むものは誰でも、向こうの丘にいたあとはローマに行きます。あなただってすぐにウルトラモンタニスト〔「山の向こう」と「教皇権至上主義者」の二つの意味がある〕になりますよ」

「そして戻ってくると誰もが、丘のこちら側の田園的なほうに来るというのですか」

「われわれはかつてキスを受けました。それはあまりに強く、わたしたちの心に皺を刻み、ルーン文字を彫りつけたのです――わたしたちにはそれを消すことも解読することもできません。わたしたちは情熱と欲望の板ばさみになり、どちらも選べませんでした。ですから空しく生きているのです。あなたもすぐご自身で知るでしょう、騎士さま。さもなければわれわれ隠者の住むここには来ていなかったでしょうから」

「わたしの場合、単に退屈したからここに来ただけなのかもしれません。遠足みたいなものです」

パリスは一枚の紙を取りあげ、騎士に示した。「わたしが絵を描くことはお話ししましたね――これはドン・ファン・ド・マニャーラを描こうとしたものです。ドン・フアンが退屈しているところです」

紙には一人の絶望した男が描かれ、二人の男はそれを巡って長々と対話を始めた。だがその弁論と反論の一言一言を記すことはわたしに与えられた紙幅を超えている。だが騎士の情熱の遍歴の鍵となるところだけは、詳《つまび》らかに再現する必要があろう。

ドン・フアンは世界の秘密を解く鍵を女性の神秘に求めた。女性はペチコートの中に哲学者が問える以上の神秘を隠していると考えた。手袋を常にはめ、上等の靴を履き、勇気をことさら吹聴する彼の見かけに騙されてはならない。飾り立てたギャラントリーは女性の征服に欠かせない手段として要求されているにすぎない。ファウスト博士と同じくドン・ファアンも自省する男である。失恋に取り乱すこともなく、即興の嘘をついているときばかりか、極度に羽目をはずした行為の最中にあっても常に己を傍観する男だ。彼は悪の魔法によって誘惑し、腰に悪魔を座らせた女たちはその悪を十分承知している。悪は欲望のかたわらにうずくまり、欲望は悪のかたわらにうずくまる。ここに至ると両人の間に、真実についてのキリスト教の原則の価値について意見の相違があった。だがこの原則はキリスト教の考え方では解明できず、またそれだけを孤立させればその理性的意味をすべて喪失するだろうという点では二人は意見は一致を見た。後のショレロスとの対話でも認められたが、キリスト教的真実以外の真実はそもそも存在しない。そう称されるもの、たとえばストア派の異教徒的無関心だってこの真実の貧弱な派生物にすぎない。物の本質を問う問いへの答えは、いかなるものも、たとえ古代の中国人が問うたとしても、キリスト教的になる。

ここで話題はふたたびドン・ファアン個人のことになった。その宿命は肉体の中にある。好色漢としての彼は肉体を渇望するが、その渇望が満たされることはない。渇望が大きく強いほど、それだけ満足は少なくなるからだ。ここからドン・ファアンの悲哀が生じる。彼が女から女へ渡り歩くのは悦楽のためではない。どの女も同じなのを彼はすぐさま知った。それはむしろ、彼が女の一人一人から空しさを測るためである。感覚は燃えるが、頭脳は氷のように冷えたままだ。それを溶かそうと、官能で沸騰させようと、彼は女から女へと、秘密の宝を求めて渡り歩いた。彼の肉体はその宝の存在を信じていた。あげく彼はご馳走を山盛りにしたテーブルの前で餓死した。彼はどの女についても肉体と精神を同時に愛せなかった。ただ人が盲目的な真実の愛と呼ぶものだけが、そんな奇術めいたことを行なえる。そこでは恋する魂がもっとも醜いものの中にも美しい肉体の幻を作る。あるいは肉の情熱がこのうえなく美しいものに、それが所有していないもの、すなわち魂を贈る。

タンホイザーはパリスのあらゆる発言に彼の内なる人格を探し、その人格に現れる苦悩の性《しょう》を探そうとした。魂の扉のきしむ蝶番《ちょうつがい》に油を差すパリスの巧みな手つきには騙されなかった。ここにいるこの男はどんな考えにくみしているのか。どんな理念の酵母なのか。その答を彼は探した。一個人の運命を知ってささやかな好奇心を満足させるつもりはなかった。偶然を承認することはいかなる場合も断念を意味する。まずは法則がなければならない。ここでは法則だけで十分と思われる。どんな男もその本質においてドン・ファンである。彼は渇望し、渇望は所有によって消える。自分が欲して所有した女と一度以上関わる者は、外的必要の慣習に屈する。このような場合は婚姻の秘跡《サクラメント》を受けそれを聖なるものにせざるをえない。敬虔なパリスのこの秘跡への敬意は、彼の認識と同様にあまりに深いので、求めた所有を何度も捨てなければならない。落胆して彼は断念したふりをした。しかし騎士は部屋にごく微かに女性の香がするのに気づいた。少しばかり萎《しお》れ、少しばかりぬるく、まるでとうに過去になった夜の夢からそのエッセンスが蒸留されたような香だった。

第拾肆章　タンホイザーがショレロスを訪うこと

騎士が訪れたとき、羊皮紙のように黄ばんだショレロスは棘のあるサボテンの観察に余念がなかった。この倫理的な司教座教会参事会員の厚い唇は敬虔にも内に向かい、おかげで唇はナイフのように薄く、へりくだった形になり、彼の皺だらけの顔の中でほんのわずかだけ開いていた。やや飛び出た目を赤い蠟めいた花が咲いた棘のある円筒から離さず、彼は言った。

「香りによって官能と陶酔を呼び覚ます、誠実とは正反対の花があるとするなら、それは百合です。考えの足りないモラリストが根拠の乏しい慣習にしたがって、神に捧げられた汚れない乙女の純潔のシンボルとして崇拝しているのが百合です。しかし純粋の中の純粋を、もっとも激しい欲望のイメージで表せるものでしょうか。なにしろ百合は、精神のもっとも関与しない感覚である嗅覚で直接われわれに語るのですよ。もっと純潔の理念に似合った花を見つけねばなりません。自らに肉欲を可能なかぎり含まず、薔薇や百合ほど愛されずに死ぬ花を。そこでわたしは、サボテンの一日花をもっとも純粋で貞節なものとして推奨したいと思っています。彼女らは白か薄紅色の花を一日だけ咲かせたあと、萎《しお》れて枯れます。その美しさはまったく後に残りません。香りの痕跡も発散させないのです。彼女らは棘に囲まれていて、これが彼女らをあらゆる愛撫から護ります。つつましい役割を植物の優しい生でまっとうしたあと、いかなる美しさだったかを知らせることもなく消えます。サボテンとは全き知識であり全き知恵です。水分に満ちていて、他の植物が渇きに苦しむときは、自らのうちから生と幸福をもたらすのです。サボテンは醜さのうちに逞しい強さを持っています。ちょうど菫や蘭が美しさのうちに弱さを持っているように。いかなる偶発事にも屈しないと宣言しながら、結局あらゆる偶発事を受け入れるあの信仰の革新者にも似ていません。サボテンは外の世界からの呼びかけに、穏やかで平和ながら断固とした抵抗をもって立ち向かいます。サボテンはわれわれの信仰の象徴的模範なのです」

花は感謝するように賞賛者のほうに傾き、心を打つ慎しみ深さで萎れ、その嵩《かさ》を優に三分の二ほども減らした。ショレロスは黄ばんで逞しい歯を剝いて微笑み、ようやく客人に顔を向けた。サボテンを純潔の花として叙任したあと、活発な議論の応酬がなされたが、ショレロスの論理を偏重する舌鋒は、しばしばその論拠のあまりの鋭さを騎士の悠然とした態度に触れて崩した。このソクラテス的精神はパリスの弛緩と熱狂の交替よりも騎士を愉快がらせた。パリスは彼を魅了したが、ショレロスは彼をくつろがせた。

ショレロスのさらに語るところによると、教会は神をそのもっとも美しい形で崇拝せず、その消耗あるいは衰弱において崇拝する傾向、いや傾向以上のものを有している。何によって人はこの副次的で人工的な形式とその崇拝、すなわち芸術にいたるのか。すなわち、十字架上で血を流し死につつある者の醜を、色彩、言葉、音色という欺瞞的手段により美として提示する芸術にいたるのか。それには不信心者さえも心を動かす。不信心者は芸術の美とともに、嫌悪を感じるものを一般的対象として、あるいは自分の持たない信仰の対象として受け入れる。芸術によって信仰の価値が下落するのを信仰のために忌む聖画破壊主義者《イコノクラスト》たちに、真の信仰者としての権利をどこで与えるか。

というのも不可視の神を絵画で表現しようとすると、神から離れて絵画を神と受けとる偶像崇拝へおもむくか、あるいはやはり神から離れて、人の才能あるいは天才の、あるいは色彩効果や音響魔術の崇拝へとおもむく。あるいは信心者がふだんの生活で絵画化された信仰内容に親しむと、それをかつて存在していた神話的なものとして受け取らせ、信仰の実際の使命、すなわち殉教さえにいたる真の信仰から引き離す。

騎士はショレロスの話をこう締めくくった。「われわれは永劫の罰を受けています。人生は涙の谷です。この人生からの救済は、人生の断念によってしか与えられません。人生は悪しきものに毒されています。人生は醜です。何ものにも、学問にも芸術にも、わたしは欺かれたくはありません。欺瞞に屈服すれば、われわれはそれを永遠の至福の喪失で支払います。そうではないでしょうか」

引用に長けたショレロスはここぞとばかりにヨハネス・クリュソストムスからマックス・シェーラーにいたるまで、騎士の頑なな結論を緩めようと並べ立てたが、ますます騎士は頑なになり、ショレロスがしゃにむに攻撃するのを受け流した。心の奥で騎士はすでに回心の心構えができていた。彼がそれを口にしたのは、ちょうど神学者がふたたびクリュソストムスを引用したときだった。騎士は言った。

「もし『肉欲は死に近い』というあなたの教父の説が正しいなら、そしてわれわれを誘惑する花が墓の盛り土の上に育つというのが本当なら、トラピスト修道会員が死によって生きるのと同じく、肉欲を糧として、肉欲の中で生きることこそ、真にキリスト教的に英雄的な行いではないでしょうか。

主の清貧の中に生き、その中で死ぬために全てをなげうつことを、純粋なキリスト教的魂は欲しています。イエスが血を流したおかげで魂に注がれた慈悲の洪水はあなたがたの大勢を駆って、あなたがたのほうでも血を主に捧げさせました。彼らは人間の精神が考えうるかぎりのあらゆる残虐に、笑みを浮かべて至福のうちに耐えました。毅然とした彼らの態度は勝利しました。苦痛は彼らの顔の晴れやかさを歪めることはなく、彼らの魂の安息を歪めることもありませんでした。彼らは楽しい見世物を眺めるように、自分の胸が裂かれ、手に斧が下ろされ、足が鋸で挽かれ、皮膚が剝かれ、火炙りにされ、あるいは油で煮られるのを傍観しました。まるで感覚のない他人の体を持っているかのように、これら聖なる肉体は耐えたのです」

ショレロスはこう応じた。「宗教的戒律への度外れた遵守には常に、人間が行なうには少し非人間的なところがあって、それゆえむしろ神的なものです。というのは神とは人ならざる者で、そこに人は自らを犠牲に捧げるのですから。人間性の見地から考えると、人は人のあいだで生きているのですから、節度のない信者は常に周りの人間に危険なものになります。そこには常に神的な意味での善が人間的意味では悪となる可能性があります。逆もまた真です」

「その二律背反は解消されるのでしょうか」タンホイザーが聞いた。

「『生』と呼ばれる妥協があります」ショレロスは答えた。

「そして後代の聖者はその妥協に関して、それほど気難しくはありません」騎士は少し不作法に口をはさんだ。

「異教徒の君主と同じくらいに寛容なのです。あるいは神の血の渇きが鎮まったのかもしれません。もしかしたら今日あの人たちは神によりよく仕えているのかもしれません、彼らは彼らに可能な範囲で、世俗の人生というカルヴァリオの丘を登ります。そこではあらゆる喜びは真のキリスト教徒にとっては苦難なのです。ともかく自発的な清貧は、あまりに多くの非自発的な清貧のあるところでは、もはや特に犠牲でも何でもありません。そしてもっとも愚かな信念にも人は殉じます」

「殉教への意志こそが殉教そのものなのです」ショレロスは断固としてそう言った。しかし騎士は欺かれなかった。それは頭で考えただけのものにすぎない。

そこで騎士は言った。「そのような殉教は血を欠いていましょう」

「血なら壁に描かれています」ショレロスが言った。

「すると死んでいるのですね」――「生きてますとも。思想が生きているように」ショレロスはそう言って対話を打ち切ったが、それは騎士が彼と行なった唯一の会話ではなかった。

あるときは聖ゲルトルードの生涯がきっかけとなって、自己拷問の名付け方が話題になった。この聖女は磔刑の鉄釘を丁子で代用するという気まぐれを思いついた。するとキリストは十字架から降り、彼女を腕にかかえてこう言った。

「我ガ愛ハ絶ユルコトナシ
汝ハ常ニ動ズルコトナシ
汝ノ愛ハ至上ノ甘《ウマ》サ
我ハコヨナク味ワウ……」

人はこの詩に別の意味を求めた〔この詩は難解さで知られ古来様々な解釈がある〕。ショレロスはその種のことに非常に熟達していた。それゆえ頭を機敏に働かせて楽しもうと、好んでこの神学的難問に取り組んだ。それによって彼は信仰家であったに違いない。もしそうでなければ、それは彼には難問ではなく綴り字の謎々にしかすぎなかったろうから。それにアナグラムに取り組むには彼はまだ生の素材に関わり縛られすぎていた。このヘルゼル丘の隠者は、無意味なものに意味を求めるほどの聖人ではまだなかった。

第拾伍章　タンホイザーの恋の冒険について

ウェヌスの宮廷での恋愛を一つの認識に浄化させるためには、パリスやショレロスとの対話よりも、しかるべき恋愛を騎士に体験させることを騎士の感情教育に含めねばならなかった。とはいえ、たやすく了解できようけれど、あの両人との対話は、ウェヌスの丘での悪戯と同様、その恋愛に先立たなくてはならないものだった。

金髪の少女アマリリスは言った。単調な毎日は活気を失わせると。そしてはるか高みから心に落ちる傷を夢見ていると。

「自分の心を意識せざるを得ない苦しみがあればわたしは感謝したい」――タンホイザーはたずねた。「誰かが愛情をこめて、お前の名をこの上なく優しく呼んだとしても、心に傷を負わないとお前は喜ばないのか」するとアマリリスは言った。「わたしが愛したならば、きっと永遠もわたしの一日花に嫉妬することでしょう」この言葉から少女が青い目の無邪気さで天のアンブロジアを飲んだことがわかろう。それを受けて騎士も言った。「神の子すら、苦しみと死を通してしか生きることができなかった」だが十七歳の少女は翼を望んだ。蝙蝠の天鵝絨《びろうど》のであれ、マゲブルの棘々のものであれ、彼女は望んだ。「わたしの意志に力をふるわないで」と彼女は、タンホイザーの言葉「お前自身を捨てるのだ。誰かを愛しながらお前は自分を愛している。それがお前の運命になっている」に応じた。

「わたしを取って」彼女は言った。

「全てをか」

「わたしは二人いるって言うの」

「肉体があり、精神がある」

「わたしはどちらでもない。わたしはアマリリス。あなたがわたしから作るものにわたしはなる」

「わたしができるのはただお前を摘み、お前の傷から滴る果汁の価値をお前に感じさせることだけだ。喜ぶがいい、潰される葡萄であることを。極上の酔いをもたらす純粋なワインであることを。二重に乙女でありたまえ。精神と化した肉体でありたまえ。肉をまとう精神でありたまえ」

近くの礼拝堂から合唱が聞こえた。

夢ト夜ノ幻ガ

遠ク隔タリマスヨウニ〔聖歌「テ・ルーキス・アンテ・テルミヌム」の一節〕

「あの歌はお前の夢の純粋をとりなしてくれるよう祈り、妄想が失せることを願っている」騎士は言った。

彼女の純潔は見知らぬ男を迎え入れた驚きを知り、自らに問うた。以前の自分はなんと意味のないことを語れたのだろう。なんと馬鹿馬鹿しいことを傾聴できたのだろう。何もかも今はっきりした。半ば閉じた目に光を感じ、枝にとまる鳥のように思いは揺れ動いた。そしてあらゆる真実が自分の肉体の中心点に収斂するのを理解した。永遠に続くかと思われた一瞬に彼女が確信したのは、自分の本質が万有の本質を吸収し保持したことだった。そしてそこで彼女は意識を失った。

目覚めた彼女が感じたものは、ひどい疲れと、それから「だまされていた」という耐えがたい感じだけだった。だがタンホイザーが用いた手管は、親しげに取り入ること、優しく厚かましくなること、いくつかの特別な身振り、そして己《おのれ》の力を知り、大胆で巧妙な攻撃の効果を測ることを心得ている男のいくぶん動揺した沈着だけだった。それ以外は何もなかった。アマリリスは騎士を恨むことなく、一種の友情を贈った。それは真正に愛することを望んだ騎士を不機嫌にさせた。というのは彼女の見せたのは驚愕だけで、それ以外には何もなかったから。そしてあい変わらず生の欠乏を悲しんでいたが、今ではそれは無知からではなく幻滅からであった。破瓜の瞬間の感覚はあまりに遠いものになっていたので、それに触れたタンホイザーの問いに彼女は答えた。「桃を食べたときとそんなに変わらないわ」

騎士は欲望が無にまで衰えるのを感じた。性の楽しみは、自分の与えたものに対する反応《エコー》の中にしかないのがわかったから。人が退屈紛れにぶらさがる果物に手を伸ばすように、騎士は引き続きアマリリスを摘んだ。彼はこの破瓜の正当性を疑いはじめた。

だが同じ感覚を繰り返すにつれアマリリスの記憶は強まり、あの瞬間の内実をエーテルのなかの蝿のあいまいな感覚と評せるようになった。――「でもそれは続かなければいけないわ。たんなる瞬間じゃだめ。いつもなくてはいけない。短かろうが多少長かろうが、瞬間は瞬間にすぎない」

「アマリリス、存在するのは瞬間だけなのだ。人はキスの中に永遠は捕えられない」騎士は言った。

少女のあいまいな言葉はその瞬間の積み重なりを言っていた。間に挟まれた休止が瞬間にまで短くなり、切れ目がほぼなくなることを言っていた。可能なかぎりそうなれば、ついには習慣となるだろう。初めは神秘的な典礼のもとで祝わなければならぬと信じていたものが、あまりに卑俗に隣接していたという記憶を人は不機嫌に振り払う。実は獲得であるものを喪失と考える子供たちにとっては、それはとても価値のある幻滅である。というのも人はそのとき、その運動が絶対的に無益なことを悟り、自分自身のうちに還り、一人前の人間となり、かろうじて思考にだけ興味を持ち、世界との関係を生存に必要不可欠なものや重要なものだけを残して極力断つからだ。民族や個々人を動かす諸問題は、そのとき蟻塚をかき回す麦藁程度の意味しかなくなる。

自らを「愛」と称し、十字架の丘を登る。アマリリスは騎士のそのような回心を受け入れるのにふさわしい女だったようだ。

その道を歩みながら、タンホイザーは、自分が世俗の乳香の最後の数粒を燃やし尽くしたことは、この女のせいであり、この女がたいそう尊ばれる術に無知だったせいだと信じた。嫌と言って断ってくれたほうが、むしろありがたかった。試練を耐えてみるというこの女の好奇心を甘受したばかりに、グノーシス的福音のすべての箇条を次々に、消耗すれすれまでに使う羽目になった。

そして予期された肉体の破局《カタストロフ》が訪れた。アマリリスは気づいてしまった。欲望のあらゆる見かけの上での相違にもかかわらず、目的は同一であるゆえ手段もまた似たりよったりであることを。異常なものも繰り返しによって陳腐なものと変わらなくなることを。終わったものをくりかえしまた始める。くりかえし無から始める。全体としてみればくりかえし無を生み出すことになる。

「ねえタンホイザー」と彼女は呼びかけた「わたしは何度もだまされて、どんなに疲れたかもう言葉にもできないくらい。どうしてあなたは、わたしを欲望のこんなに恐ろしいところまでひっぱっていったの」

騎士はその質問に、厳格で邪悪なテルトゥリアヌス風の言葉を用いた。

「お前の肉体が希望を失うため、飽くことを知らぬ欺瞞的な性を自分は持つという屈辱をお前が思い知るためだ」

「わたしたちがそんなところまで行くなら、きっとあなたを軽蔑するわ」アマリリスは言った。「あなたの恐ろしい唇を見ると、わたしの目はあとから痛みだす」

「わたしはお前の愛が恐い、アマリリス、しかしお前の横顔を見るのは快い」

「わたしの純粋さを返してちょうだい、タンホイザー」

二人は最悪の窮地のなかにあった。そんななかでも周りを巡る守護天使の声はなお聞きとれた。

声は言っていた。敵ヲ抑エタマエ。体ガ汚レヌヨウニ。個々の単語は音もなく響き、何度も凝り固まって一続きの言葉に、すなわち手の届く有益な隠喩になっていった。

騎士はその言葉を繰り返した。「汚《けが》れがわれわれの肉体から遠ざかったままであるように」そしてアマリリスは言った。「今も将来にも過ぎ去ったものにも。なぜならかつてあったものは、いずれなくなり、記憶にしか残らない。一つのものだけを、タンホイザー、わたしは保っていたい。わたしの肉体へのあなたの侵入の記憶を、輝しくも空しく讃美するまでに。なぜならわたしはあなたのおかげでなった女でいたいから。わたしたちが不器用をもってして、苦い林檎〔智慧の象徴〕を分かち合う欲求から身を守ったときは、とてもすばらしかった」

あらゆる女が多かれ少なかれそうであるように、アマリリスは解決への希望なしに物事を終わりにすることを望まなかった。瓦礫の丘《モンテ・テスタッチョ》〔ローマにある古代ローマの土器の残骸の堆積〕の頂《いただき》近くに導かれ、すでに十字架の投げる影の中にいながら、彼女はそれにふさわしい者だけに与えられる救いを認識することになお抵抗した。この留《りゅう》〔キリストが十字架を負って歩んだ道の一つ一つの経過点〕に無限なるものとの関係以外の関係を認めたくないタンホイザーが何を言おうと、彼女は隣人愛という赦免を自分に与えまいとした。というのはここで自分が意志の全き夜のなかに、無の知のなかにいることを知るのは、論理的演繹ではなく信仰の行為を通じての直接の観照によってであるから。

「わたしたちってなんだかパリサイ人みたい」アマリリスが叫んだ。

「わたしたちはパリサイ人だ。それというのもわれわれは性だからだ。お前はわたしの言うことを一心に聞いているようで、本当は抱擁のことを考えている」アマリリスが彼を非難すると、騎士はいくぶん乱暴に言った。彼女がいまだに騎士の美しい夢でありたいと望んでいたからだ。騎士は気もそぞろに彼女の金髪を撫でた。

「わたしたちの罪ってとても純粋だったじゃない」女が魅力的な無思慮でたずねた。

騎士はそれに講義口調で答えた。「罪は純粋にはなりえない。というのもそれはきまって凡庸で、それ自身として不完全な行為、それ自身の性質として愚かなものだからだ。神の思考とは対照的に、それは矛盾への道半ばにある。なぜなら『絶対』は悪の中にはありえないものだから」

それでもアマリリスは譲らなかった。「わたしは感覚を糧にして生きるの。たとえそれがつまらないものでも。不完全なものでも、わたしはそれを生きがいにする」そう言って彼の膝にしがみついた。

クッションで作った小さな丘が幕間劇の舞台装置になった。事が終わるとアマリリスはさっと目をあげて言った。

「こうやって人はわたしを知ることができる。それ以外のやり方じゃだめ」

騎士は考えた。この女が精製した唯一の薬、すなわち苦痛による魂の治療は、確かに最高の愛《カリタス》だ。だが愛するものにそれを行なうほど難しいことはない。犠牲者が処刑人の手を舐めるか噛むかわかったものではない。自分でも言っているように、この女は全てをわたしに捧げ、自分のものはもう何もない。何物でもないものが逆らうことができるだろうか。主ノ助ケナキ意志ハ弱キ羽根ノ如シ。

彼女が、永遠に否定する女が、魂を持っているというのか。彼女という煙はひたすら無限へのまなざしを霞ませ、その肉の香はわたしの純粋な欲求の座に居坐っている。

「そんなことを言わないで、タンホイザー。燃えない石炭は粉々に打ち砕いて。そうすればわたしは死にながらあなたの物言わぬ唇に祈るから」

「お前はわたしを呪っている、アマリリス」

「それならわたしをあなたの呪いから離さないで。それなら二人で地獄に行くでしょうから」

一途に恋する女とはなんと愚かなものだろう、と騎士は思った。

「お前は永劫の罰を下されている。だからわたしを憎むのだ。地獄とは憎悪に他ならないからだ。その目に喜びが輝くなら、罰を下されたものの死んだ目も輝く、そして苦しむ。自ら裂いて血の迸《ほとばし》る心臓を捧げた相手のかたわらで」

するとアマリリスは自分の処刑人に身を投げ、両手にキスをすると、その手は彼女の関節を折り、キスでも優しくなることはなかった。処刑人は無慈悲な仕事を続けた。彼女を放り投げ、恐怖で麻痺した女を手酷く扱った。

彼女が地獄のような極楽に息絶え、目から涙を溢れさせると、タンホイザーはそれを血の滴りのように飲んだ。今騎士は、女という被造物との神秘的にして知的な交感《コミュニオン》という考えの過ちを悟って深く悔んだ。というのも彼が恋人を、魔術的な知において同じく愛においてもより高く持ち上げようとすればするほど、精神の霊気より重いという女の本性の論理に従って、それだけ墜落を好むようになるのだ。彼女は彼の意見を吸収し、それに無邪気に迎合した。だから彼は彼女の本質について負の知識しか得られなかった。彼女は彼の考えることを目から察して飲み込んだ。彼女はそもそも自身のために生きたのだろうか。そんなことはないに等しかった。彼女の魂が行なったことが、どうやら彼という人格との知的および肉体的な接触から彼女を引き離したようだった。そのあまりに激しいショックは彼女の血を昇らせ、熱に浮かされたうわ言を黙らせ、そして今彼女は冷笑を浮かべ、去勢された動物のように彼のそばに横たわっている。騎士は確信した。この女を正常な本質に戻してやらねばならない。そして自分は浅はかな期待はせず、ふたたび自らの道を見出さねばならない。

第拾陸章　恋の冒険の結末について

騎士は色とりどりのヴェールに包まれてディヴァンに横たわるアマリリスから離れ、その露わな胸がもたらす幻――雪から顔を出したマグノリアの二つの蕾――とともに窓辺に寄り外を眺めた。夜空は黒い枝々の上に微かにきらめき息づいていた。

彼は作家ロージェの家にいた。ロージェは幸と不幸の問題には少しも心を動かさないと騎士には思われた。現実世界の個々の人間に同情する、あるいは興味を持つことさえ、ロージェの理解の枠外にあった。やむをえず現実の出来事に接触したときは、正か不正か、適か不適かをあっさりと決めるだけで、その個々の決定を越えてそれに意味を与えたり、そこから結論を引き出すことはなかった。というのも彼は自分の内にいる人間とだけ関わっているからだ。その内なる人間とともに彼は別世界にいる。いっぽう現実の世界は行動の世界で、道徳に依存しながら思考と行動を互いからもたらそうとする。それは非常に劇的な世界ではあるけれど、同時に常に未完成な仮初《かりそめ》のものでしかない。彼の精髄は作家ではあるが、それは必ずしも、彼が道徳を守って仕えている現実の生活を詩に歌ったり、それを美しくあるいは黒く彩ることを意味しない。——精髄からの作家として、ロージェの人生に二つの極はなく、彼は絶対の人生、すなわち虚構の人生だけを生きていた。これは一つの形而上的カテゴリーであって、もう一つの生からみるとても道徳的とはいえないものだ。このもう一つの生、すなわち現実の生においては、すでに述べたように、この男は世間の慣習に完全に従っていた。寡黙で、非常に純朴で、単純でさえあった。この世界で彼は他から要求されるままに動いた。万一それが非業の死をもたらしたとしても、彼はそれを仮初《かりそめ》の肉体の死として、表情一つ変えず、同意か抵抗のポーズもとらず、あっさりと受け入れたことだろう。

空虚のうちに作動するこの実人生のメカニスムを、彼はとうから、人間が自らに及ぼす錯誤の一小部分として認識していた。そこから実人生の荒々しい多様性が生じる一方、その非在性も生じよう。それを、人が情熱のおもむくままに、真実という観点、すなわち造物主《デミウルゴス》の道徳的概念でもって測ろうとするときその非在性は生じよう。

自分を招いたこの作家に思いをいたすうちに、騎士はディヴァンでまどろむ女の小さな胸を忘れた。

しかし広間に戻ると、彼女はもうそこに横たわっていなかった。アマリリスは暖炉のそばの壁を覆う、フランドルのゴブラン織の中に帰っていた。その色あせた織物の中に立ち、恋をする見開いた目に織物が彩りを与えていた。灰色の目をどこへともなく向けながら、二つのマグノリアの蕾が中に沈む雪をしなやかな指で支えて、彼女は立っていた。

第拾柒章　騎士に課せられた行為について

原罪は神秘的結合の持続をさまたげる。原罪は果実の中の虫で、そのおかげで果実は愛されて木から捥《も》がれても、ひと齧《かじ》りされただけでそのまま腐ってしまう。理性とともにいると室内に雨が降る。というのも理性と矛盾するが故に理性によって剥がされた屋根、すなわち神という屋根がそこにはないからだ。押し入る雨や雹《ひょう》や焦熱から身を守ることは、困窮する肉体の隠れ家を、女を、メタファーを、概念をめぐる万人の万人への戦いである。すなわち理性とともにあることは、患者たちの暴れる癲狂院にいるも同然である。いっぽう相対的にしか正しくない人生の枠を越え、虚構の絶対のうちにあの作家ロージェのように生きるには、天賦の才という発条《ばね》がなくてはならない。というのも虚構の世界では誰もが客人ではありえず、自らの存在で世界を創造しつつ満たさねばならなず、また満たしつつ創造せねばならないからだ。単なる願望は鋼鉄の壁に跳ね返される。その門をこじ開ける言葉を持たねばならない。それはすでにトマス・アクィナスの書に記されている。タンホイザーはそう思いあたった。

タンホイザーは岸辺に身を投げだした。目の前にあるのはただ一つの道、後戻りの道だった。なぜならそれはカトリックの道で、あらゆる経路をたどって神という名の消滅に終わる道だったから。十字を握る手が現れた。十字こそは手に手としての確かさを与える唯一の実体だった。手が十字架以外に握るものは漏れ出る空気でしかないから、爪が手のひらに食いこみ、指が拳《こぶし》にうまく閉じない。掌の中に何もないという衝撃は、恐ろしい痙攣をともなう死に等しいものだ。かくて二度と嵌《は》めない手袋を脱いだ手はしっかりと木の十字架を握り、手はそこにふたたび、その唯一のもののためにだけであるが、存在する。手は肩に十字架を乗せ、肩は頭とともに音のない重みにたわむ。これはただ一つ最後に残されたものへの逃走ではない。敗北の果ての絶望ではない。というのは彼の前に置かれた使命は、何事より重いものだったから――だがすでに最初の一歩は踏み出された。十字架を負って。世界でもっとも重いものを自分の腕に釘付けて。

道は後戻りの道だった。目に見えない小舟を曳くように、色鮮やかで美しい鳥が騎士の前を飛び、長く伸びた喉から甘い声で歌った。しかし湖の中央まで来ると、歌声はとだえ、その翼は灰色になった。そして今、タンホイザーがウェヌスの岸で陸に上がったとき、鳥は一個の石と化し、恐ろしいありさまで飛び、騎士は道案内に従うようにその後を行き、恐ろしい地獄と化したかつての天国を通りぬけねばならなかった。葉が落ち幹を虫に喰われて朽ちた樹々が、骨ばった指を腐った魚臭のする風に伸ばしていた。黄ばんだ泥濘《ぬかるみ》におおわれていた道は、いまや果てなく赤土の煮えたぎる荒野に伸び、それからふたたび、雫《しずく》の垂れるごつごつした壁の狭間を抜け、先を飛ぶ石はときどき耳障りな音をたて、眠っていたはずのものの目を覚まし、隠れていたものを誘《おび》き出した。岩にもたれ狭い道をことさら狭くする者が、目のない顔で十字架の運び手に笑いかける者が、あるいは指の落ちた手が、あるいは先が断たれて尖った腕が、次々に現れ出た。糞色の弊衣は触ると広まる恐ろしいレプラをろくに隠していなかった。これら毀損した者たちが一斉に声をたてず騒いだ。歯と舌を失った者たちが立てる恐ろしい音は、飛ぶ石が岩にぶつかる音の反響のようにも聞こえた。

やがて下方に庭園が見えてきた。石と道は彼を降りるよう促し、道はいま梯子になった。眠る蛇の胴でできた梯子だった。起こさないよう摺り足で歩もうとしたが、生きた段から足が離れないうちに、それは鎌首を前に伸ばし、歯のびっしり植わる喉から尖った舌の剣が伸び、逃げようとした足が滑って墜落した。立ち上がるとそこはまだ蠢《うごめ》いている腐肉のただなかだった。この腐肉はあの男のものだ。まだ生きていたとき黙想を分かち合った男だ。だがそれはいつのことだったろう。永遠にも等しい昔ではなかったか。そのとき膿のしたたる唇を持つ口が、胸の下あたりまで大きく開いた。胸はまだ痙攣していて、崩れた肉体の残りの部分がそれを囲っていた。蠅の集《たか》る死骸からファルスが赤く輝き、先端を灯台の灯のように痙攣させて聳えたった。肛門から湯気が、崩れた腸がまだ消化活動をしているように漏れた。剝き出しの肋骨に乗った胸の双丘は、まるで焼き網の上に乗っているようだ。豊かに生えた髪が塔をなす頭蓋から、まだ片目が婀娜《あだ》っぽくまばたきしていた。指の骨がブリキの太鼓のような音をたてて騒ぎ、カードを弾《はじ》いて飛ばした。そのカードのほうに、テーブルの下にあった頭蓋の目が動いた。花の萼《うてな》からタールが滴り、灰に滲みた。服の端切れが、裂けたヴェールが、絹の継ぎが、蝶や蝙蝠のように羽ばたき、腐敗の湯気に震え、夥しく空中を、波打ち亀裂の入った地面の上を舞っていた。亀裂から薄く光る腕が伸び、まだ痙攣しているものを手当たりしだいに摑んで下に引きずり込んだ。

タンホイザーの額に白く薄明かりが射した。それは彼の目を裂き、顎を強張らせ、あえぐ胸にうずくまり、膝に垂れた。だが彼は十字架を固く握り、蹌踉《よろ》めきながら一心に進んだ。腐肉を跨《また》ぎ、雲霞《うんか》のように舞う布切れを抜け、前を飛ぶ石の後をついて、目をそらさずに。おかげで微笑む美神を見ずにすんだ。裸で高々と台座に立ち、陰阜を突き出し、膕《ひかがみ》を伸ばし、小さな手をあてがった胸から、髪の毛ほども細い乳色の血の流れが二筋、空中で細かい雨となって飛散し、すでに腐肉になろうとしているものに、地獄のような生を与えていた。

タンホイザーが門扉めがけて突進すると、扉がひとりでに開いた。一人の牧人が笛を吹いた。森と山は巡礼者を受け入れた。

第拾捌章　そのあいだにローマで起こったことについて

その小部屋で崩壊したバチカンの最後の住民たちが跪き、六人の老人の中の最長齢者から時の終焉が語られた。声は音をなさぬ囁きとなり、長者は膝をまっすぐにしておこうと、左手で祈禱台を探った。説教する教皇以外の老人たちは期待と祈禱の三昼夜に疲弊し尽くし、ペトロ二世〔架空の教皇〕の最後の説教の合間にまどろみに沈んだ。しかし言葉を切った教皇は眠っている老人たちを見て、福音史家の言葉で目覚めさせた。「なぜ眠っているのか。誘惑に陥らぬよう、起きて祈っていなさい〔ルカ22：46〕」

老人たちは目を覚まし、その一人が立ち上がった。この者は教皇貴族近衛隊の最後の一人で、ローマ教皇庁の高貴な方々を支えてヴァチカン広場に開いた小さな窓まで行かせるために残っているのだった。広場はぎっしりと群集で埋まり、柱廊や蛇腹にぶら下がり、それは遠くの建物や塔の窓や屋根にまで及んでいた。反キリストの集団が見捨てられた教皇を窓辺に見ると、とてつもなく邪悪な叫び声がとどろいた。そして爆竹と雷鳴さながらのテューバとホルンがその叫びをさらに引き裂いた。勝ち誇る獣の息子がこのとき、サン・ピエトロ大聖堂の空虚なドームの前に築かれた王座に就《つ》いた。王座のまわりを金と赤の旗がたなびいていた。そこには獣とその名の数の印として七つの角のある星が刺繍してあった。そして親衛隊の右手には、この「待ち望まれたもの」と名づけられた同じ印が焼きつけてあった。

　人のいない端のほうの、窓から見ると赤みを帯びた砂とほとんど見分けのつかない黄色の敷布の上に、エノクとエリヤの二人の死骸が置かれていた。白髪で骨と皮ばかりに痩せた色ざめたエリヤ、褐色に日焼けして短い黒髪をぴんと額になでつけている年若のエノク、二人はそのように黙示録にあるとおりに横たわっていた。「二人がその証を終えると、一匹の獣が、底なしの淵から上って来て彼らと戦って勝ち、二人を殺してしまう。彼らの死体は、たとえてソドムとかエジプトとか呼ばれる大きな都の大通りに取り残される。この二人の証人の主も、その都で十字架につけられたのである。さまざまな民族、種族、言葉の違う民、国民に属する人々は、三日半の間、彼らの死体を眺め、それを墓に葬ることは許さないであろう〔黙示録11：7－9〕」

「待ち望まれたもの」と自らを呼ぶこの世の支配者は、処刑に際して何人《なんぴと》も殉教者の死骸に近寄らぬよう群衆に告げ、あえて死者に祈るものは剣で切り刻むようにと近衛兵らに命じた。

　エノクとエリヤの死体が三昼夜と半日近くここで晒されると、驕《おご》り昂ぶった反キリストが到来した。「三日半たって、命の息が神から出て、この二人に入った。彼らが立ち上がると、これを見た人々は大いに恐れた。二人は天から大きな声があって、『ここに上ってこ来い』というのを聞いた。そして雲に乗って天に上った。彼らの敵もそれを見た〔黙示録11：11－12〕」

　この世の支配者は誓った。この二人の死者を二度と蘇生させはしないと。あらゆる解放された民がその証人となるであろうと。

　すると夥しい数の民がここになだれこみ、彼の勝利を喜び、集団の各人が獣の印を額に帯び、三本の深い皺がその枠を形作った。教皇ペトロ二世とその背後で窓辺に立つ五人の老人だけが、予告された奇跡をなおも待ち望んでいた。

　無意識のうちに、身を守るように、教皇は両手を掲げた。その目は地上の支配者をとらえた。逞しい胴と不釣合いに小さい頭の周りで橙色の炎のように燃える髪、そして額の瘤から突き出した二本の銀に輝く牛の角にもかかわらず、ふだんより人間の顔の徴候を露わにしていた。目は深く窪み、鼻は平たくなり、口は刻んだように皮膚を裂いていたからだ。そして過去を振り返ったペトロ二世は地上の支配者があらわれた時と場所を見てとった。北方の町の霧で汚れた通りで、一人の女が新生児を工場や邸宅の廃水の溜まりに投げ込んだのはピウス七世〔在位一八〇〇－二三〕の御世のことだった。それは水溜まりから汚濁の養分を吸い、その腹は膨らみ、心はこわばり、脳は萎縮した。この不恰好なものは千もの姿をとった。今日は主人、明日は奴隷、ふたたび主人、またあらためて召使になった。さまざまな者の召使になったが、全能の主に対しては常に喉を鈍く鳴らす反乱の奴隷だった。ピウス九世〔在位一八四六－七八〕の御世にその生まれ損ないは自らを何重にもする不思議な力を得た。その結果彼は千人でいながら一人、命令する主人であり奉仕する召使、工場主であり労働者、君主であり臣民、指揮官であり兵士、友であり敵となった。

　教皇は恐れ、冷酷にこう呟いた。下にいる銀の角を持つものは、主の家にも押し寄せ、ここでは祭司であり信者、聴罪司祭であり告白者、秘跡の授け手であり受け手、牧夫であり羊であると。

　この恐ろしい考えが意識にのぼると、ペトロ二世は、自分と同じく敬虔で、同じく奇跡を期待し確信して死につつある五人の老人の前で身震いをせぬようにするため、わずかな忠臣たちを見回さざるをえなかった。彼らはひどく衰弱した体を支えあいながら、百歳ほども高齢な教皇の視線をとらえた。その恐ろしく干からびた目の中に新たに震える火花が散った。神の子羊は巻物の七番目の封印を開いたが、それは何ももたらさなかった。人間は地をその深奥にある炎に達するまで抉《えぐ》りぬき、その地獄の業を推し進めたとする聖書の言葉どおりに太陽と天は燻ぶる煙で暗くなった。そして掘られた壕や淵から小動物があらわれ、すべての生きるものを彼らと同じ姿に変えた。多くのものは絶望のあまりに死を試みたが、果たせなかった。しかしそれによって地上の支配者の力は強まり、地のあらゆる民は不思議がった。それと似たものを他に見なかったからだ。

そして使徒が予言したごとく、大いなる獣が奇跡を行なった。それは動くものを光に、光を熱に変え、空気から唸る音を銀の角の先で捉え、地上のあらゆる場所で起こることを見て語り、どんな壁もその目が貫けぬほど厚くなく、一本の指で押すだけで山をふもとから頂上まで破裂させ、太陽の運行を十回繰り返させることができた。

あらゆるものが地とその支配者に仕えた。教会は崩れて塵となり、司祭らは福音書に記されたような清貧のうちではなく、悲惨のうちに死んだ。教皇は三年前に自分を今の位に就けた最後の教皇選挙会議《コンクラーヴェ》を偲ばざるをえなかった。蛾に蝕まれた赤衣とすりきれたカメルレングスを着た七人の枢機卿が彼の前に跪き、秘跡の言葉「汝ハ如何ニ呼バルルコトヲ望ムカ」を口にした。

そして最長齢の枢機卿が、名前の象徴的予定を思い起こしつつ、小声でその言葉を発した。「汝ハぺとろニシテ、コノ石《ペトルス》ノ上ニ……〔マタイ16:18〕」、そして声をより低めて聖マラキの予言を言い添えた。「ローマのペトロは最後の日の迫害の危惧の中で子羊たちを牧場に追う。かくてその枢機卿はペトロ二世〔初代教皇ペトロ（一世）に対応〕と称されよう。時の終わりに予告された教皇として」

しかし時が終わりに来たとき、死と生はもはや互いを隔てる境を持たず、死者は生者と同じく歩み、生者は死者のまなざしで見る、そのような獣の印が描かれた民のただ中に、誰も予期しなかった彼らが現れた。エリヤとエノク、時の終わりの証人となるべく神により死の領域から呼ばれたこの二人は二千百六十日説教した。そののち反キリストは彼らに勝利し彼らを倒した。かくて二人は埋葬されぬまま三昼夜と半日近く広場に横たわり、主の言葉による復活の時は来た。そして教皇は目を死骸から離さず、祈りながら待った。しかし殉教者は起き上がらなかった。反キリストは死骸に冒瀆の言を吐き、教皇は涙した。というのも教皇は自らの時が来たのを知り、あの者から死を受け入れる時が来たのを知ったからだ。

十二年間閉ざされていた門扉が開き、護衛に支えられ、ピウス九世のもとでのローマ征服〔一八七〇年ヴァチカン市国成立〕以来はじめて、囚われの教皇はヴァチカンを後にした。

群集は無言で道をあけた。教皇は死へおもむいた。腕を掲げて死骸に歩み寄ると、禁じられた祈りを唱え、立ち上がり生ける神の名のもとに歩むよう命じた。

そこに護衛が狙いをつけ発砲した。老人は倒れ、頭が地に伏した。しかしわななく手で体を支え膝立ちし、指輪で飾られた右手で二人の預言者の体を祝福し、ニケアの信条を囁いた。「ワレハ信ズ、聖霊ヲ……聖ナル公教会ヲ……諸聖人ノ交感ヲ、罪ノ赦シヲ……」

そして最後に声を張りあげて言った。「肉身ノ蘇リヲ、永遠ノ命ヲ信ズル」

すると見よ、最後の教皇が自らの精神を見放したそのとき、預言者エリヤとエノクは起き上がり、地は震え、天は恐るべき火に包まれ、世界は永劫のうちに消えた。

エピローグ

騎士がマントヴァに着いたとき、先に述べたローマで起きた事件の報が入った。当面の目標を失った巡礼者は、いくぶん疲れていたこともあって、沼地に囲まれ腐って崩れかけたこの町に、とりわけさまよえるユダヤ人に会えればと願いながら、滞在することにした。騎士は聖バルバラ教会の間近に住むある碩学のヘブライ人の家に間借りし、カトリック教徒としての業をなしつつ彼にローマ出発を命じるであろうあの転機を待った。

転機はなかなか訪れなかった。わたしが一九＊＊年の夏、騎士タンホイザーにポルタ・プステリアの前で会ったとき、騎士はいくぶん憂鬱げに懸念を漏らした。ローマが近いうちに栄光を取り戻さないなら、やがて自分は実在が疑問視される神話の人物になるのではなかろうか。事実、諸国を放浪するあの復活者はそうなっているではないだろうかと。

あなたの故郷のドイツでは、とうの昔からあなたのことは作り話と思われていますよ、とわたしが言ってあげると、騎士は目に見えて度を失った。

Ⅵ　妖人奇人館

さまよえる幽霊船上の夜会（抄）

フリッツ・フォン・ヘルツマノフスキ＝オルランド

Fritz von Herzmanovsky-Orlando : Scoglio Pomo oder Bordfest am fliegenden Holländer（遺稿）

　ヘルツマノフスキ＝オルランド（一八七七―一九五四）の独特すぎる世界はドイツの人にさえ珍紛漢紛《ちんぷんかんぷん》らしく、「『金瓶梅』にはいい翻訳があるのに『皇帝に捧げる乳歯』は原文で読むしかない」と嘆くハンブルク人が登場する「ビザンチン風ロココについて　あるいはいかにして私は北方ドイツ人にヘルツマノフスキを理解させようと試みたか」なるエッセイがローゼンドルファー（この次に登場する人です）の手で書かれています。

　彼にとって帝国オーストリアは東ローマ帝国と、さらにはギリシャ・ローマの神話世界と自由に通じていました。宮廷の繁文縟礼も、貴族や官僚の複雑怪奇な階級序列も、カール・クラウスの言う「世界没落の実験場」のあらゆるものが、彼の手にかかると軽やかなファンタジーの酵母となってしまうのです。

　地図にない島に作られた保養地が桃源郷となったあと、クビーンの『裏面』で描かれたペルレのように、あるいは帝国オーストリアの運命と軌を一にするかのように崩壊するありさまがこの「さまよえる幽霊船上の夜会」には描かれています。ここでは分量の関係で最初の三章だけ収録しました。

　この作品はフリードリヒ・トールベルクが遺稿を大幅に整理した版が一九五七年に出たのち、よりオリジナルに忠実な校訂版が八四年に、さらに別の校訂者による異版が二〇〇七年に出ています。本書の訳はトールベルク版によりました。

第一章　ダンドロ＝トレオ家の歴史と見つからない島

きらびやかな陽光がダルマチアに横たわった。サファイアの大鏡のように青に染まる海が、浜近くで緑柱石の翠《みどり》となり、波頭の白鳥色の泡が長々と皺を刻んでいる。そこここに島が迫りあがり、山や谷が赤紫色の影を投げる。大理石を刻んだようなそれら島々は砕け散る波がつくるオパールの網目模様で綾どられていた。ポセイドンを思わせる汐風と軽々と混ざりあう芳香はローズマリーや薬草――島のみならず海浜の背後で輝く険しいアルプスで育つ薬草のものだった。

あくせくしたヨーロッパ大陸ともあろうものが、こんな童話めいたところを自らの領土と称しているとは、驚くほかはない。ヴェネツィアの、あるいは古代ローマの、あるいはオスマン帝国の消えゆく燠《おき》がこれほど瞭然と残っている場所は、ここをおいて他になかった。

この地の最も浮世離れした地域のひとつにダンドロ＝トレオの一家が住んでいた。ヴェネツィアの州貴族であるその一族から、サン・マルコ共和国は夥しい艦長や鬘《かつら》を戴く地方施政官や愛らしい小姓や彫りの深い貴婦人を調達していた。その歴史はタールや硝煙や黴の臭い、それから東洋の香料で馥郁としていた。父祖の幾人かはダマスト織の寝台でペストに斃れた。他のものは、あるいは炎上するガレー船もろとも海に沈み、あるいはトルコの舟漕ぎ奴隷に身を落とした。ビザンティウムの陥落にはじまり、うねうねと華《はな》やかに輪舞して、メルヘンの幻惑の城を神々のそばまで届かせようとしたバロックにいたる時代にあっては、運命はそんなふうに成就したのだった。……そしてやがてフランス革命が進歩という名の首に疥癬のあるくすんだ色の夜鳥を解き放ち、魔法のメルヘンに止《とど》めを刺したのだった。

そのころトレオ一族は尾羽打ち枯らし、広々とした宮殿敷地の残骸からつくられたポルト・パラッツォという小さな港にある、ヴェネツィア風壮麗建築の廃墟に住んでいた。

この館の生活は常軌を逸していた。フェコンダ刀自《とじ》は朝から晩まで――つましい性《さが》だったので――頭巾のかわりに母方の祖先であるところの大ダンドロから譲り渡された総督帽を被っていた。金色の氾濫する赫々とした光のなか、崩れ落ちた大理石の神々や海の怪物や高貴な壷の破片のあいだをぬって、スープ用薬草が芳しく咲きほこる苑を行くとき、刀自は擦り切れ色褪せた緋色の鍔《つば》の広い枢機卿帽を召していた。妖精の庭に勝手放題に繁る薔薇とぺラゴニアのあいだをちろちろ走る蜥蜴《とかげ》はチルチニャーニやブノニの宝石細工のように見えた。きらめきながら踊るそのダンスはあまりに可憐で、いまにもニンフたちが笑い声をたてるかと思うくらいだ。だがニンフは姿をみせない、山羊の脚をしてみだらに微笑む醜く肥えたパンもいない。いるのはただ、四六時中腹をすかせた大小とりどりの孫どもだ。女の子はカリルへーとテーティス、フィリデとジオコンダ、オムファーレ、ロクサーネ、パニチス、アルジェンティーナ、ポリクセーナ、プラセディス。それから男の子の一群、トリプトレム、トリトン、ポリフェモとトリフォン、アダマント、シメオーネ、アスドルバーレとジアチント。度外れな騒ぎとともに、熟していようがいまいがおかまいなく、花を、果実を、水蜘蛛を、はては生きている蝸牛《かたつむり》を、声を上げる守宮《やもり》や百足《むかで》を口に入れる。ちびのカリルへーなどは、ダイナマイトの欠片《かけら》をつまんで食ったことさえある。キオッジャから来た老いた片目のレティラトが、よその海で魚を採るため持っていたものだ。排泄までのあいだ、この軽はずみな子は生卵さながらに扱われた。あえて小突いたり撲ったりするものはいなかった。カリルへーはたとえようもなく幸せだった。ただひとつそれに水をさしたのは、一人ぽっちで庭で寝なければならなかったことだ。この子はふだんからひんぱんに寝台を転げ落ちるので、それでなくとも危なかしい宮殿廃墟に彼女の滞在を許すのはけして得策ではないと考えられたのだ。

子供たちの教育は無に等しかった。島の学校制度はお寒いものであった、そのため彼らは好んで、杉や糸杉や節くれだった巨きな樫のはえる森をぶらついたり、まっ青な海の中にきらめく魚のように、港の貯水場の底に沈む古代の大理石床のところまで潜っていったりした。かくのごとく暢気な日々を送りつつも、灰の色をした気がかりは、ますます足しげく子供らの両親とフェコンダ刀自に訪れていた。他でもない、近代文明という恐ろしい亡霊が、時々刻々とこの桃源郷にまで迫っていたからだ。

晩餐時には、宮殿の広間に据えられた銅の大鍋のもとに一族が会した。油で黄金色に焼かれたすばらしい大海老や烏賊《いか》や蛸、あるいはチーズが豪勢に添えられた茄子や小牛の臓物料理。料理の上を色とりどりの果物や蜜房が飾る、辛口の赤葡萄酒がますます調子を外れるクレッシェンドで食卓の喧騒を盛り上げる。そして大きな、風雨にさらされぼろぼろになった肖像画から神々がその末裔どもを睥睨《へいげい》する。これらの傑作はその末裔の先祖がルネサンスの輝かしい日々に購入したものだった。そこではプルートーが豪奢な寝台でプロセルピーナを抱擁し、二人のキューピッドが咆えたてるケルベロスの鎖を引いている。ケルベロスの口からは»SE UUOI CHE ENTRI NEL LETTO PLUTO MIO.«と台詞の帯が翻《ひるがえ》る。かとおもえばユノーが雲間から、牝牛に化したイオをユピテルが愛撫するさまをのぞいている、その手にはラピタイ族とケンタウロスの争いが描かれた銀の桶が握られている。この絵を腹立たしい銘が飾っている。いわく、»IO TI UUEGGIO MARITO MI RIBALDO!«。暗い隅には陰気な絵が掛かっている。土星の上にユリシーズの彫像の破片が食う。優美なカリプソは見るからに飢えたものどもに気まぐれに豊満な胸をさしだすが、にべもなくはねつけられる。その下には»UUOI INGOSARE STUFFATO QESTO MARMO.«

そう、昔日のトレオ一族は、比類を絶して裕福だった。数百年前ならば、美貌の女詩人ツッチェリ、すなわちダルマチアのエレクトラと称された先祖の一人が最後の審判をあしらったブローチひとつ作るのにも金に糸目をつけず、高名な金細工師ブルチェローノ・スカンナベッキまたの名をポツォセラートをわずらわせ、天使には白珊瑚を、呪われたものの魂には黒瑪瑙を用いたものだったが……その伝説的なトレオの富はとうの昔に雲散霧消していた。共和国の壊滅のあと一族は船を失った。レヴァンテの所有地は没収された。そして、大ダンドロが第四回十字軍のときに封土として賜ったスコリオ・ポモ島のほかは何も残らなかった。

しかしながらこの謎の小島はどこにあるのか。もちろん誰も知るものはなかった。見つからない相続財産という困った問題は、少なからぬイタリアの名門貴族が悩まされるところのものであった（だからたとえばウラミニスの島々を見つけさえすれば、誰もが相当な金を稼ぐことができただろう）。スコリオ・ポモについて記された文書は一枚残らず紛失していた。ヴェネツィア水夫たちのぼろぼろの日録をひっくりかえしても何の得るところもなかった。精巧な装飾模様が施された一族の古い海図にしても同じだった。その装飾のなかでも、海妖が溺れる提督を手籠めにしているさまを描く色鮮やかな絵は、子供たちからいつも輝く目でむさぼるように眺められた。だが実のある成果は何もなかった。ボナヴェントゥーラ・ゼモニコやリウス・デオ・パクトルといった、皺の刻まれた船長たちや一族の古くからの誠実な友さえも助けにならなかった。もっとも口さがない連中にいわせれば、二人とも外海を知り尽くすどころか、トリエステを見つけるにも何週間もうろうろするらしい。

さて、トレオ一家にごく近い親族に有能な航海士がいた。フェコンダの弟にあたるラザロ叔父である。だが遺憾ながら、もはや勇士のうちには数えられていない。運命のきびしい一撃が彼を職から遠ざけ、斜めに落ちる光のなかに晩年を浮かびあがらせたのだった。その不幸な事件はナポリのカーニヴァルにさかのぼる。一張羅の私服をスカラムーシュのコスチュームの担保にして、一夜愉快に飲み騒いだあとで、ラザロ叔父は酒場から盗賊が何もかも持ち去ったのを発見したのだった。おかげでその後の人生をスカラムーシュとしてそれなりに続けていかねばならなかった。世間体にこだわる一族はそのため何年にもわたって彼と疎遠になった。だが今では醜聞もほどよく世人の記憶から消えただろうということで、スコリオ・ポモの件について助言を求めたところ、ラザロ叔父の職業知識はすでに不毛と化していた。もしかしたら専門的かもしれない情報は、あまりにもスカラムーシュ的に歪曲されていたため、そのチーズの強い香のする乱雑な筆跡と特異なヒエログリフで満杯の手紙は、溜息とともに屑籠に捨てねばならなかった……この幻滅は手ひどく堪えた。なにしろ大勢の生活のあてがない子供がいるのだから。この子たちをいったいどうしろというのか。これが昔だったら、まるまる二年間ペストが流行るとか、あるいはベルベル族がやってきて入浴後に裸で月桂樹の林のなかをはしゃぎまわる少女たちを攫《さら》いもしただろう。でも今は？

さらに二人の叔父、サルヴァトーレ・バウコリヒとスピリディオン・パパダッチも同じく今は年金暮らしの元船長だったが、船乗り時代の記憶の宝物庫をひっくり返しても何も出てくるものはなかった。しかし彼らは一族に協力を惜しまなかったことだろう。というのも、祖母プロセルピーナ・パパダッチは――その亭主は繁盛する蠅叩き業をみずからの生業《なりわい》と称していたが――彼女の孫カメレオン・パパダッチとトレオ家の下から三番目の娘クリテムネストラとの結びつきに、乗り気でないわけではけしてなかったからだ。（ここで問題は〈偏屈〉パパダッチであり、クルチヴォポエのアドニスと呼ばれる彼の弟ではなかった。ちなみにこの弟はのちに、馴れたゴリラの仮装をして、パリっ子のサロンを通って儀式ばった凱旋行進の一歩を踏み出し、あやうく共和国の大統領になるところだった）。ロクスタ・ブンイェヴァクは老フェコンダがもっとも懇ろにした愛人であったが、この結びつきの目論見に反対を表明した。身分がつりあっていないというのだ。バウコリヒ叔父はまたしても、彼が今オルセラで営業していて、遺憾ながら繁盛しているとは申しかねるささやかな窓清掃施設を、自分の死後に若夫婦に贈ることを考えた。しかし誇り高いトレオの祖母はさして感銘を受けなかった。崩れかけの廃墟の小町には、どのみち窓なんかあるわけないと祖母は言い張ったが、それもあながち当たっていないわけではなかった。そもそも刀自は、実業家との結婚に反対だった。そうでなければフェコンダ・ダンドロ＝トレオ刀自だっていまどきは豪勢な馬車とお抱えの大修道院長とを従えるくらいに裕福でありえただろう。当時ならさしずめ、出身こそ卑しい平民だがギルゲンティの裕福な野菜商ジウゼッペ・ペペローニの求婚に応じなければならなかったかもしれない。それとも青い燕尾服とぶかぶかの南京木綿のズボンに短足を包み、夜毎に騾馬に引かれた回転式自動楽器にフェコンダに捧げるセレナーデを演奏させたターラント生まれの大運送代理店員のオリファンテとだっただろうか。

スコリオ・ポモ探しに少しばかり活をいれるため、半ば行方不明も同然の海洋画家アブラハム・カセムブルート老が一度ならず呼び寄せられた。画家の乗ったロッテルダムのチーズ船は何十年も前にメッシーナで難破していた。歳月に蝕まれたこのオランダ人は乗り気になり、艤装を説かれた船長たちと一緒に、鼠に齧られ虫穴の開いた大半球平面図のあちこちを調べた。だが終いにはこの五人の老人はたいてい少し塞ぎこんだあと、海浜に出て、パパダッチのバグパイプが奏する多彩な歌曲に合わせて、亡霊じみたシルエットでベルガマスク風の踊りを踊った。あるいはバウコリヒは若い淑女たちに、亡くなった父の作成した台風図録を繊細きわまる牧羊風景が描かれた銅版画とともに見せるときもあった。彼ら殿方がご機嫌麗しいときには、彼女らは長々しい海の物語に時を忘れた。彼らの語るのは奇跡を起こす聖フランチェスコがナポリからスペインに帆走していたとき、荒れ狂う波を鎮めた木靴《ツオッコリ》の話や、あるいは――パクトル三兄弟がカプダン・タハビチ長官を殺《あや》めたとき、彼はちょうど旗艦船尾の金箔張りのバルコニーでブラックコーヒーを啜っていたというパロスの血腥《ちなまぐさ》い海戦の話だった。折りしもノルウェーの海の英雄クルト・シーフェアセンはその頃ヴェネツィアを勝利に導いていた。その肖像は今もパラッツォに飾られていて、ちびのカリルへーに瓜二つだ……

そうした折には子供たちも食いまくるのをやめ、興味津々の面持ちで潮の香がするラプソディーを聴くのだった。

第二章　見つからない島が見つかる

アドリア海にほど近い、細い帯状のゲルツ・グラディスカ両伯爵領のみで海と隔てられている地を、クライン家の公爵領が睥睨《へいげい》していた。そこはこれ見よがしに切り立つ山々や暗い森や底知れぬ谷に富んだ地で、雅びな湖や、実りゆたかな果樹園や、森林におおわれた山頂にある数知れぬ巡礼教会に飾られていた。ここには幾人《いくたり》とも知れぬ奇人変人の殿方たちが棲息している。扁平足で地団太を踏みつつも、近代の重苦しい文化に歩調をあわせようとはあえて望まぬ方々だ。ときたま――無論めったに起こることではないが――騎士たちが電光のごとく現れて、高利貸を土牢に投げ込んだり、行商人を急襲するという。だが騎士たちは何も奪うこともなく、おそらくは無意識のうちに、香料袋やニュルンベルク産の玩具だけをまさぐるにすぎず、大仰な仕草をした者は怖がってくれた褒美《ほうび》としてしばしば贈り物を授かり、たっぷり食糧を与えられた。もちろんこの出来事は他国には注意深く伏せられた。だがベデカー家〔旅行案内で有名な出版業者〕がすでに炎と燃える聴き耳を立てている気配があった。この家の力は大きい。この家の名をもって嚇《おど》せば、血に飢えた暴君アブドゥル・ハミトといえどべそをかいて寝室に引っ込むという。

野蛮きわまるクライン領の中央にある寂しい城が、従弟レオとも呼ばれるバリオル男爵の住いであった。スモーキングに〈風切り羽〉を付けた狩猟帽を好んでかぶっているお洒落な青年である。

レオは年に幾度となくウィーンに赴き、ブリストル・バーに立ち寄った。伯母のチリー伯爵夫人の古びた邸宅より、レオはここをずっと好んでいたのだった。

この老婦人にとってレオは心痛の種であり、のみならずその二人の兄弟も彼女に数多の気苦労をもたらしていた。長子の軽騎兵隊中尉の少なからぬ借金を、彼女はしばしば肩代わりしてやった。この長子は最後の百グルデンとともにオーバーライバッハからライバッハ行きの特急に乗ったものの――たった一駅のために！　と人は思うだろうが――それより先の足取りは今もって不明である。（カルカッタに進路を転じ、托鉢僧と化して遠吠えしているという話を、あまりに敬虔なこの在俗修道女《シャノワネス》の耳に入れるのはもちろん絶対禁物であった）。甘ったれの末っ子であったレオも一度不始末を仕出かし、老婦人は真正の〈松毬《まつかさ》嗜食症〉――ウィーン以外では知られていない神経症――の発作を起こした。というのもレオは、ボーア戦争の勃発時に、〈イングランドの堕落した伯母〉に決闘の手袋を投げつけたのだった。（スコットランドの大貴族でありヘブリディーズ諸島のかつての王である自分はこの親密な呼びかけをする資格を有すると彼は信じていた）。ウィーン在住の英国大使ゴーシェン卿が、淡灰色のシルクハットをかぶり喪章をなびかせて伯爵夫人の邸宅に駆け込み、絶望のあまり両手を揉みながら説くところによると、ヴィクトリア老女王が生涯ではじめて正気に返り、ために憂慮すべき事態が懸念されるという。レオはしかし頑として聞き入れず、日々自らの義勇軍を訓練し磨きをかけた。あげくの果てにレオの親友リヨン・デ・グリウが引っ張り出された。デ・グリウの城はスティリア寄りの地方にあった。かの有名なマノン・レスコーの血をひく彼は、この魅力溢れる先祖の破滅のもととなった卑劣な租税徴収者G・M〔『マノン・レスコー』の登場人物〕のフルネームを調査するため莫大な金を投げ出した。その生涯の夢は、G・Mの権利継承者を騎士道に則《のっと》って槍で刺し、もってグアテマラでは優しい蜂鳥とみなされているマノンの霊魂に最終的な安息を与えることであった。

デ・グリウはレオをオーロクス狩りに誘った。これはバリオルの領地でのアイベックス狩りの返礼でもあった。招待に応じたためレオの気勢ははじめて殺《そ》がれたが、狩猟期が終わるやまたも気分は塞いだ。迫害された者のために戦場に赴くという貴族の義務をないがしろにしたと感じたからだ。とうとう暗い岩穴で洞守宮《ほらいもり》を釣ったり、高山の石荒野を彷徨《さまよ》いながら恍惚のうちに聖母に祈念しだした。なんらかの善行を積みさえすれば、もしかすると自分の過ちを償えるかもしれないと思ったからだ。

そしてある日、それでなくとも寒さに震えていたレオは、不意に、ついぞ感じたことのない別の震撼に見舞われた。測り知れぬものに遭遇したときのみ生ずる恍惚、歓喜、恐怖がそこにあった。思わず地にひれ伏すと、輝く光の束に包まれ、ファンファーレの優しい響きのなか、この世のものとも思えぬ妙なる音声が男爵に語りかけた。「レオよ、あなたはいかなるときも敬虔で善良でした。よってあなたたちの一家を助けてあげましょう」男爵は顔をあげたが、またすぐに伏さねばならなかった。その一瞬のあいだに、形容を絶するほど美しい天使が囁きかけた。「海図XVII-103……、ヘルダー&テンプスキ社、ウィーン……、ポモ……、ポモ……」ついで雷鳴が轟き、万物を引き裂いた。

レオは何時間も呆然自失していた。どうやって家まで辿りついたかいまだにわからない。ともかくも我に返ったときは広間の大熊の敷物のうえで暖炉にあたっていた。スモーキングはぼろぼろでエナメル靴の残骸は血まみれだった——どんな超自然のものと出会っても失礼のないよう、ずっと礼服で荒野をさまよっていたのだ。「ポモ」とは何のことなのか、もちろん分からない。そこで一週間のあいだ断食と祈願を行って霊感の訪れを待ち、ありとあらゆる旅行案内にこの謎の地名を探し、はてはウィーンのヘルダー&テンプスキ社に電報さえ打ったのだが、ほんの先週にどこかの国の外交官補が海図を根こそぎ買っていったため、いつ再入荷するかは不明である旨の返答がよこされただけだった。

しかし一つだけまだ手が残っていた。困ったときはいつもするように、一族の真の構成員といえる唯一の人物、ライバッハの州政府にいる従兄のミケランジェロに、レオは泣きついた。

ツェンク男爵ミケランジェロ三世は、幻視のうちに正確に特定された海図を手に入れるため、まずは帝国海軍の伝手《つて》を辿った。これがうまくいくとレオを訪ね、これがいかに途方もない掘り出し物であるかを興奮して嗄れた声でまくしたてた。レオは従兄に、遠吠えする托鉢僧であるところの兄から聖ニコラウスの祝日に贈られた甘口シガレットを差し出した。重く香る薬草のあざやかな青色の烟《けむり》の功徳によって、ツェンクの計画はだんだん形を整えてきた。目まぐるしい航海のあげくにではあったものの、海図XVII-103のおかげで、ともかくもポモが見つかったという報を受けると、トレオ一族は有頂天になった。目端のきくツェンク男爵はすぐさま職を辞し、ポモを豪華な南アドリア海湯治場に改装した。夏には社交界の精髄が集う湯治場は、シーズン中であれば、誰もが個人の趣味で、あるいは悪趣味で時を過ごすことができるようになった。

第三章　シャルル・ボロメ・ホウニアクの花嫁さがし

そのころシャルル・ボロメ・ホウニアクという若者が旅立とうとしていた。

シャルル・ボロメ・ホウニアクは小柄な体がいくぶん斜めに傾いだ、赤毛で雀斑《そばかす》のある男だった。話すときに低く鼻を鳴らすくせが、それでなくとも不愉快な外見の印象をいっそう強めていた。男の子の場合はよくあることだが、母親から多くのものを受け継いでいた。父《パパ》ホウニアクにとってもこの奥方は笑い事ではなかった。というのもヘクバ奥方は、たえず興奮でぴくつく鼻孔をもち、ときにぎごちない、ときに頼りないその振る舞いは、あらゆるところでお里をあらわすのであったから。〈サロンブラット〉の熱心な愛読者であるといえば、その家柄にしてもおおよそ想像がつこう。「確かな筋の情報によれば、ショワスル公爵夫人は、七匹目の大鳥籠用カプチン猿を、内装によって世界的に有名な邸宅で購入した」といった類のニュースは、ホウニアク夫人を敬虔な感激でいっぱいにした。あるいは高級貴族の花嫁たちの挿絵を眺めると、彼女の目は歓喜の涙で溢れるのだった。そうした花嫁は往々にして醜く呆けた顔なので、繊細な男なら誰でもその肖像にうろたえ、できることなら椅子の下に潜りこみたいと思うのだった。

若きボロメには大それた望みがあった。母親から受け継いだものだ。ほんの少年のころ——筆舌に尽くしがたい苦労の末に上流階級専用の中高等学校《テレアジアヌム》に入学したころから、貴族の級友たちに、自分の家はフランスから亡命したものだと信じこませようとした。すなわちホウニアク家は、もともとホヴニャックと書き、コニャック公爵の傍系であり、ポリニャック伯爵の親戚筋にあたると吹聴したのだ。クラスの担任教師はオーストリアの教育機関のドイツ系教授の例にもれずチェコ生まれだったが、無残にもその夢想を完膚なきまでに砕いた。家名を事実に即して翻訳し（それははなはだ美しからぬものなので、美学的見地からここに記すことはできない）、自尊心で膨らんだちびの孔雀から美麗きわまる長くふさふさした羽を毟り取ったのだった。この敗北を喫して以来、ホウニアク少年はもはやこの高名なる学び舎にはいたたまれなくなった。それからというもの、高慢のしからしむるところによって、学ぶということをきっぱり止めたが、これは母の熱烈なる支持を得ることとなった。それをお墨付きの貴族的態度とみなしたからだ。同じ理由から、すなわち、早婚は貴族にふさわしいとの考えから、シャルル・ボロメは、すぐ結婚することを決意した。そしてまったくもって高雅なことを考えた。僕の嫁はできうれば王女であってほしい。

適齢期に達するや、彼は断固たる決意のもとに嫁探しをはじめた。ゴータ王家名鑑を参照して照準を合わせた彼の鼻はトラウン湖のほうを向いた。そこでは岸辺沿いにずらりと廃位の憂き目をみた王侯一族がぼんやり座っているのだった。しかし父ホウニアクの友人の老男爵ハルムサキがどんなに骨折っても、紹介はいずこにおいて芳しい結果にならなかった。シャルル・ボロメは弱気になり、下唇を垂らしたが、そのさまは失笑を買わずにはいられなかった。ハプスブルク家と縁戚であるふりをしたがるという濡れ衣までをも着せられた。この戦場を去り、どこかほかのところへ行くより他に何ができただろう。

深く傷ついた彼はホテルの部屋で荷造りを済ませたトランクのかたわらに腰を掛けぼんやりしていた。そのとき、まったくだしぬけに、ラーベンザイフナーと名のる紳士に面会を求められた。

ぼんやり者のホウニアクでさえ、この訪問者を前にすると不愉快にならざるをえなかった。それはひどく背の高いまだ若い男で、完璧とはいいかねるフロックコートを着て、踊るようなぎごちない足どりで入ってきたかとおもうと、懇願するような動作をしたのち、シルクハットを椅子の下になんとかきちんと置いた。それから虚ろな、ものがきしむような声で笑い、ちょっと凄みをきかせた目つきで、シルクハットがちゃんと動かずにそこにあるかを確かめると、ホウニアクに向きあって座り、刺すようなまなざしで彼をにらんだ。

「ラーベンザイフナーと申します。どうぞ私めにおまかせあれ。なにもかも承知しております、私はシャーロック・ドルムスティーク・ラーベンザイフナー教授。クリスチャン・サイエンス修士です」と言い、文字どおり悪魔のように微笑んだ。「私のことはお聞きになっていませんか。シュトラーレンベルク……ウジハジー事件のことなどを。そうですか。デュレンバ・ヴァンシエロヴァック家の幸福再設計はいかがでしょう。やはりご存じない。何もかも承知しておりますぞ、ホウニアク――コニャック――ポリニャック……あは！」

するとシャルル・ボロメの顔はぱっと輝き、この不愉快な修士に、傍目にも露わな関心を見せるようになった。修士は飛び起き、さっとシルクハットのうえにかがみ、それをせかせかと頭上で振り、次のようにまくしたてた。「王女の花婿どの、お聞きください、あなたの大胆きわまる、だが一方ではしごく当然な夢は叶いますぞ。相手が由緒ある王家の子女であることは文書で保証いたします。黒んぼなぞではなく、ヨーロッパの王家です。背中に瘤などありません。バルカン物でもありません。すぐさまお手にとれます。手付けに二十五パーセントを即刻、残額は任意の銀行の信用状で結構ですので、十万フランを耳を揃えて純金でお願いします」そして深く息をついて背をもたせかけると、結婚を望む若者に黄色い歯を剝き出した。

「まったくもってちんぷんかんぷんですね」シャルル・ボロメは言った。「あまりにも唐突だし……そもそもどうして……バルカン物でさえないとは」とつぜん彼は飛び上がり、狂ったように鼻を鳴らした。「あなた、なんとあつかましい。〈物〉とはなんです。そんな……、そんな……」憤慨のあまりに彼は言葉につまり、むせかえり、手をばたつかせた。

しかしそれきりで、抵抗する力はすべて尽きた。ラーベンザイフナーは彼をたちまち宥《なだ》め、拘束力のある仮契約に署名させ、内金を懐に納めると、煙草臭い手で更なる手配をおこなった。もはや意志をなくした将来の王女の花婿に、すぐザルツブルクへ向かいなさいと勧めたのだ。トリエステ行きの夜行に飛び乗りなさい、翌朝トリエステで船に乗ればその日の晩にはポモに着きます。やんごとない方々が夏期休暇を過ごしているのに出くわすはずです。一分たりとも無駄にしちゃいけません。

それから彼は鼻を低く鳴らすシャルル・ボロメをホテルのドアから放りだした。

人殺しのいない人殺し

ヘルベルト・ローゼンドルファー

Herbert Rosendorfer : Mord ohne Mörder（一九七〇）

ヘルツマノフスキ＝オルランドに心酔し深く影響を受けた作家二人をこのVI章でご紹介しましょう。その一人がこのヘルベルト・ローゼンドルファー（一九三四―二〇一二）です。東雅夫編『幻想文学講義』（国書刊行会）所収の前川道介インタビューで、「糟粕を舐めるよう」「教養《はにかみ》がない」とひとしなみに酷評された現代幻想小説作家たちのなかで唯一褒められている人でもあります。

生まれはイタリアのボルツァーノで、司法官試補・検事を経て一九九三年にナウムブルク上級地方裁判所判事に就任し、退職後は南チロルに隠棲して執筆に専念しました。小説の他に戯曲、テレビドラマ脚本、ドイツ通史、音楽評論、旅行案内書と多方面にわたる膨大な著作を残し、おまけに作曲と絵画まで手がけています。なかでも第一長篇『廃墟建築親方』（六九）はあたかも『サラゴサ手稿』のように幾重にも入れ子になり錯綜する物語構造のなかに、互いに相手のネジを巻く双子自動人形や葉巻型地下シェルターや退役したカストラートやド・レ・ミ……の名を持つ七人の娘やさまよえるユダヤ人などがにぎにぎしく登場する傑作です。

この「人殺しのいない人殺し」は第一短篇集『固定された人』（七〇）から採りました。チェスタトンの『奇商クラブ』を思わせる発端が、あれよあれよという間にとんでもない方向に逸れていく語りの妙味をお楽しみください。

主要登場人物

わたし　語り手。弁護士。トリブトニクの友人
トリブトニク博士　ユーゴスラヴィアから亡命した二重帝国マニア
プリマバレリネヴェッ　食料品店兼雑貨屋。トリブトニクと裁判中
シラーさん　トリブトニクと同棲していた愛人
オトマノヴィツ　退役将軍。わたしの顧客。セルビア正教会の幹部
グラボヴァク　オトマノヴィツと敵対する教会の助祭
ブルナーマイアー　トリブトニク事件を担当する警視
クリスピ　オランダの千里眼者
リナルダ　聖エリーザベト病院修道女会の修道女

第一部

どこからそれが妙な人殺しの話になったかというと、ある日曜の午前中に——自宅からかなり離れた——区域に建つ家を訪ねたのがそもそものきっかけでした。それは白く小さな家で、窓に灰色のブラインドがかかって、庭に通じる門がありました。門柱は黒くて高く、その上に様式化された二匹の青銅の豚が鎮座して、何も書かれていない紋章つきの盾を支えていました。チェスタトンと、紋章学での豚の軽視についてのかれの意見〔"The Defendant" 所収の「紋章弁護」〕がゆくりなくも浮かんだとき、自分の名が表札にあるのが目にとまったのです。——この辺に住んだことはありません。この家だって見たこともないものです。あなたもご存知のように、わたしの姓はなかなか珍しいものです。親戚以外に同じ姓を持つ人に会ったことはありません。姓ばかりか表札にはわたしの名までありました。この組み合わせを持つ人は、わたしをのけると、ずっと前に亡くなった伯父がいるきりです。

もちろん長くはためらいませんでした。ほんとうは日曜というのに、ある依頼人のところに行く途中だったのですが。当時その依頼人は、この家の近くにあるエリーザベト病院修道女会の経営する小さな病院に入れられていました。どういう事情かはやがておわかりになるでしょう。日曜の午前中というと、いくら同姓同名に驚いたからといって、人の家を訪ねていいような時分ではありません。にもかかわらずわたしは呼び鈴を押しました。

しばらくは何の物音もしませんでした。そのあいだにわたしは挨拶の言葉を組み立てておきました。やがて鍵束を持った白い前掛け姿の男が現れて、家の中から呼びかけました。

「もうお出でにならないのかと思ってました」

その男は門の鍵を開け、柵を脇に押しやって、わたしを中に導き入れました。どう話を切りだそう——こんなふうに対応が変わったところをみると、どうやら誰かと間違えられているらしい——わたしはまたも頭をひねりました。すると男はわたしを姓で呼び、先に中に入らせました。

わたしは広間に入りました。外から見当をつけた家の大きさからすると、その広間は家全体の四分の三は占めていましょう。薄暗い部屋でした。ずっと奥に緑色めいた明かりが灯っていて、二対の翼を持つ異国風の男の彫像を照らしていました。翼の一対はわれわれの天使のように上を向いていましたが、もう一対は床を向いていました。それは言ってみれば、たまたまある航空会社の海外要員として何か月かラングーンかどこかで通信業務に携わった人などの住居に主に見受けられる東洋風の飾りつけみたいに幼稚で、ことに緑めく灯りのおかげで滑稽にさえなっていました。――でも飾りつけなどではなかったのです。彫像でさえありませんでした。四枚羽根の男はわたしに向って歩いて来ました。翼は後に残りました。そちらは豊満な胸をした、翼のほかはきわめて写実的に女神を象った彫像から生えていたのです。

男は女神に背を向けた椅子にかけるよう、わたしに勧めました。わたしはといえば、挨拶の文案を練るのはやめにして、むしろわたしのほうが挨拶される権利があるような気になっていました。

「こういったものすべてを」手足を仰々しく動かしてインド風のお辞儀をしてから、男は言いました。「訳もなくあなたのために用意したと思ってはいないでしょうね」

「どうもわかりません。わたしに何をしてくださると言うのです。見るかぎりでは、わたしの名を表札に掛けさせたようですね。この家をわたしに贈ってくださるのですか」

それまでわたしは、東洋人はあっけにとられたりはしないものと思っていました。でもどうやらわたしの質問は相手の返答能力を超えたようでした。

「あなたより前の方々は誰もそんなことは聞きませんでしたよ」

「するとわたしをからかっているのですか」わたしのことを、いつものっけからこんなずけずけと冷たい応対をする無作法な男と思わないでください。このときはインド人の押しつけがましさがわたしを非礼にしたのです。

「わたしたちは手間をかけました――表札を金でこしらえたことなどは、数のうちにも入りません――わたしたちは、あなたを、われわれの秘儀にお迎えするにふさわしい方とお見うけしましたから」

「それはどうも」わたしは言いました。「どうやらエホバの証人か何かの方のようですね。でもわたしはカトリックです。どうかご承知おきください」

「それは尊重いたします。しかしあなたの神もわたくしたちの秘儀を尊重したのです」

「何をおっしゃるのですか」

「神秘は天地創造よりも深遠なものです。われわれの深淵は無よりも深い。全ての全て……」

わたしは立ち上がりました。明日になったら土地台帳を調べて、この家の所有者は誰か突きとめてやろうと思いました。

「お掛けください。あなたはもう首をつっこみすぎています」

「まったくです。呼び鈴を鳴らした自分が許せません」

「警告せざるをえません。聖なる三体を持たずにこの家を出るものの生には、今後徴《しるし》がつけられます」

「聖なる三体ですって」

「世界中で知られているものです。しかしその名は言えません。娘を呼びましょう——イェヴァスミ！」

わたしは男の視線の先に顔を向けました。さきほど女神と思っていたものがイェヴァスミでした。腕を高く掲げ丸い胸を揺らせて、彼女はゆっくりと台座から下りてきました。翼は今度は——おそらく最終的に——いままで彼女がその前に座っていた実物大の翡翠の豚のものとなりました。肌に深くぴったり食い込む帯が腿を覆うほかは、イェヴァスミが一糸まとわぬ裸であることは、すでに台座にいたときから気づいていましたが、その帯が——というよりむしろ金属的な材質でできたカマーバンドみたいなものが、おそらくは神聖でかつ卑猥な動作のもとで解かれました。神秘的かつ恥知らずに腿を露わにして、ベリーダンスのように恍惚と腰をくねらせながら、手に取った緑色の小さな置物を、こちらに持ってくるようすは、高級ナイトクラブの出し物のようでした。置物はよく知られた三匹の猿の像で、それぞれ耳と目と口を覆っていました。

「この像は」インド人は言いました。「いま象徴的に生まれたのです」

「ははあ」わたしは言いました。「〈分娩した〉というわけですね〔分娩する entbinden には「帯を解く」の意味もある〕」

男は娘の手から置物を取りあげました。イェヴァスミは神秘的に身をくねらせて、ふたたび翼を生やした豚のもとに帰りました。

「どうぞ」男は言いました。「お持ちください」

わたしは礼儀と衛生観念との板ばさみになっていました。そして猿を手にとらずに言いました。「ええ、ええ。この猿なら知っています。これを見ると決まって離婚訴訟の証人のふるまいが頭に浮かびます。自分は何も見なかった、何も聞かなかった、よって証言は拒否するというわけです」

男はまたしても、まったく東洋風に、眉毛ひとつ動かしませんでした。「これは緑の凍石でできています。より下位の聖三体は象牙でしかできていません。あなたは今すぐ緑の聖三体を得るにふさわしい方です。もしこれを受け取らねば、あなたの受ける危害はそれだけ大きなものとなりましょう」

「それでも」わたしは言った。「お断りします。どこに置けばいいかわかりませんから」

「もし受け取っていただければ、あなたはいつか秘儀に参入することとなります。あれだって」――と言って男は翼ある豚のそばの裸の娘を指しました。――「その一角にすぎません……わたしには九十九人の娘がいるのです」

「結構です」とわたしは答えました。「でももしよろしければ、興味を持っていそうな人を紹介しますが……」

すると男も娘と豚のところに戻り、かれらに劣らず謎めいた下僕が、控えめな表現でいえばわたしを家の外に案内しました。表札はすでに取り外されていました――

少々あっけにとられ、あそこはきわめて洗練された娼館だったのか、それとも愚者の塔〔精神病院のこと〕だったのかと疑いながら、ともかくも行きかけだった病院への道をたどりました。この件も追及しようと固く心に決めていました。しかしこちらのほうは、後におわかりになるように、そのうちやらずともよくなりました。でもそのことをお話しする前に、一件の初めのほうから、一見単なる殺人事件と思われたできごとからお話しせねばなりません。でもそれは結局おなじひとつの話で、翼ある豚の館の話と同じ物語の一部なのです――

〈皮剝ぎ人の部屋〉はご存知でしょうか。そこにトリブトニク博士はある晩、つまり博士が消えた夜に、友人連中といっしょにいました。部屋はすでに満員になりかけてはいましたが、わたしも仲間入りしました。その晩にはいささか期待していました。トリブトニクが妙に秘密めかした招待状をよこしてきましたし、それでなくともトリブトニクといると決まって何か起こるのですから。〈皮剝ぎ人の部屋〉はトリブトニクのお気に入りの酒場で、昔からの慣いによって、博士が部屋に入ると、一拍置いてからラデツキー行進曲を楽団に演奏させることが暗黙の義務となっていました。それまでいかなる曲を奏していようと、途中で止めるのです。トリブトニクはラデツキー行進曲などまったく耳に入っていない顔をして、不平めいた言葉で音楽に報います。でももしラデツキー行進曲が演奏されなければ、金輪際《こんりんざい》酒場に足を向けなくなることでしょう。取り巻き連も右へ倣《なら》うことでしょう。トリブトニクが喝采ではなく不平という領収書を切ることで、そのたび新たにこみあげる深い感動を隠しおおせているのだという説は当たっていたと思います。というのもトリブトニクは心底からカカニア〔オーストリア・ハンガリー二重帝国〕の人であって、八月十八日〔フランツ・ヨーゼフ一世の誕生日〕には内輪で花火会を催すのです――こちらでは打ち上げ花火のたぐいは大晦日用にしか売っていませんから、半年以上前から準備せねばなりません――愛人との噂もある家政婦から聞いたところによると、ケーニヒグレーツの戦いの日〔普墺戦争でプロイセン軍がオーストリア軍に決定的な打撃を与えた日〕は黒いパジャマでベッドに横になるのです。トリブトニク博士はすでに何年も前に〈禁酒運動撲滅連盟〉を、そして後に〈月四十五時間労働闘争同盟〉――どちらの会長もむろん博士です――を設立していましたが、今度はその夜に〈オーストリア・ハンガリー不可分評議会〉を設立しようとしていました。この三組織の構成員は、おおまかに言えばすべて同じで、個々の構成員の役割が会によって異なっていただけです。わたしは〈連盟〉ではたんなる会員、〈闘争同盟〉では法律顧問、そして〈評議会〉では――その管轄は区域ごとに定められるのですが――侯爵に列せられ伯爵領チロル代表となるはずでした。ここで前もって言っておかねばなりませんが、トリブトニクは不都合な状況のしからしむるところによって、もはや昔日のオーストリア・ハンガリー二重帝国領に在住してはおりません。したがって組織は亡命組織として樹立されましたが、その構想は頑《かたく》なに帝国の正統性に沿ったものでした。〈連盟〉と〈闘争同盟〉の多くの構成員はいまや〈評議会〉にも属するとみなされましたが、居住地も出自も、世間一般が考える〈オーストリア・ハンガリー〉とは何のかかわりもありません。それでも歴史家トリブトニクの揺るぎない識見と〈評議会〉の包括的な帝国主義的主張のおかげで、いかなる住所や出自でもかまわなくなりました。たとえばブライスガウ地方フライブルクに生まれたわたしの友のために、〈前部オーストリア【ドイツ南西部にあったハプスブルク家の領地】世襲領〉なる部局がつくられました。もちろんトリブトニクはフーベルトゥスブルクの城内平和も認めませんでしたし（おかげでシレジア人は誰でも加入が可能となりました）、ブルボン家のスペイン継承も同様です（おかげで興味を持ったペルー人とフィリピン人に門戸が開かれました）。

　しかし〈評議会〉を法的に創立するための設立集会が開かれないうちに、トリブトニクはまず男子用手洗所に消え、次いで永遠に姿を消しました。残念ながらわたしが聞いたトリブトニクの最後の言葉はまったくこの事件にふさわしくないものでした。博士は——人間的瞬間について断りを入れ、そしてついでのように化粧室がどうとかと言ったあと——〈ドッピアーコの儀式〉のことを語りました。ここで知っていただきたいのですが、トリブトニク博士はスロベニア人で、〈見えない王〉トミスラヴ二世の治世にマリボルに生まれ、ザグレブで私講師を勤めた愛国者で、後にチトー大統領から死刑宣告を受けました。そこで無謀にもイストラ半島のクラス地方からトリエステを越えて西に逃亡し、刑の執行を免れたあとは、いわく言いがたいホームシックにもかかわらず、故郷の地をふたたび踏むことはできない相談となりました。しかしもしトリブトニクが禁じられた故郷に代わる慰めを見出していなかったと主張する人がいるなら、その人は故トリブトニクについて誤ったイメージを持っています。トリブトニクは色恋沙汰とワイン庫によって、より正確にはワインによって——というのは、当然ながら、かれはワインをその産地で飲むのを一番好んでいましたから——故郷からの追放を甘美なものにしたことだけは疑いありません。事実トリブトニクはすくなくとも三か月ごとに車を——おかげで車体保険に毎度毎度律儀にフェンダー代の請求をすることになるのですが——南チロルへ走らせます。この遠足中、ドッビアーコ地方のドラウ河がドナウ河から分かれて支流になるところを通り過ぎるとき、ワインが体内に残した過剰な液体を、生まれたばかりのドラウに喜びいさんで放出し、「わが故郷によろしく」と呼びかけるのが常なのでした。

この逸話をトリブトニクは、嬉しげにぶつぶつと——先に述べたような生理的な理由で短い退席を乞うときには必ず語りました。ただ今度ばかりは二度と戻って来なかったのです。

トリブトニクの気まぐれには慣れっこになっていたので、〈オーストリア・ハンガリー不可分評議会〉の設立集会は日延べになりました。設立を妨げられた組合員の何人かはトリブトニクの他の行きつけの酒場を訪ね歩きました。どこにも博士はいませんでした。トリブトニクの行きつけの酒場をすべて回ることは、多人数をもってなる設立集会をもってしても不可能でした。したがって多かれ少なかれ当てこすり気味な推測で満足せざるをえなかったのです。

翌日の午後シラーさんがわたしを訪ねてきました。ちょうどわたしがストイネ・プリマバレリネヴェツというマケドニア人の血が半分混ざった食料品店兼雑貨屋の厄介な訴訟の話を聞いていたときのことです。プリマバレリネヴェツのおかげでわたしは困った羽目に陥っていました。わたしはこの男の弁護を、当地の大学を相手どった訴訟で引き受けていました。それはすこぶる厄介な法律案件でした。プリマバレリネヴェツは自分の死体の解剖権を大学に売ったのですが、そのとき自分を、自分の双子の兄弟であると申し立てたのです。訴訟には勝てませんでした。にもかかわらずプリマバレリネヴェツは限りない信頼をわたしに寄せ、さらに込みいった法律案件の弁護を依頼しました。よりによってその訴訟はわが友トリブトニクを相手どったものでした。トリブトニクとプリマバレリネヴェツは何年も前から、日本製の義歯を輸入する会社を共同設立していました。およそこれほど二人にとって畑違いの仕事は考えられませんが、案の定そんなものからは利益があがるどころか、この〈デント・トリ・プリマ〉社はほどなく自然消滅しました。それから何年かたって、プリマバレリネヴェツはまったくだしぬけに、トリブトニクに信じがたい要求を通告してきたのです。会社清算時にプリマバレリネヴェツがトリプトニクに貸したままになっていると称する金額に関わるものでした。請求はおびただしい勘定費目からなっていました。出張費、光熱費、そして欠陥品の義歯を日本に返送するときの小包を価格表記小包として封印する封蠟を熱する蠟燭を点すときに用いたマッチ棒の費用。ラテン文字とキリル文字で書かれた証拠資料が数限りなくありました。しかし記帳をした気配も清算の正当性も曖昧だったので、要求を筋道立って基礎付けることも、その信頼性に反論することも、難しいと同じくらいに易しいことでした。わたしはトリプトニクの弁護を引き受け、いっぽう親切な同僚がプリマバレリネヴェツの側につきましたが、その同僚はそれから二年にわたる、全部で四件のプリマバレリネヴェツ対トリプトニクの訴訟のおかげで、いつ会っても不機嫌でした。プリマバレリネヴェツは折にふれて敵の弁護士であるわたしに助言を乞い、弁護士たちや法廷に対して愚痴をこぼすのですが、それを思いとどまらせることは無理でした。かれは自分の側についた弁護士の数が法的状況よりも審理の結果を左右するという、よくある見解を抱いていました。たいそう困難ではありませんしたが、そのたびごとに、わたしはたいてい言い訳を連ねて逃れました。ですからシラーさんが来てくれたというのはまさにうってつけだったわけです。控室でシラーさんとプリマバレリネヴェツは顔をあわせねばならず、シラーさんはわたしに議論を吹っかけました。「ということはあ、の、人は、わたしをさし置いてあなたのところにいたのね」

シラーさんはトリプトニク博士の――博士自身にしたがえば――社交相手でした。博士の説明はそれだけで、この言葉が社会法の専門概念であるのか、いわゆる一般社会学的な関係であるのか、あとは何も言わないのです。もちろん周囲の人は、とりわけ〈オーストリア・ハンガリー不可分評議会〉の会員は、トリプトニクと一つ屋根に住み、トリプトニクのあまりに頻繁な集会を――馬の耳に念仏ではあったにしろ――非難する権利が与えられているという事実から、シラーさんを博士の愛人とみなしていました。

「ということはあの人はわたしをさし置いてあなたのところにいたのね」――わたしは訳がわからず返答につまりました。

「もちろんあなたは何も言わないでしょうよ」シラーさんは続けました。「あの人があなたのところにいてよかったのかもしれない」

「ええ」とわたしは言いました。「でも何が問題なんです」

「もちろんトリブトニクがですとも」

わたしは昨日未遂に終わった設立集会のおかげで、トリブトニクの代理人として愚知を聞かされるのかと思いました。

「つまりあの人は昨日家に帰らなかったんです。そして今日になっても帰ってこないんです」

なるほど……トリブトニクのために、法令を犯してまでも閉店時刻を翌日の午後まで延長する酒場があったのでしょうか。

「まあまあ」わたしは言いました。「あの人は最後にわたしが……」

「ちゃんとわかってますとも。あの人と飲んでいたんでしょ。それはあなたの勝手です。でもほんとうは勝手じゃないの。プリマバレリネヴェツはご存知のようにならず者だけど、昨日はまだトリブトニクといっしょにいました」

「夜にですか」

「いいえ、四時ごろ。二人でスリボヴィッツを飲んでたの」

「プリマバレリネヴェツは他のものは飲みません」わたしは言いました。

「今日いなくなったってのがおかしいの。何か気づかなかった?」

わたしは癇癪を抑えて、法律違反の閉店時刻の件と、どのみちもっと知らねばならないことを説明しました。わたしはしばらくのあいだ、口をはさませずに話しました。女相手にこれをやると往々にして反撃が返ってきます。怒りが涙に変わります。

「知ってますとも」とうとうシラーさんは泣きながらわめきだしました。「わたしのトリブトニクがだめな男ってことは。でもプリマバレリネヴェッツがあなたのところにいるからには、ちゃんとわかってますとも、いつもみたいに飲んでるから帰ってこないんじゃなくて、何か別のことが起こったってことが。プリマバレリネヴェッツにくらべたら金曜の尼のほうがまだまし」

それから謎めいた前置きのあと、ある話が語られ、プリマバレリネヴェッツ対トリブトニクの奇々怪々な法廷闘争にまったく新しい光を投げかけました——状況全般の詳細な知識と、とりわけプリマバレリネヴェッツの性格に照らしあわせれば——それは一概に荒唐無稽とも言えないものでした。

シラーさんの脱線まみれの話の肝《きも》は何かというと、プリマバレリネヴェッツには、トリブトニクと共同で事業をやっていた頃、妻以外の愛人がいたというのです。プリマバレリネヴェッツはこの愛人に半年に総額五千マルク貢ぎました。この支出はプリマバレリネヴェッツ夫人に隠しおおせず、かれは夫人に言い訳として、トリブトニクに騙し取られたのだと主張しました。夫人は——無邪気にか皮肉にかは知りませんが——それじゃ訴えたらどうなのと迫りました。訴訟はむろん勝てる見込みがないもので、愛人二人か三人分の費用が（セイロン語の証人のことだけを考えても）追加でかかりましたが、しまいにはプリマバレリネヴェッツも自分の嘘を信じるようになって、その嘘は、かれが期待する、奇跡にも等しい勝訴がもし実現すれば、一石二鳥となって裏付けられるものでした。

「それで昨日の四時には何が」

「それは存じません」

「二人は喧嘩したんでしょうか」

「たぶん」シラーさんは言いました。

「打ち明けて言いますと、プリマバレリネヴェッツの訴訟に関するあなたのお説は、何といいますか、支持できないでもありません。ところでトリブトニクはなぜ失踪したとお考えですか」

「〈失踪した〉というのはあまり正しい表現ではありません」

「プリマバレリネヴェッツがトリブトニクを地下室に押し込めたとでも」

「いいえ」シラーさんが言いました。「あの人はトリブトニクを殺したんです」――わたしはふたたび言葉につまりました。

「いいですか」少ししてわたしは言いました。「トリブトニクに奥さんがいることは、あなたも十分ご承知でしょう。あなたと同じく、わたしもほとんど面識がありませんが、トリエステに住んでいることだけは知っています。まずはそれほど悲惨でない場合を想定してみたらいかがでしょう。トリブトニクはトリエステの奥さんのところに行ったのではないしょうか」

それには一言も答えずシラーさんは出て行きましたが、わたしはそれを大変な不幸とは思いませんでした。何度か勧めたあげく、わたしは首尾よくシラーさんにトリエステのトリブトニク夫人宛に電報を打たせることができました。ところが博士は夫人のもとにいませんでしたし、これまで夫人を訪れたこともありませんでした。われわれのところにも現れませんでしたから、皆はだんだん心配になってきました。もっともそのときにはすでに、シラーさんが殺人の疑惑を検察庁に届け出ていたのですが。

もうこれでトリブトニクの色々な連盟がわたしに手間をとらせる――これは連盟のきわめてだらしない規約のもとでは、どのみち特別なことではありませんでしたが――ことはなくなったと思う以外は、トリエステのトリブトニク夫人に電報を打つという、結局無駄玉に終わった最初の試みをしているあいだ、わたしはもうそれ以上失踪した友のことを頭にのぼせずに他のことにかかずらい、博士が――これまでしばしばそうだったように――何事もなかったようにだしぬけに事務所に顔を出すのを期待していました。ある晩、わたしは〈皮剝ぎ人の部屋〉に行ってみました。ここでわたしは、トリブトニクに会わなかったことを、すこし妙に感じました。なかんずく、延会となった〈オーストリア・ハンガリー不可分評議会〉設立集会からこのかた、博士が一度も姿を見せないことにです。しかしそれも、翌日には自分の仕事にまぎれて忘れてしまいました。シラーさんもプリマバレリネヴェッもわたしを煩わせませんでした。ところが夜遅く、ちょうど本でも読みながら寝ようと思っていたとき、恐ろしく変な電話がかかってきたのです。

ユーゴスラヴィア王国の退役将軍でかつ二重帝国陸軍の退役大佐であるレーオポルト・イグナーツ・コンスタンティン・オトマン・ド・ラヴィ閣下、エドラー・フォン・オトマノヴィッツはわたしの昔からの顧客ですが、セルブ＝南チロルの出身で、ひどい難聴で、当地のセルビア正教会教区の幹部の一人でした。わたしはこの人のために、神の報酬（すなわち無報酬ですが、これがセルビア正教会の典礼様式なのです）で、この教区の煩瑣で膨大な設立手続事務を片付けたことがありました。オトマノヴィッツが電話に手を伸ばしたというその事実だけで——聞くところによると、この行為を将軍はこれまで二度しか行なったことがなく、一度目は最後のイゾンツォの戦いで、弾薬が尽きて白兵戦になったため、野戦電話で敵のイタリア人の頭蓋骨をかち割ったときですが、周知のように、それでも戦況は好転しませんでした。二度目はいかがわしいワイン商人スタンケフが聖レオポルトの祝日にマグダレーナの木箱の代わりに白のモーゼルを配達したときです——まあそういったわけで、オトマノヴィッツが電話をかけたという事実そのものが、警戒を要することでした。このときの会話からして謎めいたものだったのです。

「もしもし」しばらく電話線の向こうに何の気配もしないので、わたしは声をかけました。

「オトマノヴィッツだ」バルカン民族特有の甘くしゃがれた霜におおわれたようなドイツ語が響きました。

「将軍閣下ですか。どうなさいました」

南東ヨーロッパの人はもともと墓場のような陰気な声で話します。オシエク生まれの二重帝国退役大佐が〈サラエヴォ〉と発音するとき、別世界からの吐息が冷やりとした黴臭さとともに吹いてくるのが敏感な人には感じられます。

「サラエヴォは」オトマノヴィッツは言いました。「糞だ」

将軍の宣った〈サラエヴォ〉に虚をつかれ、わたしは理解不能に陥りました。

「申し訳ありませんが」少ししてわたしは言いました——会話はしばしばつかえ、長引きました。オトマノヴィッツは電話に慣れていなかったのです——「申し訳ありませんが、わたしはサラエヴォを知りません。もちろん大佐を疑うわけではありませんが、わたしとしては……」

「サラエヴォじゃない。今言ってるのはサラエヴォのことだ」

もちろん、それぞれのニュアンスは、いわば異なった墓穴から出てきたように異なっていました。ようするに大佐の言うのは地名ではなく〈同じ名を持つ〉史実〔一九一四年のいわゆるサラエヴォ事件〕のことなのでした。「サラエヴォは帝国の終焉だった。トリブトニクの暗殺は自由で聖なるセルビア正教会の終焉となることだろう。そして奴を殺したのはグラボヴァクだ」

「何ですって」

「一時間で用意してくれ。これからそちらに行く」

将軍は電話を切りました。オトマノヴィッツのような男は、ひとつのことに十分長くとらわれると、そのつまらない考えひとつのために、他のあらゆる考えを真夜中にベッドから追い出すことも厭いません。亡命生活ほど価値判断を根本から渦巻かせ掻き乱すものはありません。それはともかく――嫌な予感のせいか、連呼された〈サラエヴォ〉の効果か――わたしは深夜、オトマノヴィッツが到着するまでのあいだ、落ち着かない嫌な気分で過ごしました。時計が一時を打ちました。わたしは着替えを済ませて将軍を迎えました。

あらゆるスラヴ人の心にはドストエフスキーが住んでいます。長年弁護士事務所を主に東方の依頼人によって営み、スラヴ的な事実構成要件を受け入れることを強いられていると、それが飲み込めてきます。オトマノヴィッツは自分の恐ろしい疑惑をくどくどと大げさに、参謀本部の大判地図のように広げてみせました。トリブトニク博士は、何年か前、戦時中に受けた損害の補償として相当額の金が転がりこんだとき、町外れの街路沿いに家を買っていました。この家をトリブトニクは――自分はローマカトリック教徒だったにもかかわらず――オトマノヴィッツ将軍に賃貸しし、将軍は自分の教区に又貸ししたのです。教団はそこで法律に触れない礼拝をとり行っているとばかり、わたしはずっと思っていました。トリブトニクはその家に一度も住みませんでした。

ここでわたしは将軍の技巧を尽くした話しぶりは採用せず、それでなくとも十分錯綜している状況と老将軍の疑惑を、大まかに順を追ってお話ししましょう。

その前に当時われわれの町にモムチロ・プネウモヴィッなる者が突如として現れたことを話しておかねばなりません。その男は――オトマノヴィッに言わせれば不当にも――ベルグラード総大司教の使者として来た首席司祭であると名乗りました。そして無尽蔵と思える資金にものを言わせて、このプネウモヴィッはオトマノヴィッの教区に、競合する教会を興したのです。オトマノヴィッ将軍はプネウモヴィッを歯に衣を着せずスパイ呼ばわりしました。将軍の目の上のたんこぶは首席司祭の若い随員でした。その男こそ先に名前の出た助祭テスコ・グラボヴァクだったのです。

まず何度か小競り合いがあったあと、オトマノヴィッは、教会分裂を企てるプネウモヴィッへ憤った非難攻撃をすることは効果がないばかりか、必要さえないことを悟りました。自由教区の羊たちはあいかわらず敬虔にオトマノヴィッに群がり、ほんのわずかな例外をのぞいては――いかがわしい首席司祭モムチロの霊的庇護のもとにおもむこうなどとは考えていなかったからです。

しかしトリブトニク博士が暗殺されたなら、教区すなわち神の家の礎《いしずえ》は打撃をこうむるでしょう。というのも、オトマノヴィッによれば、トリエステにいるトリブトニク未亡人は唯一の相続人なのであの家を手に入れるが、あの女は周知のように狂乱したカトリックだから、可哀想な正教会信者たちをすぐさま家から駆除しかねないというのですから。

わたしに言わせれば、シラーさんもそうでしたが、単に一時的なものかもしれない失踪にもとづいて殺人を疑うことには、眉に唾をつけざるをえません。おまけに、どうやらトリブトニクの死から自分の教会の崩壊をむりやり導きたいらしいオトマノヴィッの思考の組み立て方は、あまり納得できるものではありませんでしたし、すくなくとも深夜に弁護士を訪問することを正当化するには時期尚早かつ不適当なものでした。――しかしだんだんと、非常にゆるやかにではありましたが、将軍のうねうねと曲がりくねる話しぶりから、かれの真の懸念が剝き出しになってきました――つまりこういうことなのです。礼拝はトリブトニクの家では形ばかりのものにすぎず、なによりあの家には――わたしはこのニュースに圧倒されて開いた口が閉じませんでしたが――屋根裏に兵器庫があり、地下室に偽造パスポートと贋札用印刷機があるというのです。贋のディナール〔ユーゴスラヴィアの貨幣単位〕紙幣は――信頼できる実例によれば――チトーの貨幣制度を崩壊させる（まるでそれが必要であるように）はずで、本物の銃はユーゴスラヴィア領事館襲撃に用いられるはずだと言うのです。

「ははあ」好奇心が沸きたってきたにもかかわらず、わたしはあくびをしながら言いました。「それで将軍は何を恐れているのですか」

「お若いの」オトマノヴィツは言いました。「もしトリブトニクの未亡人が自分の家を検分する気になったらどうなる。あるいは遺産に何かあったら。税とか負債とかが」

「それでトリブトニクは」わたしは言いました。

「あいつは知っていた」

わたしは立ち上がりました。

「オトマノヴィツ閣下。われわれはトリブトニクのことを、まるで本当に死んだみたいに話しています。でもそれはナンセンスです」

「あいつは死んだ」

「どうも変ですね。将軍はシラーさんをご存知でしょう。あの人も二週間も前からそんな気がすると言い張ってるんです。それはそうと、あなたはストイネ・プリマバレリネヴェツがトリブトニクを殺したと言ってましたね」

「グラボヴァクが殺したのだ」

「いいでしょう。話が終わりませんから、グラボヴァクがトリブトニク博士を殺したとしておきましょう。それでわたしに何をしてもらいたいのですか」

オトマノヴィツ将軍は少し考えこみました。それからさらにくどくどと、こんなことを言いだしました――わたしも当然君と同じ前提を受け入れる。そのうえで言わねばならないが、わたしが自分でグラボヴァクを告発したなら、警察に煩わされることだろう、それを恐れているのだ。兵器庫とディナールの贋札が見つかったら自分とセルビア正教会教区はろくろく申し開きができない。――つまりオトマノヴィッは、他でもないわたしがグラボヴァクを告発することを期待しているのでした。これが電話と訪問のそもそもの理由だったのです。自分の体面を考えて、わたしは――オトマノヴィッの激昂にもかかわらず――拒否しました。それどころか、そもそも告発などきっぱりあきらめたらどうですかと進言しました。しかしオトマノヴィッの聖なる復讐熱はそれを呑みませんでした。わたしはなんとか話を先延ばしさせました。オトマノヴィッは翌日また来ようと言いました。もしわれわれの再度の話し合いが満足する結果をもたらさないようなら、グラボヴァクがトリブトニクを殺したように、忠実なセルビア正教会員に命じてグラボヴァクを消させると威しました。この威しにもかかわらず、オトマノヴィッが帰ったあと、わたしは満足して安らかな眠りについたのです。

翌日この問題は急転直下に解決を見ました。オトマノヴィッさえ、さしあたってはしぶしぶながらも満足せねばなりませんでした。わたしは午前の郵便で証人喚問の書状を受け取りました。フェルディナンド・トリブトニク博士殺害の件での召喚でした。わたしは電話をかけ、シラーさんが訴訟手続を進めたことを知りました。わたしも被害者を最後に見た者のひとりとして出頭を命じられたのです。わたしはオトマノヴィッにこう約束しました。将軍の名は出さずに、あなたがグラボヴァクに向けた疑惑をいわば裏から警察署で記録にとどめさせましょうと。

わたしも面識のあるブルナーマイアーという警視が、この事件の担当になりました。威信的理由からわたしは最初に警視が決めた事情聴取日時を謝絶し、別の日時にしてくれるよう頼みました。この日時にしても最初のものより閑だったり忙しかったりするわけではないのですが、健康を害するほど忙しく見えることを、職業人としての体面と商人気質とが等しく弁護士に要求するのです。ブルナーマイアー警視も――まさか警視は抜け目ない心理学者として、わたしが待っている姿を秘密の覗き穴から観察したいわけでもないでしょうから――おそらく職業人としての体面から――十分間執務室でわたしを待たせました。警視の執務室というものは、文学やドイツの犯罪映画でそれらしきものを知っている実直な人々にロマンティックな観念を呼びさまします。実際の執務室は平均的なキャリアを想定して調えられた国有家具からなっているにすぎません。サボテン付きの書類立て、公用（届出用紙）にも私用（バター付きパン、魔法瓶、トイレットペーパー）にも使われる巻き込みシャッター付き戸棚、熱すぎるセントラルヒーティング、床磨き用ワックスの匂い、何点かの抽象画（市は義務として当地に住む若い才能から現代芸術を毎年購入して、その不確実な値上がりを待たねばならないのです）そして私物の装飾品。この装飾品のなかで、休暇中の同僚が職場に送ってよこす絵葉書のコレクションは、飾ることを義務付けられていて、一つの（たった一つの）画鋲で留めてあるため、乾燥した空気のなかで巻き毛みたいに丸まっています。その横には義務付けられていない装飾品があります。妻の写真、小さなテディベア、小さなテディベアの写真、置時計。ブルナーマイアーはデスクの上に三匹のガンジー猿を置いていました。よくあるインド工芸の流行品です。それは一対半のシャム双子の猿で、一匹は目を、一匹は耳を、一匹は口を塞ぎ、翡翠でできており、台に鎮座しています。おそらく、とわたしは推理しました。ブルナーマイアーもこれを証人の心情の象徴としているのでしょう。わたしは何も見なかった、何も聞かなかった、わたしは証言を拒否する。――わたしはどんな証言も――ブルナーマイアーは謝りながら十分後に現れました――拒否しませんでした。ほとんど何の証言もする必要がなかったからです。わたしは疑念を表明し、ブルナーマイアーはいくぶん不満げに、トリブトニクが殺害された旨の調書を作成しました。警視はそもそもトリブトニクの死を疑っているのです。プリマバレリネヴェッへの疑惑を警視が語ったとき、わたしは何も知らないふりをして、オトマノヴィッツ将軍とあらかじめ打ち合わせたとおり、トリブトニクにまつわるあまりに多くの疑惑可能性に言及し、ついでのようにグラボヴァクの名をセルビア正教会の分裂問題に関連づけて口に出しました。ブルナーマイアーが面白いと言って、グラボヴァクの名を書きとめたちょうどそのとき、若い警官が、召喚されていないらしい来訪者が来たことを知らせました。

　わたしは辞去しようとしましたが、警視は少し考えたあと、そのまま残っているようわたしを促しました。

「クリスピのポスターを見たことがありますか」

「いいえ」とわたしは答えました。

「クリスピはオランダの千里眼者なんです。アムステルダムにあるグラフェングラーハトの有名な殺人事件を解決しました」

「その事件のことは知りません」

「恋する男が雄鶏に化けて愛人を射殺した事件です。住民は――化け物みたいに大きな黒い雄鶏が出たものですから――とてつもない騒ぎを起こしました。クリスピはすばらしい男です。わたしはこの男と去年オランダで、チューリップを見物に行ったとき知り合いになりました」（その地から警視は――いまは巻き毛みたいに丸まっているでしょうが――絵葉書を同僚に宛てて書きました。）

「そのときわたしはクリスピの公演会場にいたのです。あの男は公演ではいつもこんなふうにします。くじによって、会場の席をひとつ選びます。それからその席に座るであろう人について、何もかも予言します。年齢、出身地、職業、経歴などです。それらを記した紙を証人の前で封筒に入れ、証人はそれを保管し、問題の席の切符はごく普通に何の条件もなしに売られるようにします。晩には、その席に座る人はもちろん何も知らずに舞台の上に出されて、封筒の中身が証人によって朗読されると、それは当たっているのです。わたしは自分でそれを経験しました」

「面白いですね」わたしは言いました。

「わたしは、いわば職業的な関心から――というのもクリスピはグラフェングラーハトの事件を解決したのです――公演のあとで彼に話しかけました。クリスピはとても愛想がよく、ドイツ語もうまく、わたしにあれを贈ってくれました」ここで警視は三匹のガンジー猿を指しました。

「よかったら」わたしは言いました。「トリプトニク事件についてクリスピに訊ねたらいかがです。グラフェングラーハトの黒い雄鶏の仕業かも知れませんよ」

ブルナーマイアーはこの返答に侮辱されたみたいな顔をしましたが、それにもかかわらず、ここにいてくださいと要求さえしました。というのも、警視に言わせればクリスピはぺてん師ではなく魔神なのです。かれはクリスピに入室するよう頼ませました。

若い警官に呼ばれて、かなりずんぐりとした魔神が灰色のダブルのスーツと黒いシャツといういでたちで入ってきました。ものすごい巻き毛で、頭のずっと後ろからはじまって――きっちりとまとまって――（それでなくても黒い）シャツの襟まで覆って垂れていました。目立つ甲状腺腫があってかん高い声で話しました。ブルナーマイアーは〈先生〉と呼びかけてその人に挨拶しました。先生はしかし冷ややかにわたしに目をやって言いました。

「あなたと二人きりで話したいのです、ムッシュー・ブルナーマイアー」

ブルナーマイアーは微笑み、おそらくは〈後で〉という意味をふくんだしぐさで拒絶の意を表明し、椅子を勧めました。

「クリスピ先生」と警視は言いました。「たった今思いついたのですが、あなたにやっていただきたいことがあるのです」

クリスピ先生は鼻に皺を寄せて、カーネーションのかたちに口をすぼめました。どうやら気が進まないようです。

〈トリブトニク殺害事件〉のファイルをふたたび引き出して開け、そこからトリブトニクの写真を取り出しました。

「先生はこの写真をどうご覧になりますか」と警視は言って、写真を千里眼者に渡しました。

千里眼者はそれをしばらく眺めたあと、警視に返しました。

「どうでしょう」ブルナーマイアーが言いました。

「この男は死んでいる」千里眼者は言いました。

「ほらごらんなさい」ブルナーマイアーはわたしに言って勢いよく立ち上がりました。

「まあまあ」とわたしは言い、そのまま座っていました。「殺人課のファイルにあった一枚の写真から、被写体の死を結論づけるのは、あまりセンセーショナルじゃありませんね」

クリスピはまた唇をカーネーションのかたちにしました。

「わたしは知りません――いや知らなかったのです」とブルナーマイアーは言いなおしました。「その男が死んでいるのかどうか」

「死んでいる」クリスピが言いました。「八月二十三日からずっと」

それは中止になった評議会設立の日でした。白状せざるをえませんが、わたしはどきりとしました。

「プリ……マ……バレリネヴェッ氏は」ブルナーマイアーは今度はわたしに言いました。「容疑者すべてのうちで、八月二十三日夜のアリバイ状況が一番まずいのです。つまり何もないのです」

「マチャカールしていたのかもしれません」

「何だと」千里眼者が聞きました。

「世評が芳しからぬ人と結婚に類似した交際をすることですよ」わたしは解説しました。

「そのマチャカールを殺人事件に……——どれ調べてみましょう」ブルナーマイアーはそう言って、わたしに別れのあいさつをしました。

この話のはじめに出てきた豚の柱の館を覚えていますか。それがある夏の日のことで、エリーザベト修道女会の小病院にある依頼人を訪ねる途中だったことも。その依頼人というのがストイネ・プリマバレリネヴェッだったのです。なぜプリマバレリネヴェッが入院しているかというと、わたしがブルナーマイアー警視の訊問を受けた日から少し後に、かれは自宅の屋根裏で動脈を切ったのです。芝居が現実から霊感を受けるのと同じくらいしばしば、現実は芝居によって霊感を与えられます。痛んだ天井に血の滴がにじむのを見て、五階に住んでいた一家は何事かと思い、またもや自殺者を救いました。模倣する生は『西部の娘』〔プッチーニのオペラ。天井から血が滴る場面がある〕の一場面をあえて市民的に変容したのです。血は夕食中の家族のバターにも滴りました。

プリマバレリネヴェッが自殺を図った理由はこんなものでした。迷いのあるブルナーマイアーにとって、クリスピの判定はどうやらかなりの説得力をもったらしく、その数日後、あらためてプリマバレリネヴェッへの訊問がなされました。訊問はあまり手際がよくなかったのか、それとも非常に手際がよかったかはわかりませんが、どちらかだったにには違いありません。プリマバレリネヴェッから自白は引き出せませんでした。死体が見つかっておらず、千里眼者の鑑定だけが頼りの状況では、逮捕令状こそまだ出せませんでしたが、ブルナーマイアーの警察的な威しはかなり効き目があったとみえて、プリマバレリネヴェツは、まことの罪の意識にかられたのか、嫌疑とアリバイを黙秘する決心とのあいだで板ばさみになったのか、先ほど言ったようにその晩に自殺を図りました。リナルダという見るからに勇ましい修道女を介して、プリマバレリネヴェツはわたしに代理を依頼してきました。わたしはためらわずこの孤立無援の男の依頼を受けました。シラーさんの妄想と推定されるものは――ともかくいまだにわたしはそう推定していますが――いまや関係者の自殺未遂によって、否定しがたい現実性を有するようになりました。殺人であろうとなかろうと、トリブトニクが生きていようといまいと、一件は、すくなくともこれからは、冗談ごとではすまされない事件となったのです。

わたしは修道女のリナルダに日曜に呼び出されました。それは自殺未遂から四日あとのことで、わたしは――インド人の家に寄り道したあと――病院へと歩きながら、いましがた体験したこと、つまり前掛けをした女神の丸い乳房からまったく別の世界――プリマバレリネヴェツ事件の複雑な法律構成に頭を切り替えようとしましたが、そんな必要はぜんぜんないのがわかりました。というのも――いまだ謎だったのですが――二つの世界をつなぐ橋があったのです。つまりインドの神聖娼婦が象徴的に産んだといわれる三匹の猿が、わたしの記憶にとつぜん鮮やかによみがえり、それに身体も反応し、わたしははたと足を止めました。あの三匹の猿はブルナーマイアー警視の机にあったものと同じではありませんか。

プリマバレリネヴェツに法的に不利なことは実際にはまだ何も起きていませんでしたので、小病院での会話は、彼を慰め安心させることに費やされました。あらたな事情聴取は、健康状態を考えればとても無理でした。わたしはそのうえ、トリブトニクが大掛かりなワイン旅行か何かから不意に帰って、何もかもいちどきに解決するかもしれないとプリマバレリネヴェツに希望をもたせました。もしそんなことがあったら自分のトリブトニクへの告訴はすべて取り下げるとプリマバレリネヴェツは誓いました。

より興味深かったのは修道女のリナルダと交わした短い会話でした。

「先生……」

「何でしょうか」

明らかにリナルダは話しかけを躊躇していました。

「プリマバレリネヴェツさんってどういう方なんでしょう」

わたしは手短に、自分がプリマバレリネヴェツについて知っている良いところと、病院に来た目的の達成に役立ちそうなことを語り、この事件の難しさをおおまかに説明しました。

「あの人がそうだなんて信じられません、先生」

「トリブトニクが死んだかどうかさえ、まだわかっていないのです。ましてや殺されたかどうかなどは」

「プリマバレリネヴェツさんに何かの罪があるなんて信じません」

「弁護人として」わたしは言いました。「わたしも同じ意見を持つ義務があります」

「いいえ」彼女は言いました。「わたしはあの人と話したんです。あの人がそう望んだのです。あの人は何もかも話しました。もし人殺しがあってその犯人がいたとしても、あの人ではありません。慈悲の友修道女会〔病人の看護を本務とする会〕の一員として、人の言はすべて信じなければならないからではありません。あの人と話しているときに感じたんです。あの人の地上での罪は他の罪に使い尽くされたのだと」

わたしは、自分の今日の冒険とプリマバレリネヴェツ事件のささやかではあるが肝心な点のことを話すべきか迷いました。たとえ話したとしても、何がわたしをそうさせたのか自分でもわからなかったことでしょう。迷ったあげく——何も言わず病院を後にしました。

わたしは市電のほうへぶらぶら歩いていきました。この区画は、邸宅で縁どられた小街路がひっそりとしていて、秋の日曜というのに丑三《うしみ》つ時《どき》のようでした。ユーゲントシュティル様式や泡沫会社乱立期〔普仏戦争直後の時期〕様式の邸宅の高い塀の奥に、樹々がざわめきもせず立っていました。太陽はぼんやりしたやや青めいた光となって消えかけていました。この頃おいに光は少し傾《かし》いだ影を投げさせ、円柱やバルコニーのある灰色の家並みを一種独特な彫塑のように見せます。立方体的にきっちりと、金色や薄紫色の側面に分割するのです。自転車に乗った男が、テント用の防水布に覆われた何かを載せた小さな荷車を曳きながら、通り過ぎざまにわたしに目をくれました。この光とこの気分のせいで、男は別世界からの使者のように見えました。しかしこの男は――ともかくわたしの知るかぎりでは――事件全体に何のかかわりもなかったのに――

それはこの年最後のよく晴れた日でした。続く月曜には雨が降り、目だって寒くなってきました。幸いにもさしあたって出廷せねばならぬ訴訟もなく、わたしは気乗りのせぬまま事務所の机に向かっていました。そのときトリブトニクの件が、いわばわたしをまず包囲攻撃し、わたしは防御したものの攻略されてしまいました。昨日からかれのことが、しきりに頭にのぼるようになったのです。心底から西洋的なトリブトニクに、インドの高潔な娼婦の話をしてやればさぞ面白がっただろうに――そこではっと気づきました。あの疑惑が浸透か感染でもしたように、わたしまでがトリブトニクを死んだものと思っているではありませんか――

オトマノヴィッツ将軍が訪ねてくるまでは、午前中はたいしたことは起こりませんでした。将軍はよく来ては昔の話をするのです――わたしの知らない時代の話ですが、しかしその時代のことはわたしの父とも喋っていました。しかし今日の話はひどく回りくどく、自分がいかに〈聖ゲオルク〉でカタロの暴動を体験したか、そして裏切り者で脱走した海軍士官候補生セザムに、いわばあらかじめの罰として一九一七年の終わりに、二人のライバル関係にあるジプシー楽団の質に関する争いのなかで一発尻を叩いたときどんなに嬉しかったかを話しました。これはただ決闘を防ぐためのもので、というのはセザムは当時まだ見習仕官ではなく、したがって決闘権がなかったからというのです。――でもそれはいつものような〈昔を懐かしむお喋り〉ではありませんでした。もしそうなら真面目に聞いておれなかったことでしょう。わたしは――そしてどうやら将軍も――トリブトニクの話を出すうまいきっかけを待っていたのです。

このときまでにはオトマノヴィッツ将軍も警察に訊問されていました。将軍はいうまでもなく、容疑事実をここぞとばかりに一個連隊のように集結させ、分派の助祭グラボヴァクの名を槍玉にあげました。まずかったのではありませんか、とわたしは聞きました。いや、と将軍は笑い飛ばしました。トリブトニクの家は、すでに疑惑を招かない輸送方法で撤退しつつある。——「どこから知った」わたしはため息をつきました。——将軍によりますと、その疑惑を招かない輸送方法によって、移転はほとんど完了したものの、その折に新しい事実が発覚し、一件にまったく新たな転換をもたらしたというのです。

職業柄わたしは素人のそのたぐいの物言いには眉に唾をつけます。将軍を興奮させたニュースとは他でもありませんが——疑うに値するものでした。将軍を興奮させたニュースとは他でもありません。オトマノヴィッと親しい亡命クロアチア人の私立諜報員が、他にさしせまった任務もないのでこの件に投入されたのですが、この男が、（船もろとも沈没したオーストリアの艦隊司令官の甥、すなわち非の打ち所のない人物の指導のもとで）殺人の時刻に容疑者グラボヴァクが三番路線で目撃されたことを突きとめたのです。この発見に関する山のような文書を、将軍はブルナーマイアー警視に送りつけました。

神秘的なできごとが重なりつつありました。オトマノヴィッが〈ブルナーマイアー〉の名を出したちょうどそのとき、当の本人から電話がかかってきたのです。わたしに会いたいというのですが、警視が強調するには、訊問しようというのではなく、自分と同じくこの事件の解決や何やかやもろもろに関心を抱く弁護士と話がしたいのだということでした。

哀れなトリブトニクの死にまつわる逃れられない網にとうに絡まれていたことに、いまようやく気がついたという思いがわたしに忍び寄り、強迫観念となるのが感じられました。

職業上の体面も見栄もかなぐり捨てて、その日の午前中にブルナーマイアーのところに駆けつけました。警視は友のようにわたしを迎え、別件で事情聴取中の証人に退席するよう命じ、わたしに椅子を勧めましたが、それは警視とガンジー猿に向かい合う位置にあるデスクの椅子ではなく、部屋の隅の警視の私有にかかるゴムの木（それに水をやるのが疑いなく警視の毎日の最初の職業活動でした）の近くにある国有の人造革のソファでした。

ブルナーマイアーは言いました。「きっともう、驚嘆にあたいする成功のことを新聞でお読みになったでしょう。クリスピの登場がもたらしたものです」

わたしはうなづきました。

「あなたはそこに居合わせましたか」

残念ながら、とわたしは答えました。その晩は〈低地バイエルン猟師同盟〉の葬礼行事があったのです。〈嘘ではありません。葬礼は会員トリプトニクを悼むものでした。この同盟の規約はただ二つの条文からなっているといっても驚く人はいないでしょう。一、会員は低地バイエルン人であってはならない。二、会員は猟師であってはならない〉

ブルナーマイアーはいくぶん気分を害しながらも、こう続けました。「クリスピはまだこの町にいます」

「ははあ」とわたしは言いました。

「ええ、今晩――あなたの低地バイエルンの猟師たちがまた集まらなければいいんですが、というのもあなたに立ち会ってもらいたいのです――クリスピがトリプトニクの死体が埋まっているところを振り子で占います」

わたしはいわば半信半疑でした。クリスピがこの町で、公平性に疑問のない何人かの教授らの立会いのもとで、驚くべき能力を示したのは事実です。実験は一度も失敗しませんでした。そんな輝かしい成功のあと、そもそも死んだかどうかさえ定かでない死体の捜索にしくじれば、きっとクリスピの面目はつぶれるでしょう。すくなくともかれにとって、これは大胆な賭なのです。

「行きましょう」わたしは言いました。「確かに今晩〈低地バイエルン猟師〉の集まりはありませんが、九柱戯の会があります。でも欠席します」

「結構」ブルナーマイアーは言いました「ではこの署で九時に待ち合わせましょう」

「なぜそんなに遅いのです」

「ラーヴェスの都合です」

「おや、ラーヴェスも来るんですか」

「もちろんですとも」警視はあっさり言いました。なんといってもこれは注目すべきことでした。ラーヴェスは法医学の正教授で、当地の管轄機関の長なのですから。

わたしは暇乞いをしようと立ち上がりました。そのとき執務室の隅に、見るからに無造作に放り出されているがらくた（といっても捜査に関係あるもののようでした。封印されていましたから）に目がとまりました。中には奇妙なことに一ダースの槍みたいなものも混ざっていました。「あれは何ですか」とわたしは聞きました。

ブルナーマイアーは笑いました。「今朝早くあなたの友オトマノヴィッツの家、より正確にいえば、セルブ何とか教会のトリブトニクの家を捜索したんです。将軍があなたのところにいるあいだに」

「捜査令状は出たのですか」

「むろんですとも」

わたしは少し考えました。オトマノヴィッツは父の友人ではありますが、厳密に言えばわたしの依頼人ではありません……この案件は老人から暗黙のうちに依頼されたと考えて、オトマノヴィッツの留守をねらった警察のこの措置――すなわち警察内での常套語を使えば〈違法行為〉――に、ここで介入すべきでしょうか。そもそもオトマノヴィッツは本当に関係者なのでしょうか。法的思考を整理しようと、わたしはがらくたの山をひっかき回しました。見たところまずいものはなさそうです。きっと安全なところに移すまでもないとオトマノヴィッツが考えて、置いていったものばかりなのでしょう。そのときわたしははっとしました。押収品のなかに三匹のガンジー猿があったのです。緑の石でできていて、幸運の手で土台に乗っています。

「ごらんなさい」わたしは指さしました。「あなたの猿ですよ」

ブルナーマイアーもはっとしました。「まさしく」と言い、二つの像を見比べようと書き物机に近寄りました。

「本当だ。これは不思議だ」

その夜の天候はひどいものでした。雨は止んだものの、フェーン現象による嵐が吹き荒れ、例によって灰色のダブルのスーツと黒いシャツを着こんだクリスピ先生は頭痛を訴えていました。それでもわれわれ（ブルナーマイアー、クリスピ、ラーヴェス教授、ブルナーマイアーの同僚の関係者二名、クリスピの取り巻き数名、それからわたし）は警察の車三台に乗って、九時半ころ警察署を出発しました。わたしはクリスピと同じ車ではなく、残念ながらかれの指示をじかに聞けはしませんでした。どうやら最初は〈皮剝ぎ人の部屋〉に向かえと命じたようです。そこでわれわれは車を降りました。月曜日のことゝて酒場の景気はあがっていませんでした。クリスピは紳士用の便所に向かいました。戸口のところで振り子を揺らしました。振り子は、わたしの見たかぎりでは、宝石つきの指輪がふつうの紐の先についているだけのものでした。結果はクリスピを満足させました。かれは苦しげに額に手をやり、ふたたび車に乗るようわれわれに言いました。ゆっくりと車は走りました、走行中もクリスピが振り子を揺らしているのが見えました。車はいくつもの街路を行ったり来たりしましたが、全体としては一定の方向をたどっていました。おおまかにいえば町の中心区域に西側で接するコースです。先頭の車がある小路の前で停まりました。一方通行のため入れなかったのです。ふたたび全員が車を降りました。生暖かい強風でマントがはためきました。クリスピは一方通行路の逆走にこだわりました。そこで車の青ランプを点滅させ、サイレンを鳴らして、クリスピが望むとおりに走らせました。われわれはニンフェンブルク宮殿に着きました。宮殿が黒々とそびえています。淡黄色の雲の筋が夜の町に低くかぶさっていました。皆ふたたび車を降りました。クリスピだけが車の中でうずくまっていました。少ししてかれは錠剤を飲み、車を降りると、宮殿に向から階段の下の、風が吹きこんでこないところで振り子を揺らしました――

ブルナーマイアーは半時間ほど管理人と交渉し、庭園の鍵を開けてもらうところまでこぎつけました。――わたしはこの庭園を知っていて、愛してもいますが――何の縁もない一介の市民にしかすぎませんから――夜の庭園を見る機会には恵まれていませんでした。凄まじい眺めでした。葉がすでに一部落ちた大樹が、風に揺さぶられて咆哮しています。水の荒れる掘割のそこここから白鳥があわてふためき飛び立ち、埃の舞う人気のない砂利道に舞い降りました。漆黒の水面は、石造の河神もアマリエンブルクに通じる小橋も映していません。絶え間なく、募りゆく興奮のなかで、クリスピ先生は振り子を揺らしました、隅のほうに、服を風にはためかせ、帽子の長い端を翼のように羽ばたかせて、リナルダ修道女が立っているのが見えました。ところがそれは灌木で、てっぺんに二羽の鴉がとまっているだけでした……

わたしたちはアマリエンブルクまで来ました。クリスピが立ち止まり、その小さな離宮を指さしました。同行した管理人が鍵を開け、電灯をつけました。扉が閉まりました。眩《まばゆ》い光が、バイエルン風ロココ建築の真骨頂をなす鏡に満ち溢れました。窓は鎧戸が閉まって黒く、強い風がかたかたと鳴らしていました。全員が、警官さえもが、落ち付かない気持ちになりました、そして——電灯にもかかわらず——寝台用凹室《アルコーヴ》の奥から往年の名将マックス・エマヌエル〔バイエルン選帝侯。オスマン帝国からウィーンを解放〕がトルコ人の血煙に包まれ隠し扉を開けて現れても、誰も不思議に思わなかったことでしょう。——クリスピが地下に降りるよう命じました。下は厨房でした。光はろくに射していません。クリスピは炉の前で振り子を揺らして言いました。

「ここだ」

ブルナーマイアーの同僚二人が懐中電灯の眩い光で炉の煙道を照らしました。黒い何かのかたまりがそこに嵌まっていました。重真鍮の美しい火かき棒で掻き出すと、恐ろしい音とともにそれが炉に落ちてきました。わたしは顔をそむけて部屋を飛び出しました。ひどい悪臭が鼻を撲つなか、わたしはトリブトニクの顔を見たのです——

第二部

かくて事態は冗談ごとでは済まなくなりました。トリブトニク博士は死んでいたのです。ラーヴェス教授がその場で確認し、後に研究室で裏づけたところによれば、死因は絞殺でした。死亡日は遺体の状態等からおそらく八月二十三日と見られました。トリブトニクの埋葬を――死体はすぐに検察庁から下げ渡されたのです――わたしたちは妙にちぐはぐな気持ちでとり行ないました。真の悲しみと、そしておそらくは、ワイン旅行を満喫しているとばかり思っていた友が実は何週間も前に死んでいたと告げられたまさにそのことによる驚愕と衝撃とともに、あらゆる会員が――〈連盟〉、〈闘争同盟〉、そして結局設立されなかった〈オーストリア・ハンガリー不可分評議会〉の全員が――墓前に参列しました。遺言に記された希望にしたがい、〈皮剝ぎ人の部屋〉の楽団はラデツキー行進曲を演奏しました……

　トリブトニクの遺言で定められていたのは、墓前でラデツキー行進曲を演奏することだけで、他には何も指示がなかったので、法定相続が適用されました。すなわち一切合財が――トリエステからやってきた――未亡人のもとに転がり込んだのです。わたしは友情の最後の務めとして、遺品を整理し必要な処置をとりおこないました。特に気の毒だったのは、シラーさんが家を出て行かねばならなかったことです。わたしは未亡人を拝み倒して、貴重品でもなんでもない、ただ想い出の縁《えにし》とだけなるものを数品、シラーさんに分けてもらいました。それから準遺言執行人として、シラーさんが住居を引き払い、遺品を選び出すとき立ち会いました。何冊かのトリブトニクの愛読書、眼鏡、ケーニヒグレーツの日に身につける黒いパジャマ、それから緑の石でできた三匹の猿でした。

「トリブトニクはどこでそれを手に入れたのですか」わたしは聞きました。

「わたしも同じものを持ってるんです」シラーさんが言いました。「ええ、あれは二人ではじめて山岳旅行をしたときのことでした。コル・ディ・ラーナ〔第一次大戦中、対イタリア戦が行われた山〕に行ったんです。あの山が、真の古いオーストリア人――トリブトニクもそのひとりでしたが――にとって何を意味するかご存知ですか。亡霊みたいにまとわりつくものなんです。燃えるような暑さのなかで、ちょうど正午に、降臨したみたいに、ひとりの男がわたしたちの前に立って、それぞれに三匹の猿をくれました。わたしたち二人に猿を。つまり六匹の猿がずっといっしょだったんです。なぜならわたしたちはそのときから……」

　わたしは、それ以上詮索はしないとシラーさんに約束しました。

次の週には何もかもが急速に進展しました。判事は審理にとりかかりました。グラボヴァクが八月二十三日に三番線（ご存知のようにニンフェンブルク行きです）で目撃されたという情報は、もっともなことながら、驚くべき意味を持っていました。グラボヴァクの件はわたしに関わりありません。わたしはプリマバレリネヴェッツの弁護を引き受けられるかどうか、慎重に考えざるをえませんでした。プリマバレリネヴェッツはまだ入院していましたので、正式な手続きを踏んだうえで――ブルナーマイアーが捜索しました。プリマバレリネヴェッツの住居を――今度は正式な手捜査の立会いをわたしに委任しました。書き物机の引き出しのなかに――わたしはプリマバレリネヴェッツから鍵を渡されたとき、中を見ていいのは警察だけでプリマバレリネヴェッツ夫人には見せるなと指示されていました――ブルナーマイアーが見つけたのは干からびた薔薇、香水を染ませたクロアチア語の手紙三通、それにニンフェンベルク音楽祭のパーセル『アーサー王』入場切符でした。切符は入場済になっていました。日付は八月二十三日です。ブルナーマイアーはわたしにその紙片を見せ、こう言いました。

「庭園に夜入り込むには、ニンフェンブルク音楽祭を利用するしかありません。庭園は夏には八時か九時に閉まります。休憩時間はその後まで続きます。石造りの広間を抜けるとその先はいうまでもなく裏の城階段ですから、そこから庭園に出られます」

「するとプリマバレリネヴェッツはトリプトニクの死体をチョッキのポケットに入れてアマリエンブルクに運んだというのですね。ではどうやってアマリエンブルクまで行ったのでしょう」

「入場券はプリマバレリネヴェッツが自分とトリプトニクのために手配したものでした。シラーさんがヒントをくれたのですが、プリマバレリネヴェッツはもしかしたら被害者に、アマリエンブルクの地下室にトリプトニクの秘密の系図が埋められていて、それで侯爵の出自が証明できると吹き込んだのかもしれません」

「トリプトニクがその手のことに飛びつくであろうことは、わたしもまったく異存はありません。でもプリマバレリネヴェッツは、そんなヘルツマノフスキ的な殺人を行なうほど気のきいた男じゃありませんよ」

「あの八月二十三日の午後四時ころ、プリマバレリネヴェッツはトリブトニクに宝のことを話しました。トリブトニクは――アリバイを作るために、結局は失敗したものの――晩に日取りが決まった、あなたがたの滑稽な同盟の設立集会を……」

「オーストリア・ハンガリー不可分評議会です」

「……取り消しはせず、すぐまた戻るつもりで抜け出したのです。プリマバレリネヴェッツは先に言ったように、『アーサー王』の入場券を手配していました。プリマバレリネヴェッツもトリブトニクもこのオペラに興味がありません。広間を抜けて庭園に行くためだけに入場券を必要としたのです。庭園はその時分には閉鎖されているので、人気《ひとけ》はまったくありません。管理人が言うには、屋根の上の櫓《やぐら》（あそこから選帝侯夫人はやまうずらを射ったのです）そして下には小さな階段を越えて隠し扉――あなたが注意されたあの扉です――あれを通って中に入ったのかもしれません。でもそこにはフランツ・ヨーゼフではなくて……」

「マックス・エマヌエル……」わたしは言いました。

「ではなくて、犯人が被害者とともに入ったのです」

「『犯人は入場券を手配した』をあなたの推理小説の表題にしたらどうです。違うんです、あのチケットはプリマバレリネヴェッツと当時愛人だったメラニー・ルントシュテュックという女のためのものです。それに関する証拠書類はこの召喚能力のある証人の住所と一緒にすでに送付してあります。いかがですか」

「おやこれは」ブルナーマイアーは言いました。「わたしの猿と同じものだ」入場券と手紙は引き出しのなかにあり、三匹の緑のインド猿の像が重し代わりになっていました。ブルナーマイアーは猿を手にとり、重みを量るようなしぐさをして、また引き出しに戻しました。

プリマバレリネヴェッツに目下の危険な状況をこんこんと説いて聞かせると、修道女リナルダの親切で厳格な口ぞえのせいもあって、ようやくかれも愛人の名と住所を漏らしました。

この愛人の証言と、それから、もしかするとグラボヴァク助祭を有罪にできるかもしれないという可能性が、プリマバレリネヴェツ弁護のためにわたしが手にしたよりどころでした。――

警察によるルントシュテュック嬢への最初の訊問は、彼女の自宅で行なわれました。というのも、プリマバレリネヴェツのせいではありませんが、彼女は身重になっていて、寝台から起き上がれなかったのです。プリマバレリネヴェツはそれに対して、自分はどのみち妊娠中の女性だけを相手に婚外交渉を行なうのだ、と言明しました。この手のことに関する痛い経験に懲りて、そうするようになったのでした。

ルントシュテュック嬢は何も覚えていませんでした。『アーサー王』を聞いたことだけは認めたものの、映画のなかで聞いたのかもしれないけれど、と言い添えました。そのあと、仮病か本物か不明ながら、痙攣してもがきだしたため、ブルナーマイアーは訊問を切り上げ、戦場を助産婦に明け渡しましたが、それは義侠心というよりは応急洗礼で代父となるのを恐れたためでした。

わたしにとってこの訊問のただひとつの収穫は、スウェーデンの商標〈ストリング〉のある白いラッカーを塗った小さな棚の上に、またも三匹の緑の猿のサンプルを見つけたことだけでした。

ここでわたしの話は中断します。トリブトニク事件の公判は、対グラボヴァクのものも、対プリマバレリネヴェツのものも、結局は開かれませんでした。グラボヴァクは、相当の困難をともなったものの、問題の日にオーバーメンツィンクでクロアチア亡命組織の秘密会議を盗聴していたことを立証できました（亡命者のひとりの靴に超小型発信機が取り付けられていたのです。家政婦を買収してそれが可能になったのでした）。三番線はオーバーメンツィンク方面にも向かっていたのです。おかげでグラボヴァクは憲法擁護派に目をつけられ、すぐに姿をくらまさねばなりませんでした。殺人の一件の捜査はむろん取りやめになりました。

プリマバレリネヴェツに対する裁判手続は――彼はすでに病から癒え、ボード・ルントシュテュックの幸せな代父になっていましたが――公判を前にして、国庫が費用を引き取ったうえで、中止になりました。それはわたしが提議したものですが、そのきっかけは修道女リナルダが前日にわたしを訪ねてきたことでした。この慈悲の友修道女会の女性の話をより明瞭に理解するためには、ここで少しのあいだふたたびグラボヴァクに戻らねばなりません。あなたがこれまでに知ったあれこれのことから、不思議ともなんとも思わないでしょうが、逐電した助祭テスコ・グラボヴァクが去ったあとのヴィクトリア街のかれの住居を検分したとき、他のものに混ざって例の仕草をした三匹の緑の猿が発見され、当局に保管されることになりました。何日か後にひとりの男が――このことはブルナーマイアーから聞いたのですが――警察本部に出頭して――疑うべからざる資料を提示して――押収された置物の所有権を主張しました。文書を検査した後、置物はその男――ピメヌス・プリンツと名乗った男――に手渡されました。そのときからブルナーマイアー自身の三匹の猿も見えなくなりました。警察本部でそんなことが起こって、ブルナーマイアーはたいそう恥じ入りましたが、どう見てもピメヌス・プリンツが盗んだとしか思えません。ブルナーマイアーの私的な慎重な捜査は――職業的な恥の感覚と〈夕刊紙〉が嘲弄交じりに非難するかもしれないという懸念から、公的な捜査は行なわれませんでした――まったく何も得ることなく終わりました。しかしリナルダ修道女の捜査は違いました。修道女のもとにも一人の男――姿格好からすれば同一人物――が現れ、今度はバルナバス・フルンツェルと名乗って、リナルダに三匹の猿を戻すよう迫ったというのです。リナルダもまた何年か前に、（病気の治ったあるインド人から感謝の印として）置物を贈られたことがあり、心の温かい女性だったのでその益体もないがらくたを作りつけの棚に置いていたのです。同じく温かい心から、リナルダはたいそうな関心を示したフルンツェルに猿を進呈しました。しかし警視よりも頭の働く彼女はいぶかしく思いました。そこで着古したマントに――定評のある模範に無意識のうちに倣って――不恰好な安物の雨傘を持ち〔チェスタトンのブラウン神父の姿〕、男のあとを追いました。遠くまで行く必要はありませんでした。彼女の病院の近くにある、古い邸宅だけに縁どられた多くの細道の一本で、怪人フルンツェルは一軒の家に入りました。その庭門の両側の柱には紋章の豚が乗っていました。リナルダ修道女は街区《ブロック》に沿って歩き、問題の家の裏口に出ました。ここで雨傘をしっかりと横にくわえて――庭塀を登りました。それからガラス張りの温室を通って地下室に入りました。少し手間取ったものの厨房への入口を見つけ、しっかり閉じていなかった配膳口からこれから述べる場面の目撃者となったのでした。――しかしその前に、石炭箱から現れたリナルダを見て気絶した料理女を、短時間で効果的に蘇生させる必要がありました。それは料理女に意識を取り戻させるためで、不都合な行動をさせるためではありませんでしたので、あらかじめ縛って猿轡をかませておきました。――

邸内の広間では少人数の会議が開かれていました。インドの賢者（かつバルナバス・フルンツェル等々）と、今は服を着ている神聖娼婦、それにクリスピ師が、何匹もの緑の幸運の猿を箱に詰めていました。そのあと三人は、クリスピがトリブトニクの死体発見によってなしとげた類のない成功について話し合いました。そして新しい殺人計画を立てましたが、その犠牲者はまたしても――今度はノルウェーで――クリスピが発見する手はずになっていたのです。死体はオスロから出港する船に隠され、あらゆる新聞の大見出しにいわば息つぐひまも与えず、世界一周旅行をしたあと、クリスピの振り子によってブエノス・アイレスで解明されることになっていました。

そうこうするうち猿を入れた箱は封をされてオスロの宛先が書かれました。インドの賢者が立ち上がり、付け髭と小包を腕に抱えたところに、修道女リナルダが部屋に踏み込みました。賢者はピストルを出しましたが、リナルダは傘の握りで賢者を叩きのめしました。世界を観照する娼婦はベリーダンスの所作をしながら倒れて失神しました。クリスピは修道女に催眠術をかけだしました。

気品のある修道女の口から、さぞかし厳しい言葉が発せられたに違いありません。クリスピは催眠術をかけたあと、ひどい絶望に襲われ、頭が割れるようなヒステリーを起こしました。そしておとなしく病院に運ばれ、厳重に監視された個室に入ったのです。霊媒能力の座の喪失を恐れて抵抗したにもかかわらず、すぐさま甲状腺腫切除手術を受けさせられました。晩禱の時間までにはすべての片がつきました。

ここまではまだ話は単純なのです。肝心なのはこれからです。あなたはほとんど信じられないでしょう。――ブルナーマイアーはトリブトニク事件の調書を作成し直さねばなりませんでした。ある定評あるヨガ研究所のものであった邸宅は捜査されました。インドの賢者とその娘は、料理女とともに失踪しました。クリスピは自白しましたが、もちろんそれが何の害もおよぼさないからでした。トリブトニクを絞め殺し、インド人の助けを借りて死体を隠したことをかれは認めました。この件になんらかの形で関わるものに、さまざまな幻術を弄して、あらかじめ凍石の三匹の猿をひそかに送り込んでいたのです。クリスピによれば、猿それ自体には何の意味もないそうです。しかし先に述べた幻術とともに猿は擬似中継局となり、この猿を通せば、狙った人物にテレパシーで命令がたやすく伝達できるというのです。犠牲者から容疑者、さらには告発者は無意識のうちに共犯となり、もしリナルダ修道女が介入していなければ、プリマバレリネヴェッツも――何らかのテレパシーの力で――しまいには自分がトリブトニクを殺したと信じたことでしょう。

わたしの手元に猿を置かせるという試みこそ失敗に終わりましたが、この神秘はわたしをも丸め込み――これも正真正銘の事実ですが――クリスピにトリブトニクの死体を捜させるよう、ブルナーマイアーに進言さえしてしまったのです。

リナルダ修道女を見くびるという愚行さえなければ、クリスピの新たな勝利はつつがなく演ぜられたことでしょう。素朴で、心が優しく、信仰に篤かったリナルダは、三匹猿の秘密の力に対して絶対的な免疫があったのでした。ところがクリスピは、その他の点では殺人に責任がないと感じていました。単に道具になったにすぎないというのです。そして自分もテレパシーの影響下にあって――いわば――催眠術をかけられて催眠術師になったと主張しています。クリスピの背後には得体の知れない、そして今なお正体不明な、迷信普及をこととする秘密結社があって、クリスピの勝利によって迷信が世界に根付くのを願っているそうなのです。その暁《あかつき》にはクリスピは、〈東アジア的原理〉（そうしたものを本人は茶番と呼んでいましたが）の世界支配を樹立するため今後現れるあらゆる予言者のささやかな先駆けにすぎなくなっていたでしょう。

専門家が入念にクリスピを調査観察した結果、疑いなくかれがテレパシーの影響下にあったことが判明しました。このことがかれを有罪判決から救ったかどうかは、もはやわからなくなってしまいました。というのも、クリスピは精神病院で保護観察中に亡くなったのです。その前日、クリスピは医師の一人に向かって、遠隔的に殺されるのを恐れていると言っていました――

満足いただける結末は、ご覧のとおり、お見せできませんでした。ここにはひとつの教訓――「猿とかそういうものには気をつけろ」――があるばかりです。

ドン・ファブリツィオは齢二十四にして

ペーター・マーギンター

Peter Marginter : Don Fabrizio Ligari erbte mit 24 Jahren（一九六九）

ペーター・マーギンター（一九三四―二〇〇八）もローゼンドルファーに劣らずヘルツマノフスキ＝オルランドの影響を強く受けた作家です。ウィーンに生まれ、トルコと英国のオーストリア大使館付き文化担当官、オーストリア外務省部局長、ロンドンのオーストリア文化事業センター長などの重職を歴任する一方で、独特の黒いユーモアに彩られた奇天烈な作品ばかりを発表しました。人獣交婚で生まれた子を先祖に持つ魚類学者の男爵が魚に変身する『男爵と魚』（六六）とか、謎の死を遂げた叔父が残した手帖に記された夢実験がとてつもない事件を引き起こす『死んだ叔父』（六七）とか、あるいはタロック（トランプに似たゲーム用カード）に由来する題をつけてヘルツマノフスキの夢の国タロカニーンを仄めかす『ケーニヒルーフェン』（七三）であるとか……。

この短篇が収められた『埋葬後の会食』（六九）は全体がフランス料理のコース仕立てになっていて、ポタージュからカフェにいたる十七品の短篇小説（料理）と五品の詩（ワイン・シャンパン・コーヒー）から構成されています。「ドン・ファブリツィオ～」はそのうちロティ（ローストした肉料理）の一品目にあたります。

ドン・ファブリツィオ・リガリは齢《よわい》二十四にして、巨額の資産を相続した。堂々としたマホガニーの机を据えた事務室にはじめて顔を出し、黒革張りの安楽椅子に座り、リガリ家の領地――赤いところはかれのもの、青や緑や紫は分家のもの――が描かれた額入り地図に目をやって、召使ジャコモにコーヒーを持ってこさせると、王侯の気分になった。金の箔押しのある革の書類入れを開いて、中に装飾体で父の頭文字のある白紙が数枚あるのを見つけ、モカのポットとカップを載せた銀の盆の位置を正して、心地よい夢想にひたった。翌週からは領地巡りに旅出ち、あちこちで管理人や小作人に敬意を表され、何人もの赤子を洗礼盤からとりあげ、近隣の地主の招待を受け、期待の持てる娘たちとお喋りに興じ、狩りにつきあい、どこの誰にもこのうえない印象を残した。だがそのドン・ファブリツィオが帰還すると、周りの者は影を感じた。影は旅をするうちこの若者にまといついたものとしか考えられない。人々はもっともありきたりの説明をつけようとしたが、どんな女が背後にいるのか意見は一致しなかった。胸にリボンも潜めず、メダイヨンも首にかけず、この地方で「見えないもの」と呼ばれる暗緑色の馬車をひそかに駆ることもなく、楽団を雇うこともなく、決闘もせず、事務室と文書保存庫で多くの時間を過ごし、簿記係から決算や契約の報告を受けるばかりだった。

そんなふうに三か月か四か月かが過ぎたあと、ドン・ファブリツィオが土地を洗いざらい売ろうとしているのが露見するにおよび、親類たちに兆しだした心配は、たちまち底知れぬ恐怖へと変わった。叔父たちには詳しくもない事柄をあれこれ決めることを死ぬまで続けられそうにもないと釈明したが、なにも莫大な財産をどぶに捨てようというのではないとわかると、親族もだんだん落ち着いてきた。信頼できるお抱え弁護士が主導した売却交渉は四年にわたり、売却額は株式と年金証書に充てられた。清算がすべて終わったとき、ドン・ファブリツィオの所有物は市中の邸宅と瀟洒な別荘だけだった。かれは世界漫遊の旅に出かけると告げ、カシノでイギリス貴族からまきあげたヨットに乗って、長いあいだ世間の視野から消えた。おりおり絵葉書を妙な場所からよこしたり、エキゾチックな土産物を小包で送ってきたりした。新聞からも消息は知られた。ドン・ファブリツィオの型破りの情熱はかれ独特の、色合いをさまざまに変える醜聞に向けられ、王位継承者やマハラジャや大富豪を友にするいっぽう、南アメリカで起きた革命では英雄の武装仲間としてあわや大統領にされかけ、ついでに暗殺されるところだった。いくぶんの条件つきながら人はかれのことを誇ってさえよかった。後にかれが芸術家のサークルに出入りし、世に容れられない天才に取り巻かれているという噂は疑念を起こさせた。事実それがかれの没落のはじまりだったに違いない、というのもかれの周囲はひっそりと静まりかえったからだ。盛りを過ぎた映画スター――その付き人の女はかれのために自殺をはかったという――にいつも付き添っているのでときおり人の目をひいたが、かれがある厳格な修道会に入ろうとしたときには、もはや世間は騒がなかった。噂はすでに旬を過ぎていた。

にもかかわらず、かれが町に現れたことは第一級の事件だった。親戚一同はあらかじめ知らせを受けていて、〈ヴィヴァーチェ〉号が港に入ってきたとき、すでに突堤に集まっていた。船はあいかわらず遠見にもすばらしいものだったが、歳月の跡は隠せなかった。まさにその夜、汽罐が破裂し、あらゆる豪奢が海に沈み、人と鼠とが絨毯の巻き物と家具の梱包のあいだで寝たのは、あながち偶然ではなかったのかもしれない。

港務長と消防隊長がトランクのバリケードを越えてドン・ファブリツィオに突進し、恐ろしい知らせを告げると、かれは絹の寝間着を着たままバルコンに出て、メインマストがたいまつのように燃える屋根を黙って眺めた。

「いったい誰なのですか、あとから船を燃やしたのは」かれはたずねた。

二人の紳士はそれを知らなかったが、カタストロフを前にしても動じないドン・ファブリツィオに目をみはった。

「あとは保険会社の問題です」ドン・ファブリツィオが言った。

この日からドン・ファブリツィオはふたたび町の風景となった。かれはそこによく溶けこんだ。というのもその姿は古色を帯び、ひび割れと毛髪くらいの皺でいっぱいだったけれど、褐色がかったワニスの下は色彩豊かで溌剌としていて、なによりたいへん金がかかっていたからだ。ドン・ファブリツィオは恐ろしいほどの高齢だった。おまけにとほうもない金持ちだったから、敬意をもって遇された。かれが女の子の薔薇色の頬をつねっても母親は嬉しがった。妻帯しないのは何か訳があると思われていたから、母たちはかれの前では息子たちに気をつけた。人はかれを避けなかったが、指輪をたくさん嵌めた手に注意をおこたらずにいて、その手がなにか新鮮なもの、若々しいものに伸びると、さりげなくその間に入った。そのかわりに灰色の髪のブリッジ狂の淑女や切手蒐集家が何かとかれにまとわりつき、聴罪司祭は近づく死のことをあまりにしばしば語りかけたので、とうとうドン・ファブリツィオはこの避けがたいものを少しばかり早く来させようと決めた。そこで暗黒街の影の君主ファウスト・ディ・モスカに来てもらい、二人で密談をおこなった。

ドン・ファブリツィオ八十歳の誕生祝いに親族一同が晩餐会にやってきたとき、かれらを待ち受けていたのは混沌《カオス》だった。どうやら激しい争いがあったらしく、家具はひっくり返り、絵画は壁から剝がされ踏みにじられ、ワインか血かが溜まったものが床にひろがり、あいまにサンドイッチが散っていたが、いっぽう大広間に整えられていた食卓には、招待主の席に封筒が置いてあって、中にこう書かれたカードが入っていた。〈親族諸兄におかれては、ドン・ファブリツィオ・リガリは、その罪深い素行が災いし、とうとう悪魔に攫《さら》われたことをご承知おき願いたい〉。署名代わりに焼け焦げの穴があって、微かな硫黄臭が嗅ぎとれた。二人の高齢の従弟がたちまち失神し、半ダースの老人たちが祈りをあげだし、一人の感じやすい婦人が喉の痙攣を起こした。

「カードに何と書いてあるのだ」耳の遠いリガリ゠コッサが叫び、黒い喇叭《らっぱ》を耳にあてた。

「悪魔が攫っていったのです」息子が喇叭の中に叫んだ。

カードはそれに触れる勇気のあるものの手から手へと回された。失神者の数が増した。婚姻によって親戚となった無神論者が窓を開け放つと、夜風が蠟燭に吹き込み、ますます強くなってきた硫黄の煙も吹き払った。とつぜんの冷気は声を凍りつかせ、おかげで近くの小部屋で猿轡《さるぐつわ》をかまされ、仮装舞踏会のときは礼節をわきまえた上衣をかけるコート掛けに吊るされた召使や料理人のうごめきが客人たちにも聞きとれるようになった。災難にあった者たちは縛めを解かれ訊問されたが、漆黒の姿をした一団がかれらに襲い掛かり、抵抗しようと思う間もなく打ち負かされたことしかわからなかった。かれらは祈る人たちの仲間入りをしようとしたが、ランプと蠟燭を持ってこいと言いつけられ、ようやく広間はすぐに昼のように明るくなった。

「恐ろしや恐ろしや」ドン・リヴィオ・リガリは溜息をつき、塩味アーモンドの入ったクリスタルの皿に深く手を伸ばし、混乱してあたりを見回し、頑固に祈っているもの以外は、みんな何かをほおばっているのに気がついた。

「恐ろしや」とドン・ガエタノ・リガリはかれに賛意を表明してチーズトーストを一口かじった。

「警察に通報しなくては」ドンナ・アウグスタ・リガリが提案した。

「警察ですって」義母のドンナ・アンナが蔑むように鼻を鳴らした。「警察が悪魔に何をできるっていうの。ここにいなけりゃならないのは司祭よ」

「どうか」ドンナ・マルティナがはねつけた。「恥を考えて。かつてはもうすこしで聖者を出しそうになった一族なのに」

「まったく気難しい老人にお似合いだ」ドン・ピエトロ・リガリがこぼした。「他の年寄りならおとなしく死ぬところを、あいつは悪魔に攫わせる。奴のことはつねづね高級詐欺師と思っていた」

ドン・ピエトロ・リガリはリガリ一族のなかでもっとも裕福なものとしてこのような判断をくだすことができた。

「奴の金はどうなった」誰もこの疑問を口に出さなかったが、皆が同じことを思い、その言葉はおのずから響きわたった。一同は熱心に会話をしながら食卓のまわりを回り、二人の老いた従妹がロザリオの祈りを唱え終わらないうちに、オードブルの皿は空になった。一族で一番の大食漢であるドン・フルヴィオ・リガリ＝サン・テルミノは目配せしてジャコモを、つまりジャコモ一世の白髪の息子を自分のそばに来させ、次に何が出るかを聞き、ワインがなくなったとも言った。ジャコモは、困った状況が義務の遂行を妨げている料理人に代わって、焼け焦げても生でもないものがあるか、まずは見なくてならないと許しを乞うた。

「あの人の破産が判明したとしか考えられませんな」相続の蚊帳の外に置かれたひとりが言った。

「あるいはむかしの情熱が再燃したのか」もうひとりが冷たく言った。

「遺書は」より事情通の誰かがあえいだ。

そうこうするうち巨大なスープ皿が食卓に据えられ、チキンのブイヨンは少々煮つまっていたが、味はまったく損なわれていなかった。しばらく静寂を破るのはスプーンの鳴る音だけになった。ひとりが新たな疑問をなげかけた。「どうやってあの人を埋葬すればいいんだ。死骸もないのに」

気まずい沈黙のなかで廊下に雷鳴のような音が鳴った。一同は仰天し、いつでも逃げられる構えをとったが、轟音と短くがたがた鳴る音のあとは何も起こらず、ましてや悪魔が現れることもなく、ただ白くてぶよぶよした顔が、手すりのずんぐりした小柱のあいだから見下ろしているだけだったが、まったく恐ろしい眺めだった。しかしそれは、説明しがたい経緯でリガリ一族の所有に帰したバーデン辺境伯の雪花石膏《アラバスター》の胸像の頭部にすぎなかった。さまざまな金きり声が神経質な笑い声に覆いかぶさった。かなりな地震が何度か続いたあとも耐えきった胸像が、どうして台座から落ちたのかはわからない。何人かの豪胆な者が、暖炉脇の隠し扉を開けて狭い螺旋階段を昇った。

大きな叫び声があがり、食卓に残った者に予想外のものが見つかったのを伝えた。他でもない、一家の主人、八十歳の誕生日を迎えたドン・ファブリツィオ・リガリであった。かれは台座の足元に念入りに縛られ、ハンカチを喉深く詰められ、口に絆創膏を貼られていたものの、意識は完全に保っていた。急いで猿轡が外され、カービングナイフで縛めが切断されてから、ドン・ファブリツィオは客たちの前に運ばれた。一同は彼を人形のように席につかせた。

嵐のような質問が浴びせられた。

「でもファブリツィオ……」

「いったいどうして……」

「何か言ってくれ……」

「誰が……」

そのあとは遺憾の思いの洪水だった。

「でもファブリツィオ……」

「いったいどうして……」

「何か言ってくれ……」

「誰が……」

平静な者はそのあいだに老主人をワインで元気づけていた。ドン・ファブリツィオは飲んだが、しばらくは客たちの興奮にも気づかぬように、皿や花の上に立ちのぼる炎と銀器からなる小型の森に目を注いでいた。だんだんと騒乱の潮が引き、皆が緊張してかれに目をやり、自分たちの目つきでもって青ざめた老人の目から理解あるいは認知の火花を打ち出そうとした。その目は睫毛のない皺のなかに冷たく潤んで、一同を透かし見ていた。

この老人こそが、かれの背後で金の額縁におさまって暖炉の上に掛かる黒い巻き毛のロマンチックな若者の成れの果てだった。灰色の染みがついた禿頭の下にあるのは汚らしい白色の縮れ髪、萎びてだらしなく広がった耳、紫の静脈が鼻翼に浮いたぶよぶよの鼻、蠟で尖らせて貼りつけたような黒染めの口髭、乾いた薄い唇、重く垂れた頬に埋もれた肉付きのいい顎、糊の効いたカラーの中の緩んだ皮膚、前には陰気なスモーキング用蝶ネクタイ、皺だらけの黒服のあいだから楔形《くさび》に覗《のぞ》くまばゆいワイシャツ、それから大きくて骨ばった両手。その手はひどくゆっくりと、ダマスク織のテーブルクロスに置かれたナイフやフォークと陶器のあいだを、うろうろと這い回っている。

「おや、ファブリツィオ、指輪はどうした?」

それにしてもこのドン・ファブリツィオは身の毛のよだつ老人だった。見れば見るほど、誰もかれも老人が悪魔に攫われなかったことを残念がった。こんなふうに座っているかれは、朽ちて黴臭いリガリ邸よりさらに古びて見え、体からは老いぼれ山羊の臭いがした。

かれらはどっぷり沈黙に沈みきっていたので、初めのうちはドン・ファブリツィオが何か話していることさえろくに意識しなかった。

「人殺しさえ今じゃ何の役にもたたない」かれは言った。「生き延びるにはいやな時代だ。わたしはそれを望まなかった。死神は役人だ。けちくさいごまかしをする代書屋だ。指輪はいくつか売り払った。指はいま裸で、見栄えがよくない。新しい指輪を買わねばなるまい。この老いた指のために、もっとよい石がついていて、もっと金が少なくて軽いやつをな。美しい石は嫌がらずに見ることができ、それは羨望だけを、きらめきの陰に隠れたこの老いた化け物への憎悪だけを呼び覚ます。お前らの前でわたしが指輪をもて遊ぶと、お前らの心臓はどす黒い思いで締めつけられよう。貧しい者ならこの指輪ひとつでゆうに何年も生きていけよう、贅沢にとはいかぬまでも、憂いなしに。毎晩わたしは指輪とともに町を、港沿いの小路を、船乗りが稼いだ金を遊びに使う場所をぶらついた。誰もかれもからきし意気地なしで、わたしの頭蓋に一発お見舞いしようとはしなかった。いちど誰かがわたしから金を巻き上げようとしたが、誰が知ろう、何が起こったであろう、もしわたしがもっと強く抵抗したら……だがすぐに他の男が二人やって来てわたしを救った。もちろんそれはかれらにとってよい取引だった。わたしはけして支払いをけちりはしないが、往々にして自分自身の値踏みが難しい。われわれのような者はどんな価値があるというのか。そこでわたしは指輪は取っておいて、その一パーセントか二パーセントを与えた。与えすぎることは、友らよ、よくないことだ。そんなことをすれば、馬鹿か、あるいはわれらのアマデオみたいな聖人と思われてしまう。神よあの者の霊魂を救いたまえ。わたしは一介の人間にすぎず、人類の友〔博愛主義者〕ではない。金を望む者らに自分の金をやっても、幸せにはならず、ただ飽くだけだろう。わたしは人に餌をやるためにここにいるのではない。そのためには慈善施設がある。ただでやったからといって金を殺せはしない。金にはそれ相応の病があり死に方がある。

　お前たちのうち年のいった者は、わたしが両親から相続した領地を売り払ったいきさつをきっと覚えていよう。あれはたいした騒ぎだった。だがその本当のわけは誰にも打ち明けていない。わたしはこのスキャンダラスな富を抹殺したかった。だからこそそれを家や土地といった凝固された状態から解き放った。だからこそそれを無謀な紙切れに投資した。あの株や債券は、けして心配顔の叔父らに信じさせたような、安全なものではない。そしてわたしはこの地をひそかに去った。遠くからわが財産の腐敗と崩壊が進むさまを見とどけるつもりだった。だがどうやら真に巨額の資産には、何らかの自己治癒能力が備わっているらしい。わたしが関与した怪しげな会社がひとつつぶれると、すぐに別の会社の株が上がって、損失が消えるどころかおつりまで来た。わたしの利息源のひとつが枯れると、収穫しても儲けがなくなったレモン果樹園を試掘したものが油田を掘り当てた。狂気の沙汰もきわまった企画が、それに輪をかけた狂気の沙汰の成功をおさめた。自分の金を動かせておいたら、雪崩になった。戦車を堆肥フォークで攻撃する裸足の革命家に資金を提供すると、かれらは勝利した。凡庸な画家たちの忌まわしい絵を購入すると、かれらは有名になった。一人が落ちぶれると、その勢いがあまりに急なものだから、それが圧力を軽減させられる前に弁がふさがる。絶望のあまりにわたしは無駄遣いに日を過ごした。それはわたしに退屈のきわめて恐ろしい苦痛をもたらした。

とうとうこれ以上持ちこたえられなくなった、わたしは故郷に戻ると、この暗い壁の内側にもぐりこんだ。呪わしい金に関係することはもう見たくも聞きたくもない。もしかするとここで、いまだ呪いの重荷のない、幸せだった青春時代への縁《よすが》を見出せるのではないかと期待した。新聞はもうわたしのことを書かないが、土地のものはわたしが誰かを忘れていない。そのあいだに何がわたしの富から成ったかを隠しおおせ、おそらくは何人もが、わたしが必死のあがきにもかかわらず――到着した晩の船のように――燃え尽きて無一文になったと信じているだろうと思ってほくそえんだ。失われた無垢は買い戻せなかった。別荘は崩れるにまかせ、庭園は荒れ果てるにまかせ、そうすることで、自分が零落した大地主であり、だんだんと自然に埋もれていくのだという幻想に浸った。そして年金生活者のようにつつましく生きた。別なふうに生きても何の足しにもならない。

若さという贅沢な祝祭が、わたしの富を減らすか無くすかできなかったのだから、老境の貧弱な浪費はなおさらそれに適すまい。わたしをゆすろうとした馬鹿が一人いたが、そいつは碌な目にあわなかった。ゆすられる金持ちというのは、金をただでくれてやる者と同じくらいに阿呆だ。わたしはあたうかぎりの詐欺師に自分を騙《だま》させてみた。かれらがあまりに易々と見破られるのは、わたしのせいなのだろうか。誰もわたしを孤独から救ってくれなかった。本気にそうしようとする者がいるのだろうかと疑いもした。わたしは老いぼれた嫌な奴だ。それでもある種のささやかな慈善行為をやめることはない、この気まぐれを誤解されぬように、あらゆる回り道をせねばならないにせよだ。ときおり都合のいい偶然を手配して、何もかも前もって考えたとおりに実現すると、自分を小さな神のように感じることがあった。だがそれも時のたつうち飽いてきた。

何より悪いことに、同年齢という絆でわたしと結びついていた者がますます耄碌してきた。若者は見た目がよく人の心を動かすが、あまりに異質で、事実まったく別人種に属していて、現実のものとはとても思えず、その存在を信じるには、自分の手で摑んでみなければならなかった。若者がこれほどにまで美しいとはついぞ知らなかった。これはわたしの慰めになるだろうか。なぜ負けるに決まっている勝負を、まだ続けねばならないのか。わたしは厄介なことをみずからの手で導くことにした。最初は自殺を考えた。わたしはさまざまな方法を検討した。きわめて確実なものや、生き延びるチャンスがわずかながらあるものを。だが自分自身をあまり信頼できなかったので、とうとう最後の贅沢をすることにした。金持ちは他人に奉仕させるのに慣れている。ようするに、必要なことは専門家にやらせるべきだ。こんなに大切なことは不器用な自分にまかせてはならない。みずから工作した死など、はっきり言えば、それだけで信用しかねるものがある。むかしわたしが、まだそれに価したとき、最上の画家に肖像を描かせたように、最上の殺し屋に自分を殺させねばならない。

お前たちはこの町に、そうしたことの師匠と目される男がいるのを知っていよう。わたしはそいつを家に来させて、自分の望みをうちあけた。奴は最初は遠慮し、自分の能力を謙遜した。だがおそらくこれは技量を低く見積もっていたのだろう。しばらく無駄話をしたあと、われわれは条件について合意した。わたしは豪勢な殺しを要求した。みずからの死には惜しみなく金をかけるべきだ。件の紳士は自尊心をくすぐられ、最上等の殺人を行なうと約束した。それからわたしはなお、もしかするとさほど穏当ではないかもしれない悪ふざけを、この悪魔の片道切符に関連して思いついた。すなわちわたしに関しては——これはわたしが自分から要求したのだが——いったん事が済んだら何も発見されたくないと思ったのだ。浴槽には昨日から酸が一杯に入っている。これはひどく臭うが、効果は実際驚くべきものだ。奴はその信頼性をわたしに確信させるため、目の前で死んだねずみを投げ入れた。かわいそうに！　それは砂糖のように溶けた。このブイヨンのなかで、ねずみと混じりあうのかと思うと、少し気持ちが悪くなった。どうだ、いかにも阿呆臭いだろう。

だがわたしはあいかわらずお前らに交じってここに座っている。わたしはお前らに本物のバースデー・サプライズを贈りたかったのだが、あいにく――あの役立たずだけは見込み外れだった。わがアイデアはなんとすばらしかったことか。義理がたくもわが愛する親族たちは老いた伯父の長寿を祝って現れる。そのとき何が起こるか。かれらを待ち受けるのは恐ろしい惨状だ。銀器や値のはる絵画は失せ、宝物庫はすっからかん、そして肝心の伯父は行方不明。わたしはお前たちの最初の驚愕を心に描いてみた。敬愛するわが従弟らの動揺とヒステリックな発作をな。やがてそれは嫌な奴がとうとうくたばったことの満足に変わる、ひそやかな喜び、ひきおこされた損害を見積もる憤激のまなざし、そして心を静めさせる認識――この損害は恐れていたよりも軽微なものかもしれない。盗まれ破壊されたものは、これからお前たちに舞い込んでくるものにくらべれば、しょせんは下らぬものにすぎず、目覚めた食欲が、うまい時に縛めを解かれた召使らのおかげで静まるかもしれない……そう、人殺しの師匠がお前らを騙すのだ。

はじめのうちは着々と事は進み、奴の手下はわたしの召使たちを叩きのめした。貴重な品々が、奴らのために用意しておいた現金ともども袋に入れられた。わたしは奴らが仕事するのを見物していた。このような専門家には指図はほとんど要らず、事はするすると滞りなく進んだ。とうとう何もかもまったくみごとにお膳立てされた。わたしは首領をそばに呼んでいっしょに浴室に入った。お前はわたしを絞殺するつもりか、刺殺するつもりか、とわたしは問うた。奴は間抜けな顔でこちらをぽかんと見て、それから顔を緑色にした。わたしは嫌な予感がした。何か要るものはないか、何を待っているんだ、とわたしは言った。だが高名な殺し屋はますます緑色になった。ぐずぐずするな、とわたしは言った。すぐ近くに家庭薬局があるから、あとで気付け薬も飲める。服を脱ごうか、それとも床に横たわろうか？　どんな殺し方が一番好きなんだ。お前は信じまいが、わたしは今自分で――、お前の手数を省いてやろうとしてるのだ。奴はできなかった。あの情けない大口叩きの野郎は。奴がつっ立ったまま匕首をいじくっている様子は、わたしにとある恋人の話を思い出させた。そいつはある婦人に、男らしさの証を示せと不意に言われて、まるで一番重要なことが雑踏のなかの時計のようになくなったとでもいうように、恥知らずにも拒否したのだ。奴にしても、きっとひどく気まずかったことだろう。もごもごと謝罪の言葉をつぶやくさまは、見ちゃいられなかった。わたしは思う存分怒鳴りまくった。嘲弄と罵声でいらだたせれば何とかなるんじゃないかと思ったからだ。お前たちが来る時間は刻一刻と迫る。そこを突くなり押すなりすれば死ぬ致命的な一点を、こいつは見つけることができないのかと一瞬不安になって、金でも何でもやるからさっさと消えうせろと言いかけたが、そのとき奴の悪い評判と、あいつの死は俺のせいだと奴がほざいたある知人のことが思い浮かんだ。弱虫め、とわたしは言った。わたしの目を見たくないなら、後ろからお前の仕事を済ませろ。そしてわたしは奴に背を向けた。自分が死ぬ瞬間に、殺されるところをぜひ間近で目撃したかったのだが。まあしかたがない。というわけでわたしは背を向けて、奴の有名なナイフが心臓を刺すか、逞しい指の一揃いが首に巻かれるか、重い鈍器が頭に落ちてくるかと待った。わたしは待ちくたびれながら、奴が背後で鼻息を荒げたりうめき声をあげるのを聞いていた。ようやく首を絞めだしたとき、いまいましいことが起きた。わたしは目の前で人が反吐を吐くのには耐えられない。それでもわたしは奴を浴槽まで導き、奴を支えて吐かせた。浴槽はますます食欲を減退させる眺めになった。ちょうど奴を立たせようとしたとき、二回目の嘔吐が来て、わたしの足元や靴にはねかかった。わたしはかっとなって、奴に突きをくらわせた。奴が屠られる豚みたいな声をあげたので、あわててシャワー用カーテンを閉めたが、なおも二秒か三秒のあいだぴちゃぴちゃという音が聞こえて、ようやく静かになった。おかしなことにそのときわたしはスポーツ選手みたいな功名心に駆られ、入れ歯を洗うグラスに気をつけて酸を半分だけ満たすと、それを扉のところにやってきた最初の男の汚い面にふりかけた。そいつはほとんど自発的に浴槽に入った。次の者が現れるかと身構えていたが、もう誰も来なかった。酸のなかで二人の兄弟はもう跡形もなかった。そこで耐酸性の鎖に結びつけた特別製の栓を抜き、わたしを殺すはずの者をごぼごぼ音をさせて流した。それから階下に降りていき、必死に首領を探し回る他の者に向かってわたしの運を試そうとした。首領無しでわたしに危害を加えられない、と奴らは言った。首領が姿を現さないので、とうとう奴らはわたしを縛りあげ、廊下に置き去りにした。そこにお前たちがやって来たのだ……」

「やれやれ、ファブリツィオ！　なんと恐ろしい話だ！」

「そうだろうとも」ドン・ファブリツィオがうなづいた。「……お前らが無益に死ぬことを考えると……」

「われわれが？　どういう意味だ」ドン・ファブリツィオの恐ろしい話は、聞く者の神経をくたくたに疲れさせた。今このときの状態では何もかも、みずからの死さえ、不可能でなく思えた。ご馳走を味わう気持ちはとうに失せ、恐怖のあまりに開いた耳でかれらはこの狂人の言に聞き入り、恐ろしい物語はまだまだ続くと想像して、どうにも耐えられなくなった。

「わたしが死んだのに誕生日の食事会を楽しもうとした者は、しかるべき罰を受けるべきだ」ドン・ファブリツィオ・リガリは冷ややかに、誕生会の席の一人一人に順ぐりに探りの目を向けた。その視線は誰のうえにも一瞬のあいだ、刻むようにとどまり、皆を青ざめさせた。「お前たちのスープに」ドン・ファブリツィオは小声で言った。

「毒を盛った」

「毒を?-」異口同音の叫び声が地震の揺れ始めのようにグラスをかちかちいわせた。最初のひと揺れのあとで震えは墓場のように静まり、そのなかでドン・ファブリツィオの声があまりにはっきりと聞こえた。

「そうとも。お前たちは一人残らず死ぬ」

ドン・ライモンドとドン・ヴィットーリオが同時に立ち上がった。二人の椅子は後ろにひっくり返り、音をたてて大理石の床を打った。誰もが一斉に立ち上がった。ひとりドン・ファブリツィオだけ、依然として王座然とした肘掛椅子に座し、親族たちににやにやと笑いを向けていた。お仕置きを前にした老悪童の、びくびくしていながらも厚かましい、絶対に二度とやりませんからと約束して許しを求める笑いだった。やがてドン・ファブリツィオは真面目な顔になり、憂いの表情を見せた。

「……お前たちに先立ちたいわたしが……」

「心配はいらん」ドン・アルフォンソが耳ざわりな声でささやいた。「心配するな、ドン・ファブリツィオ。お前も道づれにしてやる」

誰が最初にドン・ファブリツィオを打ちすえたか、誰の打撃がかれを死にいたらせたのか、事後に確認はできなかった。誰もが復讐の一翼を担うのを望んだから。

リガリ一族に対する審理において、健全な判断力を持つ親戚一同が、老いた伯父を遺産目当てで計画的に死に至らしめたと証立てようと検事は律儀に骨を折ったが、リガリの側は無駄に国で最良の弁護士を雇ったわけではなく、また、訴訟事実のなかに、ファウスト・ディ・モスカの失踪のような未解明の部分があることもどのみち否定できなかった。そのうえ、リガリ一族は裕福で今なお生きていたが、ドン・ファブリツィオは亡き人だった。生者は常に死者に勝つ。この恐ろしい話のありえなさそのものが、それが真実であることを裏付ける、そう弁護士は熱弁をふるった。料理人が毒を入れ忘れたのか、それともドン・ファブリツィオがわざとでまかせを言ったのかは、今後もわかるまい。そんな怠慢を白状する料理人などいるわけがない。In dubio pro reo〔疑わしきは罰せず〕。陪審員たちは無罪判決を下し、検事が控訴の断念を宣言したので判決はそのまま確定した。

猫屋敷から北極星へ――あとがきにかえて

垂野創一郎

この本の初校ゲラを見ているさなかに、神田J町で洋古書を商うO書店が店じまいした。場所柄に似合わない駘蕩とした雰囲気を湛《たた》えたいい店だった。もう十年以上も前になるけれど、あるうららかな平日の昼下がりにここを訪うと、店番の女性が電話で便秘の話をしていた。

客はたまたまわたし一人だったが、その客のいる前で、「もう全然出ないのよ……」というような話がいつ果てるともなく続く。便秘の話題ひとつでよくあれだけ会話が保《も》つなと、恐るべき無口のために話し相手にしばしば迷惑をかけるわたしは感心して聞いていた。――店頭の段ボール箱から本書に収録した「恋人」の原本を見つけたのがそのときだったので、その稲垣足穂的＝A感覚的な取り合わせの妙につい今まで記憶に残してしまった。かの女性店主がこのあとがきを読んでいることはよもやあるまいと思うけれど、なにとぞお許しを願いたい。

「恋人」に限らない。この本に収録した短篇はたいていどこかの店で棚ざらしになっていた二百円とか三百円とか、高くても八百円くらいの本から見つけ出したものだ。

店の前に晒された段ボール箱や均一本の棚からそんなふうに本を拾うのは、捨て猫を拾うのに似ている。自分を拾ってくれ、拾ってくれ、拾ってくれなければ処分されてしまう。はるばる海を渡って、遠い島国まで来たのに。そう本が哀れげにミイミイ鳴いているのが聞こえる。そんな身窄《みすぼ》らしい捨て猫まがいのものにも、ごく稀に珠玉の作品が含まれているのでなかなか油断はできない。

しかしそんなミイミイと鳴く声に耳を貸し続けていると、やがて家は猫屋敷と化す。猫たちはわが物顔に家を徘徊する（本当である。たしかにここにあったはずと思っていた本はいつのまにか姿を消し、やがてとんでもないところから見つかる）。猫が猫を産むように本が本を産む（これも嘘ではない。たいていの積読家は経験していると思う）。気がつくと家はいつのまにか猫屋敷どころか化猫屋敷と化している。

しかし幸か不幸か、そんな掘り出し物が出てくる店はあらかた消えてしまった。もと早稲田のグランド坂下にあって後に南門近くに引っ越した早稲田進省堂とか、渋谷宮益坂にあった正進堂書店とか、神保町のメッカ東京泰文社とか、あるいは神保町を少し外れた老朽マンションの一室で植草甚一の旧蔵書だけを売っていた店とかは、今はすべて存在しない。古本の洋書が安く買えるところでまだ残っているのは、東京でいえば、神保町の崇文荘と源喜堂と田村書店二階と、早稲田の江原書店と、駒場東大前の河野書店と、高円寺の藍書店と、あとは年に一回古書会館で行われる洋書まつりくらいか。

それればかりか、近ごろは古書店も見栄えが悪い本は店に出さず廃棄するか、あるいはそもそも最初から引き取らないようになったらしい。中風に罹ったようにグニャグニャと腰の定まらぬ綴じ、皮膚病と見紛う小口の斑《ぶち》、みみず腫れを思わせるクロス装の虫喰い、丹念に単語の意味を調べた書き込み。そんなグリューネヴァルトの磔刑画めいた姿こそが、貴種が流離した証というのに。

この本のゲラを見ているとき、横田順彌氏逝去の報にも接した。なにぶんにも超低速でゲラを見ているので、そのあいだに世間ではいろいろなことが起こる。

横田氏といえば、その膨大な仕事のなかでも、七十年代後半から雑誌SFマガジンで連載していた『日本SFこてん古典』(早川書房、一九八〇—八一)と『近代日本奇想小説史　明治篇』(ピラールプレス、二〇一一)、この二タイトルがまず思い浮かぶ。

『日本SFこてん古典』は著者の言によれば、「毎回ぼくが見つけたおもしろい古書を行き当たりばったりで紹介したもの」で、いわばアンソロジー的な書物であった。事実連載中にそこから派生した『日本SF古典集成』(ハヤカワ文庫JA、一九七七)なる全三冊のアンソロジーが刊行されている。それから約三十年を経て成ったのが『近代日本奇想小説史　明治篇』だが、これもまた著者の言によれば、「他の誰かがちゃんと『日本SF史』を書いてくれるだろうと思っていたんですが、誰も書いてくれなかった」ので仕方なく自分でやったものだという。

この三書、『日本ＳＦこてん古典』、『日本ＳＦ古典集成』、『近代日本奇想小説史　明治篇』にはアンソロジーと歴史叙述とのあいだの、いわば理想的な関係があると思う。すなわちまず「おもしろい古書」の発見があって、それが積み重なるにつれアンソロジーとして凝り固まり、さらにそれが堆積していくうちに個々の点は線としてつながり、おのずからのように流れをなすようになる。

ここにいたると森鷗外が思い出される。ヨコジュンから鷗外というとはなはだしく突飛のように聞こえるかもしれないが、けしてそんなことはない。たとえば鷗外の史伝『伊澤蘭軒』をみよう。これは世人の関心の埒外にある蘭軒という人物を、乏しい手がかりを拾い集めて描き出したものだ。その探索の過程で、おびただしい有名無名の人物が芋蔓式に俎上に載り、果ては失われた文化の再構築にまでいたる。これは、誰もかえりみなかった奇想小説の発掘から、押川春浪を中心とした人脈の調査に進み、やがては独自の明治文化史の構築にいたった横田氏の業績と軌を一にしているではないか。さらに「素人歴史家たるわたくしは我儘勝手な道を行くこととする」（『伊澤蘭軒』その三）という無手勝流の行き方も同じだし、何よりも傍目からは無益と思われるその営為をなさしめる原動力が、己と趣味嗜好を同じくするものへの共感であることが共通している。

そのうえ、横田氏に敬意を表してＳＦのたとえを使うと、鷗外は一級のタイムトラベラーでもあった。タイムトラベラーは過去に遡行しても時の流れに干渉してはならない。許されているのは観察することだけだ。かくて鷗外は私見や先入観を極力交えず、淡々と蘭軒の生涯をたどる。その尋常でない退屈さに耐えかねた読者が二倍速や三倍速で読もうとしても許されない。それを許さないものが文章のなかにある。

なぜか。われわれが読んでいるのは蘭軒の生涯というよりはむしろ時間そのものであるからだ。より正確にいえば時間そのものと同化した鷗外の目であるからだ。時間を恣意的に早めたり飛ばしたりしたならば、それはもはや時間ではなくなってしまう。『伊澤蘭軒』は大正五年（一九一六）から翌年にかけて新聞連載されたが、この新聞連載という発表形式もまた時間と化した文章にふさわしいものだったと思う。

『伊澤蘭軒』連載開始の前々年に連載を終えた「椋鳥通信」（おしまいのほうは掲載誌を替えて「水のあなたより」と改題）にしても、同じ呼吸がうかがえる。これは足かけ六年続いた海外消息コラムで、ヨーロッパでどんな本が出てどんな劇が上演されたかという文藝上のできごとを、ほとんどそれだけを、やはり私見をさほど交えず淡々と報告したもので、ここでも『伊澤蘭軒』と同じく文章はほとんど時そのものに化している。ここに史伝と現代文藝史を通して共通するものが見られる。

さらにもうひとつ注目すべきことがある。この『伊澤蘭軒』は体裁上は史伝であるが、同時に漢詩漢文のアンソロジーにもなっているという点だ。すくなくともそういうものとして読まないと、この『伊澤蘭軒』の魅力は半減いや七割減くらいになるのではないかと思う。幸いにして今は岩波書店から懇切な注の付された『鷗外歴史文学集』が出ていて、ひところよりはよほどこの世界に参入しやすくなった。ほんとうに学問というものはありがたいものだ。

「水のあなたより」連載終了の翌年（大正四年）にはアンソロジー『諸国物語』が出た。石川淳いわく、「各篇は片片たるものでも、それらの集成である『諸国物語』という本は格段に不思議な性質を持ったものだ」。

なぜそんな不思議な性質を持ったのか。それは『伊澤蘭軒』と『椋鳥通信』をひととおり体験した者にはもはやそれほど不思議ではない。つまりそれは日常些事の集成からなる『伊澤蘭軒』が「格段に不思議な性質」を持っているのとそれほど変わらないのではと思う。

それ自体としてはおそらく「片片たるもの」の山であろう厖大な史料を博捜してつくられた『日本ＳＦこてん古典』や『近代日本奇想小説史　明治篇』にしても、同質の格段に不思議な性質がある。たぶんそれは同じ精神の所産だからだ。

ところで『文豪怪談傑作選　森鷗外集　鼠坂』（ちくま文庫、二〇〇六）の解説で東雅夫氏は、『諸国物語』という書名の由来について、目を瞠《みは》る説を提唱したあと、こう記している。「『諸国物語』における相当に偏頗《へんぱ》なセレクション――さしずめ鷗外版〈異色作家短篇集〉と呼んでも過言でないような、怪奇幻想小説や奇想寓意小説の大盤振舞――」
「偏頗なセレクション」とは言い得て妙で、『諸国物語』に先立つ（ややその性格は異なるが）『水沫集』や『かげ草』に収録されていた古典作品はすでにここには影さえない。しかしだからといって、鷗外が「ようしいっちょ異色作家短篇集を作ってやるぞ」とか、「怪奇幻想小説や奇想寓意小説を大盤振舞してやるから見てろよ」とか思って『諸国物語』を編んだわけではないと思う。かといってそこら辺のものを適当に見繕っただけでもなかろう。時間と化した目が驚異すべきものに先入見なく驚異した結果、それが異色作家短篇集ともなり、さらにはふたたび石川淳の表現を借りれば、「他に比類のない無精神の大事業」に実を結んだものではなかろうか。それは横田氏が奇想小説史を編んだ目とそれほど変わらない。むろん偏頗には違いなかろうが、その偏頗は囚われのない無心のたまものでもある。

これを読んでいる人はそろそろ、「どうしてこの人はこんなことを書いているのだろう」と思いはじめてきたのではなかろうか。なにしろ本題であるはずのドイツ幻想文学にちっとも触れていないから。

もちろん我が身を横田順彌や森鷗外に引き比べるなどと不遜なことを考えているわけではない。だいいち独立独歩の横田氏や鷗外と違って、本書は数知れぬ先人の恩恵をこうむっている。少し挙げるだけでも、荒俣宏、前川道介、種村季弘、池内紀、……と立て続けに指を折らねばならない。ここに収めた作家でいえば、シュトローブルとレルネット＝ホレーニアとレタウとローゼンドルファーは前川氏によって、ヤーンは種村氏によって、ブライとヘルツマノフスキ＝オルランドは池内氏によってそれぞれの魅力に目を開かれたものだ。またそもそもドイツ幻想文学の素晴らしさを知ったのは、荒俣氏の編纂した雑誌『幻想と怪奇』や『世界幻想作家事典』（国書刊行会、一九七九／改訂版　一九八一）によるところが大きい。

この本はそれら先達が前人未到のジャングルを伐《き》り拓《ひら》いてつくった平地を、ピクニック気分でノコノコやってきた新参者が編んだものにすぎない。だが、ピクニックであるとはいえ、夜が来てキャンプのテントを張る段になると、夜空の星を見上げたりもする。そこに北極星がある。手を伸ばしても北極星に届くわけはないが正しい方角を知る目安《めやす》にはなる。この本にとって横田順彌や森鷗外はそういう存在なのだった。

翻訳底本一覧

Ⅰ

クワエウィース?:Onderweg naar de Beacons（Nijgh & Van Ditmar, 1955）/ Phaicon 5（Suhrkamp, 1982）

伯林白昼夢:Ausschweifungen（Georg Müller, 1919）

ホルネクの自動人形:Seltsame Grotesken（Verlag der Gesellschaft für graphische Industrie, 1923）

Ⅱ

三本羽根:Götter und Menschen（Paul Zsolnay Verlag, 1964）

ある肖像画の話:Die Hexe von Varvinay（Erster Deutscher Fantasy Club e. V., 2000）

コルベールの旅:Geschichte eines Mordes（Verlag der Nation, 1987）

Ⅲ

トンブロウスカ城:Kismet（Neufeld & Heinius Verlag, 1896）

ある世界の終わり:Lieblose Legenden（Deutsche Verlags Anstalt, 1952 / Suhrkamp, 1984）

アハスエルス:Ugrino und Ingrabanien（Heinrich Heine Verlag, 1968）

Ⅳ

恋人:Die Geliebte（Musarion, 1919）

迷路の庭:Reinhard Lettau Alle Geschichten（Carl Hanser Verlag, 1998）

蘇生株式会社:Gesammelte Schriften, Vierter Band（S.Fischer Verlag, 1918）

V

死後一時間目：Die erste Stunde nach dem Tode（Kurt Wolff Verlag, 1916）
変貌：Spuk des Alltags（Blitz Verlag, 2004）
美神の館・完結編：Venus und Tannhäuser（Paul Steegemann Verlag, 1920）／Die Lust der Kreatur（Ernst Rowohlt Verlag, 1931）

VI

さまよえる幽霊船上の夜会（抄）：Gesammelte Werke Vierter Band（Langen Müller, 1979）
人殺しのいない人殺し：Der stillgelegte Mensch（Diogenes, 1970）
ドン・ファブリツィオは齢二十四にして：Leichenschmaus（Langen Müller, 1969）

本書を編むにあたっては既存のアンソロジーを多数参照しました。そのうち本書と収録作品の重なるものを左に記しておきます。

＊Rein A. Zondergeld：Phaicon 5（Suhrkamp, 1982）「クワエウィース?・」「トンブロウスカ城」
＊Xavier Legrand-Ferronnière：Le Visage Vert No.15（Zulma, 2008）「ある肖像画の話」
＊Robert N. Bloch：Jenseits der Träume – Seltsame Geschichten vom Anfang des Jahrhunderts（Suhrkamp, 1990）「伯林白昼夢」
＊Marcel Reich-Ranicki：Erfundene Wahrheit. Deutsche Geschichten seit 1945（R. Piper & Co Verlag, 1965、邦訳『狂信の時代・ドイツ作品群3——創られた真実1945—1957年』（學藝書林、1969））「ある世界の終わり」
＊森鷗外『諸国物語』（国民文庫刊行会、1915）「恋人」
＊Mike Mitchell：The Dedalus Book of Austrian Fantasy: 1890-2000（Dedalus Press, 2002）「死後一時間目」
＊Jean Gyory：L'Autriche Fantastique avant et après Kafka（Marabout, 1976）「死後一時間目」

なお本書所収の作品の多くは、過去にわがプライベート・プレス「エディション・プヒプヒ」から、私家版として刊行した訳稿を改訂したものです。このエディション・プヒプヒは今もなお、文学フリマなどの全国の同人誌即売会を巡回し、ここに収めたような、この世ならぬ物語を訳出・頒布し続けています。いずれあなたの住む町にもお邪魔するかもしれません。その節はなにとぞよろしく。

訳者略歴＊垂野創一郎（たるの　そういちろう）
翻訳家。1958年生まれ。東京大学理学部卒。訳書に『ワルプルギスの夜』『聖ペテロの雪』『ボリバル侯爵』『アンチクリストの誕生』など。

怪奇《かいき》骨董《こっとう》翻訳《ほんやく》箱《ばこ》――ドイツ・オーストリア幻想短篇集《げんそうたんぺんしゅう》

二〇一九年六月二〇日初版第一刷印刷
二〇一九年六月二三日初版第一刷発行

編訳者　垂野創一郎
発行者　佐藤今朝夫
発行所　株式会社国書刊行会
東京都板橋区志村一―一三―一五
電話〇三（五九七〇）七四二一　ＦＡＸ〇三（五九七〇）七四二七
http://www.kokusho.co.jp
印　刷　三松堂株式会社
製　本　株式会社ブックアート

ISBN978-4-336-06363-2